明文堂編輯部 校閱

原本備旨
懸吐註解

古文眞寶集

前後集 合部

明文堂

原本備旨
懸吐註解

古文眞寶後集

原本備旨懸吐註解 古文眞寶前集目錄

卷之一

勸學文

五言古風短篇

卷之四

七言古風短篇

卷之五

七言古風短篇

原本備旨懸吐註解 古文眞寶前集目錄 終

原本備旨懸吐註解

古文眞寶諸賢姓氏事略

七國

屈原 名平楚三閭大夫懷王信讒踈之原作離騷以述其愛君憂國之意襄王立王信讒而放之江湘自沈汨羅而死

李斯 秦丞相

漢

賈誼 洛陽人文帝時河南尹吳公薦之召爲博士絳灌等毁之乃以爲長沙王太傅

王褒 字子淵益州刺史奏褒有逸才上徵之獻頌上令往益祠金馬碧鷄之神道病卒褒在宣帝時爲諫議大夫

諸葛孔明 名亮寓襄陽隆中蜀先主三顧草廬乃出後相蜀爲名臣謚忠武侯

魏

曹子建 名植魏武王操子文帝弟封陳王謚思

劉伶 字伯倫沛國人放情肆志與嵆阮爲竹林之交

晉

王羲之 字逸少爲右軍會稽內史書法古今推第一

李密 字令伯蜀人

吳隱之 字處默晉義熙中度支尙書

陶淵明 字元亮長沙桓公侃之曾孫晉末爲彭澤令棄官賦歸去來辭劉裕簒晉遂不仕更名潛宋元嘉中卒謚靖節先生

宋

謝靈運 晉康樂公玄之孫襲封元嘉中爲永嘉守

齊

謝玄暉 名脁長於五言仕爲尙書郎

孔德璋 名稚珪仕爲都官尙書

梁

沈休文 名約篤志好學仕梁武帝受禪拜尙書僕射

曹景宗 字子震梁武帝朝爲右衛將軍

唐

王勃 字子安絳州龍門人高宗朝對策高第因作沛王鬪鷄被斥終朝散郎省父南海溺死

宋之問 字延淸汾州人武后時求爲北門學士不許中宗時修文館博士

岑參 參音驂○鄧州人時稱岑庫部後守嘉州號岑嘉州

王維 字摩詰太原人開元中爲尙書左丞

崔顥 顥音浩汴人

李白 字太白隴西成紀人天寶初賀知章言於上召見金鑾殿賜食詔供奉翰林後坐永王璘事長流夜郎

杜子美 名甫襄州人天寶末奏賦玄宗奇之待制集賢院肅宗立上特拜右拾遺流落劍南嚴武表參謀檢校工部員外郎

韋應物 周逍遙公敻之後代宗時蘇州刺史時稱韋蘇州

王翰

高適 字達夫渤海人舉有道仕至兩川節度召拜散騎常侍五十始爲詩

張蘊古

元結 字次山江夏人仕至容管經略使綏定八州

柳子厚 名宗元本河東徙吳元和中爲柳州刺史號柳州

韓退之 名愈昌黎人以六經之文爲諸士倡仕至吏部侍郎諡文公封昌黎伯

孟郊 字東野湖州武康人貧居苦吟五十第進士溧陽尉與元鄭餘慶辟參謀

李長吉 名賀鄭王後憲宗時協律郎

元微之 名稹河南人與居易齊名時稱元白

白樂天 名居易先太原人徙下邽元和對策乙等遷左拾遺貶江州司馬久之入知制誥會昌初刑部尙書

吳融 字子華越州山陰人

李紳 字公華武宗朝相

盧仝 洛陽人號玉川子

劉禹錫 字夢得中山人順宗時附王丕王叔文憲宗立貶朗州司馬入爲主客郎中會昌初禮部尙書

杜牧之 名牧京兆人太和初進士會昌中中書舍人時稱杜紫微

李華 字遐叔

李漢 韓公之壻

李鄴 鄴音業

陸魯望 名龜蒙姑蘇人舉進士不第居松江甫里時謂江湖散人號天隨子

高駢 字千里幽州人

聶夷中 字子之河東人唐末進士

宋

王元之 名禹偁濟州鉅野人眞宗朝知制誥

魏野 字仲先居洛東郊寇萊公鎭洛三邀不至遂寫刺訪之

范希文 名仲淹慶曆中參大政諡文正公

李泰伯 名覯盱江人

孫明復 名復居泰山之陽通春秋學仁宗徵爲國子監直講又拜武英閣說書

王安石 字介甫臨川人熙寧中拜相變新法號半山封荊公

歐陽永叔 名脩廬陵永豊人守滁州號醉翁晚居潁號六一居士嘉祐中參大政諡文忠公

蘇明允 名洵號老泉東坡父

蘇子瞻 名軾眉山人號東坡嘉祐甲科元豊二年謫黃州元祐初召入翰林遷內翰紹聖元年南遷

蘇養直 名庠趙郡人家京口

周茂叔 名敦頤舂陵人二程之師學者稱濂溪先生

程正叔 名頤河南人學者稱伊川先生

張子厚 名載關西人學者稱橫渠先生

邵康節 名雍字堯夫洛陽人不仕深於易理贈秘書省著作郞

司馬溫公 名光字君實涑水人宋元祐賢相謚文正

曾子固 名鞏盱江人號南豊先生元豊中爲中書舍人

黃山谷 名庭堅字魯直豫章人元祐太史呂居人稱爲江西詩祖謚文正

陳後山 名師道字無己元祐中以薦授徐州敎授

張文潛 名耒宛丘人蘇門四學士之一

柳屯田 名永字耆卿長於詞景祐登第爲屯田員外郞

呂與叔 名大臨橫渠高弟元祐初爲講書

蘇叔黨 名過東坡幼子善爲文士大夫以少坡目之

唐子西 名庚瀘州人紹興中提學常平號魯國先生

韓子蒼 名駒陵陽人徽宗朝徽猷待制陵陽今隆州

邢敦夫 名居實恕子有文名早夭

謝幼槃 名邁溪堂弟號竹友先生臨川人

馬子才 名存扶風人

文天祥 字宋瑞號文山廬陵人寶祐壯元德祐初拜右相封信國公奉二王入潮廣兵敗被執不屈死

謝疊山 名枋得字君直廣信人

朱晦庵 名熹字元晦新安人徙建安宋紹熙中煥章待制贈太師謚文公

僧無本 名島字浪仙初爲僧居法乾寺號無本後還俗宣宗御札除遂州長江簿

原本備旨懸吐註解

古文眞寶前集卷之一

前進士 宋伯貞 音釋
後學京兆 劉剡 校正

勸學文

眞宗皇帝勸學 名恒、宋太宗之子、言人能勤學、則榮貴後、自有良田好宅僕從妻妾之奉也

富家不用買良田하라 書中自有千鍾粟이라 量名、六斛四斗曰鍾、千鍾、計六千四百斛、 安居不用架高堂하라 書中自有黃金屋이라 漢武故事、漸臺、高三十丈、飾以黃金鏤屋上 出門莫恨痕去無人隨하라 書中車馬多如簇聰入이라 娶妻莫恨無良媒하라 音梅○詩南山、娶妻如之何、匪媒不得 書中有女顔如玉이라 詩、其人如玉、 男兒欲遂平生志ㅣ댄 六經勤向窓前讀하라 六經、謂易詩書禮記周禮春秋也

仁宗皇帝勸學 名禎、宋眞宗之子、謂人而不學、雖草木禽獸糞壤、不如也

朕觀無學人은 朕我也、惟天子得稱 無物堪比倫이오 等也 若比於草木에 草有靈芝하고 瑞草、瑞命記曰、王者慈仁則生 木有椿이오 木名、莊子、上古有大椿者、以八千歲爲春、八千歲爲秋、○草中尙有芝之瑞、木中尙有椿之耐 若比於禽獸에 禽有鸞鳳하고 神鳥羽蟲之長、鳳、鷄頷蛇頸燕頣龜背魚尾、高六尺、羽備五色、見則天下太平、飛則群鳥隨之 鸞亦鳳類、 獸有麟이오 仁獸、毛蟲之長、麕身牛尾馬蹄一角、角端有肉、不踐生物、不履生草、王者至仁、麒麟乃出 若比於糞土에 糞滋潤也 五穀하고 稻黍稷菽麥也 土養民하니 世間無限物이 無比無學人이라

司馬溫公勸學歌 司馬公名、光 父主擇師、師主敎導、二者兼盡、勉而學之、子之責也、

養子不敎父之過오 失也差也 訓導 音道引也、引之於善 不嚴師之惰ㅣ라 徒臥反懶也 父敎師嚴兩無外하면 學問無成子之罪라 煖衣飽食居人倫하고 孟子、滕文公、人之有道、飽食煖衣逸居而無敎、則近於禽獸、聖人有憂之、使契、爲司徒、敎以人倫、父子有親、君臣有義、夫婦有別、長幼有序、朋友有信 視我笑

柳公名、永

談如土塊라(古對反) 攀高不及下品流하야 稍遇賢才無與對ㅣ니 勉後生力求誨하고 投明師莫自昧하라 一朝雲路(人仕宦爲登雲路) 果然登이면 姓名亞(次也) 等(輩也) 呼先輩라 室中(男以女爲室) 若未結親姻이면(音因) 自有佳人求匹配하리라 勉(音免强力也) 旃(諸延反○語助辭之也) 汝等은 各早脩하야 莫待老來徒自悔하라(勸勉汝等、各宜及早脩學、毋等老來、悔之無及)

柳屯田勸學文

(養子必敎、敎則必勤、學則庶人爲公卿、否則胄子爲庶人、)

父母養其子而不敎면 是不愛其子也오 雖敎而不嚴이면 是亦不愛其子也오 父母敎而不學이면 是子不愛其身也오 雖學而不勤이면 是亦不愛其身也ㅣ라 是故로 養子必敎하고 敎則必嚴하고 嚴則必勤하며 勤則必成이니 學則庶人之子ㅣ 爲公卿하고(三公九卿) 不學則公卿之子ㅣ 爲庶人이니라(人知勤學則賤者可使之貴、苟不知學、則貴者反爲賤矣、)

王荊公勸學文

(名安石、字介甫宋朝人、好學官至丞相)

讀書不破費하고(讀書人、不用破所費) 讀書萬倍利하며(自萬倍、有無窮利用) 書顯官人才하고(能修讀文才愈顯達○詩、棫樸、文王能官人也) 書添君子智하니(能讀書、愈增其智慧) 有卽起書樓하고(有力、卽便架樓藏書唐、田弘正、起樓聚書) 無卽致書櫃니라(歸去○無力者、作書櫃藏之、勿令蠹毁) 窓前看古書하고(螢窓雪案間、宜勤看古昔賢聖之書) 燈下尋書義하라(當燈火稍可相親之際、宜搜尋書中意義、) 貧者因書富하고(貧乏者、知勤書、由此可致千金之富、) 富者因書貴하며(富足者、知勤學、榮貴由此而興、) 愚者得書賢하고(本性愚昧、敎以書則自成賢人) 賢者因書利하니(賢人、加以勤學則因讀書、富貴利益) 只見讀書榮하고(荊公云讀書者、只見身榮貴顯) 不見讀書墜라(推去○荊公云、讀書人、未嘗見其敗毁、) 賣金買書讀하고(當貨賣家藏之金、以收致書籍) 讀書買金易라(音異○讀書榮達後、買金又何難焉、) 好書卒難逢이오(天下好書籍、驟然難遇見) 好書眞難致니(應好書籍眞箇未易收致) 奉勸讀書人하야(荊公勸勉世人修讀) 好書在心記하라(若見好書、當留心記取、不可忘也)

白樂天勸學文

(樂音洛姓白名居易唐人)

有田不耕이면 倉廩虛하고 [人有田不耕種、則無穀可收、故倉廩空虛] 有書不敎면 子孫愚하니 [人有子孫、不敎之讀書、則爲愚夫] 倉廩虛兮여 歲月乏하고 [倉廩空虛、無儲蓄、則度歲月必匱乏] 子孫愚兮여 禮義疎라 [子孫不學愚魯、則於禮義、必乖疎] 若惟不耕與不敎면 [若惟是有田不耕、與有子不敎] 是乃父兄之過歟ㄴ저 [乃爲父兄之過]

朱文公勸學文 [謂人之爲學、當勉勵進修、不可因循苟且]

勿[禁止辭不可也] 謂今日不學而有來日하고 勿謂今年不學而有來年하라 日月逝[音誓去也往也]矣오 歲不我延이니 嗚呼老矣라 是誰之愆고 [音騫、過也、○老而不學、悔將何及]

符讀書城南　韓退之

符、韓公子、小字、後更名、長慶中及第、爲集賢校理、○韓昌黎先生、有子名符、讀書於郡城之南、作此篇勉之、盖欲學者、知學則爲君子、不學則爲小人耳

木之就規[爲圓之器] 矩난 [爲方之器○凡木之成就於規圓矩方也] 在梓[音紫] 匠[橋去聲] 輪輿하고 [梓人、匠人、木工也、輪人、輿人、車工也、俱攻木之工也、事見周禮] 人之能爲人은 田腹[音福] 有詩書니 [自其胸次之間、有詩書充實之美、] 詩書勤乃有하고 [誦詩讀書勤乃有得] 不勤腹空虛라 [若不專勤、則心腹空空如也] 欲知學之力인댄 賢愚同一初라 [賢智愚昧、同此有生之初、初者本然之性也] 由其不能學이면 所入遂異閭니 [音驢○所以遂異其門閭] 兩家各生子하야 提[音題] 孩[亥平○可提抱、知孩笑] 巧相如하고 少[上聲] 長[上聲] 聚嬉[音希] 戲에 [希去○稍稍長大、則相聚嬉遊戲翫] 不殊同隊魚라 [不殊異於水中同隊之魚] 年至十二三에 頭角稍相踈하고 [學者嶄然露頭角、稍稍與不學者、相踈外矣] 二十漸乖張에 淸溝[音句] 映[音應] 汙[音烏] 渠하고 [音璩○如淸瑩之溝、映汙濁之渠] 三十骨骼[音格] 成에 乃一龍一豬라 [於是其一學者、如神龍之有變化、一不學者、則如猪畜之無變化也] 飛黃[駿馬名] 騰踏[談入] 去하고 [龍馬飛黃、騰踏顯達而去、] 不能顧蟾[音詹又時占反] 蜍라 [音殊、駑馬也、譬如人、學與不學、學者騰達而去、不能顧其駑馬也、舊註以爲水滴者誤] 一爲馬前卒하야 [邊入○其不學者、爲馬前至賤之走卒、] 鞭[音邊] 背生蟲[直弓反] 蛆하고 [七余反○有過則受鞭背之刑、肉腐則生蟲蛆之惡、] 一爲公與相하야[去] 潭潭[深遠之貌] 府中居라 [潭潭、大府之中居處]

問之何因爾오 學與不學歟ㅣ라 金璧雖重寶나 黃金碧玉、雖貴重之寶、 費用難貯 除上 儲요 音除○然耗費用度、難以收貯儲藏 學問藏之身하야 身在則有餘라 此身在則學問自有餘用、 君子與小人이 不繫 音係 父母且ㅣ오 子魚反○不關係於父母生我之時、在人學與不學耳 不見公與相이 去 起身自犂鋤라 起身自田家 不見三公後아 大臣也、周以太師太傅太保、爲三公、宇文周宋元因之、後漢至唐、以太尉司徒司空爲三公、豈不見三公之後子孫 寒饑 音箕 出無驢라 寒凍飢餓、出無驢馬可乘 文章豈不貴아 經訓乃菑 音玆 畬라 音余○經學之敎訓、乃所以敷菑畬田者也 潢 音黃 潦 音老 無根源하니 潢、停蓄之水、潦、驟至之水、 朝滿夕已除라 早朝滿溢、夕已除蕩、 人不通古今이면 馬牛而襟 音衿 裾요 音居○如馬牛獸畜之無所知、而被服世人之襟裾也、○襟袍之前袂、衣後曰裾 行身陷不義면 行於身者、尙且陷失於不合義理、 況望多名譽아 況可得芳名美譽者也哉 時秋積雨霽하고 秋雨初霽 新涼入郊 音交 墟에 音區○新涼、入於郊野丘墟、 燈火稍可親이오 短檠燈火、稍可親近、 簡編 古者無紙、以竹簡寫而以熟皮編之、故曰簡編 可卷 上聲 舒ㅣ니 簡卷編帙、可卷可舒 豈不旦夕念가 平旦日夕、致其念慮 爲 去聲 爾惜居諸ㅣ라 爲爾愛惜日居月諸、無廢學問也 恩義有相奪이니 閨門之情、以恩掩義、師友之嚴、以義掩恩、私恩失義、無久遠之理、有相奪之、期 作詩勸躊 音儔 躇하라 音廚○故作此詩勸之

菑田一歲 畬田三歲

五言古風短篇

清夜吟　邵康節

康節名雍

月到天心處오 風來水面時라
一般淸意味를 料得少人知라 言道之全體、中和之妙用、自得之樂、少有人知此味也、

四時　陶淵明

春水滿四澤이오 夏雲多奇峯이리 秋月揚明輝하고 冬嶺秀孤松이라 春水夏雲秋月多松、足以盡四景之奇象、

江雪　柳子厚

千山鳥飛絶이오 萬逕人蹤滅이라 孤舟簑笠翁은 獨釣寒江雪이라

山無飛鳥、路無行人、此雪景也、孤舟獨釣、見得是江天雪、

訪道者不遇　僧無本

童子、言師入山採藥、白雲深處、無蹤尋覓、

松下問童子하니 言師採藥去라 只在此山中이나 雲深不知處라

蠶婦　無名氏

出城歸家、有感下淚、見不蠶者、皆衣羅綺、不知養蠶之辛苦也、

昨日到城郭하야 歸來淚滿巾이라 遍音變 身綺羅者는 不是養如字 蠶七感反 人이라

憫農　李紳

農家、當暑耘耨、流汗浹於田泥、人知食其粟、安知耕稼之苦哉、憫憂念其勞也、

鋤禾日當午하니 汗音翰 滴音的 禾下土라 誰知盤中飧이 音孫熟飯 粒粒音立 皆辛苦오

讀李斯傳去聲　李鄴

斯、楚人、入秦相始皇、罷侯置守、焚詩書、峻刑法、天下怨毒、始皇死、不發喪、矯詔殺太子扶蘇立胡亥、天下大亂、斯、夷三族○謂李斯壅蔽以欺其君、自取刑禍、不能欺天下

欺暗 謂人所不知而己獨知之者 常不然커던 欺明 謂人所皆知之者 當自戮이라 音陸 難將一人手하야 掩上炎 得天下目이라

王昭君　李太白

王嬙、下嫁單于、臨行上馬、淚濕紅粧、今日漢之妃、明日胡之妾

昭君拂玉鞍하야 音安 上馬啼紅頰이라 音劫 顋臉也 今日漢宮人이 明朝胡地妾이라

劍客 賈島

借物比喩、幾年問學成材、一旦得君、常爲朝廷、斥去姦邪、

十年磨一劍하야 霜刃未曾 音層 試라 今日把贈君하니 誰有不平事오 誰敢有不平之事

七步詩 曹子建

魏文帝、令弟曹植、七步成詩、如不成、行大法

煮 音主 豆燃 音然 燒也 豆萁하니 音基、豆莖也、豆者、子建自喩、豆萁喩文帝也、 豆在釜 音父 中泣이라 豆在釜中、聲如涕泣之狀、 本是同根生으로 文帝與子建、同父、猶萁與豆、同根而生也 相煎何太急고 相煎逼何太甚

競病韻 曹景宗

魏兵圍會稽、景宗解圍、振旅還、帝於光華殿、宴、令沈約、賦韻聯句、時用韻已盡、惟餘競病二字、景宗、援筆立成、武帝嗟歎

去時兒女悲러니 歸來笳 音加 蘆葉吹 鼓競이라 京 去 借問行路人하노니 何如霍去病고 漢武帝時大將軍

貪泉 吳隱之

在廣州、相傳飮此水者貪、隱之、爲太守、飮水賦詩、淸操愈厲、改名廉泉

古人云此水호대 一歃 山洽反 飮也 懷 思也 千金이라 試使夷齊飮이면 伯夷、叔齊、孤竹君二子父將死、遺命立叔齊、及卒、叔齊讓伯夷、伯夷曰父命也、遂逃去、叔齊亦不立而逃之、武王、伐紂、夷齊、叩馬而諫、武王、滅商、夷齊、耻食周粟、去隱于首陽山、遂餓而死、孟子曰、伯夷聖之淸者也 終當不易心이라 易音亦改變也○今廉泉上、立亭曰不易心、取隱之詩中語也、有碑

商山路有感 白居易

萬里路長在터니 迢迢萬里路長在也 六年今始歸라 三年一番得歸 所經多舊館이나 向日所經之亭館 太半主人非라 太半皆非舊時人矣

金谷、石崇所居也

金谷園　無名氏

當時歌舞地에 (當日於此園中歌舞) 不說草離離러 (豈知今日離離生草) 今日歌舞盡하니 (樂極悲生) 滿園秋露垂라 (秋路垂垂爲之涕泣)

春桂問答二　王維

王維、設爲問答之辭、問桂曰、春光明媚、桃李芳華、桂何爲而不花、桂、答之曰、桃李、雖華姸於春光明媚、不如桂、獨秀於風霜搖落之時、托物喩人也

問春桂호대 桃李正芳華라 年光隨處滿커늘 何事獨無花오

春桂答호대 春華詎(音巨)能久오 風霜搖落時에 獨秀君知不아 (方九反弗也)

遊子吟　孟郊

慈母手中線이 (慈者仁愛也、故謂之慈母) 遊子身上衣라 (遊子將有行役、母爲縫衣、) 臨行密密縫은 (音逢) 意恐遲遲歸라 難將寸草心하야 (遊子自謂、難將寸心之上) 報得三春暉라 (春暉、陽春和氣也、所以發育草木者、故比慈母)

子夜吳歌　李太白

乃樂府曲名、皆言相思之情也、子夜、夜中也、吳、今豫章以東至浙西、皆吳地

長安(今京兆、古雍州、漢隋唐建都之地) 一片月에 萬戶擣(音禱與搗同)衣聲이라 (戍婦、搗衣於月下) 秋風吹不盡하니 總是玉關情이라 (後漢班超居西域三十年、以老思歸、願生入玉門關、關在今沙州之西、蒲昌海之東、關外、皆係西域諸國也、) 何日平胡虜하고 (音魯○期望胡虜早平) 良人罷遠征고 (良人謂夫、得罷征役也)

友人會宿

良朋邂逅、飮酒消愁、月下高談、不能寤寐、

滌(音直)蕩(當去)千古愁하고 留連白壺(音胡)飮이라 良宵宜且談이니 皓月未能寢이라 (侵上) 醉來臥空山하니 天地卽衾(音金被也)枕이라 (上聲○即劉伶、幕天席地之意、非襟懷曠達者、不能此也)

雲谷雜詠　朱晦庵

雲谷、在考亭之西三十里、乃朱子讀書之處

野人載酒來하야 農談日西夕이라 載酒來訪農家、日已向西 此意良已勤하니 感歎情何極고 歸去莫頻來하라 林深山路黑이라 山深、恐人相過、以此謝客

傷田家　聶夷中

孫光憲、謂此詩有三百篇之旨、

二月賣新絲오 二月借貸以納官、而約以絲還償之、是二月而已賣新絲矣 五月糶新穀이라 五月借貸以納官、而約以穀還償之、是五月而已糶新穀矣 醫音依 得眼前瘡이나音倉 剜烏丸反 刻削也 却心頭肉이라 絲成穀熟之日、賤價而倍還、皆爲他人所有、是剜却心頭肉矣○聊以寬目前之急 我願君王心이 我願望君王之仁心 化作光明燭하야 變化作光明之燈燭 不照綺音啓 羅筵하고音延 徧音變 照逃亡屋이라 不照於綵綺絲羅之筵席要周徧照見逃亡之屋也

時興去聲　楊賁

感時寄興、言貴顯之人昔日未貴顯之時

貴人昔未貴할제 咸願顧寒微러니 貧賤○莫不願欲恤寒貧微賤之人 及自登樞要로 樞、戶樞也、開閉由戶、故居當路者、爲樞要之職、 何曾音層 問布衣오 身貴已登樞要之位、又豈復問布衣微賤之人、此言知有己、不知有人也、其爲貴也、自若 平明登紫閣하고 天子之閣言紫闥闥紫殿 日晏晚也 下彤音同赤色 闈라 宮中門○早登紫宸殿閣、晚出彤闈之門、 擾擾音杳 路傍子는 無勞歌是非하라 路傍之遊子、又何必較論誰是誰非也

離別　陸魯望

丈夫非無淚로대累去 不灑離別間이라 大丈夫、豈如兒女、離別時態、有淚洒其間也 仗倚也 劍對樽音尊 酒器 酒하니 仗劍對酒精神自奮 恥爲游子

顔이 [羞作遠遊之子、有戚戚之顔貌、] 蝮[音伏即虺也 螫人多死] 蛇一螫[音釋 傷也] 手면 壯士疾[速也] 解腕이라 [烏貫反○人遇毒蛇之螫、能忍痛割去螫處、則不害於身、○剛毅決裂之性、如毒蛇傷手、急須斷其手腕、恐毒入其身也、] 所思在功名하니 離別何足歎고 [大丈夫之志、在於功名、離別何足歎息]

古詩　　無名氏

客從遠方來하야 [以合歡被、譬喩故人相與之情、如以膠投漆之固、不能釋然也、○本十句一端綺下、有相去萬餘里、故人心尙爾二句] 遺我一端綺라 [綺、繒綉綵錦、一端、一段也、] 文綵雙鴛鴦을 裁[音才] 爲合歡被라 [即今之夾被也] 著[展呂反謂充之以絮]以長相思하고 緣[去聲飾邊也] 以結不解라 以膠[音交] 投漆中하니 [膠漆、如雷陣膠漆之義、取其堅固也] 誰能別離此오

歸園田居　　陶淵明

[言小人多而君子少]

種豆[漢楊惲、廢黜作詩、曰田彼南山、燕穢不治、種一頃豆、落而爲萁、淵明之意蓋出於此、皆托意高遠] 南山下하니 草盛豆苗稀라 侵晨理[治也] 荒穢하고 [草也○言田園種豆、在於去穢草、如朝廷用賢、在於去小人、] 帶月荷[胡可反] 鋤歸라 道狹草木長[上聲]하니 夕露沾我衣라 衣沾不足惜이오 但使願無違라 [東坡曰以夕露沾衣之故、而違其所願者多矣、]

問來使

[使去聲、將命者、此非淵明詩、]

爾從山中來하니 早晩[早耶晩耶、周賀詩、西城早晩來] 發[啓行也] 天目이라 [山名、在今杭州、淵明未嘗到] 我屋南山下에 今生幾叢[音淙]菊고 薔[音墻] 薇[音微] 葉已抽오 秋蘭氣當馥[音福]이라 歸去來山中하면 山中酒應[平聲當也] 熟이라 [陶淵明、心在歸隱、因來使而問南山之菊、山中之酒]

右軍、羲之也

王右軍　　李太白

右軍本淸眞하니 瀟洒在風塵이라 山陰(越州會稽山北、北山曰陰、今紹興府郡名)遇羽客하니(道士) 要(平聲)此好(去聲)鵝賓이라 掃素(古以帛書故稱素、今用紙亦通稱素、)寫道經하니 筆精妙入神이라 書罷籠鵝去하니(山陰有道士、好養鵝、羲之往觀、求而市之、道士云、爲我寫道經、擧群相贈、羲之寫畢、籠鵝而歸) 何曾別主人고

對酒憶賀監二首

(唐賀知章、字季眞、開元中、遷禮侍、兼集賢大學士、天寶中、乞爲道士、以宅爲千秋觀、與之居、)

四明(今慶元府) 有狂客하니 風流賀季眞이라 長安一相見하고(長安京兆府也) 呼我謫仙人이라(知章、在紫極宮、一見呼白爲謫仙、謫降也) 昔好(去聲)盃中物터니(酒也) 今爲松下塵이라 金龜換酒處에(知章、見李白、因解金龜換酒、盡歡而罷) 却憶淚沾巾이라

又

狂客歸四明하니(事見前註) 山陰道士迎이라 敕賜鏡湖水하야(鏡湖在山陰○按賀知章、自號四明狂客、因請爲道士、還鄕里、詔賜鏡湖剡川一曲、) 爲君臺沼榮이라 人亡餘故宅하니 空有荷花生이라 念此杳(遠也) 如夢하니(思之杳然如夢) 凄然傷我情이라

送張舍人之江東

(舍人、官名、江東、今建康太平寧國徽池等處)

張翰江東去하니 正値秋風時라 天淸一雁遠하고 海闊孤帆遲라 白日行欲暮하고 滄波杳難期라 吳洲如見月커든 千里幸相思하라

戲贈鄭溧陽

(溧陽、金陵縣名○鄭姓爲溧陽令、太白高尙其志、自得酒中之趣、笑傲流俗、自以淵明比方也)

陶令日日醉하야 陶淵明、爲彭澤令 不如五柳春이라 陶潛、門前種柳五株、自號五柳先生、 素琴本無絃하고 音玄○陶淵明蓋素琴一張、徽絃不具、每撫而和之曰、但得琴中趣、何勞絃上聲、

漉 音祿瀝也 酒用葛巾이라 王弘、使郡將候之、値陶潛、酒熟乃取頭上葛巾、漉酒、還復戴之、 淸風北窓下에 自謂羲皇人이라 陶潛、夏月虛閑、高臥北窓之下淸風颯至、自謂羲皇上人、 何時到栗里하야 在江州、陶淵明所居之地 一見平生親고 太白、謂幾時得到鄭公所居之栗里、一見平生契舊之親

嘲王歷陽不肯飮酒

嘲陟交反、譴也、歷陽、今和州縣、

地白風色寒하니 雪花大如手라 笑殺陶淵明이 不飮盃中酒라 以陶淵明、比方王歷陽、 浪 猶謾也虛也 撫一張琴하고 虛栽五株柳라 空負頭上巾하니 三事並見上註 吾於爾何有오 語何有於我哉、太白、謂旣不飮酒、語則虛負張琴五柳與葛巾耳、

紫騮馬

紫騮 音留○韓詩註、赤馬黑鬣 行且嘶하고 音西 雙翻碧玉蹄라 臨流不肯渡하니 似惜錦障泥라 馬韂也、晉王濟、乘馬、不肯渡水、曰馬必惜連乾錦障泥、去之、乃渡、杜預曰、濟、有馬癖 白雪關山遠하고 黃雲海戍 守邊城者說文、從人負戈 迷라 揮鞭萬里去하니 安得念香閨오 乘戍於關山之遠、寧惜春閨之人乎、

待酒不至

太白、沽酒以待賓、久而酒不至、故賦此詩、以寄興耳

玉壺繫 音計 靑絲러니 沽 音孤 酒來何遲오 山花向我笑하니 正好銜 音含 盃時라 杜、前生相遇且銜盃、 晩酌東山下하니 流鶯復在玆라 春風與醉客이 今日乃相宜라 得酒之遲、晩酌於東山之下、猶及春風流鶯囀和之時也、

遊龍門奉先寺　　杜子美

龍門、在西京河南縣、名闕塞山、一名伊闕

已從招提 梵歷寺之有常住也 遊니라 更宿招提鏡이라 僧史、後魏始光元年、創立伽藍、爲招提之地、 陰壑 抗人幽澗也 生靈 一作虛 籟하니 音賴、竽笙之屬、莊子、汝聞人籟而未聞地籟、汝聞地籟而未聞天籟、蓋謂凡有聲者 月林散淸影이라 梁昭明太子詩、月落林餘影 天闕象緯 象、星之垂象於天者、緯、五星也、不言經星者、省之、 逼하니 庚肩吾時、侵雲似天闕

雲臥衣裳冷이라 孟浩然詩、雲臥晝不起 欲覺 音敎 聞晨鍾하고 更信詩、山寺響晨鍾 令人發深省이라 令音靈省息井反察也悟也○陶淵明、聞遠公議論人曰令人、頗發深省、

戲簡鄭廣文兼呈蘇司業

廣文、名虔、玄宗、愛其才、置廣文舘、以爲博士、司業、國子學官、名、源明、能詩、肅宗朝知制誥

廣文到官舍하야 繫馬堂階下라 醉卽騎馬歸하니 山簡傳、日暮倒載歸、酩酊無所知、時時能騎馬、倒著白接䍦、 頗 坡上 遭官長 上聲 罵라

才名三十年에 坐客寒無氈이라 音旃○吳隱之、爲度支尙書以竹蓬爲屛風、坐無氈席、三十年、引此言虔之貧約 近有蘇司業하야 時時與酒錢이라 虔、始爲廣文舘學士、性嗜酒、不治事、數爲官長所誚、怡然不以爲意、至貧寒、惟蘇源明、重其才、乃時時給餉之、

寄全椒山中道士　韋應物

全椒、滁州縣、韋、時爲州刺史

今朝郡齋冷하니 郡守之齋也、唐人稱郡治爲郡齋也、 忽念山中客이라 澗底束荆 音經 薪하고 音新 歸來煮白石이라 陶隱居、眞誥云、辟穀入山、當煮白石、皆白石子以下爲糧、抱朴子內篇云、引石散、以方寸七投一斗白石子、以水合煮之、立熟如芋、可食以當穀、○荆者木也、薪者柴也、白石煮之、如芋可食也、思道士、東澗薪、來煮白石之藥、

風雨夕이라 韋詩、何時風雨夜、復此對床眠、 落葉滿空山하니 何處尋行迹고 詩謂、坐郡齋而思憶道士山中之樂、何時持酒、慰此牢落、但見落葉遍山而道士不見爾 遙持一盃酒하야 遠慰 音畏

和韋蘇州詩寄鄧道士　蘇東坡

坡、自序云、羅浮山、有野人、相傳葛稚川之隷也、鄧道士、守安、嘗於庵前、見其足跡長二尺許、以酒一壺、依蘇州韻作寄之、

一盃羅浮春을 羅浮春、先生所造酒名也、以惠州見羅浮山而得名、 遠餉 饋也 採薇 音微 客이라 伯夷叔齊、採薇於首陽山 遙知獨酌罷하고 醉臥松

下石이라 幽人不可見이되 淸嘯(蹙口出聲) 聞月夕이라(晋劉琨、爲胡騎所圍、乘月登樓淸嘯) 聊戲庵中人하니 空飛本無迹이라(柳子厚詩)
飛鳥無遺跡

足柳公權聯句

公權、字誠懸、唐文宗時、翰林書詔學士、與上聯句、命題于殿壁、字徑五寸、上歎曰鍾王無以加也、東坡、以文宗前二句、公權後二句、君臣四句之中、皆有美、而無箴戒、故足爲八句、其忠君愛民之意、深矣

人皆苦炎熱호대 我愛夏日長이라 薰風自南來하니 殿閣生微凉이라(此四句、公權與唐文宗聯句、言日長風凉之盛、有美無箴、) 一爲居所移하야(本孟子居移氣語、言居尊位者、享天下之樂、而不念民生之苦) 苦樂(音洛) 永相忘이라 願言均此施하야(去聲與也惠也) 淸陰分四方이라(此四句、乃子瞻、足成其篇、獨拳拳於淸陰分四方之事、有望於上人之恩施者、深矣)

子瞻謫海南(蘇東坡、謫惠州儋州) 黃山谷

謫、貶官遠居也、海南、瓊崖儋萬四州也、崖、今爲吉陽軍、儋、今南寧軍、萬、今萬安軍、紹聖甲戌、東坡謫授寧遠軍節度副使、惠州安置、坡居羅浮、有詩云、報道先生春睡美、道人休打五更鍾、執政怒之、再貶儋州也、時宰、章惇子厚也、

子瞻謫海南하니 時宰欲殺之라 飽喫惠州飯하고 細和(去聲) 淵明詩라 彭澤千載人이오(陶潛作彭澤令) 東坡百世士라(子瞻可爲百世之士) 出處雖不同이나 氣味乃相似라(子瞻之氣味、與淵明相似)

少年子 李太白

譏當時少年豪俠子弟、挾彈馳馬、醉臥於瓊樓、曾有夷齊守節之志否、

靑春少年子가 挾彈章臺左라 鞍馬四邊開하니 突(徒弗反) 如流星過라 金丸落飛鳥하고 夜入瓊樓臥라 夷齊是何人으로 獨守西山餓오

金陵新亭

金陵、漢改秣陵、吳改建業、東晋改建康、隋改昇州、宋復改建康、元文宗改集慶、今爲應天府、吳東晋宋齊梁陳南唐建都之地、元建江南諸道行御史臺於此、故俗猶稱南臺云、

金陵風景好하니 豪士集新亭이라 擧目山河異하니 或作江河者非 偏傷周顗 音蟻字伯仁、山東人、東晉永昌初、僕射 情이라 四坐楚囚悲하고 不憂社稷傾이라 王公 名導字茂弘琅琊人相元帝中興始興諡文獻公 何慷慨오 按王導傳、過江人士、每至暇日、相邀出新亭、飮宴、周顗、中坐而嘆曰、風景不殊、擧目有山河之異、皆相視流涕、惟導、愀然變色曰、當共戮力王室、克復神州、何至作楚囚相對而泣耶、衆收涙謝之、 千載仰雄名이라

原本備旨懸吐註解 古文眞寶前集卷之一 終

原本備旨懸吐註解

古文眞寶前集卷之二

五言古風短篇

長歌行　　　　沈休文

此篇、托物比興、謂露中之葵、遇春而發生、至秋而凋落、喻人之少壯、若不勉力功名、徒傷悲於遲暮之時、則亦無及矣、

青青園中葵는 音逵 朝露待日晞라 音希乾也 陽春布德澤하니 萬物生光輝라 萬類、得陽春而發生、喻人少壯 常恐秋節
至하야 焜 魂上 黃華 花同 葉衰라 至秋而華葉焜黃、喻人之老景也、 百川東到海하니 何時復西歸오 百川水、東流至海、無復返流、喻人既老而不復少壯 少
壯不努 奴上 力이면 老大徒傷悲라

雜詩　　　　陶淵明

陶淵明、作此、以詠其幽居之趣、心遠地偏、眞樂自得於心、不待形之言也、

結廬 音閭 在人境하니 而無車馬喧이라 問君何能爾오 心遠地自偏이라 採菊東籬下하니 悠 音由 然
見南山이라 東坡曰、採菊之次、偶然見山初不用意、而景與意會、 山氣日夕佳하니 飛鳥相與還이라 此間有眞意하니 欲辨已忘言이라

雜詩 亦古詩之流也

秋菊有佳色하니 裛 於及反 露掇 拾取也 其英이라 離騷、夕餐秋菊之落英、 汎此忘憂物하야 忘憂物乃酒也 遠我遺世情이라 歸去來辭、請
息交以絶游、世與我而相遺、 一觴 音祥酒器 雖獨進이나 盃盡壺自傾이라 日入羣動息하니 通曆、日出而作、日入而息、 歸鳥趨林鳴이라
嘯 音笑 傲 敖去 東軒下하니 聊復得此生이라 以無事自適、爲得此生、則見役於物者、非失此生耶、

擬古

日暮天無雲하니 春風扇微和라 言一時之景也 佳人美淸夜하야 達曙酣 呼甘反醉也 且歌라 佳人、自夜達且、酣歌燕飮 歌竟長

歎息하니 持此感人多라 有感而作是詩 皎皎 音皦 雲間月이오 灼灼 音勺 葉中華라 少年、如花開月明、一時之美盛 豈無一時好리오 不久當如何오 年老、如花凋月蝕、則不能久也

鼓吹曲 此篇形容金陵帝都之盛

謝玄暉

吹、去聲、鼓吹、軍中之樂爾雅、徒歌謂之吹、

江南佳麗地오 金陵帝王州라 逶 於危反 迤 音移 帶 猶暎也 綠水하고 逶迤斜去貌 迢 音超 遞 音弟 起朱樓라 迢遞遠貌 飛甍 音萠屋棟 夾馳 音池騁也 道오 垂楊蔭御溝라 凝笳 笳聲多而凝聚 翼 左右夾侍 高蓋하고 疊鼓 非一鼓也 送華輈라 音舟轅也 獻納雲臺表하니 後漢明帝、永平三年、圖二十八將於南宮雲臺、以鄧禹爲首 功名良可收라

和徐都曹

鋪張宛洛、春日遊觀之勝槩、○和去聲、聲相應也、作者爲唱、答者爲和、魏晉至唐、和意而已、至晩唐李益盧綸、始和韻、徐都曹中都曹也、八座之一、

宛 平聲南陽縣、光武、生南陽白水鄕、中興功臣、多帝鄕親舊、故其地繁盛、 洛 今河南府、後漢都焉、玄暉以宛洛、比金陵、 佳遨遊하니 春色滿皇州라 結軫 眞上 青郊路하고 軫車後木 回瞰 音闞視也 蒼江流라 日華川上動하고 風光草際浮라 桃李成蹊 音奚 徑하고 小路 桑楡 音兪 蔭道周라 路曲 東都已俶 始也 載하니 去聲事也 言歸望綠疇라 音紬

遊東園 形容東園之佳致

戚戚苦無悰하니 音叢樂也 携 音奚 手共行樂이라 音洛 尋雲陟 升也 累榭하고 音謝、榭上有屋也、累榭重臺也 隨山望菌 囷上芝、菌也、韻書、地蕈也、 閣이라 遠樹曖 愛上、或作曖者非、 芊芊하고 音遷○曖不明、芊芊茂美貌 生烟紛漠漠이라 魚戲新荷動이오 鳥散餘花落이라 不對芳春酒하고 還望青山郭이라

怨歌行　班婕妤

(漢宮、班婕妤、寵眷既衰、託興於紈扇、謂其得寵之時、如扇、出入於君之懷抱衣袖間、一旦愛衰則如秋至風凉、廢棄於篋笥中、恩愛絶矣、)

新裂(音列 擘裂) 齊紈(音丸 齊地之絹曰紈) 素하니(白緻繒也) 皎潔(潔白貌) 如霜雪이라 裁(音才) 爲合歡扇하니(二面相夾謂之合歡扇) 團圓似明月이라 出入君懷袖하야 動搖微風發이라 常恐秋節至하야 凉飇(音標 秋風也) 奪炎熱이라 棄捐(音沿) 篋(音篋 箱屬) 笥(音似) 笥中하니 恩情中道絶이라

擬怨歌行　江文通

紈扇如圓月하니 出自機中素라 畫作秦王女하야 乘(平聲) 鸞向煙霧라(蕭史善吹笙、秦穆公女弄玉好之、以妻焉、爲作鳳臺、夫婦止其上、一旦乘鸞鳳而去、) 采色世所重이나 雖新不代故라(代替也 故舊也) 竊愁凉風至하야 吹我玉階樹라 君子恩未畢하야 零落在中路라

古詩　無名氏

(不知作者姓氏、或曰枚乘)

(喩臣之不得事君、如牛女之不得相會)

迢迢(遠也) 牽牛星이오(牽牛也) 皎皎(潔白) 河漢女라(織女也) 纖纖(秀美) 擢(音濁) 素手하야 札札(機杼聲) 弄(籠去) 機杼라 終日不成章하고(文章也、詩、跂彼織女、終日七襄、雖則七襄、不成報章、) 涕泣零如雨라 河漢淸且淺하니 相去復幾許오 盈盈一水間에(天河之水) 脉脉不得語라(下情不能上達也)

古詩

(喩人自少至老、不知休息也、)

生年不滿百이나 常懷千歲憂라 晝短苦夜長하니 何不秉(音丙) 燭遊오 爲樂(音洛) 當及時라 何能

待來玆오 待、或作徒者非、爾雅、蓐謂之玆、即今龍鬚草可以爲席、一歲一生、來玆、猶言來歲也、 愚者愛惜費야하 俱爲塵世嗤라 音蚩 仙人王子喬는 王子喬、後漢人、爲葉縣令、後爲神仙、 難可以等期로다

綠筠軒　蘇子瞻

於潛僧、有軒、名綠筠、坡老爲賦此詩

可使食無肉이언정 不可居無竹이라 王子猷、嘗寄居空宅中、便令種竹曰何可一日無此君耶 無肉令 平聲下同 人瘦오 無竹令人俗이라 人瘦尙可肥나 士俗 或作俗士者非 不可醫라 音伊 傍人笑此言하되 似高還似癡라 音蚩 若對此君仍大嚼이면 增入○曹子建、與吳季重書、曰過屠門而大嚼、豈不快意、 世間那有揚州鶴고 昔有客相從、各言所志、或願爲揚州刺史、或願多貲財、或願騎鶴上昇、其一人曰、腰纏十萬貫、騎鶴上揚州、蓋欲兼三人之所欲也、

月下獨酌　李太白

終篇形容獨酌曲盡其妙

花下一壺酒를 獨酌無相親이라 擧盃邀明月하니 對影成三人이라 月旣不解 音蟹 飮하고 影徒隨我身이라 暫伴月將影하니 行樂 音洛 須及春이라 我歌月徘 音排 徊하고 音回 我舞影凌亂이라 醒 音星 時同交歡이나 謂我與月、對影歌舞、 醉後各分散이라 醉眠則我與月影、分散矣 永結無情遊하야 相期邈 音莫 雲漢이라

春日醉起言志

處 上聲 世若大夢하니 百年在世、渾如一夢、 胡爲勞其生고 莊、勞我以生 所以終日醉하야 頹 徒回反 然臥前楹이라 覺 音教 來眄 音面顧也視也 庭前하니 一鳥花間鳴이라 借問如何時오 春風語流鶯이라 感之欲歎息하고 對酒還自傾이라 浩歌待明月하니 曲盡已忘情이라

蘇武

蘇武在匈音凶奴하야 武、使匈奴、單于欲降之 十年持漢節이라 杖漢節、牧羊、臥起操持、而節旄落盡、 白雁上林飛하니 空傳一書札이라 匈奴、詭言武死、後漢使復至、常惠、敎使者、爲單于言、天子射上林中、得雁足、有繫帛書、言武在某澤中、使者如惠語、以誚單于、單于驚謝曰、武等實在 牧羊邊地苦하니 落日歸心絕이라 渴飲月窟水하고 飢音箕餐天上雪이라 匈奴、幽武置大窖中、絕不飲食、會天雨雪、武臥齧雪、與旃毛並咽之、 東還沙塞遠하고 北愴音創河梁別이라 泣把李陵衣하고 相看淚成血이라 李陵、別蘇武詩、有、雋手上河梁、及、不覺淚沾裳、之句

雜詩　　陶淵明

人生無根蔕하야 音帝爪當也○根者本也、蔕者花之蔕也、 飄如陌音默、田間道、南北曰阡、其東西曰陌、上塵이라 分散逐風轉하니 塵隨風而起 此已非常身이라 謂人生、寄迹於天地間、如郵亭傳舍、靡有常也、 落地爲兄弟니 何必骨肉親고 語云、四海之內、皆兄弟也、大抵交遊、皆兄弟、又何必論其至親也、 得歡當作樂이니 音洛 斗酒聚比音皮並也近也鄰이라 連居曰鄰 盛年少壯之年不重平聲來오 一日難再晨이라 及時當勉勵音麗어다 歲月不待人이라 人生行樂、恐歲月已去、不長少年也、

歸田園居

野外罕寒上聲少也人事하고 深巷寡輪鞅이라 音養、牛羈也、又馬在禹曰鞅○輪車輪、鞅馬索 白日掩柴扉하니 音非以柴爲門 虛室絕塵想이라 莊子虛室生白吉祥止止、 時復墟音區丘山、古者、九夫爲井、四井爲邑、四邑爲丘、丘謂之墟、曲中에 披草共來往이라 相見無雜言하고 但道桑麻長이라上聲 桑麻日已長하고 我土日已廣이라 常恐雪霰先去至하야 零落同草莽이라 忙上、雪霰之摧折、則桑麻之長、安保其不零落於草莽乎

鼠鬚筆　　蘇叔黨

太倉失陳舊也紅하고 狡交上聲狡猾也穴賢入得餘腐라 音父朽敗也○漢書、太倉之粟、陳陳相因、紅腐而不可食 既興丞相去聲歎이오 秦丞相、李斯、少時爲郡吏、見吏舍厠中鼠、食不潔、近人、犬、數驚恐、觀倉中鼠、食積粟、不見人犬之憂、歎曰人之賢不肖、譬如鼠矣、在所自處耳、 又發廷尉怒라 漢廷尉張湯、其父、爲長安丞、出外、湯爲守舍、而鼠盜肉、其父還怒、乃笞湯、湯掘、遂得盜鼠及餘肉、劾鼠掠

治、并取鼠與肉、具獄磔堂下、其父視其文辭、如老獄吏、大驚異之、 磔陟格反裂也 肉餧限去聲飼也 餓猫하고 分髯頰鬚也 雜霜兎라 挿架刀槊音朔矛也長一丈六尺

健이오乾去 落紙龍蛇鶩라音務謂字如龍蛇之馳走 物理未易詰이니窮問也 時來卽所遇라 穿墉音容 何卑微오詩相鼠母穿我墉

託此得佳譽라名也

妾薄命二首　　陳無己

謝疊山、謂有國風法度、

主家十二樓에 一身當去聲抵也敵也 三千이라長恨歌、後宮佳麗三千人、三千寵愛在一身、 古來妾薄命하야 事主不盡年이라傷南豊之早亡也

起舞爲去聲 主壽하고 相送南陽阡이라音遷○漢原涉、塚、署曰南陽阡 忍著主衣裳하고 爲去聲 人作春姸가 有聲當徹

天이오 有淚當徹泉이라 死者恐無知나 妾身或作妾聲者非 長自憐이라長字是決辭、疊山、謂此詩可與少陵比肩、其絕妙句法、在結末、人多不識此、

又

葉落風不起하고 山空花自紅이라山中、有松栢杞梓梗楠豫章之材、則可以爲棟梁之用、山已空矣、惟有野花自紅、則朝廷無將相之才、而國已空虛矣 捐音緣棄也 世不待老하니

惠愛也 妾無其終이라 一死尙可忍이나 百歲何當窮고忍死尙可、卽死實難也、 天地豈不寬이리오 妾身自不容이라

死者如有知면 殺身以相從이라此六句、思慕深恨、不殺身以死從於地下也 向來歌舞地에 夜雨鳴寒蛩이라爾雅云、蟋蟀曰蛩、詩意謂歌舞最相爲樂

處、今聞蛩聲、則悽慘矣、此人事之變也、結句有味

靑靑水中蒲　　韓退之

此詩托物比興、謂征夫出戍、其妻幽宮閨房、如蒲在水中、第一章謂夫君之出、第二章、謂不得相隨、末章、勉君子以正、得風人之體

靑靑水中蒲여 下有一雙魚로다 君今上隴去하니隴龍上聲、今陝西路隴州西寧等處有隴山、在汧陽縣西六十里、戍邊者、必徑此、戍者歌曰、隴頭流水、嗚聲幽咽、遙望秦川、肝腸斷絕

我在與誰居오 青青水中蒲여 長在水中居로다 寄語浮萍草하노니 相隨我不如라 青青水中蒲여 葉短不出水로다 婦人不下堂이어늘 行子在萬里로다

幽懷

幽懷不可寫하야 行此春紅潯이라(音尋) 適與佳節會하니 士女競光陰이라 凝妝(音莊) 耀(遙去) 洲(音州) 渚하고 繁(音煩) 吹(去聲○繁吹歌吹之盛也) 蕩人心이라 間關林中鳥는 知時爲和音이라(見音樂之繁、禽鳥之鳴、) 豈無一樽酒리오 自酌還自吟이라 但悲時易(音異)失이니 四序迭(田入)相侵이라(但悲四序、迭相更代、而光陰易失也) 我歌君子行하니(古樂府、有君子行) 視古猶視今이라

公讌　曹子建

公子愛敬客하야 終宴(音燕) 不知疲(音皮)라 清夜遊西園하니 飛盖相追隨라 明月澄清影하니 列宿(音秀) 正參(初今反)差(叉宜反)라 秋蘭被長坂하고 朱華冒綠池라(朱華荷花也) 潛魚躍清波하고 好鳥鳴高枝라(已上六句、鋪叙一時、星月之輝、花草之盛、禽魚之樂、而有自得之適也、) 神飇(音標) 接丹轂(音谷)하고 輕輦隨風移라 飄颻(上漂下搖) 放志意하니 千秋長若斯라(斯此也)

獨酌　李太白

天若不愛酒면 酒星(晋天文志、曰酒星、柳星傍三星、曰酒旗星、) 不在天이오 地若不愛酒면 地應無酒泉이라(河西肅州爲酒泉郡) 天地旣愛酒하니 愛酒不愧天이라 已聞清比(音彼) 聖이오 復道濁如賢이라(酒之清爲聖人、濁爲賢人、) 賢聖旣已飮하니 何必求神仙고 三盃通大道오 一斗合自然이라 但得醉中趣니(音娶) 勿爲醒者傳하라

剝啄、扣門聲

歸田園　陶淵明

叙東皐之勝槩、終歸於農桑之務本、朋友之責善也、

種苗在東皐하니 音羔 苗生滿阡 音遷 陌이라 音默 雖有荷 上聲 鋤倦이나 濁酒聊自適이라 日暮巾柴車하니 巾、或曰覆也、主也、又曰猶衣也、舊注、周禮有巾車氏、然非淵明所用意、當訓結束等字、 路暗光已夕이라 歸人望煙火하고 稚 音雉 子候簷隙이라 音緍簷之空處 問君亦何爲오 百年會有役이라 音亦 但願桑麻成고 蠶月得紡 防上 績이라 音積 素心 猶言初心 正如此라 開逕望三益이라 論語、益者三友、損者三友

和陶淵明擬古　蘇東坡

有客扣 音寇 我門하야 繫馬門前柳라 庭空鳥雀 音鵲 噪오이 操去 門閉客立久라 主人枕 聲去 書臥하야 夢我平生友라 忽聞剝 邦入 啄 卓 聲하고 驚散一盃酒라 倒裳起謝客하니 詩、顚之倒之顚倒衣裳、 夢覺 音敎 兩愧負라 音阜 坐談雜今古하니 不答顏愈厚라 上聲 問我何處來오 我來無何有라 莊子、無何有之鄕、

責子　陶淵明

白髮被兩鬢하니 淵明自歎 肌 音基 膚 音孚 不復實이라 雖有五男兒나 淵明有子五人、長曰舒次曰宣三曰雍四曰端五曰通 總不好 去聲 紙筆이라 阿舒已二八이나 懶惰 沱去 故無匹이오 阿宣行志學이나 而不愛文術하고 雍端年十三이나 不識六與七이오 通子垂九齡이나 音靈 但覓梨與栗이라 天運苟如此하니 且進盃中物하라 淵明歸之天運、自飮盃中酒、以釋去憂悶也、

田家　柳子厚

古道饒 益也多也 蒺 音疾 藜하야 蒺藜、有刺蔓生、卽詩、墻有茨之茨、 縈 於營反 廻古城曲이라 蓼 音了又音六 花被 音備遍也 隄岸하니 陂 音卑

澤障也、蓄水曰陂 水寒更綠이라 是時收穫竟하니 落日多樵牧이라 音穆 風高楡音兪 柳疎하고 霜重梨棗熟이라 言一時之景

行人迷去徑이오 音敬小路 野鳥競棲宿이라 上二句含下面昏黑意 田翁笑相念하니 昏黑愼原陸이라 此二句、言昏黑之時、不分明朗、當自愼也 今

年幸少豊하니 無惡烏去 饘音旃 與粥이라 音祝稀者曰饘、稠者曰粥、

原本備旨懸吐註解 古文眞寶前集卷之二 終

原本備旨懸吐註解 古文眞寶前集卷之三

五言長篇

直中書省 此直宿中書省閣所作也　謝靈運

紫殿 猶紫閣也 肅陰陰하고 彤 音同 庭赫 明盛 弘敞이라 音昶大闢 風動萬年枝오 今之多青樹、或以爲羅漢栢者、非也 日華 猶映也 承露掌이라 漢武帝、作承露銅盤、高三十丈、大十圍、上有仙人掌、擎玉盃、以承雲表之露、和玉屑飮之、云可長生、 玲瓏 音靈籠 結綺錢이오 深沈映朱網이라 紅藥當階翻이오 蒼苔依砌上이라 上聲 玆言翔鳳池에 中書地在禁近、秉鈞持衡、多承寵任、是以人固其位、謂之鳳凰池、 鳴珮 音佩 多淸響이라 信美非吾室이니 中園思偃仰이라 朋情以鬱陶하고 思深 春物方駘 蕩亥反 蕩이라 徒黨反○廣大之意 安得凌風翰하야 寒汗二音鳥羽 聊恣山泉賞고 首言中書省之美麗、終思園林之閑雅、方春而鬱陶、以思我交朋、安得羽翰、凌風而歸、恣賞山林泉石也

古詩　無名氏

行行重 去聲復也 行行하니 與君生別離라 楚辭、樂莫樂兮新相知、悲莫悲兮生別離、 相去萬餘里야 各在天一涯라 道路阻 險也 且長하니 詩、道阻且長 會面安可期오 胡馬依北風이오 越鳥巢南枝라 相去日已遠하니 衣帶日已緩이라 音患○謂別後憔悴、而衣帶舒緩、 浮雲蔽白日하니 喩讒人之蔽主也○阻隔、如雲蔽日、 遊子不復返이라 思君令 平聲 人老하니 歲月忽已晩이라 棄捐 音緣 勿復道하고 努 奴上 力加餐 七安反 飯하라

擬古　陶淵明

東方有一士하니 被服常不完이라 三旬九遇食하고 十年著一冠이라 言士之固窮如此、 辛苦無此比나 常有好容顏이라 德足以潤身、豈計衣食之豐約哉 我欲觀其人하야 晨去越河關이라 青松夾路生이오 白雲宿簷端이라 知我故來

意하고 取琴爲去聲 我彈이라 上絃驚別鶴이오 下絃操去聲 孤鸞이라 別鶴孤鸞皆曲名 願留就君住하야 從今至歲寒이라 淵明、志趣與之符合、願就其居、定交友歲寒之盟也、

讀山海經

陶淵明、因讀山海經、胸次悠然有自得之趣、作此以詠其幽居之適、

孟夏草木長上聲하니 繞屋樹扶疎라 衆鳥欣有托이오 吾亦愛吾廬라 既耕亦已種하니 時還讀我書라 窮巷隔深轍直結反이니 頗回故人車라 欣然酌春酒하니 摘我園中蔬音疏라 微雨從東來하니 好風與之俱라 汎凡去 覽周王傳去聲○按太平廣記、周穆王、好神仙、乘八駿之馬、日宴西王母於瑤池之上、하고 流觀山海圖라 神禹、治水、有山海經、傳于世、張僧繇、畵以爲圖焉、 俛音免 仰終宇宙하니 不樂音洛 復何如오

夢李白二首　杜子美

死別已呑咽也 聲이오 生別常惻惻이라 音測○馬融傳、不忍生別、我心惻惻 江南瘴章去 癘音例 地에 白坐永王璘之累、詔長流夜郎、會赦還潯陽、坐事下獄、潯陽今江州路、乃潯陽山南東路、 逐客無消息이라 故人入我夢하니 明我長相憶이라 樂府云、夢見在我傍、已覺在他鄕、上有加飡食、下有長相憶 恐非平生魂이니 路遠不可測이라 韓非子曰、六國時張敏與高惠、二人爲友、每相憶不能得見、敏便於夢中往尋、但得至半道、即迷不知、遂回 魂來楓音風 林青이오 魂返關塞音賽 黑이라 今君在羅網하니 何以有羽翼고 落月滿屋梁하니 宋玉神女賦、若白月初出照屋梁、 猶疑見顔色이라 西淸詩話白、歷見司馬子微、謝自然、賀知章、或以爲可與神遊八極之表、或以爲謫仙人、俱不若少陵云、落月滿屋梁、猶疑見顔色、百世之下尙想見其風采、此李太白傳神詩也、 水深波浪闊하니 宋玉賦、海水深浩、波浪廣闊、非萬斛舟不可泛、 無使蛟龍得하라 按太白、溺死於采石、此詩當是白死後作、故曰死別已呑聲而終云水深波浪闊、無使蛟龍得、而殆誠有捉月之事故也、

又

浮雲終日行하니 遊子久不至라 古詩浮雲蔽白日、遊子不復返、此言興比時君昏暗、爲群小所蔽、而君子在外也、 三夜頻夢君하니 情親見君意라 告

歸常局窮入 促이오從入 苦道來不易라音異 江湖多風波하니 舟楫音接 恐失墜라 出門搔音騷手爬 白首하니 諸葛松詩、出門無往還、時復搔白首、 若負平生志라 冠盖滿京華어늘 斯人獨顇顦라 左太冲詩、濟濟京城內、赫赫王侯居、冠蓋蔭四術、朱輪驅長衢、寂寂王子宅、門無卿相車

孰云網恢恢오 音魁○老子云、天網恢恢、踈而不漏、 將老身反累라 纍去○嵇昂曰吾將老矣、反爲牛尾累身 千秋萬歲名은 阮籍詩、千秋百歲後、榮名安所之、 寂寞音莫 身後事라 張翰曰、使我有身後名、不如卽時一盃酒、○子美蓋傷太白身後、惟有二孫女、家聲不振、徒留千秋萬歲名也、

贈東坡 前篇、梅以屬東坡

黃山谷

江梅有佳實하니 託根桃李場이라音長 桃李終不言하니 朝露借恩光이라 言江梅爲桃李所忌、意謂東坡、見嫉當世、獨人主見知耳、 孤芳忌皎潔이오 冰雪空自香이라 古來和鼎實하니 此物升朝廊이라音郎 歲月坐成晚하니 煙雨青已黃이라 得升桃李盤하야 以遠初見嘗이라 終然不可口하니 擲直隻反投也拋也 置官道傍이라 杜病橘詩、紛然不可口、豈只存其皮 但使本根在면 棄捐音沿 果何傷고

又 後篇、松以屬東坡、茯苓以屬門下士之賢者、兎絲以自況、

靑松出澗壑하니沆入 十里聞風聲이라 此意謂東坡、以大才而沈下僚、其蓋世之名、則不可掩也、 上有百尺絲오 下有千歲苓이라 淮南子曰千年之松下有茯苓、上有兎絲、 自往得久要하고 音腰論語、久要、言舊約也、猶言久交也、 爲去聲 人制頹徒回反 齡이라 音靈、制猶延也、禁制衰頹之年齒、使不老○此句指茯苓、 小草有遠志하니 相依在平生이리 世說、桓溫問謝安遠志又名小草、何以一物而有二名、郝隆曰、處則爲遠志、出則爲小草、○此句以下、並指兎絲、譏其不依附凡木、所志遠矣 醫音依 和不並世하니 深根且固蔕라 音帝○東坡和云、嘉穀臥風雨、稂莠登我場、陳前謾方丈、玉食慘無光、大哉天宇間、美惡更臭香、君看五六月、飛蚊隱回廊、妶時不少假、俛仰霜葉黃、期君蟠桃枝、千歲終一嘗、願我如苦李、全生依路傍、紛紛不足慍、悄悄徒自傷、○空山學仙子、妄意笙簫聲、千金得奇藥、開視皆豨苓、不知市人中、自有安期生、今君已度世、坐閱霜中蔕、挲摩古銅人、歲月不可計、醫風安在哉、要君相指似、 人言可醫國이니 何用大早計오 晉語、平公有疾、使醫和視之、文子曰醫及國家乎、對曰上醫醫國、其次醫人、固醫官也、○謂依附賢者、足以自樂、至其不爲當世所知、則亦自重、難進而未嘗汲汲也、 小大材則殊나 氣味固相似라 山谷、自謂己之於東坡、才之大小固殊、

然其剛介自守之操、未始有異也

慈烏夜啼　　白樂天

張華註禽經云、慈烏孝鳥長則反哺其母、大觜烏孱

慈烏失其母하고 啞啞烏下反 吐哀音이라 晝夜不飛去하고 經年守故林이라 夜夜夜半啼하니 聞者爲去聲 沾襟音金이라 聲中如告訴하야音素 未盡反哺音步 心이라烏能反哺其母 百鳥豈無母리오 爾獨哀怨深이라 應是母慈重하야 使爾悲不任이라 昔有吳起者하니學於曾子母歿不奔喪曾子責之 母歿音沒 喪不臨이라 哀哉若此輩는音褙 其心不如禽이라 慈烏彼慈烏여 烏中之曾參이로다曾參、孝於事母禽中亦有此者、

田家

籬落隔煙火하니籬落之外見火下得一隔字妙 農談四鄰夕이라 庭際秋蛩音筇 鳴하니 踈麻方寂歷이라 蠶絲盡輸稅하니 機杼直呂反 空倚壁이라 里胥夜經過하니 雞黍事筵音延 席이라 各言官長上聲 峻하야 文字多督音篤 責이라音仄○催租之人、又來、 東鄉後租期하야有輸租後期者 車轂音谷 陷泥澤이라猶車輪、陷落水澤中、費推挽之勞也 公門少推恕하야音庶 鞭音邊 朴音璞 恣狼音郞 藉라 努力愼經營하라音榮 肌音箕 膚音孚 眞可惜이라須早納官、肌膚可惜、毋取其笞辱也 迎新在此歲하니 惟恐踵之隴反 前跡이라此乃迎新割稻之時、即當以東鄉之事、爲戒也

樂府上　　無名氏

此詩去古未遠、頗有三百篇之遺風、○古樂府三篇、此篇居首、故曰上、本題曰飮馬長城窟行、

青青河畔草여 綿綿思遠道라 遠道不可思니 夙昔夢見之라 夢見在我傍더니 忽覺音教寤也 在

尺素、盈尺之帛也、古者以帛爲書

南荊、南楚也

衡門、茅屋、貧士之居也

問津、言指道也、出論語

他鄕이라 他鄕各異縣하야 輾音展 轉 輾者轉之半、轉者輾之周、皆臥不安席之意、 不可見이라 枯桑知天風하고 海水知天寒이라 此二句言物有自然之感 入門各自媚하니 眉去 誰肯相爲言고 客從遠方來하야 遺我雙鯉魚라 呼童烹 披庚反 鯉魚하니 中有尺素書라 長跪 去委反 讀素書하니 書中竟 音鏡 何如오 上有加餐食하고 下有長相憶이라

七月夜行江陵途中作　陶淵明

閑居三十載에 遂與塵事冥이라 詩書敦 厚也 宿好 去聲 하고 林園無俗情이라 如何捨此去하야 遙遙至南荊 音京 고 叩 音扣 枻 以至反 楫也 新秋月하니 臨流別友生이라 涼風起將夕하니 夜景湛 音淡 虛明이라 昭昭天宇闊이오 皛皛 胡了反 明也 川上平이라 懷役 音亦 不遑 音皇 寐하고 中宵尙孤征이라 商歌 曾子、居衛、三日不擧火、十年不製衣、捉衿而肘見、納履而踵決、曳踵而歌商頌、聲滿天地、若出金石、見莊子、 非吾事오 莊子子夏商歌聲若金石 依依在耦 音偶 耕이라 語、長沮桀溺、耦而耕 投冠旋舊墟 音區 하고 不爲好爵縈이라 養眞衡茅下하니 庶以善自名이라 亦自述其歸休之趣、惟不貪榮利、自養天眞、斯善士也

飮　酒

傷風俗澆浮、吾道晦蝕、不若痛飮、自陶其天眞

羲農去我久하니 伏羲神農古之帝王 擧世少復眞이라 復還本然之眞性猶言明善復初也 汲汲魯中叟가 孔子 彌縫 左、彌縫其失、猶言補合也 使其淳이라 音純 鳳鳥雖不至나 語、鳳鳥不至吾已矣夫、 禮樂暫得新이라 六句、言孔子修六經而羲農之道以明、 洙 音殊 泗 音四○二水名、孔子居二水間 輟 陟劣反 微響터니 漂流逮 音殆 狂秦이라 詩書亦何罪오 一朝成灰 呼恢反 塵이라 四句、言秦皇焚六經而孔子之道以晦、 區區諸老翁이 指漢伏生之徒 爲事誠慇 音殷 懃이라 音勤 如何絕世下에 六籍 六經 無一親고 終日馳 音池 車走하니 不見所問津이라 六句言世儒訓詁之陋而嘆聖人之不生也、 若復不快飮이면 空負頭上巾이라 但恨多謬 靡幼反 誤하니 音悟 君當恕醉人하라 四句、言麴蘖昏迷之託

而嘆俗人之不知也、

歸田園居

少無適俗韻하고 性本愛丘山이라 誤落塵網中하야 一去三十年이라 羈音基 鳥戀力劵反 舊林이오 池魚思故淵이라 開荒南野際하고 守拙歸園田이라 方宅十餘畝오 草屋八九間이라 楡音兪 柳 後簷하고 桃李羅堂前이라 曖曖音愛 遠人村이오 依依墟里煙이라 狗吠深巷中하고 鷄鳴桑樹顚이라 戶庭無塵雜이오 虛室有餘閑이라 久在樊籠裏라가 復得反自然이라

夏日李公見訪　杜子美

李炎爲太子家令、一本云李家令見訪、

遠林暑氣薄하니 公子過我遊라 貧居類村塢하니 烏去 僻近城南樓라 傍舍頗淳音純 朴하야 音撲 所願亦易音異 求라 隔屋問西家호대 借問有酒不아 音否未定之辭 牆頭過濁醪하니 音勞 展席俯長流라 淸風左右至하니 客意已驚秋라 巢多衆鳥鬪오 葉密鳴蟬稠라 音紬 苦遭此物聒하니 音刮 孰謂吾廬幽오 水花晩色靜하니 蓮花一名爲水花 庶足充淹留라 預恐樽音尊 中盡하야 更起爲君謀라 荷花淸潔、猶淸人之神思、只恐樂有餘而盃不足、故云云、

贈衛八處士

人生不相見하니 動如參與商이라 左傳、子產曰、昔高辛氏、有二子、伯曰閼伯、季曰實沈、居於曠林、不相能也、帝還閼伯于商、主辰爲商星、遷實沈於大夏、主參爲晉星、二星、不相得、各居一方、人之離別、不得聚會者、似之 今夕復何夕고 共此燈燭光이라 少壯能幾時오 武帝秋風辭、少壯幾時兮奈老何、 鬢髮各已蒼이라 訪舊半爲鬼하니 驚呼熱中腸이라 焉音烟 知二十載에 上聲 重上君子堂고 王仲宣詩、高會君子堂、 昔別君未婚더니 兒女忽成行이라 音杭

(父執、父友也、出禮記)

怡(音移)然敬父執하야 問我來何方고 問答未及已에 兒女羅酒漿이라 夜雨剪春韭(音久)하고 新炊間黃粱이라 主稱會面難하야 一擧累十觴(音商)이라 十觴亦不醉하니 感子故意長이라 明日隔山岳이니 世事兩茫茫이라

石壕(音豪)吏

暮投石壕(地名)村하니 (澠地、有二崤、東土崤、西石崤、石崤即石壕、) 有吏夜捉人이라 老翁踰墻走하고 老婦出門看이라 吏呼一何怒며 婦啼一何苦오 聽婦前致詞호대 三男鄴城戍라 (鄴城魏都也、後改爲相州) 一男附書至하니 二男新戰死라 存者且偸生이나 死者長已矣라 室中更無人하고 所有乳下孫이라 孫有母未去하나 出入無完裙이라 老嫗力雖衰나 請從吏夜歸라 急應河陽役하야 猶得備晨炊라 (時二節度、屯兵於此、以禦慶緖、兵敗、無丁可抽故老嫗請赴河陽之役、以供炊、而已) 夜久語聲絶하니 如聞泣幽咽(烟入)이라 天明登前途하니 獨與老翁別이라

佳人

絶代有佳人하니 幽居在空谷이라 自云良家子로 零落依草木이라 關中昔喪敗하야 兄弟遭殺戮(音陸)이라 官高何足論고 不得收骨肉이라 世情惡衰歇하니 萬事隨轉燭이라 夫壻(音細) 輕薄兒오 新人美如玉이라 合昏尙知時니 (本草、合歡、即夜合也、一名合昏其葉、至昏而即合、) 鴛鴦不獨宿이라 (鴛鴦、雌雄、未嘗相離、人謂之匹鳥、) 但見新人笑오 那聞舊人哭가 在山泉水淸이오 出山泉水濁이라 (情因所習而遷移、猶水因所遇而淸濁、此亦佳人念夫之辭也) 侍婢賣珠廻하야 牽蘿(音羅) 補茅屋이라 (見其自守之操) 摘花不揷髮하고 (亦詩所謂、豈無膏沐、誰適爲容、之意) 采栢動盈掬(音菊)이라 天寒翠袖薄하니 日暮倚脩竹이라 (天色已寒而翠袖尙薄、喩時之亂離而君子在外也、栢與竹歲寒不改其操、采栢倚竹、則所思遠矣、猶君子見逐於君、操守不易、所以爲忠臣貞婦

送諸葛覺往隨州讀書　韓退之

鄴侯家多書하야 架揷三萬軸이라(音、逐○唐宰相李泌、封鄴侯、其子繁、刺隨州、) 一一懸(音玄)牙籤하니(七廉反) 新若手未觸이라(充人○西京雜記、秘閣圖書、皆表以牙籤) 爲人强(上聲)記覽하야 過眼不再讀이라 偉哉羣聖書를 磊(音儡衆石)落載其腹이라 行年逾(音兪)五十에 出守數已六이라 京邑有舊廬하니 不容久食宿이라 臺閣多官員하니 無地寄一足이라 我雖官在朝나(音潮) 氣勢日局縮이라(音蹜退也) 屢爲(去聲)丞相(去聲)言이나 雖懇不見錄이라 送行過滻(音産)水하니(滻水、水名、出京兆藍田谷) 東望不轉目이라 今子從之遊하니 學問得所欲이라 入海觀龍魚하고 矯(音皎擧也)翮逐黃鵠이라(音谷) 勉爲新詩章하야 月寄三四幅하라

司馬溫公獨樂園　蘇子瞻

(公、居洛、於國子監之側、得故營地創獨樂園、)

青山在屋上하고 流水在屋下라 中有五畝園하니 花竹秀而野라 花香襲(音習)杖屨하고(音句) 竹色侵盞斝라(音賈) 樽(音尊)酒樂(音洛)餘春하고 棊局消長夏라 洛陽古多士하니 風俗猶爾雅라 先生臥不出하니 冠蓋傾洛社라 雖云與衆樂이나(音洛) 中有獨樂(音洛)者라 才全德不形하니(莊子全句) 所貴知我寡라(老子云、知我者希、則我貴矣) 先生獨何事오 四海望陶冶라(音也) 兒童誦君實하고(君實、司馬公字也) 走卒知司馬라 持此欲安歸오(西漢、蒯通、說韓信、曰足下歸楚、楚人不信、歸漢、漢人震恐、足下欲持是安歸乎、) 造物不我捨라 名聲逐我輩하니 此病天所赭라(音者) 撫掌笑先生하니 年來效喑(音陰)啞(鴉上)라

上韋左相二十韻　杜子美

(左相韋見素也)

鳳曆軒轅紀오 龍飛(易、乾九五、飛龍在天、此言天子居位也、)四十春이라 八荒開壽域하니(八荒、猶言八方也) 一氣轉洪(大也)鈞이라(音鈞、陶家轉者爲鈞、制器大小)

鼎、鼐、三足、以比三公 范叔、范雎

由之、天之於物、隨類賦形而生成之、故曰大鈞、曰洪鈞、帝者法天、故頌之以轉洪鈞也、 霖雨 雨三日以往爲霖、商王高宗、命傅說爲相曰若歲大旱用汝作霖雨 思賢佐하고 丹靑 漢宣帝、圖功臣於麒麟閣、明帝圖功臣於南宮雲臺、唐太宗圖功臣於凌烟閣、皆所謂丹靑也、 憶老臣이라 應圖求駿馬하니 驚 音京 代得麒 音其 麟이라 沙汰 音太 江河濁이오 調和鼎 音頂 三足兩耳、和五味之寶器、 鼐 音奈鼎之大者 新이라 韋賢初相 去聲 漢하고 范叔已歸秦이라 盛業今如此하니 傳經固絶倫이라 豫樟深出地오 言其材之良 滄海闊無津이라 言其量之廣 北斗司喉舌하고 李固傳、陛下之有尙書、猶天地有北斗也、北斗爲天之喉舌、尙書亦爲陛下喉舌、 東方領搢 音進插也 紳이라 音申、大帶也、皆插笏於大帶、 持衡 衡秤也、謂在吏部時、銓量平允也 留藻鑑이오 如水之至清而鑑藻分明也、 聽履上星辰이라 鄭崇、哀帝時、爲尙書僕射、每曳革履、上笑曰我識鄭尙書履聲 獨步才超古하니 餘波 左、波及晉國、君之餘也、 德照鄰이라 聰明過 音戈 管輅오 音路○天寶十五載十月丙申有星犯昴、見素言於肅宗曰、昴者胡也、祿山將死、昴金犯火、行當火位、昴之昏、乃其時也、及祿山死、日月皆不差、魏管輅、善天文地理、今見素所言如此、其聰明過於管輅遠矣、 尺牘 韓信傳、奉咫尺之書、師古曰、言簡牘、長咫尺也牘、書板也 倒陳遵이라 漢陳遵、善於文辭、與人尺牘、皆藏弆爲榮、 豈是池中物이리오 由來席上珍이라 記、儒有席上之珍、以待聘、 廟堂知至理하니 風俗盡還淳이라 音純 才傑俱登用하니 愚蒙但隱淪이라 子美自謂也 長 上聲 卿多病久하고 司馬相如、字長卿、常有消渴病、 子夏索 音索 居 散居也 貧이라 家語離群索居 回首驅流俗하니 生涯 音牙 似衆人이라 巫咸不可問이오 鄒魯 若作鄒客者非 蓋指孟子事 莫容身이라 感激時將晚하니 蒼茫興 去聲 有神이라 時將晚、傷衰老也、蒼茫曠遠貌、言興之超遠、 爲 去聲 公歌此曲하니 涕淚在衣巾이라

寄李白

白、坐繫潯陽獄、宋若思、釋囚、辟爲參謀、乾元元年、長流夜郞、子美寄此詩、

昔年存狂客하니 號爾謫仙人이라 賀知章、自號四明狂客、呼白爲謫仙人、 筆落驚風雨오 詩成泣鬼神이라 聲名從此大하니 汨 昆入 沒一朝伸이라 文彩承殊渥하니 音惡 流傳必絶倫이라 龍舟移棹晚이오 玄宗、泛舟蓮池、召太白、被酒、命高力士、扶登舟、 獸錦奪袍新이라 白作樂章 帝賜錦袍 白日來深殿이오 靑雲滿後塵이라 乞歸優詔許하니 白爲高力士所譖、懇求還山、帝賜金放還、 遇我宿心親이라

三危、地名

非熊、周文王及姜太公事、茅土、封侯也、珠履、春申君之客

未負幽棲志하고 兼全寵辱身이라 劇談憐野逸이오 嗜酒見天眞이라 醉舞梁園(在汴、漢梁孝王所築、)夜하고 行歌泗水(在魯地、太白嘗遊梁魯間、)春이라 才高心不展이오 道屈善無鄰이라 處(上聲)士禰衡俊이오(禰衡、字正平、爲平原處士、) 諸生原憲貧이라(孔門弟、原憲、至貧、二事、比白之有才而無祿也、) 稻粱求未足인대 薏(音意)苡(音以) 謗何頻고(馬援、征交趾、載、薏苡還、人謗之、以爲明珠、喩白之遇讒也、) 五嶺炎蒸地오 三危放逐臣이라(大庾、始安、臨賀、桂陽、揭陽、是爲五嶺、白長流夜郞、五嶺三危、與夜郞接境、) 幾年遭鵩(音朋)鳥오(賈誼、爲長沙王傅不得志有鵩鳥集于舍、) 獨泣向麒麟이라(孔子、見麟而泣曰出非其時、吾道窮矣、) 蘇武先還漢하고 黃公豈事秦가(黃公四皓之一) 楚筵辭醴(音禮)日이오(言白、在永王璘、如申公、見楚王不設醴則辭去、) 梁獄上書辰이라(白、坐事下潯陽獄、如鄒陽於梁孝王獄中、上書卽出之、) 已用當時法하니 誰將此義陳고 老吟(咏也)秋月下하고 病起暮江濱이라 莫悋恩波隔하라 乘槎(鋤加切) 與問津이라(言白之才器、當蒙上知、而恩波頓隔、子美欲乘槎而問之天也、)

投贈哥舒開府二十韻

(哥舒、虜姓、名翰、王忠嗣、表爲牙將、天寶中、爲河西隴右節度使、封西平郡王、廢在家、起爲兵馬副元帥、明年敗于潼關、降祿山、)

今代麒(音其)麟(音鄰)閣에(見上韋左相丹靑註下) 何人第一功고 君王自神武하니 駕馭(音御)必英雄이라 開府當朝傑이니(唐制、開府儀同三司者、三公也、從一品官) 論兵邁(音賣)古風이라 先鋒百勝在오 略地兩隅空이라(翰、北征突厥、西伐吐蕃攻取其地、故云兩隅空、) 靑海無傳箭이오(翰、築城靑海吐蕃不敢近、) 天山(卽祈連山今瓜州西) 早掛弓이라 廉頗仍走(去聲)敵하고 魏絳已和戎이라(魏絳、勸晉侯和戎、以爲有五利、公從之、) 每惜河湟棄하야 新兼節制通이라 智謀垂睿(俞芮切深明通達也)想하니 出入冠(去聲)諸公이라 日月低秦樹오 乾坤繞漢宮이라(此言收復之功也、所謂日月所臨特低秦樹、乾坤所包、獨繞漢宮、) 胡人愁逐北하고 宛(平聲、大宛、西域國名出良馬)馬又從東이라(翰之威武、胡人愁其攻逐而敗北、宛馬復來朝貢也) 受命邊沙遠터니 歸來御席同이라 軒(音喧)墀(音池) 曾寵鶴이오(左傳、衛懿公、好鶴、鶴有乘軒者、) 畋(音田)獵舊非熊이라 茅土加名數하고(言翰進封西平郡王也) 山河誓始終이라(高祖卽位封功臣爲之誓、曰使黃河如帶、太山若礪、國以永存、爰及苗裔、) 策行遺戰伐하니 契合動昭融이라 勳業靑冥(音名)上이오 交親氣槪中이라 未爲珠履(音理)客하고 已見白頭翁이라 壯節初題柱하고(司馬相如、初過成都昇仙橋、題其柱曰不乘駟

馬車、不復過此橋 生涯 音牙 似轉蓬이라 幾年春草歇고 今日暮途窮이라 軍事留孫楚오 晋孫楚、字子荊、才藻卓絕、年四十餘、始參鎭東軍事、行 音杭 間識呂蒙이리 吳志、呂蒙、字子明、年十六、拔刀殺吏、於行伍中、見知於孫策、策用之、防身一長劍으로 將欲倚崆 音空 峒이라 音同、崆峒在西正當吐蕃所入之道、子美、謂將欲倚劍崆峒、從翰守節鎭也、

贈韋左丞 左丞姓韋名濟

紈袴、富貴子弟也

紈 音還 袴 音庫 不餓死나 儒冠多誤身이라 丈人試靜聽하라 賤子請具陳이라 甫昔少年日에 早充觀國賓이라 易觀國之光利用賓于王 讀書破萬卷하고 下筆如有神이라 賦料揚雄敵이오 揚雄、字子雲、嘗好詞賦、每擬相如、詩看 平聲 子建親이라 曹植、字子建、善屬文詩出國風、卓爾不群、李邕 音雍 求識面하고 唐李邕、有才名、後進、想慕、求識其面 王翰願卜隣이라 自謂頗挺出하야 立登要路津이라 致君堯舜上하야 再使風俗淳이라 此意竟蕭條하니 行歌非隱淪이라 騎驢三十載에 上聲 旅食京華春이라 朝扣富兒門이오 暮隨肥馬塵이라 殘盃與冷炙 之夜反 燔肉也 를 到處潛悲辛이라 主上頃見徵하니 欻 許勿反 然欲求伸이라 青冥却垂翅오 光武賜馮異書 始雖垂翅回谿 蹭 音層 去 蹬 音鄧 無縱鱗이라 甚愧丈人厚오 甚知丈人眞이라 厚者相待之厚、眞者懷抱之眞、每於百寮 音寥 上에 猥 音煨 上 誦佳句新이라 竊效貢公喜나 劉孝標、廣絕交論、王陽登而貢公喜、難甘原憲貧이라 原憲曰吾聞之、無財者、謂之貧、學道不能行、謂之病、若憲、貧也、非病也、焉能心怏怏 音鞅 고 秖 音只 是走踆踆 七倫反 이라 今欲東入海오 即將西去秦이라 尙憐終南山이오 回首淸渭 音位 濱이라 果不能薦則去之 常擬報一飯커던 況懷辭大臣가 況大臣相知、不獨一飯、其去別之懷抱爲何如、白鷗波浩蕩하니 萬里誰能馴고 音循○此二句、言自此、可以相忘於江湖之外、雖韋濟、亦不得而見也

醉贈張秘書　韓退之

人皆勸我酒나 我若耳不聞이라 今日到君家하야 呼酒持勸君이라 爲此座上客과 及余各能文이라

薰、香草、蕕、臭草不同器也 皇墳、即三皇之書所謂三墳也 元凱、八元、八凱舜臣也 重華、舜也、放勛、堯也

君門、謂之閶闔、上章、謂之琅玕

君詩多態(他代反)度하야 藹藹(音曖)春空雲이라 東野動驚俗하니 天葩吐奇芬이오(孟郊、字東野) 張籍(字文昌)學古淡하야 軒鶴避鷄羣이라 阿買不識字나(退之姪名) 頗知書八分이라 詩成使之寫하니 亦足張(去聲、左、我張吾二軍、註張大也)吾軍이라 所以欲得酒하야 爲文俟其醺이라(音勳醉也) 酒味旣冷(或作冷)洌하고(音列) 酒氣又氤(音因)氳이라 性情漸浩浩하니 諧(音孩)笑(諸本作談) 方云云이라 此誠得酒意니 餘外徒繽紛이라 長安衆富兒는 盤饌羅羶(尸連反)葷이라(音薰) 不解(音蟹) 文字飮하고 惟能醉紅裙이라 雖得一餉(音尙)樂이나(音洛) 有如聚飛蚊이라 今我及數子는 故無蕕(夷猶反臭草)與薰이라(香草) 險語破鬼膽이오(談上) 高詞媲(匹詣反配也、偶也、)皇墳이라 至寶不雕(音凋)琢이오(當入) 神功謝鋤(音鉏)耘이라(音云○以比文章之美者、貴於自然不以雕琢爲功也、) 方今向泰平하니 元凱(音愷)承華勛이라 吾徒幸無事하니 庶以窮朝曛이라(音勳○日入也)

齪齪

(譏一時在朝之士、皆局促齪齪之徒、但以飢寒、爲憂、魯不知報國憂時、爲何事、)

齪齪(側角反) 當世士는 所憂在飢(音基)寒이라 但見賤者悲오 不聞貴者歎이라 大賢事業異하야 遠抱非俗觀이라 報國心皎潔이오 念時涕汎瀾이라(音蘭) 妖姬(音箕)在左右하니 柔指發哀彈이라 酒肴雖日陳이나 感激寧爲歡가 秋陰欺白日하야 泥(音尼)潦(音老)不少乾이라 河堤決東郡하니 老弱隨驚湍이라(音灘) ○淫雨河決、皆陰盛之象、陰盛則陽衰、亦陽明之賢、擯棄在外也 天意固有屬하니 誰能詰其端고 願辱太守薦하야 得充諫諍官이라 排雲叫閶(音昌)闔(音合)하고 披腹呈琅玕이라(琅玕美玉也) 致君豈無術고 自進誠獨難이라

楊康功有石狀如醉道士爲賦此詩

蘇東坡

楚山固多猿하니(音員) 靑者黠(閑八反)而壽라 化爲狂道士하야 山谷恣(資去)騰蹂라 誤入華陽洞하야 竊

飮茅君酒라 仙經、載句曲山、即三十六洞天之第八洞也、名曰華陽洞、茅君之所治也、神仙傳曰、大茅君、名盈、次弟、名固、小弟名衷、故號爲三茅君、 君命囚巖間하니 巖石爲械杻라 音蕤紐

松根絡音洛其足하고 藤音騰蔓音萬縛房入其肘라陟柳反 蒼苔眯莫禮反其目이오 叢音淙棘哽音梗其口라

三年化爲石하니 堅瘦敵音狄抵也瓊玖라音九 無復號雲聲이오 空餘舞杯手라 號雲、言猿、舞杯、言道士、 樵夫見之一笑하고 抱賣易升斗라 楊公海中仙이니 世俗焉得友오 海邊逢姑射하니 莊子、藐姑射之山、有神人居焉、肌膚若冰雪、綽約若處子、 一笑

微俛音免首라 胡不載之歸하고 用此頑且醜오 求詩紀其異하니 本末得細剖라哀上 吾言豈妄云고 得之亡是叟라 司馬相如、作子虛賦、以子虛虛言也、爲楚稱、烏有先生者、烏有此事也、爲齊難、又繼以上林賦、稱亡是公者、亡是人也、欲明天子之義、故虛藉此三人爲辭、○坡公、言石乃猿化道士、竊仙酒而又化爲石、皆設虛辭、爲稱、所以結語得之亡是叟也

原本備旨懸吐註解 古文眞寶前集卷之三 終

原本備旨懸吐註解

古文眞寶前集卷之四

七言古風短篇

峨眉山月歌 李太白

(峨眉山、在西蜀嘉定府峨眉縣南、兩山相對、如峨眉、周匝千里、有石龕百一十二、大洞十二、小洞二十八、南北有臺、)

峨眉山月半輪秋에(山高而不見全月也、今三峽之間、非亭午及子夜、不見日月、) 影入平羌江水流라 夜發三溪(或作清溪) 向三峽하니(西陵峽、巫峽、歸鄕峽也、並在夔州、) 思君不見下渝(音兪)州라(地名今重慶府)

山中答俗人

問余何事栖碧山고 笑而不答心自閑이라 桃花流水窅(音杳或作宛者非)然去하니 別有天地非人間이라

山中對酌

兩人對酌山花開하니 一盃一盃復一盃라 我醉欲眠君且去하니 明朝有意抱琴來하라

春夢 岑參

洞房昨夜春風起하니 遙憶美人湘江水라(詩、彼美人兮西方之人兮、) 枕上片時春夢中에 行盡江南數千里라

少年行 王維

新豐(漢太上皇、居長安、思故鄕、欲歸豊沛、高祖、乃象豊邑里居、營市井居室、徙豊人居之、故云、) 美酒斗十千하니 咸陽遊俠多少年이라 相逢意氣爲君飮하니 繫馬高樓垂楊邊이라

尋隱者不遇 魏野

尋眞悞入蓬萊(音來)島하니 香風不動松花老라 採芝何處未歸來오 白雲滿地無人掃라

步虛詞　高駢

青溪道士人不識하니 上天下天鶴一隻이라 洞門深鎖碧窓寒하니 滴露研朱點周易이라

十竹　僧淸順

城中寸土如寸金하니 幽軒種竹只十箇라 春風愼勿長(上聲)하라 兒孫(韓爭詩、環立比兒孫)하야 穿我階前綠苔破라 (謂城市、地狹人稠、軒前只種十竹、春來不須生筍、迸破階苔也)

遊三遊洞　蘇子瞻

凍雨霏霏半成雪하니 遊人屨(音句)冷蒼崖滑(音活)이라 不辭攜被巖底眠하니 洞口雲深夜無月이라

襄陽路逢寒食　張說

去年寒食洞庭波러니 今年寒食襄陽路라 不辭著處尋山水하니 祗畏還家落春暮라

漁翁　柳子厚

漁翁夜傍(去聲)西巖宿하고 曉汲淸湘燃(音然)楚竹이라 煙消日出不見人하니 欸乃(音襖靄 歌聲也)一聲山水綠이라 回看(平聲)天際下中流하니 巖上無心雲相逐이라

金陵酒肆留別　李太白

風吹柳花滿店香하니 吳姬厭(音押)酒喚客嘗이라 金陵子弟來相送하니 欲行不行各盡觴이라 請君試問東流水하라 別意與之誰短長고

思邊 (此即采薇、昔我往矣、楊柳依依、今我來思、雨雪霏霏之意、)

去歲何時君別妾고 南園綠草飛蝴蝶이라 今歲何時妾憶君고 西山白雪暗秦雲이라 玉關此去

三千里니(班超曰不敢望到酒泉、但願生入玉門關) 欲寄音書那得聞고

烏夜啼(爲戍婦作)

黃雲城邊烏欲棲하니 歸飛啞啞(鴉上) 枝上啼라 機中織錦秦川女는 碧紗如煙隔窓語라 停梭悵然憶遠人하니 獨宿孤房淚如雨라

戲和答禽語　黃山谷

(脫袴、鳥名)

南村北村雨一犂하니(音黎) 新婦餉(商去) 姑翁哺(音捕) 兒라 田中啼鳥自四時하니 催人脫袴(音庫) 著新衣라 著新替舊亦不惡이나 去年租重無袴著이라

送羽林陶將軍　李太白

(樓船、戰船也)

將軍出使擁樓船하니 江上旌旗拂紫煙이라 萬里橫戈探(音貪取也) 虎穴하니 三盃拔劒舞龍泉이라(楚有二劍、曰龍泉太阿) 莫道詞人無膽(談上) 氣하라 臨行將贈繞朝鞭이라(左傳、文公十三年、秦伯師于河西、魏人在東、使士會、繞朝贈之以策、曰子無謂秦無人、)

採蓮曲

若耶溪傍採蓮女가(若耶溪在會稽山陰) 笑隔荷花共人語라 日照新粧水底明하니 風飄香袖空中擧라 岸上誰家遊冶郞。이 三三五五映垂楊고 紫騮嘶入落花去하니 見此躊(音儔) 躇(音除) 空斷腸이라

淸江曲

屬(音燭) 玉(水鳥鷺類) 雙飛水滿塘하니 菰(音孤) 蒲探處浴鴛鴦이라(匹鳥) 白蘋滿棹歸來晚하니 秋著蘆花兩岸霜이라 扁舟繫岸依林樾하니(音曰樹林之蔭) 蕭蕭兩鬢(賓去) 吹華髮이라 萬事不理醉復醒하니(音星) 長占(去聲) 煙波

弄明月이라

登金陵鳳凰臺

（在保寧寺後、宋元嘉中、王顗、見異鳥集于山、時謂鳳凰、遂起臺、）

鳳凰臺上鳳凰遊러니 鳳去臺空江自流라 吳宮（孫權、始都金陵、國號吳、）花草埋幽徑이오 晉代（晉宗室瑯琊王睿、都金陵、是爲東晉）衣冠城古丘라 三山半落青天外오 二水中分白鷺洲라 總爲（去聲）浮雲能蔽日하니 長安不見使人愁라

早春寄王漢陽

聞道春還未相識하고 起傍寒梅訪消息이라 昨夜東風入武陽하니 陌頭楊柳黃金色이라 碧水渺渺雲茫茫하니 美人不來空斷腸이라 預拂青山一片石하고 與君連日醉壺觴이라

金陵城西樓月下吟

金陵夜寂涼風發하니 獨上高樓望吳越이라 白雲映水搖秋城하니 白露垂珠滴秋月이라 月下長吟久不歸하니 古今相接眼中稀라 解道澄江淨如練하니 令人却憶謝玄暉라

澄江、如練謝句也

題東溪公幽居

杜陵賢人淸且廉하니 東谿卜築歲將淹이라 宅近青山同謝眺오（音兆）門垂碧柳似陶潛이라 好鳥迎春歌後院이오 飛花送酒舞前簷이라 客到但知留一醉하니 盤中祇（音之）有水精鹽이라

上李邕

（邕、字太和、揚州人、有文名、開元中、北海太守、時稱李北海、李林甫忌其才、故殺之、）

大鵬一日同風起하야 扶搖直上九萬里라 假令風歇時下來면 猶能簸（波去）却滄溟水라 世人

扶搖、見莊子、乘風而上也

宣父、孔子也

見我恒殊調하고 聞余大言皆冷笑라 宣父猶能畏後生하니 (語、子曰後生可畏、) 丈夫未可輕年少라

歎庭前甘菊花 (此詩、譏小人在位、賢人失所也) 杜子美

簷前甘菊移時晩하니 青蕊重陽不堪摘이라 明日蕭條盡醉醒하니 殘花爛熳開何益고 籬邊野外多衆芳하니 采擷細瑣升中堂이라 念玆空長大枝葉이 結根失所纒風霜이라

秋雨歎 (此詩、刺時之暴虐、君子在患難之中、而特立獨行不變也、)

雨中百草秋爛死하니 階下決明顔色鮮이라 著葉滿枝翠羽盖오 開花無數黃金錢이라 涼風蕭蕭吹汝急하니 恐汝後時難獨立이라 堂上書生空白頭하니 臨風三嗅馨香泣이라 (語、子路共之、三嗅而作)

二月見梅 (譏刺群小用事、以梅比君子、以桃李比小人) 唐子西

桃花能紅李能白하니 春深何處無顔色고 不應尙有一枝梅하니 可是東君苦留客이라 向來開處當嚴冬하니 白者未白紅未紅이라 只今已是丈人行이니 肯與年少爭春風가

水仙花 (俗呼爲金盞銀臺花是也) 黃魯直

凌波仙子生塵襪하니 (洛神賦、凌波微步、羅襪生塵) 水上盈盈步微月이라 (形容水仙字) 是誰招此斷腸魂고 種作寒花寄愁絶이라 含香體素欲傾城하니 山礬是弟梅是兄이라 坐對眞成被花惱하니 出門一笑大江横이라

登黃鶴樓 崔顥

上四句、叙樓名之由、下四句、寓感慨之情○按黃鶴樓、在鄂州子城西北隅黃鶴山上、方輿勝覽、此樓因山得名、蓋自南朝已著矣、南齊志、仙人子安、乘黃鶴過此

昔人已乘黃鶴去하니 此地空餘黃鶴樓라 黃鶴一去不復返하니 白雲千載空悠悠라 晴川歷歷漢陽樹오 漢陽軍、漢沔之南故曰漢陽、 春草萋萋鸚鵡洲라 後漢、禰衡、字正平有才尙氣、剛傲與孔融楊修善、融薦于曹操、操喜、勑門者有客便通、衡乃坐大營門以杖捶地大罵、吏請案之、操曰禰衡孺子孤殺之、猶雀鼠耳、此人素有虛名、遠近、將謂孤不能容之、遂送與劉表、復慢侮、表、耻不能容、以與江夏太守黃祖、時年三十六、祖長子、射、大會賓客、人有獻鸚鵡者、射擧巵謂衡曰、願先生賦之、以娛佳客、衡攬筆而作、文不加點、後亦以言不遜、罵祖、祖殺之、葬四洲、後人因以鸚鵡名洲 日暮鄉關何處是오 烟波江上使人愁라

贈唐衢 勉衢、出仕以致君澤民也、 韓退之

虎有爪罩上兮牛有角하니 虎可搏音搏手擊也 兮牛可觸이라 奈何君獨抱奇才하고 手把犂鋤餓空谷고 當今天子急賢良하니 匭音鬼 函 唐武后、垂拱五年、從魚保宗之請、匣匱爲匣匭而鑰之、傍有一小竅、可入而不可出、置之朝堂、以受天下表疏 朝出開明光이라 明光漢武帝宮名 胡何也 不上書自薦達하야 坐令音零使也 四海如虞唐고

古意 此昌黎寓言

太華胡化反 峯頭玉井蓮이 開花十丈藕音偶 如船이라 冷比雪霜甘比蜜하니 一片入口沈痾音阿 痊音荃이라 我欲求之不憚音但 遠이나 靑壁無路難夤音寅 緣이라 安得長梯上摘實하야 梯木階也 下種七澤根株連고 雲夢有七澤

原本備旨懸吐註解 古文眞寶前集卷集四 終

原本備旨懸吐註解 古文眞寶前集卷之五

七言古風短篇

贈鄭兵曹　　韓退之

感慨老少之禪代、世變之推遷、終於飮酒消愁、

樽(音尊)酒相逢十載前엔 君爲壯夫我少年더니 樽酒相逢十載後하니 我爲壯夫君白首라(相去十年之間、昔少而今壯、昔壯而今老矣、) 我才與世不相當하야 戢(仄立反)鱗委翅(音啻) 無復望이라(音忘) 當今賢俊皆周行이어늘(音杭)(周行、朝廷之列也) 君何爲乎亦遑遑고(音皇○退之謂我材不用於世、方今賢俊並進、君何爲亦不仕乎) 盃行到君莫停手하라 破除萬事無過(音戈)酒라

雉帶箭

原頭火燒淨兀兀하니 野雉(音治) 畏鷹出復沒이라 將軍欲以巧伏人하야 盤馬彎弓惜不發이라 地形漸窄(音仄) 觀者多하니 雉驚弓滿勁(居正反)箭加라 衝人決(音血小飛貌、莊子決起而飛)起百餘尺하니 紅翎(音靈)白鏃(音族矢末) 相傾斜라 將軍仰笑軍吏賀하니(何去) 五色離披馬前墮라(潘岳、射雉賦、有五色之名翬)

南陵叙別　　李太白

此篇、有懷古之意、○南陵在宣州

白酒初熟山中歸하니(歸山中也) 黃鷄啄黍秋正肥라(此言鷄黍之樂) 呼童烹雞酌白酒하니 兒女嬉笑牽人衣라 高歌取醉欲自慰하야 起舞落日爭光輝라 游說萬乘(去聲) 苦不早면 著鞭跨馬涉遠道라 會稽愚婦輕買臣하니(朱買臣、字翁子、嘗賣薪樵、行且誦書、妻羞之、求去、其後、買臣、爲會稽太守、入界、見故妻治道、命後車載之、) 余亦辭家西入秦이라 仰天大笑出門

漢王氏五侯梁氏七貴皆貴戚也

去하니 我輩豈是蓬蒿人고

月夜與客飲酒杏花下　蘇子瞻

杏花飛簾散餘春하고 明月入戶尋幽人이라 褰衣步月踏花影하니 炯如流水涵靑蘋이라 花間置酒淸香發하니 爭挽長條落香雪이라 山城薄酒不堪飲하니 勸君且吸杯中月하라 洞簫聲斷月明中에 惟憂月落酒盃空이라 明朝卷地春風惡이면 但見綠葉棲殘紅이라

人日寄杜二拾遺　高適

人日題詩寄草堂하니 遙憐故人思故鄕이라 柳條弄色不忍見이오 梅花滿枝空斷腸이라 身在南蕃無所預나 心懷百憂復千慮라 今年人日空相憶하니 明年人日知何處오 一臥東山三十春하니 豈知書劒老風塵고 龍鍾還忝二千石하니 愧爾東西南北人이라 禮記、孔子旣得合葬於防、曰吾聞之古也、墓而不墳、丘也、東西南北之人也、不可以弗識也

流夜郎贈辛判官　李太白

昔在長安醉花柳하야 五侯七貴同盃酒라 氣岸遙凌豪士前하니 風流肯落他人後아 夫子紅顔我少年이니 章臺走馬著金鞭이라 文章獻納麒麟殿이오 歌舞淹留玳瑁筵이라 與君相謂長如此러니 寧知草動風塵起오 函谷忽驚胡馬來하니 秦宮桃李向誰開오 我愁遠謫夜郎去하니 何日金雞放赦回오 唐中書令放赦日、植金雞於仗南、竿長七丈、鷄首銜絳幡七尺、以放赦、

醉後答丁十八以詩譏予搥碎黃鶴樓

太白詩、我且爲君搥碎黃鶴樓、君亦爲吾倒却鸚鵡洲

君平、嚴遵字也

黃鶴高樓已搥碎하니 黃鶴仙人無所依라 黃鶴上天訴上帝하니 却放黃鶴江南歸라 神明太守再雕飾하야 新圖粉壁還芳菲라 一州笑我爲狂客하야 少年往往來相譏라 君平簾下誰家子오 云是遼東丁令威라 續搜神記、遼東城門、有華表柱、白鶴集其上、言詩云、有鳥有鳥丁令威、去家千歲今來歸、城郭如故人民非、何不學仙冢纍纍、 作詩掉我驚逸興하니 白雲遶筆窓前飛라 待取明朝酒醒罷하야 與君爛熳尋春輝라

采石月贈郭功甫　梅聖兪

此詩謂郭功甫爲李白後身也

采石月下訪謫仙하니 夜披錦袍坐釣船이라 醉中愛月江底懸하야 以手弄月身翻然이라 不應平聲暴落飢蛟涎이오 便當騎鯨上青天이라 青山有冢人謾傳하니 却來人間知幾年고 在昔孰識汾陽王고 納官貰音世 死義難忘이라 白客幷州、識汾陽王郭子儀於行伍間、爲脫其刑責、而獎重之、及白、坐永王之事、子儀功成、請以官爵、贖白罪、因而免誅 今觀郭裔奇俊郎하니 眉目眞似攻文章이라 死生往復猶康莊하니 樹穴探環知姓羊이라 羊祜、年五歲、令乳母、取所弄金環、乳母曰汝先無此物、祜、即詣鄰人李氏東垣桑木中、探得之、主人驚曰此、吾亡兒所失物也、乳母具言之、知李氏子、則祜前身也

康莊、街道也

把酒問月　李太白

青天有月來幾時오 我今停盃一問之라 人攀明月不可得이나 月行却與人相隨라 皎如飛鏡臨丹闕하니 綠煙滅盡淸輝發이라 但見宵從海上來오 寧知曉向雲間沒고 玉兎擣藥秋復春하니 姮娥孤栖與誰鄰고 今人不見古時月이나 今月曾經照古人이라 古人今人若流水하니 共看平聲明月皆如此라 惟願當歌對酒時에 月光長照金樽裏라

枏木爲風雨所拔歎　杜子美

倚江枏（音南、亦作楠、俗作柟、爾雅、梅枏、說文、葉似桑、子似杏而酸）樹草堂前을 故老相傳二百年이라 誅茅卜居總爲此터니 五月髣髴聞寒蟬이라 東南飄風動地至하니 江翻石走流雲氣라 榦排雷雨猶力爭터니 根斷泉源豈天意아 滄波老樹性所愛니 浦上童童一靑蓋라（蜀先主、舍東南、有束木童童、如車蓋、）野客頻留懼雪霜이오 行人不過聽竽籟라 虎倒龍顚委榛棘하니 淚痕血點垂胸臆이라 我有新詩何處吟고 草堂自此無顏色이라

梗柟杞梓、天下之良材、枏樹爲風雨所拔、喩嚴武之死、如虎倒龍顚、使草堂無所棲託、故歎云自此無顏色也

題太乙眞人蓮葉圖　韓子蒼

漢元狩中、東南守臣、言每見有異人、乘大蓮葉、如舟、汎水上、臥而觀書、邑人聚觀、異人不見、惟蓮葉及書有焉、皆古篆文、遍問莫能識、唯東方朔、識之、曰此天神太乙之秘書也、太一所見、其國太平、遂衍其文、以傳於世、今五福數學之書也、太一之星、十六、其一曰五福、即太一主星也

太乙眞人蓮葉舟로 脫巾露髮寒颼颼라（音蒐）輕風爲帆浪爲檝하니 臥看玉字（指所觀之書、或作玉字者非）浮中流라 中流蕩漾翠綃舞하니 穩如龍驤（晉王濬爲龍驤將軍、造大艦伐吳）萬斛擧라 不是峯頭十丈花면 世間那得葉如許오（韓、古意、太華峯頭玉井蓮、開花十丈藕如船、）龍眠（舒州山名、李公麟、字伯時、安慶人、元祐登第、工草書及畫、元符中、歸老此山、自號龍眠居士、）畫手老入神하니 尺素幻出眞天人이라 恍然坐我水仙府하니 蒼烟萬頃波粼粼이라 玉堂學士今劉向이니（字子政、又名更生、漢宗室、仕至中壘校尉）禁直（宮省門閤、皆有禁、漢尙書郎、主作文章、幷夜直宿、有當直寓直之名、故稱禁直）岧嶢九天上이라 不須對此融心神이니 會植靑藜夜相訪이라（劉向、校書、天祿閣、夜有老父、手植靑藜杖、扣閣而進、乃吹杖端烟光、照見向、在暗中讀書、曰我太乙之精、）

宋翰林曰玉堂之署

哀江頭　杜子美

是年、初復東京、公、潜行曲江、有感而賦、

少陵野老呑聲哭하니 春日潜行曲江曲이라 京兆、朱崔街東、龍華寺南、有流水屈曲、謂之曲江、 江頭宮殿鎻千門하니 細柳新蒲爲音位誰綠고 憶昔霓旌下南苑에 南苑即芙蓉苑 苑中萬物生顔色이라 昭陽殿裏第一人이 謂楊妃也 同輦隨君侍君側이라 輦前才人帶弓箭하니 白馬嚼齧黃金勒이라 翻身向天仰射雲하니 一箭正墜雙飛翼이라 明眸皓齒今何在오 血汚遊魂歸不得이라 謂上皇、駕次馬嵬、六軍不發、賜貴妃死、 清渭音謂 東流劍閣深하니 去住彼此無消息이라 渭水名、在長安、水清故曰清渭、劍閣、蜀劍門山、上有棧道、故曰劍閣、時安祿山作亂、明皇幸蜀、 人生有情淚沾臆하니 江水江花豈終極고 黃昏胡騎去聲 塵滿城하니 欲往城南忘南北이라 欲往城南省家、忘南而走北也、

燕思亭　馬子才

李白騎鯨飛上天하니 江南風月閑多年이라 縱有高亭與美酒나 何人一斗詩百篇고 主人定是金龜老니 未到亭中名已好라 紫蟹肥時晩稻香이오 黃鷄啄處秋風早라 我憶金鑾殿上人이 醉著宮錦烏角巾이라 巨靈劈山洪河竭이오 長鯨吸海萬壑貧이라 如傾元氣入胷腹하니 須臾百媚生陽春이라 讀書不必破萬卷이니 筆下自有鬼與神이라 杜詩、讀書破萬卷、下筆如有神 我曹本是狂吟客이니 寄語溪山莫相憶하라 他年須使襄陽兒로 再唱銅鞮滿街陌이라

巨靈、山神也

虞美人草　曾子固

鴻門玉斗紛如雪하니 十萬降兵夜流血이라 咸陽宮殿三月紅하니 咸陽秦都 霸業已隨煙燼 徐刃反火餘也 滅이라 剛强必死仁義王이니 陰陵失道非天亡가 英雄本學萬人敵이니 何用屑屑悲紅粧고 三軍散盡

玉斗、范增事也

旌旗(音其)倒하니 玉帳(將軍之帳) 佳人坐中老라 香魂夜逐劒光飛하니(謂虞美人自刎) 靑血化爲原上草라 芳心寂寞寄寒枝하니 舊曲聞來似歛眉라 哀怨徘徊愁不語하니 恰如初聽楚歌時라 滔滔逝水流今古하니 漢楚興亡兩丘土라 當年遺事久成空하니 慷慨樽前爲誰舞오

刺少年　李長吉

(刺七賜反、擧其事而譏之也、少去聲)

靑驄馬肥金鞍光하니 龍腦入縷羅衣香이라 美人狎(音匣近也) 坐飛瓊觴하니 貧人喚云天上郞이라 別起高樓連碧篠하니 絲曳紅鱗出深沼라 有時半醉百花前하고 背把金丸落飛鳥라 自說生來未爲客이오 一身美妾過三百이라 豈知斸地種田家에 官稅頻催沒人織고 長(音丈)金積玉誇豪毅하니 每揖閑人多意氣라 生來不讀半(音杭)行書하고 只把黃金買身貴라 少年安得長少年고 海波尙變爲桑田이라(列仙傳、麻姑謂王方平、曰自接待以來、見東海三變爲桑田、向到蓬萊、水乃淺於往者、方平曰、東海行復揚塵耳) 枯榮遞傳(去聲) 急如箭하니 天公豈肯爲(去聲)君偏고 莫道韶華鎭長在하라 白頭面皺專相待라

驪山　蘇子瞻

(在京兆府昭應縣、有溫陽泉明皇、建華淸宮于此山下)

君門如天深幾重고 君王如帝(天帝)坐法宮(正殿)이라 人生難處是安穩이니 何爲來此驪山中고 複道(閣道)凌雲接金闕하니 樓觀(音貫)隱煙橫翠空이라 林深霧暗迷八駿하니(周穆王、得八駿馬、周行天下、將皆有車轍馬跡、絶地、翻羽、奔霄、越影、踰輝、超光、騰霧、快翼) 朝東暮西勞六龍이라(天子法駕、前六馬、故稱六龍、取乾六龍之義) 六龍西幸(天子所至曰幸) 峨眉(蜀山名)棧하니 悲風便入華淸

醯鷄、蠛蠓也

三風十愆、見尙書

院이라 霓裳蕭散羽衣空하니 麋鹿來遊猿鶴怨이라 我上朝音潮 元春半老하니 滿地落花無人掃라

羯鼓樓高掛夕陽하니 長生殿古生靑草라 可憐吳楚兩醯鷄는 築臺未就已堪悲라 長楊五

柞音昨 漢幸免이오 漢武帝建長楊、五柞宮、幸免喪亡、 江都樓成隋自迷라 隋煬帝、開汴河爲江都之遊、浙人項昇、進新宮圖、營建旣成、幸之曰使眞仙遊此、亦當自迷、可目之曰迷樓、 由來流

連多喪去聲 德이니 宴安鴆 直禁反、毒鳥也、黑身赤目、食蝮蛇、以其毛羽、歷飮食則殺人、 毒因奢惑이라 左傳、宴安鴆毒、不可懷也、注、宴安之禍、甚鴆毒 三風十愆古所戒

니 不必驪山可亡國이라

明河篇 宋之問

武后時、少俊有文才者、多補北門學士、之問求之、后不許、曰宋之問有口過、遂作明河篇自況、明河、喻后而自傷其不見親寵也、

八月涼風天氣晶하니 音精 萬里無雲河漢明이라 昏見音現 南樓淸且淺하니 千上 曉落西山縱復橫이라

洛陽城闕天中起하니 長河夜夜千門裏라 複道連甍共蔽虧하니 畵堂瓊戶特相宜라 雲母帳前

初汎濫이오 水精簾外轉逶音威 迤音移라 倬音卓 彼昭回如練音煉 白하니 詩云、倬彼雲漢、昭回于天、 復出東城接

南陌이라 南北征人去不歸하니 誰家今夜擣寒衣오 鴛鴦機上踈螢度오 烏鵲橋邊一雁飛라 淮南子、烏鵲塡河而渡織女、

雁飛螢度愁難歇하니 坐見明河漸微沒이라 已能舒卷任浮雲하니 不惜光輝讓流月이라

明河可望不可親하니 願得乘槎一問津이라 更將織女支機石하야 還訪成都賣卜人이라 博物志、有人、乘槎到天河、見婦人織、丈夫飮牛、還問嚴君平、君平云、某年某月、客星犯斗牛、即其人也、

題磨崖碑 黃山谷

碑、在道州浯溪上、刺史元結、製頌、顔眞卿書、磨崖石而刻之、〇唐天寶十四載、安祿山、陷洛陽、明年陷長安、玄宗幸蜀、太子即位於靈武、明年、皇帝移軍鳳翔、其年復兩京、上皇還京師、元結刻頌於浯溪石、

天子九廟

頤指、以頤指便也

春風吹船著浯溪하니 扶藜上讀中興碑라 平生半世看墨本하니 摩挲石刻鬢如絲라 明皇不作苞桑計하야 易、其亡其亡繫于苞桑、 顚倒四海由祿兒라 安祿山、本營州雜胡、出入禁中、通於貴妃、因請爲貴妃兒、 九廟不守乘輿西하니 萬官奔竄、鳥擇棲라 撫軍監平聲 國太子事니 古太子、君行則守、有守則從、從曰撫軍、守曰監國、 何乃趣音促迫也 取大物爲오 大物、帝位、○譏肅宗無所受命而自立、

事有至難天幸耳니 上皇跼音局曲也 蹐還京師라 內間張后色可否오 外間李父頤音移 指揮라 肅宗立、皇后張氏、私與政事、與李輔國、相助、多以私謁撓權、帝不能制、 南內 唐長安三內、皇城在西曰西內、大明宮在西內之東曰東內、興慶宮在東內之南曰南內、肅宗既立、尊明皇曰太上皇、上皇自蜀歸、愛興慶宮、遂居之、後李輔國、矯詔遷上皇於西內、 凄涼幾苟活이오 高將軍去事尤危라 高力士貶斥 臣結春陵道州郡名 二三策이오 臣甫杜鵑再拜詩라 杜甫有杜鵑詩 安知忠臣痛至骨고 後世但賞瓊琚音居 詞라 同來野僧六七輩오 亦有文士相追隨라 斷崖蒼蘚對立久하니 涷雨爲洗前朝悲라

虢國夫人夜遊圖

蘇子瞻

唐明皇、貴妃楊氏、三姊、封韓國、虢國、秦國三夫人、八姨即、虢國夫人也、最承寵幸

佳人自鞚音腔馬勒 玉花驄하니 翩如驚燕踏飛龍이라 金鞭爭道寶釵落하니 何人先入明光宮고 宮中羯鼓催花柳하니 太平廣記、明皇好羯鼓催花、十月花柳未吐、命取羯鼓、臨軒擊一曲、名春光好及顧、柳杏皆已拆矣、上笑曰不喚我作天公、可乎、 玉奴絃索花奴手라 楊妃名玉環、玉奴謂楊妃、妃善琵琶、汝陽王璡、小名花奴、尤善羯鼓、帝嘗曰速召花奴、將羯鼓來、 坐中八姨眞貴人이니 走馬來看不動塵이라 明眸皓齒誰復見고 只有丹青餘淚痕이라 人間俯仰成今古하니 吳公臺下雷塘路라 隋煬帝、葬吳公臺下、唐平江南、改葬雷塘、在江都縣東北十里、 當時亦笑張麗華가 不知門外韓擒虎라 大業拾遺載、煬帝昏面滋深、嘗行吳公臺下、恍惚與陳後主遇、後主云、每憶張麗華、方憑臨春閣、作璧月詞、未終、見韓擒虎躍領萬騎、直來衝入、殿下還此逸遊、曩時何見罪之深也、帝叱之、不復見

原本備旨懸吐註解 古文眞寶前集卷之五 終

原本備旨懸吐註解

古文眞寶前集卷之六

七言古風長篇

有所思　　宋之問

此篇、謂世變無常、老少更相禪代、深寓慨嘆之感、

洛陽城東桃李花는 飛來飛去落誰家오 幽閨音圭 兒女惜顔色하야 坐見落花長歎息이라 今年花落顔色改하니 明年花開復誰在오 已見松柏摧徂回反하고 爲薪古詩、山中千歲松、摧爲地下薪 更聞桑田變成海라 麻姑謂王方平、曰自接待以來、已三見東海變爲桑田、 古人無復洛城東이오 今人還對落花風이라 年年歲歲花相似나 歲歲年年人不同이라 此句即人面不知何處去、桃花依舊笑風、之意 寄言全盛紅顔子하노니 須憐半死白頭翁하라 此翁白頭眞可憐이니 伊昔紅顔美少去聲年이라 公子王孫芳樹下오 淸歌妙舞落花前이라 光祿池臺文飾也 錦綉오 將軍樓閣畵神仙이라 光祿、唐官名、有金紫光祿大夫、銀靑榮祿大夫、皆從一品、一曰光祿卿、掌營酒食、將軍、掌扈從、漢唐之時、此職親近天子、受承恩寵、富貴奢侈、故特言之 一朝臥病無相識하니 三春行樂音洛 在誰邊고 謂公子王孫、少年、享池臺樓閣歌舞之娛、一日老病、無復三春之行樂矣 婉宛 轉蛾眉能幾時오 須臾鶴髮白髮 亂如絲라 但看古來歌舞地에 惟有黃昏鳥雀飛라 古人歌舞行樂處、今皆荒凉、黃昏惟見鳥雀矣

荔枝歎　　蘇子瞻

此篇、識臣子貢花果、以媚其上、貽百姓無窮之害

十里一置飛塵灰하고 置、今驛路、十里雙碑也 五里一堠兵火催라 堠音候今、五里碑、 顚墜也 坑仆音赴僵也 谷相枕去聲 藉慈夜反하니 知是荔枝龍眼來라 飛車跨山鶻橫海하니 風枝露葉如新採라 宮中美人一破顔하니 楊貴妃、好食生荔枝、以進

駝載、七日七夜至京、人馬俱斃、唐人詩云、一騎紅塵妃子笑、無人知是荔枝來 驚塵濺 音箭 血流千載라 上聲 永元荔枝來交州하니 今交趾、漢和帝時、嘗貢荔枝 天寶歲貢取之涪라 音浮東川州名 至今欲食林甫肉이니 李林甫、相玄宗、不能諫止荔枝之貢、天下怨之、欲食其肉 無人擧觴 音傷 酹伯游라 唐羌、爲臨武長、上書言貢荔枝之弊、和帝寵之 我願天公憐赤子하야 莫生尤物爲瘡痏라 雨順風調百穀登하야 民不飢寒爲上瑞라 君不見武夷溪邊粟粒芽아 建安武夷茶、爲天下絶品、 前丁後蔡相籠加라 大小龍茶、始於丁謂而成於蔡襄、歐陽公聞襄進小龍團、歎曰君謨、士人也、何至作此事、 爭新買寵 音冢 各出意하니 今年鬪品充官茶라 吾君所乏豈此物가 致養口體何陋邪오 音耶 洛陽相君忠孝家나 謂錢惟演 可憐亦進姚黃花라 牧丹千葉黃、最爲絶品出洛陽姚家、一歲纔數朶

定惠院海棠

院在黃州○子瞻序云、寓居定惠院之東、雜花滿山、有海棠一株、土人不知貴也、

江城地瘴蕃草木하니 只有名花苦幽獨이라 嫣 虛延反 笑貌 然一笑竹籬間하니 登徒子賦、嫣然一笑、惑陽城迷下蔡、 桃李漫山總麁 音粗 俗이라 也知造物有深意하여 故遣佳人在空谷이라 杜、絶代有佳人、幽居在空谷、 自然富貴出天姿니 不待金盤薦華屋이라 朱脣得酒暈 音運 痕也 生臉하고 面頰 翠袖卷紗紅映肉이라 此二句、形容花之顔色、最妙 林深霧暗曉光遲하니 日暖風輕春睡足이라 雨中有淚亦悽慘이오 月下無人更淸淑이라 先生食飽無一事하야 散步逍遙自捫腹이라 不問人家與僧舍하고 拄杖敲 平聲 門看脩竹이라 忽逢絶艶照衰朽하고 歎息無言揩 音開 病目이라 陋邦何處得此花오 無乃好事移西蜀가 寸根千里不易到니 銜子飛來定鴻鵠이라 天涯流落俱可念이니 爲飮一樽歌此曲하라 明朝酒醒還獨來면 雪落紛紛那忍觸고

陶淵明寫眞圖

謝　幼　槃

淵明歸去潯陽曲하니 潯陽江州郡名 杖藜蒲鞵 鞋同 巾一幅이라 陰陰老樹囀黃鸝오 音黎 艶艶東籬粲霜菊이라

九原、地下也、見左氏

禮部、爲南省、亦稱南宮

大蛇、漢高祖事

世紛無盡過眼空하니 生事不豐隨意足이라 廟堂之姿老蓬蓽하니 環堵蕭條僅容膝이라 大兒頑鈍懶詩書하고 (賁子詩、阿舒已二八懶惰故無匹、) 小兒嬌癡愛梨栗이라 老妻日暮荷(上聲)鋤歸하니 (陶詩、帶月荷鋤歸) 欣然一笑共蝸室이라 哦詩未遣愁肝腎하야 醉裏呼兒供紙筆이라 時時得句輒寫之하니 五言平淡用一律이라 田家酒熟夜打門하니 (陶詩、歸去來山中、山中酒應熟) 頭上自有漉酒巾이라 老農時問桑麻長하고 (上聲、陶詩相見無雜言、但道桑麻長、) 提壺挈榼來相親이라 一樽徑醉北窓臥하야 蕭然自謂羲皇人이라 (李詩淸風北窓下、自謂羲皇人) 此公聞道窮亦樂하야 (音洛) 容貌不枯似丹渥이라 (音惡、詩、顔如渥丹、) 儒林紛紛隨溷(渾去)濁하니 山林高義久寂寞이라 假令(平聲) 九原今可作이면 擧公籃輿(今之竹山轎)也不惡이라 (末、謂世俗溷濁、久無山林道義之風、使淵明復生、雖爲之執僕役、亦不爲惡也、)

桃源圖

(按陶淵明、敍桃源事云、先世避秦、隱居於此、後人不深考、因謂秦人至晋、猶有不死、指以爲神仙、惟韓退之、桃源圖、王介甫、桃源行、東坡、和桃源詩、深得淵明之指也)

韓退之

神仙有無何渺茫고 桃源之說誠荒唐이라 (晋太康中、武陵人、捕魚從溪行、忘路遠近、逢桃林夾岸、無雜花果、云秦人避世至此、) 流水盤廻山百轉하니 生綃數幅垂中堂이라 武陵(今常德) 太守好事者니 題封遠寄南宮下라 (時愈、爲禮部郎中) 南宮先生忻得之하니 波濤入筆驅文辭라 文工畫妙各臻極하니 異境恍惚移於斯라 架巖鑿(音昨)谷開宮室하니 接屋連墻千萬日이라 嬴(秦姓)顚劉(漢姓)蹶了不聞하고 地坼天分非所恤이라 種桃處處惟開花하니 川原遠近蒸紅霞라 初來猶自念鄉邑터니 歲久此地還成家라 漁舟之子來何所오 物色相猜更問語라 大蛇中斷喪前王이오 群馬南渡開新主라 (晋書元帝即位建鄴、童謠云、五馬浮渡江、一馬化爲龍、) 聽終辭絶共悽然하니 自說經今六百年이라 當時萬事皆眼見하니 不知幾許猶流傳이라 爭持牛酒來相饋하니 禮數不同樽俎

異라 月明伴宿玉堂空하니 骨冷魂淸無夢寐라 夜半金鷄啁音朝哳鳴하니 楚辭、鵾鷄啁哳而悲鳴 火輪飛出客心驚이라 火輪日也 人間有累不可住하니 依然離別難爲情이라 船開棹進一回顧하니 萬里蒼茫煙水暮라 世俗寧知僞與眞고 至今傳者武陵人이라 眞僞不可辨、應起句神仙渺茫之說

書王定國所藏煙江疊嶂圖王晉卿畫　蘇東坡

江上愁心三疊山이 張說、有江上愁心賦 浮空積翠如雲煙이라 山耶雲耶遠莫知러니 援得好 煙空雲散山依然이라 但見兩崖蒼蒼暗하니 絶谷中有百道飛來泉이라 縈林絡石隱復見하니 下赴谷口爲奔川이라 川平山開林麓斷하니 小橋野店依山前이라 行人稍度橋木外하니 漁舟一葉江呑天이라 此極畫趣 使君何從得此本고 點檢毫末分淸姸이라 不知人間何處有오 此境徑欲往置二頃田이라 君不見武昌樊口幽絶處아 東坡先生留五年이라 春風搖江天漠漠하고 暮雲捲雨山娟娟이라 丹楓翻鴉伴水宿하니 長松落雪驚醉眠이라 桃花流水在人世하니 武陵豈必皆神仙가 江山淸空我塵土하니 雖有去路尋無緣이라 還君此畫三嘆息하니 山中故人이 應有招我歸來篇이라 左太冲有招隱篇

寄盧仝 時韓公爲洛陽令　韓退之

玉川先生洛城裏에 仝、居東都、自號玉川子 破屋數間而已矣라 一奴長鬚音須不裹頭오 一婢赤脚老無齒라 辛勤奉養十餘人하니 上有慈親下妻子라 先生結髮憎俗徒하야 閉門不出動一紀라 一紀、十二年也 至令鄰僧乞米送하니 僕忝縣尹能不恥아 俸錢供給公私餘로 時致薄少助祭祀라 勸參留守謁大尹하니 洛陽、本漢都、故置重臣留守 府尹也 言語纔音才及輒掩耳라 水北山人 石洪、字濬川居洛之北涯、 得名聲하니 去年去作

幕(音莫)下士라 水南山人(溫造字簡輿、居水之南涯) 又繼往하니 鞍馬僕從(去聲) 塞閭里라 少(去聲)室山人索價高하야 (李渤、字濬之、涉之兄、初隱廬山、後隱嵩岳少室山、上書言時政、徵之不起) 兩以諫官徵不起라 彼皆刺(七亦反) 口論世事하니 有力未免遺驅使라

先生事業不可量이니(平聲) 惟用法律自繩己라 春秋三傳(春秋、有左氏公羊氏穀梁氏三傳、傳去聲) 束高閣하고 獨抱遺經究終始라 往來弄筆嘲(陟交反) 同異하니(仝與馬異詩、同不同異不異) 怍辭驚衆謗不已라 近來自說尋坦途하니 猶上虛空跨騄駬라 去歲生兒名添丁하니(唐制二十成丁) 意令與國充耘(音云)耔라 國家丁口連四海하니 豈無農夫親耒(雷去)耜오(音似) 先生抱才終大用이나 宰相(去聲) 未許終不仕라 假如不在陳力列이면 立言垂範(音范) 亦足恃라(音示) 苗裔當蒙十世宥니(左、襄二十一年、社稷之臣也、猶將十世宥之、以勸能者) 豈謂貽(移) 厥無基址오(音止、詩、詒厥孫謀)

故知忠孝出天性하니 潔身亂倫安足擬아 昨夜長鬚來下狀하니 隔墻惡(音渥) 少惡難似라 每騎(音奇) 屋山下窺(缺規反) 瞰하니(苦暫反) 渾(胡昆反) 舍驚怕走折趾라(音止) 憑依婚媾(去句) 欺官吏하니 不信令(去聲)行能禁止라 先生受屈未曾語하니 忽此來告良有以라 嗟我身爲赤縣尹하니(京邑曰赤縣、洛水東京故亦曰赤縣) 操權不用欲何俟오 立召賊曹(掌刑之椽) 呼五百하야(韋昭曰五百、本作伍陌、伍當也、陌道也、使人導引、當道陌中、以驅除也、今俗呼行杖人爲五百) 盡取鼠輩(賊人) 尸(殺也) 諸市라 先生又遣長鬚來면 如此處置非所喜라 況又時當長(上聲) 養節하니 都邑未可猛政理라 先生固是余所畏니 度量不敢窺涯涘라(似) 放縱是誰之過歟오 效尤戮(音陸) 僕(僕奴) 愧前史라(若效尤晉之魏絳、戮楊干之僕、有愧於春秋之前史) 買羊沽(音姑) 酒謝不敏하니 偶逢明月耀桃李라 先生有意許降臨이면 更遣長鬚致雙鯉하라(雙鯉書也)

李伯時畫圖　　邢敦夫

山谷之弟、黃知命、衣白衫騎驢、緣道搖頭而歌、陳履常、負杖挾囊于後、一市大驚、李伯時因畫爲圖、邢敦夫、爲作長歌、

長安城頭烏欲棲하니 音栖○李詩、黃雲城邊烏欲栖 長安道上行人稀라 浮雲卷音卷 盡暮天碧하니 但有明月流淸輝라 君獨騎驢向何處오 頭上倒著白接䍦라 音離、世說、接䍦乃襴衫、非帽也 長吟搔首望明月하니 不學山翁醉似泥라 到得城中燈火鬧하니 小兒拍手攔音蘭 街音皆 笑라 事見襄陽歌 道傍觀者那得知오 相逢疑是商山皓라 商山四皓 龍眠居士畫無比하니 搖毫弄筆長風起라 酒酣閉目望窮途하니 紙上軒昂無乃似라 君不學長安遊俠誇年少아 臂鷹挾彈章臺道라 君不能提携長劒取靈武아 指揮猛士驅貔虎라 胡爲脚踏梁宋塵고 終日飄飄無定所오 武陵桃源春欲暮하니 事見桃源行注 白水靑山起烟霧라 竹杖芒鞋歸去來하니 頭巾好掛三花樹라

靈武、西方邊郡也、方與夏人相爭

原本備旨懸吐註解
古文眞寶前集卷之六 終

原本備旨懸吐註解

古文眞寶前集卷之七

長短句

將進酒 二首　李太白

君不見黃河之水天上來아 奔流到海不復廻라 又不見高堂明鏡悲白髮아 朝如青絲暮如雪이라 (設二辭引起) 人生得意須盡歡이니 莫把金樽空對月하라 (引入進酒意) 天生我材必有用이니 千金散盡還復來라 烹羔(音膏) 宰牛且爲樂이니 (音洛) 會須一飮三百杯라 岑夫子、丹丘生아 (岑勛、元丹丘、當時與二人同會、) 與君歌一曲하니 請君爲我聽하라 鍾鼎玉帛不足貴오 但願長醉不願醒이라 古來賢達皆寂寞호대 惟有飮者留其名이리 陳王昔日宴平樂하니 (音洛、鄴中房名) 斗酒十千恣歡謔이리 主人何爲言少錢고 且須沽酒對君酌하라 五花馬、千金裘를 呼兒將出換美酒하야 與爾同銷萬古愁라

陳王、陳思王曹植

又　李長吉

琉璃鍾 (酒器也、從重、或從童者非) 琥珀 (上音虎、下音拍、松脂入地千年、爲琥珀、酒色似之、) 濃하니 小槽酒滴眞珠紅이라 烹龍炮鳳玉脂泣하니 羅幃繡幕圍香風이라 吹龍笛、擊鼉鼓하니 皓齒歌、細腰舞라 況是青春日將暮하니 桃花亂落如紅雨라 勸君終日酩酊(音頂) 醉하라 酒不到劉伶墳上土니라 (晋劉伶、字伯倫、好飮酒、每出、携鍤自隨、語人曰遇醉死、輒即埋我、)

觀元丹丘坐巫山屛風　李太白

(巫山峽、在峽州、首尾百六十里、宋玉、高唐賦、楚襄王游於雲夢、夢婦人曰妾、在巫山之陽高丘之阻、朝爲行雲、暮爲行雨、朝朝暮暮、陽臺之下)

昔遊三峽見巫山하니 見畫巫山宛相似라 疑是天邊十二峰이 (夔州巫山有十二峯、望霞、翠屛、朝雲、松巒、集仙、聚鶴、淨壇、上昇、超雲、飛鳳、登龍、聖泉、神女廟)

居其下 飛入君家彩屛裏라 寒松蕭瑟如有聲하고 陽臺微茫如有情이라 錦衾瑤席何寂寞고 楚王神女徒盈盈이라 高丘咫尺如千里하니 翠屛丹崖粲如綺라 蒼蒼遠樹圍荊門하고 地名、在峽東江陵北 歷歷行舟汎巴水라 在蜀中 水石潺湲萬壑分하니 煙光草色俱氳氛이라 溪花笑日何時發이며 江閣聽猿幾歲聞고 使人對此心緬邈하니 疑入高丘夢綵雲이라

高丘咫尺如重

三五七言

秋風淸、秋月明하니 落葉聚還散이오 寒鴉栖復驚이라 相思相見知何日고 此時此夜難爲情이라

登梁王栖霞山孟氏桃園中

碧草已滿地하니 柳與梅爭春이라 謝公自有東山妓하니 謝女栖遲東山放情丘壑好音樂每遊賞必以妓從 金屛笑坐如花人이라 今日非昨日이오 明日還復來라 白髮對綠酒하니 强歌心已摧라 君不見梁王池上月가 昔照梁王樽酒中이터니 梁王已去明月在하니 黃鸝愁醉啼春風이라 分明感激眼前事하니 莫惜醉臥桃園東하라

梁王、漢梁孝王

高軒過 軒車也、過音戈、李賀、七歲能詞章、韓愈、皇甫湜、過其家、使賀賦詩、援筆輒就、名高軒過

李長吉

華裾音居 織翠靑如葱하니音聰 金環壓轡搖玲瓏이라 馬蹄隱耳聲隆隆하고 入門下馬氣如虹하니 云是東京才子文章鉅公이라 已上言二公衣服車馬之華飾也 二十八宿音秀 羅心胸하니 元精炯炯貫當中이라 殿前作賦聲摩空하니 筆補造化天無功이라 厖眉書客感秋蓬하니 誰知死草生華風고 我今垂翅附冥鴻하니

東京、洛陽也 冥鴻、高飛也

姮娥、月宮女

蝦蟆、蝕月

他日不羞蛇作龍이라

有所思 　盧仝

詩中所謂美人、即詩、彼美人兮西方之人兮之意

當時我醉美人家하니 美人顏色嬌如花라 今日美人棄我去하니 靑樓珠箔音泊簾也 天之涯라 娟娟
姮娥月이 三五二八盈又缺이라 翠眉蟬鬢生別離하니 一望不見心斷絶이라 心斷絶、幾千里오
夢中醉臥巫山雲하니 覺音敎 來淚滴湘江水라 湘江兩岸花木深하니 美人不見愁人心이라 含愁
更奏綠綺琴하니 司馬相如琴名 調去聲曲譜 高絃絶無知音이라 美人兮美人이여 不知爲暮雨兮爲朝雲이라 相思
一夜梅花發하니 忽到窓前疑是君이라

行路難 　張轂

湘東行人長歎息하니 十年離去聲 家歸未得이라 翠裘羸馬苦難行하니 僮音童 僕盡飢音箕 少筋音斤
力이라 君不見牀頭黃金盡이면 壯士無顏色가 龍蟠音盤 泥中未有雲이면 不能生彼昇音升 天翼이라

邀月亭 　馬子才

亭上十分綠醑胥上 酒오 盤中一筋除去 黃金鷄라 滄溟東角邀姮娥하니 氷輪碾音輾 上靑琉璃라
天風洒掃浮雲沒하니 千巖萬壑瓊瑤窟이라 桂花飛影入盞來하니 傾下胸中照淸骨이라 玉兎擣藥
與誰餐고 且與豪客留朱顏이라 朱顏如可留면 恩重如丘山이라 爲君殺却蝦蟆精하니 腰間老
劒光芒寒이라 擧酒勸明月하노니 聽我歌聲發하라 照見古人多少愁러니 更與今人照離別이라 我曹

酈食其、稱高陽酒徒
屈原、沉汨羅葬於魚腹
伍子胥棄尸江中、化爲神白馬乘潮
滅與穀、一是一非而亡羊則同也、亡羊失羊也

自是高陽徒라 肯學群兒嘆圓缺가

長淮謠

長淮之水青如苔하니 行人但覺心眼開라 湘江豈無水하야 魚腹忠魂埋오리 但見愁雲結雨猿聲哀라 浙江豈無水하야 鴟革漂胥骸오리(音孩) 但見潮頭怒氣如山來라 孤臣詞客到江上하니 何以寬心懷오 長淮之水遶楚流하니 先生家住淮上頭라 黃金萬斛浴明月하니 碧玉一片含清秋라 酒光入面歌一聲하니 淮上百物無閑愁라

贈寫眞何秀才(秀材名充) 蘇子瞻

君不見潞州別駕眼如電가(潞州別駕唐明皇也) 左手挂(音卦) 弓橫撚(乃殄反) 箭이라(尚書譚錄云明皇、有一目微斜、故作橫撚箭之狀) 又不見雪中騎驢孟浩然가 皺(鄒去) 眉吟詩肩聳山이라(或問鄭綮、詩思、對曰詩思、在灞橋雪中驢子上、) 饑寒富貴兩安在오 空有遺像留人間이라(飢寒謂浩然、富貴、謂明皇二者皆歸於滅沒、) 此身常擬(疑上) 同外物하니 浮雲變化無蹤跡이라 問君何苦寫我眞고 君言好之聊(音遼) 自適이라 黃冠野服山家容을 意欲置我山巖中하라(愷愷之、爲謝琨像、在石巖裏、云此子宜置丘壑中) 勳(音欣) 名將(去聲) 相(去聲) 今何恨고 往寫褒公與鄂(昂入) 公하라(杜詩丹青引、褒公鄂公毛髮動、英姿颯爽來酣戰、褒公段志玄、鄂公尉遲敬德也、)

薄薄酒(兩章此選其首章)

薄薄酒、勝茶湯이오 粗粗(倉胡反) 布、勝無裳이라 醜妻惡妾勝空房이라 五更待漏靴滿霜이 不如三伏日高睡足北窓凉이오 珠襦玉匣萬人祖送歸北邙이(音忙) 不如懸鶉(音淳、子夏之衣、懸結如鶉) 百結獨坐負朝陽이라 生前富貴死後文章이 百年瞬(音舜) 息萬世忙이라 夷齊盜跖(音隻) 俱亡羊하니 不如眼前

於潛、邑名

參商、二星名

左納言、右納史、漢官名

一醉하야 是非憂樂音洛 都兩忘이라

於潛令刁同年野翁亭

山翁不出山하고 溪翁長在溪라 不如野翁來往溪山間하야 上友麋音眉 鹿下鳧鷖라 問翁何所樂고 三年不去煩推擠라 翁言此間亦有樂하니 非絲非竹非蛾眉라 山人醉後鐵冠落하고 天目山唐道士常冠鐵冠 溪女笑時銀櫛低라 仄瑟反 於潛婦女皆揷大銀櫛長尺許謂之逢沓 我來觀政問風謠하니 音遙 皆云吠犬足生氂라 音釐 岑熙爲魏郡太守人歌之曰我有枳棘岑君伐之我有蟊賊岑君遏之吠犬不驚足下生氂 但恐此翁一旦捨此去하야 長使山人索寞溪女啼라

太行路 白樂天

太行山名、在今懷孟河內縣、爲天下之脊上有九折坂、最爲險絶

太行音杭 之路能摧車나 若比君心是坦途오 巫峽之水能覆舟나 峽州有三峽、明月峽、巫山峽、廣澤峽、其水至險 若比君心是安流라 君心好去聲 惡去聲 苦不常하야 好生毛髮惡生瘡이라 音倉 與君結髮未五載에 設爲婦人之辭 豈期牛女爲參商고 古稱色衰相棄背라도 音佩 當時美人猶怨悔어든 何況如今鸞鏡中에 罽賓王獲一雌鸞、絶不鳴、一日懸鏡于庭、鸞見鏡中影、遂起鳴、舞而絶、 妾顏未改君心改오 爲去聲 君熏音欣 衣裳이나 君聞蘭麝不馨香이오 爲去聲 君盛容飾이나 君看珠翠無顏色이라 行路難、難重陳하니 人生莫作婦人身하라 百年苦樂音洛 由他人이라 行路難、難於山險於水하니 不獨人間夫與妻오 近代君臣亦如此라 說出一篇主意 君不見左納言右納史아 朝承恩暮賜死라 行路難이 不在水不在山하고 秖音只 在人情反覆間이라

七德舞

唐太宗、爲秦王時、征伐四方、每克輒奏、故製樂舞、名秦王破陣樂、即位七年正月、改秦王破陣樂、曰七德故詩言太宗功德之盛

七德舞七德歌는 傳自武德高祖年號 至元和라 憲宗年號 元和小臣白居易난 觀舞聽歌知樂音岳 意하고

曲終稽首陳其事라 太宗十八擧義兵하야 白旄音毛 黃鉞音曰 定兩京이라 書牧誓、王、左仗黃鉞、右秉白旄、以麾 擒音禽 充

戮音陸 竇音豆 四海淸하니 擒充、王世充弑隋越王侗據洛、稱鄭帝、戮竇、竇建德、據河間、稱夏王、武德四年、秦王、擊世充、建德來援、并擒戮之 二十有四功業成이 二十有九卽

帝位하고 三十有五致太平이라 功成理定何神速고 速在推心置人腹이라 亡卒遺骸音諧 散帛收하고

飢人賣子分金贖이라 魏徵夢見天子泣하고 徵疾甚、帝親問疾、是夕、帝夢徵若平生、及旦薨、帝臨哭爲之慟、 張謹哀聞辰日哭이라 張公謹、卒、上出次發哀、有

司奏、辰日忌哭、上曰君之於臣、猶父子也、情發於衷、安避辰日、 怨女三千放出宮하고 死囚四百來歸獄이라 六年、親錄囚徒、死罪者、三百九十人、縱之還家、期以明年秋、卽刑、及期、囚皆詣朝堂、無後者、太

宗、嘉其誠信、悉赦之、 剪鬚燒藥賜功臣하니 李勣嗚咽思殺身이라 李勣嘗暴疾、帝乃自剪鬚以和藥、及愈入謝、頓首流涕 含血吮仝上 瘡音倉 撫戰

士하니 思摩 貞觀十八年、征高麗、右衛大將軍李思摩、中毒矢、上、親爲吮血、將士、聞之皆感泣 奮分去 呼乞效死라 則知不獨善戰善乘時오 以心感

人人心歸라 爾來一百九十載에 天下至今歌舞之라 歌七德舞七德하니 聖人有作垂無極이라

豈徒耀神武며 豈徒誇聖文이리오 太宗意在陳王業이니 王業艱難示子孫이라

磨崖碑後 註見前七言磨崖碑詩註　張文潛

玉環妖血無人掃하니 楊妃外傳、術士李遐周先、有詩曰若逢山下鬼、環子繫羅衣、山下鬼馬嵬也、妃、小字玉環、及死、力士、以羅巾縊焉 漁陽今薊州、安祿山、以范陽兵反 馬厭長安草라 潼

關 卽桃林塞、在今陝州潼音童 戰骨高於山하니 萬里君王蜀中老라 金戈鐵馬從西來하니 郭公凜凜英雄才라

謂郭子儀 擧旗爲風偃爲雨하니 洒掃九廟無塵埃라 元功高名誰與紀오 風雅不繼騷人死라 水部

胸音凶 中星斗文이오 元結、爲水部、作大唐中興頌、 太師筆下龍蛇字라 太師顔眞卿、寫此頌刻碑 天遣二子傳將來하니 高山十丈

磨蒼崖라 誰持此碑入我室고 使我一見昏眸音謀 開라 百年廢興增歎慨하니 當時數子今安

在오 君不見荒涼浯(牛都反) 水棄不收아 時有遊人打碑賣라

勸酒惜別　　張乖崖

春日遲遲輾空碧하니 綠楊紅杏描春色이라 人生年少不再來니 莫把青春枉(音往) 拋(普交反) 擲하라 思之不可令人驚이니 中有萬恨千愁幷이라 今日就花始暢飮하니 坐中行客酸離情이라 我欲爲君舞長劍하니 劍歌苦悲人苦厭이라 我欲爲君彈瑤琴하니 淳風死去無回心이라 不如轉海爲飮花爲幄이니(音惡) 贏(音盈) 取青春片時樂이라(音洛) 明朝疋馬嘶春風하니 洛陽花發臙脂紅이라 車馳馬走狂似沸하니 家家帳幕臨晴空이라 天子聖明君正少하니(去聲) 勿恨功名苦不早하라 富貴有時來니 偷閑强歡笑하고 莫與離憂買生老하라

古意　　釋貫休

常思李太白이 仙筆驅造化라 玄宗致之七寶牀하니 虎殿龍樓無不可라 一朝力士脫靴後에 (太白嘗醉令高力士脫靴力士深以爲恥以白樂章飛燕事激妃子之怨) 玉上青蠅生一箇라 紫皇案前五色麟이 忽然掣斷黃金鎖라 五湖大浪如銀山하니 滿船載酒槌皷過라 賀老成異物하니 (賀老、賀知章也) 顚狂誰敢和오(去聲) 寧知江邊墳이 (白溺水葬于采石江邊) 不是猶醉臥오

蜀道難　　李白

(論蜀道之險阻艱難、托興、譏世道之危險、人心之險巇也)

噫(音依) 噓嚱危乎高哉여 蜀道之難이 難於上青天이라 蠶叢(音宗) 及魚鳧는 (蜀王本紀曰蜀王之先名蠶叢栢灌魚鳧蒲澤開明從開明上到蠶)

叢積三萬四千歲成都記蠶叢之後有栢灌魚鳧皆蠶叢之子魚鳧治導江縣甞獵湔山得道乘虎而去杜宇繼魚鳧 開國何茫然고 爾來四萬八千歲에 不與秦塞通人烟이라
西當太白有鳥道하니 可以横絶峨音莪嵋音眉山名見前山月歌巓이라 地崩山摧壯士死하니昔蜀中無路入秦秦惠王聞蜀有五丁力士乃以鐵作牛詐稱其牛糞金蜀侯使五丁壯士開山作路取牛後五丁死蜀爲秦所滅○蜀王本紀曰天爲蜀王生五丁力士能徙山秦王獻美女於蜀王蜀王遣五丁力士迎女見大蛇入山穴中五丁共引蛇山崩壓殺五丁秦女上山化爲石 然後天梯石棧相句連이라
上有六龍回日之高標하고 下有衝波逆折之回川이라 黃鶴之飛尙不能過오 猿猱欲度愁攀緣이라 青泥或曰嶺名 何盤盤고 百步九折縈巖巒이라 捫參歷井參井、秦蜀分野之星 仰脅音協息하고 以手拊音撫擊也膺胷也 坐長歎이라叶音灘 問君西遊何時還고 畏途巉巖不可攀이라 但見悲鳥號平聲 古木하니 雄飛從雌遶林間이라 又聞子規啼하니 夜月愁空山이라 蜀道之難이 難於上青天하니 使人聽此凋朱顏이라 連峯去天不盈尺이오 枯松倒掛倚絶壁이라 飛湍他端反 瀑流爭喧豗音灰相擊有聲오 砯崖音涯 轉石萬壑雷라 其險也如此하니 嗟爾遠道之人이 胡爲乎來哉오 劍閣利州隆慶府、有山、閣道至險、有大劍山、小劍山、相去三十里、連山絶險、飛閣相通 崢嶸而崔音摧 嵬하니 一夫當關萬夫莫開라 所守或匪親이면 化爲狼與豺라 朝避猛虎요 夕避長蛇니 磨牙吮全上 血하고 殺人如麻라 錦城雖云樂이나 不如早還家라 蜀道之難이 難於上青天하니 側身西望長咨嗟라

廬山高　歐陽永叔

劉中允、字凝之、與歐陽公、同年、爲潁上令、棄官歸、徙居廬山之陽、歐公高其節、賦廬山高以美之、

廬山高哉幾千仞兮여 根盤幾百里오 巀音截高貌 然屹立乎長江이라 長江西來走其下하니 是爲揚瀾左里兮여 洪濤巨浪이 日夕相舂撞이라 雲消風止水鏡淨하니 泊舟登岸而遠望兮여 上摩

(音磨)青蒼以晻(於感反)靄오 下壓后土之鴻(音洪大也)龎이라(莫江反厚也) 試往造乎其間兮여 攀緣石磴窺空谾이라 千巖萬壑響松檜요 懸崖巨石飛流淙이라(水聲) 水聲聒聒亂人耳하니 六月飛雪灑石矼이라(音江石橋) 仙翁釋子亦往往而逢兮여 吾嘗惡(去聲)其學幻而言哤이라(言卑而雜也) 但見丹霞翠壁遠近映樓閣이오 晨鍾暮鼓杳靄羅旛(音番)幢이라(旛屬) 幽花野草不知其名兮여 風吹霧濕香澗谷하고 時有白鶴飛來雙이라 幽尋遠去不可極하니 便欲絶世遺紛厖이라(雜也作龐字非) 羨君買田築室老其下하니 挿秧盈疇兮여 釀酒盈缸이라 欲令浮嵐曖翠千萬狀하야 坐卧常對乎軒窓이라 君懷磊砢有至寶하니 世俗不辨珉(音民石之美者)與玒이라(音江玉名) 策名爲吏二十載에 青衫白首困一邦이라 寵榮聲利不可以苟屈兮여 自非青雲白石有深趣면 其意矻(音兀)硉(盧沒反不穩貌) 何由降고 丈夫壯節似君少하니 嗟我欲說安得巨筆如長杠고

原本備旨懸吐註解 古文眞寶前集卷之七 終

原本備旨懸吐註解 古文眞寶前集卷之八

歌類

大風歌　漢高祖

漢高祖、有天下、遷沛、置酒、召故人父老子弟、飮酒、發沛中兒、得百二十人、敎之歌、酒酣、上擊筑歌之、

大風起兮여 雲飛揚이로다 威加海內兮여 歸故鄕이로다 安得猛士兮여 守四方고 翰曰風自喩、雲喩亂也、言已平亂而歸故鄕、故思賢才共守之、

襄陽歌　李太白

落日欲沒峴山西하니 晉羊祜卒、百姓於峴山、建碑、望其碑者、莫不流涕、因名爲墮淚碑、 倒著接䍦花下迷라 晉山簡每至高陽習家池、飮輒大醉、歸歌曰山公時一醉、逍遙高陽池、日暮倒載歸、酩酊無所知、時時騎白馬、倒著白接䍦、擧鞭謝葛强、何如幷州兒、 襄陽小兒齊拍手하니 攔街爭唱白銅鞮라 廣韻、鞮音低、樂府、有銅鞮歌、釋云、胡人歃血之器、韻府、作鞮、註革履連脛、即今靴、恐非、 傍人借問笑何事오 笑殺山翁醉似泥라 鸕音盧 鷀音慈水鳥名、烏頸喙長、能捕魚 杓、鸚鵡杯로 百年三萬六千日에 一日須傾三百杯라 遙看平聲 漢水鴨頭綠하니 恰似葡萄初醱醅라 音杯酒熟也 此江若變作春酒면 壘麴便築糟丘臺라 千金駿馬喚小妾하니 笑坐雕鞍歌落梅라 車傍側掛一壺酒하니 鳳笙十三簧象鳳之身 龍管行相催라 咸陽市上嘆黃犬하니 秦李斯、臨刑、嘆曰安得復牽黃犬、遊東門、逐狡兎乎、 何如月下傾金罍오 音雷 君不見晉朝羊公一片石가 龜頭剝落生莓苔라 淚亦不能爲之墮오 心亦不能爲之哀라 淸風明月不用一錢買하니 玉山自倒非人推라 晉嵇康醉倒人謂如玉山之將頹 舒州杓力士鐺은 李白與爾同死生이라 襄王雲雨今安在오 江水東流猿夜聲이라

襄王、楚襄王

汝陽王、璡

飮中八僊歌　　杜子美

知章騎馬似乘船이니하 眼花落井水底眠이라 汝陽三斗始朝天이니하 道逢麴(音曲)車(尺奢反) 口流涎이라
恨不移封向酒泉이니하 左相(去聲) 日興(去聲) 費萬錢이라 飮如長鯨吸(音翕) 百川이니하 銜盃樂(音洛) 聖稱世
賢이라(據左相李適之詩則世當爲避○李適之詩云、避賢初罷相、樂聖且銜盃) 宗之瀟灑美少(去聲) 年이라 擧觴(音傷) 白眼望靑天이니 咬如玉樹臨風
前이라 蘇晉長齋繡佛前에 醉中往往愛逃禪이라 李白一斗詩百篇이니하 長安市上酒家眠이라 天
子呼來不上船이고하 自稱臣是酒中仙이라(玄宗、嘗宴白蓮池、欲造樂府新詞、遣使召李白、白已醉於長安酒肆矣、及至帝所、醉不能登舟、帝命力士、扶上船、或以蜀人、衫衿爲船者、非是) 張旭三
盃草聖傳이니하 脫帽露頂王公前이고하 揮毫落紙如雲烟이라(漢張芝、善草書、號草聖、故以比張旭、盖旭、善草書、每飮大醉、以頭濡墨、就壁書、及醒、自以爲神、) 焦遂
五斗方卓然이니하 高談雄辯驚四筵이라

醉時歌　(贈廣文舘學士鄭虔)

諸公袞袞登臺省이나하(袞袞相繼不絶也) 廣文先生官獨冷이라 甲第紛紛厭粱肉이나 廣文先生飯不足이라 先
生有道出羲皇이고하 先生有才過屈宋이라(屈原宋玉) 德尊一代常坎軻이니하 名垂萬古知何用고 杜陵野
老人更嗤이니하(音蚩笑侮也○漢宣帝陵在京兆子美本杜陵人故自稱杜陵野客) 被褐(毛布爲衣一曰短衣) 短窄鬢如絲라 日糴(音笛) 太倉五升米고하 時赴
鄭老同襟期라(鄭老指虔也) 得錢卽相覓야하 沽(音孤) 酒不復疑라 忘形到爾汝니하 痛飮眞吾師라 淸夜
沈沈動春酌니하 燈前細雨簷花落이라 但覺高歌有鬼神이니하 焉知餓死塡(音田) 溝(音勾) 壑(音鶴)고 相如
逸才親滌(音狄) 器오(司馬傳、文君奔相如、俱之臨卭、盡賣車騎、買酒舍、乃令文君當壚、相如、身著犢鼻褌、滌器於市、) 子雲識字終投閣이라(揚雄傳、王莽時、甄豊爲上公、莽、旣以符命、自立、卽位之後、誅豊父
子、投劉棻四裔、辭所連及、便取不請、時雄校書天祿閣上、治獄使者來、欲收雄、雄恐、乃從閣上自投下、幾死、棻嘗從雄學、作奇字、京師爲之語曰、唯寂寞、自投閣、) 先生早賦歸去來니하 石田茅屋荒蒼苔라

儒術於我何有哉오 孔丘盜蹠(音隻亦作跖) 俱塵埃라 不須聞此意慘慘이니(上聲失意貌) 生前相遇且銜盃라

徐卿二子歌

君不見徐卿二子生絶奇아 感應吉夢相追隨라 孔子釋氏親抱送하니 並是天上麒麟兒라 大兒九齡色淸澈하니 秋水爲神玉爲骨이라 小兒五歲氣食牛하니 滿堂賓客皆回頭라 吾知徐公百不憂하니 積善袞袞生公侯라 丈夫生兒有如此二雛者면 名位豈肯卑微休아

戲題王宰畫山水歌

十日畫一水하고 五日畫一石이라 能事不受相促迫하니 王宰始肯留眞跡이라 壯哉崑崙(山名黃河源所出) 方壺(渤海中五仙山之一) 圖여 挂(音卦) 君高堂之素壁이라 巴陵洞庭日本東에(洞庭在巴陵之左、海東有日本國) 赤岸水與銀河通이라 中有雲氣隨飛龍하니 舟人漁子入浦漵하고(音叙) 山木盡亞(低也) 洪濤(音陶) 風이라 尤工遠勢古莫比하니 咫(音只) 尺應須論萬里라 焉(音烟) 得并州快剪刀하야 剪取吳松半江水오(索靖、見顧愷之畫、欣然曰恨不帶并州快剪刀來、欲剪松江半幅紋練、歸去)

茅屋爲秋風所破歌

(借物喩變深有感傷)

八月秋高風怒號하니(平聲) 卷(音捲) 我屋上三重(平聲) 茅라 茅飛渡江洒江郊하니 高者掛(音卦) 罥長林梢하고 下者飄轉沈塘坳라 南村群童이 欺我老無力하야 忍能對面爲盜賊이라 公然抱茅入竹去하니 脣(音純) 焦(音椒) 口燥(音噪乾也) 呼不得이라 歸來倚杖自歎息하니 俄頃風定雲黑色이라 秋天漠漠

(重瞳、舜也、指人君)

向昏黑하니 布衾多年冷似鐵이오 嬌兒惡臥踏裏裂이라 床床屋漏無乾(音干)處하니 雨脚如麻未斷絶이라 自經喪(去聲)亂少睡(垂去)眠하니 長夜沾濕何由徹고 安得廣厦千萬間하야 大庇天下寒士俱歡顏고 風雨不動安如山이라 嗚呼何時眼前突兀見此屋고 吾廬獨破受凍死亦足이로다

觀聖上親試貢士歌　王元之

天王出震(易、帝出乎震、上卦爲本位東方、於時爲春、主發生、帝者、天之主宰、所以生物者、故出乎震而萬物從之而出、) 寰(音環)宇淸하니 奎(音圭)星燦燦昭文明이라(宋、寶儼、善推步星曆、與盧多遜、楊徽之、同在諫垣、謂二公曰丁卯歲、五星當聚奎、自此天下始太平、二拾遺必見之、) 詔令郡國貢多士하야 大張一網羅群英이라 聖情孜孜終不倦이오 日斜猶御金鑾殿이라 宮柳低垂三月煙이오 爐香飛入千人硯(研去)이라 麻衣皎皎光如雪하니 一重(平聲)瞳(音同) 親鑑別이라 孤寒得路荷(去聲)君恩하니 聚首皆言盡臣節이라 小臣蹤迹本塵泥나 登科曾賦御前題라 屈指方經五六載에 如今已上(上聲) 靑雲梯라 位列諫官無一語하니 自愧將何報明主오 應制非才但淚垂하니 强(上聲) 作狂歌歌舜禹라

畫山水歌　吳融

良工善得丹靑理하야 輒(音摺) 向茅茨(音慈) 畫山水라 地角移來方寸間이오 天涯(音崖) 寫在筆鋒裏라 日不落兮月長生하니 雲片片兮水泠泠(音靈)이라 經年蝴蝶飛不去오 累歲桃花結不成이라 一片石數株松이 遠又淡近又濃이라 不出門庭三五步하야 觀盡江山千萬重(平聲)이라(公、所以詠幽閨之思者、如此、)

短檠歌　韓退之

渭川、姜太公也、 莘野、伊尹也 子陵、嚴光也 夷齊、伯夷叔齊 蓐收、西方秋神也

長檠八尺空自長이오 短檠二尺便且光이라 黃簾綠幕音莫 朱戶閉하니 風露氣入秋堂涼이라 裁衣寄遠淚眼暗하니 搔頭頻挑移近床이라 太學儒生東魯客이 二十辭家來射策이라 夜書細字綴語言하니 兩目眵昏頭雪白이라 此時提挈當案前하니 看書到曉那能眠고 一朝富貴還自恣하니 長檠高張照珠翠라 吁嗟世事無不然하니 墻角君看短檠棄아

浩浩歌 馬子才

浩浩歌여 天地萬物如吾何오 用之解帶食太倉이오 不用拂枕歸山阿라 君不見渭音胃川漁父音甫一竿竹이며 莘音疏臻反野耕叟數畝禾아 喜來起作商家霖이오 怒後便把周王戈라 又不見子陵橫足加帝腹가 帝不敢動豈敢訶오 皇天爲忙逼하야 星宿音秀相擊摩라 可憐相去聲府癡는 邀請先經過라 浩浩歌여 天地萬物如吾何오 屈原枉死汨羅水오 夷齊空餓西山坡라 丈夫犖犖不可羈니 有身何用自滅磨오 吾觀聖賢心하니 自樂音洛豈有他리오 蒼生如命窮이면 吾道成蹉跎라 直須爲吊天下人이니 何必嫌恨傷丘軻오 浩浩歌여 天地萬物如吾何오 玉堂金馬在何處오 雲山石室高嵯音差峨音娥라 低頭欲耕地雖少나 仰面長嘯音笑天何多오 請君醉我一斗酒하라 紅光入面春風和라

七夕歌 此歌善於敍事狀 張文潛

人間一葉梧桐飄하니 蓐收行秋回斗杓라 神官召集役靈鵲하야 直渡銀河橫作橋라 河東美人天帝子로 機杼年年勞玉指라 織成雲霧紫綃衣하니 辛苦無歡容不理라 帝憐獨居無與娛하야

河西嫁與牽牛夫라 自從嫁後廢織紝고하 綠鬢雲鬟朝暮梳라 貪歡不歸天帝怒야하 責歸却踏來時路라 但令一歲一相見야하 七月七日橋邊渡라 別多會少知奈何오 却憶從前歡愛多라 匆匆萬事說不盡야하 玉龍已駕隨羲(音希)和라 河邊靈官催曉發니하 令嚴不肯輕離別라이 便將淚作雨滂沱니하 淚痕有盡愁無歇라이 我言織女君莫歎라하 天地無窮會相見라이 猶勝嫦(音常)娥(音娥) 不嫁人고하 夜夜孤眠廣寒殿라이

羲和(羲氏、和氏、主四時日出入之官)
嫦娥(嫦娥、即姮娥)

茶 歌 (謝孟諫議簡惠茶) 盧 仝

日高丈五睡正濃니하 軍將扣門驚周公(語、子曰吾不復夢見周公)라이 口傳諫議送書信니하 白絹斜封三道印라이 開緘宛見諫議面니하 首閱月團三百片라이 聞道新年入山裏야하 蟄虫驚動春風起라 天子須嘗陽羡茶니하 百草不敢先開花라 仁風暗結珠蓓蕾니하 先春抽出黃金芽라 摘鮮焙芳旋封裹니하 至精至好且不奢라 至尊之餘合王公니이 何事便到山人家오 柴門反關無俗客니하 紗帽籠頭自煎喫라이 碧雲引風吹不斷니하 白花浮光凝碗面라이 一碗喉吻潤오이 二碗破孤悶라이 三碗搜枯腸니하 惟有文字五千卷라이 四碗發輕汗니하 平生不平事를 盡向毛孔散라이 五碗肌骨清오이 六碗通仙靈라이 七碗喫不得야하 也唯覺兩腋習習清風生라이 蓬萊山、在何處오 玉川子、乘此清風欲歸去라 山上群仙司下土니하 地位清高隔風雨라 安得知百萬億蒼生이 命墮顛崖受辛苦오 便從諫議問蒼生면이 到頭合得蘇息(止息)否아

月團(月團、茶名)
陽羡(陽羡、地名)
玉川子(玉川子、盧同號)

菖 蒲 歌 謝 疊 山

有石奇峭(七肖反) 天琢成이오 有草夭夭冬夏靑이라 人言菖蒲非一種(上聲)이니 上品九節通仙靈이라 異根不帶塵埃氣하니 孤操愛結泉石盟이라 明窓淨几有宿契하니 花林草砌無交情이라 夜深不嫌淸露重하니 晨光疑有白雲生이라 嫩如秦時童女登蓬瀛하니(音盈○秦始皇、遊東海、方士徐福等、上書請得與童男女、入海求三神山、不死藥) 手携綠玉杖徐行이라 瘦如天台山上賢聖僧이오 休糧絶粒孤鶴形이라 勁(經去)如五百義士從田橫하니 英氣凜凜磨靑冥이오 淸如三千弟子立孔庭하니(回、顔淵、點、曾晳) 回琴點瑟天機鳴이라 堂前不入紅粉意오 席上嘗聽詩書聲이라 怪石篠(音小)簜(湯上) 皆充貢이니(靑州貢怪石 揚州貢篠簜) 此物舜廊當共登이라 神農知已入本草오(附入本草) 靈均蔽賢遺騷經이라(靈均卽屈原也離騷經中不言菖蒲是遺亡也) 幽人耽翫發仙興(去聲)하고 方士服餌延脩齡이라 綵鸞紫鳳琪花苑이오 赤虬玉麟芙蓉城이라 上界眞人好淸淨하니 見此靈苗當大驚이라 我欲携之朝太淸하니 瑤草不敢專芳馨이라 玉皇一笑留香案하고 錫與有道者長生이라 人間千花萬草儘榮艶이나 未必敢與此草爭高名이라

石鼓歌 韓退之

歐陽文忠公云、石鼓在岐陽、韋應物、以爲文王之鼓、至宣王刻詩爾、韓退之、直以爲宣王之鼓在今鳳翔孔子廟中、鼓有十、先時散棄于野、鄭餘慶、置于廟而亡其一、宋皇祐四年、向傳師求於民間、得之、十鼓乃足、其文可見者、四百六十五、磨滅難識者過半矣、

張生手持石鼓文하고(孫曰張籍○可見者、其略曰、我車旣攻我馬旣同、又曰、我車旣如、我馬旣駒、君子員獵、員獵員游、麀鹿速速、君子之求、又曰、其魚維何、維鱮維鯉何以橐之、維楊維柳、駒、大刀切、鱮、序、去聲、橐、音高、員、爰通) 勸我試作石鼓歌라 少陵無人謫仙死하니(少陵、杜甫) 才薄將奈石鼓何오 周綱陵遲四海沸(音費)하니 宣王憤起揮天戈라 大開明堂受朝(音潮)賀(慶也)하니 諸侯劍珮(音佩)鳴相磨라 蒐(音搜、春獵之名、謂蒐索禽獸之不孕者、取之周禮、中春、敎振旅、遂以蒐)于岐陽騁雄俊하니 萬里禽獸皆遮羅라 鐫(子泉反 刻也)功勒(刊也勒石紀功也)成告萬世하니 鑿石作鼓隳嵯峨라

從臣才藝咸第一이어늘 簡選誤刻留山阿라 雨淋日炙音隻 野火燒하니 鬼物守護煩撝音麾 訶라 公從何處得紙本고 毫髮盡備無差訛라吾禾反 辭嚴義密讀難曉오 字體不類隷與蝌라 年深豈免有缺畫고 快劒斫音酌 斷生蛟音交 鼉라音陀 鸞翔音祥 鳳翥衆仙下하니 珊音山 瑚音胡 碧樹交枝柯라 金繩鐵索鏁紐女九反 壯이오 古鼎躍水龍騰梭라 陋儒編詩不收入하니 二雅褊迫無委音威 蛇라詩委蛇注行可從迹也毛詩叶韻蛇唐何反亦音移 孔子西行不到秦하니 掎音幾 摭音隻 星宿遺羲音熙 娥라孫曰羲和日御嫦娥月御 嗟余好去聲 古生苦晩하야 對此涕淚雙滂沱라 憶昔初蒙博士徵하야 其年始改稱元和라愈元和元年、徵爲國子博士、 故人從軍在右輔하니 爲我量度音鐸 掘臼科라謂安置石鼓處 濯冠沐浴告祭酒호대愈、召拜國子祭酒 如此至寶存豈多오 氈包席裹音果 可立致니 十鼓只載數駱駝라音陀 薦諸大廟比郜音告 鼎하니春秋、桓二年、魯取郜大鼎于宋、納于大廟、 光價豈止百倍過오音戈 聖恩若許留太學이면 諸生講解皆上 得切磋라 觀經鴻都漢靈帝熹平、四年詔諸儒、正五經文字、命議郞蔡邕、爲古文篆隷三體書之、刻石、立于大學門外、 尙塡咽하니 坐見擧國來奔波라 剜苔剔音倜 蘚露節角하니 安置妥帖平不頗라 大廈深簷與蓋覆이면 經歷久遠期無他라 中朝大官老於事하니 詎肯感激徒媕婀오 牧童敲火牛礪角하니 誰復著手爲摩挲오 日銷月鑠就埋沒하니 六年西顧空吟哦라 羲之俗書趁姿媚하야 數紙尙可博白鵝라白鵝、王羲之在山陰作書換鵝 繼周八代爭戰罷하니周至唐凡八代 無人收拾理則那라 方今太平日無事하야 柄用儒術崇丘軻라 安能以此上論列고 願借辯口如懸音玄 河라 石鼓之歌止於此하니 嗚呼吾意其蹉跎아

後石鼓歌

蘇子瞻

偏旁、點畫、皆字畫也
軒、黃帝軒轅、頡、倉頡
鴻鴈、詩小雅篇名
徐、淮夷也
方召、方叔召虎宣王二臣也
崧高、詩大雅篇名
九有、九州也
祖龍、秦始皇也
上蔡、李斯也

東坡年二十六初入仕作鳳翔八觀此其一也

冬十二月歲辛丑에 仁宗嘉祐六年 我初從政見音現 魯叟라 孔子也 舊聞石鼓今見之하니 文字鬱律蛟蛇走라 細觀初以指畫肚하고 虞世南、學書、常於被下、以指畫肚、 欲讀嗟如箝音酣 在口라 歐詩、有口欲說嗟如箝、 韓公好去聲 古生已遲어늘 我今況又百年後아 強去聲 尋偏旁推音吹 點畫하니 時得一二遺八九라 我車既攻馬亦同하니 其魚維鱮音序 貫之柳라 公自注、石鼓文之辭云、我車既攻、我馬亦同、又曰、其魚維何、維鱮維鯉、何以貫之、維楊與柳、惟此六句可讀、餘不可通、 古器縱橫猶識鼎하니 衆星錯落僅音近 名斗라 模糊半已似瘢胝하니 詰曲猶能辨跟肘라 臂節 娟娟缺月隱雲霧오 濯濯嘉禾秀稂莠라 音酉 言字之難識者、 漂流百戰偶然存하니 獨立千載誰與友오 上追軒頡相唯諾이오 囊入 下揖音邑 冰斯 冰斯唐李陽冰、秦李斯也、二人能篆文、 同鷇 苦候反、鳥母哺子者、又鳥雛生而待哺者曰鷇、能自食曰鷇、 𣪊라 乃后反、乳子也、言石鼓之文、上可追配於軒轅、下視陽冰李斯、如未成之鳥雛也 憶昔周宣歌鴻鴈하니 當時籀音宙 宣王時史官 史變蝌音科 蚪라 音斗○宣王時、史籀著大篆、十五篇、魯共王、壞孔子宅、得古書、皆蝌斗文字、 厭亂人方思聖賢하니 中去聲 興天爲生耆音其 老人 耇라 音垢、老人面若垢、 東征徐虜闞虓虎오 北伐犬戎隨指嗾라 象胥 即後世之譯史能通四夷之語者 雜遝貢狼音郎 鹿이오 方召聯音連 翩音偏 賜圭 瑞玉、上銳下方、以封爵、公侯伯子男、各有制、 卣라 音酉、中罇也、有功者、賜玉瓚秬鬯一卣也 遂因鼙音皮 鼓思將去聲 帥하니 記、聽鼓鼙之聲、則思將帥之臣、 豈爲去聲 考擊煩矇音蒙 瞍아 音叟○詩、子有鍾鼓、弗擊弗考、又曰矇瞍奏功 何人作頌比崧音松 高오 萬古斯文齊岣古后反 嶁라 力后反、行陽縣北之山神、禹碑、今名碧碑、二字、一音巨窶、此歌、從韻作古后力后反、退之詩、岣嶁山尖神禹碑、字青石赤形摹奇、 勳勞至大不矜伐하니 文武未遠猶忠厚라 欲尋年代無甲乙하니 豈有文字記誰某오 自從周衰更七國으로 竟使秦人有九有라 掃除詩書誦法律이오 投棄俎豆陳鞭杻라 當年何人佐祖龍고 上蔡公子牽黃狗라 登山刻石頌功烈하니 秦始皇、上鄒嶧山、刻石頌秦、 後者無繼前無偶라 皆云皇帝巡四國하야 烹滅彊音強 暴救黔

九鼎、禹鼎也取九州之金也

音鉗首라 秦謂百姓曰黔首、謂其頭黑、猶言黎民也 六經既已委灰塵하니 此鼓亦當隨擊掊라 裒上 傳聞九鼎淪沈也 泗上하니

欲使萬夫沈水取라 暴君縱欲窮人力이나 神物義不汙秦垢라 是時石鼓何處避오 無乃天

工令平聲 鬼守아 興亡百變物自閑하니 富貴一朝名不朽라 細思物理坐歎息하니 人生安得如

汝壽오

原本備旨懸吐註解古文眞寶前集卷之八 終

原本備旨懸吐註解 古文眞寶前集卷之九

歌類

戲作花卿歌 (花卿、西川牙將、花敬定也、)

杜子美

成都猛將(去聲)有花卿하니 學語小兒知姓名이라 勇如快鶻(隼也)風火生하니 (南史、曹景宗、謂所親曰、我昔在鄉里、騎快馬如龍、覺耳後生風、鼻尖出火、) (此樂使人忘死、)見賊唯多身始輕이라 緜州副使著柘(音蔗)黃하니 (謂段子璋反) 我卿掃除卽日平이라 子璋髑髏血模糊하니 手提擲還崔大夫라 (崔光遠) 李侯重有此節度하니 人道我卿絕世無라 旣稱絕世無天子하니 (柘黃袍、天子服也) 何不喚取守京都오

題李尊師松樹障子歌

老夫淸晨梳白頭하니 玄都道士來相訪이라 握髮呼兒延入戶하니 手提新畫靑松障이라 障子松林靜杳冥하니 憑軒忽若無丹靑이라 陰崖却承霜雪幹하니 (干去) 偃盖反走虬龍形이라 老夫平生好(去聲)奇古야 對此興與精靈聚라 已知仙客意相親이오 更覺良工心獨苦라 松下丈人巾屨同하니 偶坐似是商山翁이라 (商山、四皓也) 悵望聊歌紫芝曲하니 時危慘淡來悲風이라

戲韋偃爲雙松圖歌

天下幾人畫古松고 畢宏(唐大曆中、爲給事中、)已老韋偃少(去聲)라 絕筆長風起纖末하니 滿堂動色嗟神妙라 兩株慘裂苔蘚(鮮上)皮하니 屈鐵交錯廻高枝라 白摧朽骨龍虎死오 黑入太陰雷雨垂라 松根胡僧憩寂寞하니 厖眉皓首無住着라 偏袒右肩(西域事佛之禮)露雙脚하니 葉裏松子僧前落이라 韋侯韋

[赤縣、畿內也]

侯數相見하니 我有一匹好東絹하야 [東絹、鵝溪絹也] 重之不減錦繡段이라 [四愁詩、美人贈我錦繡段] 已令拂拭光凌亂하니 請公放筆爲直榦이라 [韋偃、松枝、不作直幹、故戲之云、]

劉少府畫山水障歌

堂上不合生楓樹니 恠底江山起煙霧라 聞君掃却赤縣圖하고 乘興遣畫滄州趣라 畫師亦無數나 好手不可遇라 對此融心神하니 知君重毫素라 豈但祁[音其 姓也] 岳與鄭虔고 筆跡遠過楊契[音乞] 丹이라 得非玄圃裂[音列]이면 無乃瀟湘[二水名 在湖南] 翻이라 悄[音楸] 然坐我天姥[音母 即杭州天目山也] 下하니 耳邊已似聞淸猿이라 反思前夜風雨急하니 乃是蒲城鬼神入이라 元氣淋漓障猶濕하니 眞宰上訴天應泣이라 野亭春還雜花遠하니 漁翁暝踏孤舟立이라 滄浪水深靑溟闊하니 欹岸側島秋毫末이라 不見湘妃鼓瑟時나 至今斑竹臨江活이라 [楚詞使湘靈、鼓瑟兮令海若舞馮夷] 劉侯天機精하야 愛畫入骨髓라 自有兩兒郞으로 揮灑亦莫比라 大兒聰明到하여 能添老樹巓崖裏오 小兒心孔開하여 貌得山僧及童子라 若耶溪、雲門寺여 吾獨胡爲在泥滓오 靑鞋布韤從此始라

李潮八分小篆歌

蒼頡[黃帝臣] 鳥跡旣茫昧하니 [蒼頡觀鳥跡而制字] 字體變化如浮雲이라 陳倉石鼓又已訛하니 大小二篆生八分이라 [周太史、籒、始制大篆、秦丞相、李斯、爲小篆、王次仲、減隸書、爲八分書、蔡邕曰臣父、嘗言八分書、割程邈隷字法去八法李斯小篆、去二分、取八分、故曰八分書、] 秦有李斯漢蔡邕하고 中間作者寂不聞이라 嶧山之碑野火焚하니 [始皇、東行上鄒嶧山、刻石頌功德、其文、李斯小篆、] 棗木傳刻肥失眞이라 苦縣光和尙骨立하니 [苦縣、老子碑乃東漢、靈帝光和年間、立、蔡邕所書] 書貴瘦硬方通神이라 惜哉李蔡不復得하니 吾甥[音生] 李潮下筆親이라 尙書韓擇

木오이 騎曹蔡有隣이라 開元已來數八分이하니 潮也奄有二子成三人이라 況潮小篆逼秦相이하니 快劍長戟森相向이라 八分一字直百金이하니 蛟龍盤拏肉屈强이라 吳郡張顚誇草書하니 草書非古空雄壯이라 豈如吾甥不流宕고 丞相中郎丈人行이라 巴東逢李潮하니 逾月求我歌라 我今衰老才力薄하니 潮乎潮乎奈汝何오

天育驃騎歌 (天育廐名)

吾聞天子之馬走千里하니 今之畫圖無乃是아 是何意態雄且傑고 駿尾蕭梢朔風起라 (漢天馬曲、尾蕭梢兮朔風起、) 毛爲綠縹(普沼反青白色) 兩耳黃이오 眼有紫焰雙瞳方이라 矯矯(上喬) 龍性合變化하니 卓立天骨森開張이라 伊昔太僕張景順이 監牧攻駒閱清峻이라 遂令太奴(王毛仲也) 守天育하니 別養驥子憐神俊이라 當時四十萬匹馬하니 張公歎其材盡下라 故獨寫眞傳世人하니 見之座右久更新이라 年多物化空形影하니 嗚呼健步無由騁이라 如今豈無騕褭與驊騮오리 時無王良伯樂死即休라

江南遇天寶樂叟歌　白居易

白頭病叟泣且言호대 祿山未亂入梨園이라 能彈(去聲) 琵琶和法曲하야 多在華清隨至尊이라 是時天下太平久하야 年年十月坐朝元이라 (楊妃外傳、玄宗每年十月、駕幸華清宮、宴坐朝元閣、) 千官起居環佩合이오 萬國會同車馬奔이라 金鈿照耀石甕寺하니 蘭麝薰煮溫湯源이라 貴妃宛轉侍君側하니 體弱不勝珠翠繁이라 冬雪飄颻錦袍暖이오 春風蕩漾霓裳翻이라 歡娛未足燕寇至하니 弓勁馬肥胡語喧이라 邠土人遷避夷狄하니 鼎湖龍去哭軒轅이라 從此漂淪到南土하니 萬人死盡一身存이라 秋風江上浪無際하니

張顚、張旭也

至尊、天子也

燕寇、祿山也

暮雨舟中酒一罇이라 涸魚久失風波勢오 枯草曾霑雨露恩이라 我自秦來君莫問하라 驪山渭水
如荒村이라 新豐樹老籠明月하니 長生殿暗鎖黃昏이라 紅葉紛紛蓋欹瓦오 綠苔重重封壞垣이라
惟有中官作宮使하야 每年寒食一開門이라

長恨歌

漢皇重(去聲)色思傾國호대(漢李延年歌曰、北方有佳人、天子初未識、一笑傾人城、再笑傾人國、豈不知傾城傾國、佳人難再得、) 御宇多年求不得이라 楊家有女初長
成하니 養在深閨人未識이라 天生麗質難自棄하야 一朝選在君王側이라(開元十一年、歸于壽邸、爲壽王妃、後召爲女官、號太眞、更爲壽王、娶韋昭訓女、)
回頭一笑百媚生하니 六宮粉黛無顏色이라 春寒賜浴華淸池하니 溫泉水滑洗凝脂라(音芝) 侍兒扶
起嬌無力하니 始是新承恩澤時라 雲鬢花顏金步搖로(首飾) 芙蓉帳暖度春宵라 春宵苦短日
高起하니 從此君王不早朝라 承歡侍宴無閑暇하야 春從春遊夜專夜라 後宮佳麗三千人에 三
千寵愛在一身이라 金屋粧成嬌侍夜하니 玉樓宴罷醉和春이라 姊妹弟兄皆列土하니(貴妃從兄、國忠、封公、女兄弟封國號
曰、韓、虢、秦、三夫人) 可憐光彩生門戶라 遂令(平聲)天下父母心으로 不重生男重生女라 驪宮高處入靑雲하니
仙樂(音岳)風飄處處聞이라 緩歌慢舞凝絲竹하니 盡日君王看不足이라 漁陽鼙(音皮)鼓動地來하니 驚
罷霓裳羽衣曲이라 九重(平聲)城闕煙塵生하니 千乘(去聲)萬騎(去聲)西南行이라 翠華(天子之旗)搖搖行復
止하니 西出都門百餘里라 六軍不發無奈何야 宛轉(上聲)蛾眉馬前死라 花鈿委地無人收하니
翠翹金雀玉搔頭라(皆婦人首飾) 君王掩面救不得하고 回首血淚相和流라 黃埃散漫風蕭索하니 雲
棧縈紆登劍閣이라 峨嵋山下少人行하니 旌旗無光日色薄이라 蜀江水碧蜀山靑하니 聖主朝朝

(梨園、教坊也)

暮暮情이라 行宮見月傷心色이오 夜雨聞鈴斷腸聲이라 天旋地轉回龍馭하니 到此躊躇不能去라
馬嵬坡下泥土中에 不見玉顏空死處라 君臣相顧盡霑衣하니 東望都門信馬歸라 歸來池苑
皆依舊하니 太液芙蓉未央柳라 芙蓉如面柳如眉하니 對此如何不淚垂오 春風桃李花開夜오
秋雨梧桐葉落時라 西宮南苑多秋草하니 落葉滿階紅不掃라 (或作宮葉者非) 梨園弟子白髮新이오 椒
房阿監青娥老라 夕殿螢飛思悄然하니 孤燈挑盡未成眠이라 遲遲更鼓初長夜오 耿耿星河
欲曙天이라 鴛鴦瓦冷霜華重하니 翡翠衾寒誰與共고 悠悠生死別經年하니 魂魄不曾來入夢이라
臨邛道士鴻都客이 (道士姓楊名通幽) 能以精神致魂魄이라 爲(去聲) 感君王展轉思하야 遂教方士殷勤覓이라
排風馭氣奔如電하니 升天入地求之徧이라 上窮碧落下黃泉이니 兩處茫茫皆不見이라 忽聞海上
有仙山하니 山在虛無縹緲間이라 樓殿玲瓏五雲起하니 其中綽約多仙子라 中有一人字玉眞하니
(玉眞乃貴妃也) 雪膚花貌參差是라 金闕西廂叩玉扃하고 轉教小玉報雙成이라 (小玉雙成西王母二侍女) 聞道漢家天子
使는 九華帳裏夢魂驚이라 攬衣推枕起徘徊하니 珠箔銀屛邐迤開라 雲鬢半偏新睡覺하니 (音教) 花
冠不整下堂來라 風吹仙袂飄飄擧하니 猶似霓裳羽衣舞라 玉容寂寞淚闌干하니 梨花一枝
春帶雨라 含情凝睇謝君王호대 一別音容兩渺茫이라 昭陽殿裏恩愛絶이오 蓬萊宮中日月長이라
回頭下望人寰處나 不見長安見塵霧라 唯將舊物表深情하니 鈿合金釵寄將去라 釵留一股
合一扇하니 釵擘黃金合分鈿이라 但令心似金鈿堅이면 天上人間會相見이라 臨別殷勤重寄詞하니
詞中有誓(音逝) 兩心知라 七月七日長生殿에 夜半無人私語時라 (天寶十載、明皇憑楊妃肩、仰天感牛女之事、密相誓心、願世世、結爲夫婦) 在

天願作比翼鳥오 在地願爲連理枝라 天長地久有時盡이나 此恨綿綿無絶期라

六 歌

文天祥

宋、德祐丙子正月、元、伯顏、領軍至臨安、宋丞相文天祥、使軍前、與伯顏、抗辭爭辯、不屈被拘北行、至鎭江、以計脫歸時三宮已北遷矣、景炎帝、卽位福州、召拜右相、傳以樞密出督、志圖匡復、至空坑、敗績、夫人歐陽氏、男佛生、還生、女柳娘、妾黃氏、顏氏、俱被執、妹女孫槧彭辰皆遇害、公獨與長子道生、以數騎免、收散卒、居匡山、戊寅十月、引兵至潮州、遇元兵被執、北行至燕臺、作此六歌、

有妻有妻出糟糠하니 自少結髮不下堂이라 亂離中道逢虎狼하니 鳳飛翩翩(音偏)失其凰이라 將雛一二去何方고 豈料國破家亦亡가 不忍舍君羅襦(音儒)裳하니 天長地久終茫茫이오 牛女夜夜遙相望이라(音忘) 嗚呼一歌兮歌正長하니 悲風北來起彷徨이라

有妹有妹家流離하니 良人去後携諸兒라 北風吹沙塞草萋(音妻)하니 窮猿慘淡將安歸오 去年哭母南海湄라 三男一女同歔欷하니 惟汝不在割我肌라 汝家零落母不知하니 母知豈有瞑目時아 嗚呼再歌兮歌孔悲하니 鶺鴒在原我何爲오

有女有女婉淸揚하니 大者學帖臨鍾王이오 小者讀字聲琅琅이라 朔風吹衣白日黃하니 一雙白璧委道傍이라 鴈兒啄啄秋無粱하니 隨母北首誰人將고 嗚呼三歌兮歌愈傷하니 非爲兒女淚淋浪이라

有子有子風骨殊하야 釋氏抱送徐卿雛하니 四月八日摩尼珠라 榴花犀錢絡繡襦하니 蘭湯百沸香似酥오 欻隨飛電飄泥途라 汝兄十三騎鯨(音擎)魚하고 汝今三歲知在無라 嗚呼四歌兮歌以吁하니 燈前老我明月孤라

糟糠、貧時妻也

鶺鴒、譬兄弟也

鍾王、鍾繇、王羲之也

黃粱、喩一夢也

有妾有妾今何如오 大者手將小蟾蜍오 次者親抱汗血駒라 晨粧靚(音淨明也) 服臨西湖하니 英英鴈落飄瓊琚라 風花飛墜(追去)하니 烏鳴呼하니 金莖沆瀣浮汙(音烏)渠라 天摧地裂龍鳳殂하니 美人塵土何代無오 嗚呼五歌兮歌鬱紆하니 爲爾遡風立斯須라

我生我生何不辰고 孤根不識桃李春이라 天寒日暖重愁人하니 北風隨我鐵馬塵이라 初憐骨肉鍾奇禍러니 而今骨肉重憐我라 汝在空令嬰我懷라 我死誰當收我骸오 人生百年何醜好오 黃粱得喪俱草草라 嗚呼六歌兮勿復道하라 出門一笑天地老라

原本備旨懸吐註解

古文眞寶前集卷之九 終

管鮑、管夷吾、鮑叔牙也

舊穿楊葉、善射者也

古文眞寶前集卷之十

行類

貧交行　杜子美

翻手作雲覆手雨하니 紛紛輕薄何須數오 君不見管鮑(部巧反) 貧時交아 此道今人棄如土라

醉歌行 (甫從姪、杜勤、下第歸鄕、甫於長安、醉中作)

陸機二十作文賦하니 汝更少年能綴文이라 總角草書又神速하니 世上兒子徒紛紛이라 驊騮作駒已汗血이오 鷙(音至) 鳥擧翮連靑雲이라 詞源倒流三峽水오 筆陣獨掃千人軍이라 只今年纔十六七에 將策君門期第一이라 舊穿楊葉眞自知니 暫蹶霜蹄未爲失이라 偶然擢秀非難取니 會是排風有毛質이라 汝身已見唾成珠하니 汝伯何由髮如漆고 春光淡沲秦東亭하니 渚蒲芽白水荇靑이라 風吹客衣日杲杲오 樹攪離思花冥冥이라 酒盡沙頭雙玉甁하니 衆賓皆醉我獨醒이라 乃知貧賤別更苦하니 呑聲躑躅涕淚零이라

麗人行 (天寶十三載、楊國忠、與虢國夫人、隣居第、往來無期、或並轡入朝、不施幃幕、道路爲之掩目、子美、因作麗人行)

三月三日天氣新하니 長安水邊多麗人이라 態濃意遠淑且眞하니 肌理細膩骨肉勻이라 繡羅衣裳照暮春하니 蹙金孔雀銀麒麟이라 頭上何所有오 翠爲㔩葉垂鬢脣이오 背後何所見고 珠壓腰衱穩稱身이라 就中雲幕椒房親이니 賜名大國虢與秦이라 紫駝之峯出翠釜오 水精之盤行素鱗이라 犀箸厭(平聲) 飫久未下하니 鸞刀縷切空紛綸이라 黃門(宦官供奉於黃門者) 飛鞚(馬勒) 不動塵하니 御廚絡繹送八

珍이라 簫鼓哀吟感鬼神하니 賓從雜遝實要津이라 後來鞍馬何逡巡고 當軒下馬入錦茵이라 楊花雪落覆白蘋하니 青鳥飛去銜(音含)紅巾이라 炙(音隻)手可熱勢絶倫하니 愼莫近前丞相(去聲)嗔이라

古栢行

孔明廟前有老栢하니 柯如青銅根如石이라 霜皮溜雨四十圍하니 黛色參天二千尺이라 君臣已與時際會하니 樹木猶爲人愛惜이라 雲來氣接巫峽長이오 月出寒通雪山白이라 憶昨路繞錦亭東하니 先主武侯同閟宮이라(詩閟宮有侐) 崔嵬枝幹郊原古오 窈窕丹青戶牖空이라 落落盤踞雖得地나 冥冥孤高多烈風이라 扶持自是神明力이오 正直元因造化功이라 大厦(音下)如傾要(音腰)梁棟이오 萬牛回首丘山重이라 不露文章世已驚하니 未辭剪伐誰能送고(詩甘棠勿剪勿伐) 苦心未免容螻蟻오 香葉終經宿鸞鳳이라 志士幽人莫怨嗟하라 古來材大難爲用이라

兵車行 (傷唐玄宗、末年從事於邊功、而窮兵不已也)

車轔轔(詩有車轔轔註衆車聲也) 馬蕭蕭하니(詩蕭蕭馬鳴、註言不諠譁也) 行人弓箭各在腰라 爺孃妻子走相送하니 塵埃不見咸陽橋라 牽衣頓足攔道哭하니 哭聲直上干雲霄라 道旁過者問行人하니 行人但云點行頻이라 或從十五北防河하야(防河、謂築堤、備河水泛決) 便至四十西營田이라(營田、如漢趙充國、獻營田之策、無事則耕、有事則戰、) 去時里正(一里之長)與裹頭러니 歸來頭白還戍邊이오 邊庭流血成海水나 武皇開邊意未已라 君不聞漢家山東二百州아 千村萬落生荊杞라 縱(蹤去)有健(音件)婦把鋤犂나 禾生隴畝無東西라 况復秦兵耐(音奈)苦戰하니 被驅不異犬與鷄라 長者雖有問이나 役夫敢伸恨가 且如今年冬에 未休關西卒이라(前言山東、此言關西、則知無處)

(不用兵也、) 縣官急索租하니 租稅從何出고 信知生男惡이오 反是生女好라 生女猶得嫁比鄰이나 生男埋沒隨百草라 君不見青海頭아 (時有事于吐蕃、乃青海之地、哥舒翰所立功處也、) 古來白骨無人收라 新鬼煩寃舊鬼哭하니 天陰雨濕聲啾啾라 (左文二年、吾見新鬼大、故鬼小)

洗兵馬行

中(去聲)興諸將(去聲) 收山東하니 捷書夜報清晝同이라 河廣傳聞一葦過하니 胡危命在破竹中이라 秪殘鄴城不日得이오 獨任朔方無限功이라 (指言郭子儀爲朔方節度使、時方專任子儀也) 京師皆騎汗血馬하니 回紇餧肉葡萄宮이라 (回紇、西蕃國名) 已喜皇威清海岱하니 常思仙仗(天子儀仗) 過崆峒이라 (音同○崆峒山名在西黃帝問道廣成子之所明皇西幸臣子不忍斥言故托之崆峒) 三年笛裏關山月이오 萬國兵前草木風이라 成王功大心轉小하니 郭相謀深古來少라 司徒清鑑懸明鏡이오 (李光弼爲司徒) 尙書氣與秋天杳라 (王思禮爲尙書) 二三豪俊爲時出하니 整頓乾坤濟時了라 東走無復憶鱸魚오 南飛各有安巢鳥라 青春復隨冠冕入하니 紫禁正耐煙花繞라 鶴駕通宵鳳輦(音連) 備오 鷄鳴問寢龍樓曉라 攀龍附鳳勢莫當하니 (楊子攀龍鱗附鳳翼) 天下盡化爲侯王이라 汝等豈知蒙帝力가 時來不得誇身強이라 關中既留蕭丞相이오 (蕭丞相、蕭何) 幕下復用張子房이라 張公一生江海客이니 身長九尺鬚眉蒼이라 (謂張鎬也) 徵起適遇風雲會하니 扶顚始知籌策良이라 青袍白馬更何有오 後漢今周喜再昌이라 寸地尺天皆入貢하니 奇祥異瑞爭來送이라 不知何國致白環고 復道諸山得銀甕이라 隱士休歌紫芝曲하라 詞人解撰河清頌이라 田家望望惜雨乾이오 布穀處處催春種이라 (布穀催耕之鳥) 淇上健(乾去) 兒歸莫懶하라 城南思婦愁多夢이오 安得壯士挽天河하야 淨洗甲兵長不用고

入奏行

竇侍御는 驥之子鳳之雛니 年未三十忠義俱하야 骨鯁絕代無라 炯如一段淸冰出萬壑하니 置在迎風寒露之玉壺라 蔗音柘 漿歸厨金盌凍하니 洗滌煩熱足以寧君軀라 政用疎通合典則이오 戚聯豪貴耽文儒라 兵革未息人未蘇하니 天子亦念西南隅라 吐蕃音煩 憑陵氣頗麤하니 竇氏檢察應時須라 運粮繩橋壯士喜오 斬木火井窮猿呼라 八州刺史思一戰하니 三城守邊却可圖라 按唐志、劍南節度使、西抗吐蕃、南撫蠻獠統團結管及松維蓬恭雅黎姚悉八州兵馬、三城、是青海三城、 此行入奏計未小하니 密奉聖旨恩應殊라 繡衣 漢、暴勝之、衣繡衣持斧、爲使者 春當霄漢立이오 綵服 老萊子奉親事 日向庭闈趨라 省郞京尹必俯拾이오 江花未落還成都라 肯訪浣完上 花老翁無아 爲君酤酒滿眼酤하니 與奴白飯馬靑芻라

高都護驄馬行 驄音聰、馬色青白

史、高仙芝、開元末爲西域副都護

安西都護胡靑驄이 聲價欻然來向東이라 此馬臨陣陳去 久無敵하니 與人一心成大功이라 功成惠養隨所致하니 飄飄遠自流沙至라 雄姿未受伏櫪恩이라 猛氣猶思戰場利라 腕促蹄高如踣鐵하니 交河幾蹴層冰裂고 五花散作雲滿身하니 萬里方看汗流血이라 顏延年賦、膺門沫赭、汗溝走血 長安壯兒不敢騎하니 走過掣電傾城知라 青絲絡頭爲君老러니 何由却出橫音光 門道오

李鄠縣丈人胡馬行

鄠、扶古反、扶風縣名

丈人駿馬名胡騮하니 前年避胡過金牛라 回鞭却走見天子하니 朝飲漢水暮靈州라 自矜胡騮奇絶代하니 乘出千人萬人愛라 一聞說盡急難材로 轉益愁向駑駘輩라 頭上銳耳批秋竹이오 脚下高蹄削寒玉이라 始知神龍別有種하야 不比俗馬空多肉이라 洛陽大道時再清하니 累日喜得俱東行이라 鳳臆龍著未易識하니 側身注目長風生이라

驄馬行

鄧公馬癖人共知하니 初得花驄大宛種이라 夙昔傳聞思一見하니 牽來左右神皆竦이라 雄姿逸態何崷崒오(高峻貌) 顧影驕嘶自矜(音兢)寵이라 隅目青熒夾鏡懸이오 肉騣(音種)碨(音猥)礧(音磊)連錢動이라 朝來久試華軒下하니 未覺千金滿高價라 赤汗微生白雪毛하니 銀鞍却覆香羅帕(音怕)이라 卿家舊物公能取하니 天廐眞龍此其亞라(周禮、凡馬八尺以上、爲龍) 晝洗須騰涇渭深하니 朝趨可刷幽并夜라 吾聞良驥老始成하니 此馬數年人更驚이라 豈有四蹄疾如鳥하고 不與八駿俱先鳴가 時俗造次那得致오 雲霧晦冥方降精이라 近聞下詔喩都邑하니 肯使騏驎地上行고

幽、并、二州名

八駿、周穆王馬

原本備旨懸吐註解 古文眞寶前集卷之十 終

原本備旨懸吐註解

古文眞寶前集卷之十一

行類

草書歌行

李太白

按、陸羽、撰懷素傳、云、懷素、疎放、不拘細行、飮酒以養性、酒書以暢志、酒酣興發、遇寺壁里墻、靡不書之、貧無紙、乃種芭蕉萬餘株、以供揮洒、

少年上人號懷素하니 草書天下稱獨步라 墨池飛出北溟魚오 筆鋒殺盡中山兎라 八月九月

天氣凉하니 酒徒詞客滿高堂이라 牋麻素絹排數廂하니 宣州石硯墨色光이라 吾師醉後倚繩床하니

須臾掃盡數千張이라 飄風驟雨驚颯颯이오 落花飛雪何茫茫고 起來向壁不停手하니 一行數

字大如斗라 怳怳如聞神鬼驚이오 時時只見蛟龍走라 左盤右蹙如飛電하니 狀同楚漢相攻

戰이라 湖南七郡凡幾家에 家家屛障書題徧이라 王逸少張伯英이 張芝字伯英善草書 古來幾許浪得名고

張顚老死不足數니 我師此義不師古라 古來萬事貴天生이니 何必要公孫大娘渾脫舞오 按杜

詩、觀公孫大娘弟子、舞劒器行、序云、吳人張旭善草書、三帖、數於鄴縣、見公孫大娘、舞西河劒器、自此草書長進、豪蕩感激云

偪側行 贈畢曜

杜子美

偪側何偪側고 我居巷南子巷北이라 可恨鄰里間에 十日一不見顔色이어 自從官馬送還官으로

行路難行澀如棘이라 我貧無乘非無足이니 昔者相遇今不得이라 實不是愛微軀오 又非關足無

力이라 徒步翻愁官長怒하니 此心炯炯君應識이라 曉來急雨春風顚하니 睡美不聞鍾鼓傳이라 東

家蹇驢許借我하니 泥滑不敢騎朝天이라 已令請急會通籍하니 元帝紀、通籍、註、籍者爲二尺竹牒、記其年紀名字物色、懸之官門、省禁相應、乃得入也、 男

陽侯、水神也

兒性命絶可憐이라 焉能終日心拳拳고 憶君誦詩神凜然이라 辛夷始花亦已落하니 況我與子非壯年고 街(音皆)頭酒價常苦貴하야 方外酒徒稀醉眠이라 速宜相就飮一斗니 恰有三百靑銅錢이라(宋鮑昭、行路難、且願得志數相就、床頭恒有沽酒錢、)

去矣行

君不見鞲(音句臂捍)上鷹가 一飽則飛掣이라(音徹○鮑明遠、詩、昔如鞲上鷹、今似檻中猿、呂布傳、曹操曰、譬如養鷹、飢則爲用、飽則颺去) 焉(音烟)能作堂上燕하야 銜泥附炎熱고(古詩思爲雙飛燕銜泥巢君室) 野人(公自謂也) 曠蕩無靦顔하니 豈可久在王侯間고 未試囊中飡玉法하야 明朝且入藍田山이라

苦熱行　王轂

祝融南來鞭火龍하나(祝融、南方之神) 火旗焰焰(音豔) 燒天紅이라 日輪當午凝不去하니 萬國如在紅爐中이라 五嶽翠乾(音干) 雲彩滅하니 陽侯海底愁波竭이라 何當一夕金風發하야 爲我掃除天下熱고

琵琶行　白居易

按白樂天、自序云、元和十年、予左遷九江郡司馬、明年秋、送客湓浦口、聞舟船中、夜彈琵琶者、聽其音、錚錚然、有京都聲、問其人、本長安娼女、嘗學琵琶於穆曹二善才、年長色衰、委身爲賈人婦、遂命酒、使快彈數曲、曲罷憫然、自叙少小時歡樂事、今漂淪憔悴、轉徙於江湖間、予出官二年恬然自安、感斯人言、是夕、始覺有遷謫意、因爲長句歌、以贈之、凡六百二十二首、命曰琵琶行、其抑揚頓挫、流離沈鬱之態、雖千載之下、宛然琵琶哀怨之聲也、

潯(音尋)陽江頭夜送客하니(潯陽江州郡名) 楓葉荻花秋瑟瑟이라 主人下馬客在船하니 擧酒欲飮無管絃이라 醉不成歡慘將別하니 別時茫茫江浸月이라 忽聞水上琵琶聲하고 主人忘歸客不發이라 尋聲暗問彈者誰하니 琵琶聲停欲語遲라 移船相近邀相見하고 添酒回燈重開宴이라 千呼萬喚始出來하니

猶抱琵琶半遮面이라 轉軸撥絃三兩聲하니 未成曲調去聲 先有情이라 釋名、琵琶、本胡中馬上所鼓也 推手前曰琵、引手却曰琶、 絃絃
掩抑聲聲思하니 似訴平生不得志라 低眉信手續續彈하니 說盡心中無限事라 輕攏慢撚撥
復挑하니 初爲霓裳 即霓裳羽衣曲 後六么라 音腰○樂譜、琵琶曲、有轉口六公、護索、梁州、皆曲名也、 大絃嘈嘈如急雨하고 小絃切切如私
語라 嘈嘈切切錯雜彈하니 大珠小珠落玉盤이라 間關鶯語花底滑하니 幽咽泉流冰下灘이라 冰
泉冷澁絃凝絕하니 凝絕不通聲暫歇이라 別有幽愁暗恨生하니 此時無聲勝有聲이라 銀瓶音平乍
破水漿迸하니 鐵騎突出刀鎗鳴이라 曲終抽撥當心畫하니 四絃一聲如裂帛이라 東船西舫悄無
言하고 唯見江心秋月白이라 沉吟收撥揷絃中이라 整頓衣裳起斂容호대 自言本是京城女로 家
在蝦蟆陵下住라 十三學得琵琶成하야 名屬教坊 開元二年、置左右教坊、以教器樂、 第一部라 曲罷常教善才服하니 善才、歌也
妝成每被秋娘妬라 都去 五陵 漢高帝長陵惠帝安陵景帝陽陵武帝茂陵昭帝平陵皆在京兆多徙豪富居之 年少爭纏音田頭하니 賜歌舞者利物也 一曲紅綃 秋娘、妓也
不知數라 鈿頭銀篦擊節碎하니 血色羅裙翻酒汚라 今年歡笑復明年하니 秋月春風等閑度라
弟走從軍阿姨死하니 暮去朝來顏色故라 門前冷落鞍馬稀하니 老大嫁作商人婦라 商人重去聲
利輕別離하야 前月浮梁買茶去라 饒州浮梁縣乃產茶之地 去來江口守空船하니 遶船明月江水寒이라 夜深忽
夢少年事하니 夢啼粧淚紅闌干이라 已上係商人婦之所訴也 我聞琵琶已歎息이요 已下乃司馬荅商婦 又聞此語重唧唧이라 同
是天涯淪落人이니 相逢何必曾相識고 我從去年辭帝京으로 謫居臥病潯陽城이라 潯陽地僻
無音樂하야 終歲不聞絲竹聲이라 住近湓江地低濕하니 黃蘆苦竹遶宅生이라 其間旦暮聞何物고
杜鵑音涓 啼血猿哀鳴이라 豈無山歌與村笛고 嘔啞嘲哳難爲聽이라 今夜聞君琵琶語하니 如聽

仙樂耳蹔明이라 莫辭更坐彈一曲하라 爲去聲 君翻作琵琶行이라 感我此言良久立하야 却坐促絃絃轉急이라 凄凄不似向前聲하니 滿坐聞之皆掩泣이라 就中泣下誰最多오 江州司馬靑衫濕이라 此乃白樂天自謂

內前行 唐子西

大觀四年、張天覺拜相、是夕、彗星沒、久旱而雨

內前大內之前 車馬撥不開하니 文德殿下宣麻回라 紫微唐開元中、改中書省、爲紫微省 舍人張天覺、自中書舍人、爲相 拜右相하니 去聲

中使押赴文昌臺라 唐、則天、改尚書省、爲文昌臺 旄頭旄音毛 昴星也 昨夜光照牖러니 音酉 是夕鋒芒如禿箒라 明朝化作甘雨來하니 官家喜得調元手라 五帝、官天下、三王、家天下、兼五三之德、故曰官家 周公禮樂未制作하니 致身姚宋亦不惡이라 通鑑、唐開元間、姚宋相繼爲相、姚崇、善應變成務、宋璟、善守成持正、唐世賢相、前稱房杜、後稱姚宋焉

我聞二公拜相年에 民間斗米三四錢이라 唐、貞觀四年、米斗三錢、外戶不閉

續麗人行 蘇子瞻

李仲謀、家有周昉畫、背面欠伸內人、戲作此詩、

深宮無人春日長하니 沈香亭北百花香이라 李白、進淸平詞、云、名花傾國兩相歡、長得君王帶笑看、解釋春風無限恨、沈香亭北倚闌干、 美人睡起薄梳洗하니 燕舞鶯啼空斷腸이라 畫工欲畫無窮意는 背立春風初破睡라 若教回首却嫣虛延反 笑貌 然하니 陽城下蔡俱風靡라 宋玉、賦、東家之子、嫣然一笑、惑陽城迷下蔡、 杜陵飢客眼長寒하니 蹇驢破帽隨金鞍이라 隔花臨水時一見하니 只許腰肢音芝 背後看이라 心醉歸來茅屋裏에 方信人間有西子라 君不見孟光擧案與眉齊아 梁鴻、至貧、爲人賃舂、每歸、妻爲具食、擧按齊眉、 何曾背面傷春啼오

西子、西施也

莫相疑行 杜子美

郭英義、倅蜀、公與英義、不合、去成都時作、

男兒生無所成頭皓白하니 李陵書、男兒生無所成名 牙齒欲落眞可惜이라 憶獻三賦蓬萊宮하니 自恠一日聲輝赫이라 明皇天寶中、朝獻太淸宮、享廟及郊、甫時獻三大禮賦、 集賢學士如堵墻하니 禮記、孔子射於矍相之圃、蓋觀者如堵墻 觀我落筆中書堂이라 往時文彩動人主하니 此日飢寒趨路傍이라 晩將末契託年少하니 陸機、歎逝賦、託末契於後生、 當面輸心背面笑라 寄謝悠悠世上兒하노니 不爭好惡莫相疑하라

虎圖行 王介甫

壯哉非熊亦非貙니 目光夾鏡當坐隅라 橫行妥尾不畏逐하니 顧盻欲去仍躊躇라 卒然一見心爲動하니 熟視稍稍摩其鬚라 固知畫者巧爲此라 此物安肯來庭除오 想當盤礴欲畫時에 睥睨衆史如庸奴라 莊子、宋元君、將畫圖、衆史皆至、受揖而立、有一史後至、受揖不立、因之舍、公使人視之、解衣盤礴羸、君曰可矣、是眞畫也、 神閑意定始一掃하니 功與造化論錙銖라 八絲爲銖八銖爲錙 悲風颯颯吹黃蘆하니 上有寒雀驚相呼라 槎牙死樹鳴老烏하니 向之俛噣 音晝喙也 如哺雛라 山墻野壁黃昏後에 馮婦遙看亦下車라 孟子、晋人有馮婦者善搏虎、有衆逐虎、望見馮婦、趨而迎之、馮婦、攘臂下車、

桃源行 詳見桃源圖

古今詠桃源者、多惑於神仙之說、荊公、獨指爲避秦之人

望夷宮中鹿爲馬하니 秦人半死長城下라 避世不獨商山翁이오 亦有桃源種桃者라 一來種桃不記春하니 采花食實枝爲薪이라 兒孫生長與世隔하니 知有父子無君臣이라 漁郎放舟迷遠近하니 花間忽見驚相問이라 世上空知古有秦이니 山中豈料今爲晉고 已屬晋太康年中矣 聞道長安吹戰

望夷、秦宮 趙高、指鹿爲馬

重華、舜也

塵하니 東風回首亦沾巾이라 重平聲 華平聲 一去寧復得가 天下紛紛經幾秦고

今夕行　杜子美

今夕何夕歲行云徂하니 更長燭明不可孤라 咸陽客舍一事無하야 相與博塞爲歡娛라 憑陵大叫呼五白하니 袒跣不肯成梟盧라 說文梟勝也 盧勝之名也 英雄有時亦如此니 邂逅豈即非良圖오 君莫笑劉毅從來布衣願하라 家無儋平聲 石輸百萬이라 南史劉毅、家無儋石之儲、樗蒲、一擲百萬

君子行　聶夷中

此詩、言君子擧事、當防閑於未然之先、不可以嫌疑自處也

君子防未然이니 不處嫌疑間이라 瓜田不納履오 李下不正冠이라 嫂叔不親授오 長幼不比肩이라 勞謙得其柄이라 和光甚獨難하니 周公下白屋하야 吐哺不及餐이라 一沐三握髮하니 後世稱聖賢이라

汾陰行　李嶠

唐、李嶠、借漢武帝汾陰之祠、以諷明皇幸、蜀、之事、盛衰、固不同也、明皇、在蜀、聞歌此詞、問之、知爲嶠所作、感之泣下

西京、漢長安也

四葉、四世也、自漢高帝至武帝四世

彩鷁、舟也

君不見昔日西京全盛時아 汾陰后土親祭祠라 齋宮宿寢設齋供하니 撞鍾鳴鼓樹羽旗라 漢家四葉才且雄하니 賓延萬靈服九戎이라 栢梁賦詩高宴罷하니 詔書法駕幸河東이라 河東太守親掃除하니 奉迎至尊導鑾輿라 五營將校列容衛하니 三河縱觀空里閭라 回旗駐蹕降靈場하니 焚香奠醑徵百祥이라 金鼎發食正焜煌하니 靈祇煒燁攄景光이라 埋玉陳牲禮神畢하니 擧麾上馬乘輿出이라 彼汾之曲嘉可遊니 木蘭爲檝桂爲舟라 櫂歌微吟彩鷁浮하니 簫鼓哀鳴白雲秋라

歡娛宴洽賜群后하니 家家復除戶牛酒라 聲明動天樂無有하니 千秋萬歲南山壽라 (此已上說漢事) 自從天子向秦關으로 (此已下說唐) 玉輦金車不復還이라 珠簾羽帳長寂寞하니 鼎湖龍髥安可攀고 (昔黃帝、於鼎湖、跨龍升天、小臣、持龍髥而上者皆墮) 千齡人事一朝空하니 四海爲家此路窮이라 雄豪意氣今何在오 壇場宮苑盡蒿蓬이라 路逢古老長太息하니 世事回環不可測이라 昔時青樓對歌舞하니 今日黃埃聚荊棘이라 山川滿目淚沾衣하니 富貴榮華能幾時오 不見只今汾水上에 惟有年年秋雁飛라

原本備旨懸吐註解 古文眞寶前集卷之十一 終

原本備旨懸吐註解

古文眞寶前集卷之十二

吟類

古長城吟　　王翰

長安少(去聲)年無遠圖하야 一生惟羡(先去)執金吾라 (金吾、漢官名、吾杖也、以金飾其末、) 麒麟殿前拜天子하고 走馬爲(去聲)君西擊胡라 胡沙獵獵吹人面하니 漢虜相逢不相見이라 遙聞鍾鼓動地來하니 傳道單于夜猶戰이라 此時顧恩寧顧身고 爲君一行摧萬人이라 壯士揮戈回白日하니 (昔、魯陽公、與韓戰、日暮、援戈而揮之、日爲反三舍、) 單于濺血汙朱輪이라 回來飮馬長城窟하니 (昆入) 長城道傍多白骨이라 問之者老何代人고 云是秦王築城卒이라 黃昏塞北無人煙하니 鬼哭啾啾聲沸(非去)天이라 無罪見誅功不賞하니 孤魂流落此城邊이라 當昔秦王按劍起하니 諸侯膝行不敢視라 富國强兵二十年에 築怨興徭(音遙役也) 九千里라 秦王築城何太愚오 天實亡秦非北胡라 (秦皇得讖書曰、亡秦者胡、秦乃使蒙恬、北築長城、以防胡、不知亡秦者、乃太子胡亥) 一朝禍起蕭墻內하니 (門屛也) 渭水咸陽不復都라

百舌吟　　劉禹錫

曉是寥落春雲低하니 初聞百舌間關啼라 花枝滿空迷處所하니 搖動繁英墜紅雨라 笙簧(音黃、笙中銅葉、所以出聲者) 百囀音韻多하니 黃鸝呑聲燕無語라 東方朝日遲遲升하니 迎風弄景如自矜이라 數聲不盡又飛去하니 何許相逢綠楊路오 綿蠻宛轉似娛人하니 一心百舌何紛紜고 酡顏俠少停歌聽하니 墮珥(音二、瑱也、一曰珠玉飾耳璫也) 妖姬和睡聞이라 可憐光景何時盡고 誰能低回避鷹隼가 廷尉張羅

自不關이오 漢、翟公爲廷尉、賓客塡門、及廢、門外可設雀羅、後、復爲廷尉、客欲往、大書其門曰、一死一生、乃知交情、一貧一富、乃知交態、一貴一賤、交情乃見 潘郎挾彈無情損이라 天生羽族爾何微오 舌端萬變乘春輝라 南方朱鳥一朝見하니 音現○南方七宿、有鳥象、井鬼、爲鶉首、柳星張、爲鶉火、翼軫爲鶉尾、夏火行、火色赤、故曰朱鳥、記月令、夏至節則反舌無聲、 索寞無言蒿下飛라

梁甫吟　諸葛孔明

齊景公、有勇士、陳開彊、顧冶子、公孫捷、三人、晏嬰曰大王、摘三桃、自食其一、各令說功高者、賜一顆、陳顧二人食之、公孫自刎、而陳顧慨歎、亦從而刎焉、諸葛孔明、步齊城而見三墳、作是吟以嘆之、

步出齊城門하야 遙望蕩陰里라 里中有三墳하니 纍纍正相似라 問是誰家塚고 田彊古冶氏라 力能拜南山이오 文能絶地理라 一朝被讒言하야 一桃殺三士라 誰能爲此謀오 相國齊晏子라

引類

丹靑引　杜子美

將軍魏武之子孫으로 於今爲庶爲淸門이라 英雄割據雖已矣나 文彩風流今尙存이라 學書初學衛夫人하니 但恨無過王右軍이라 丹靑不知老將至하니 富貴於我如浮雲이라 開元之中常引見하니 承恩數 音朔 上南薰殿이라 淩煙 閣名、唐貞觀中、畫長孫無忌等二十四人於淩煙閣上、 功臣少顔色하니 將軍下筆開生面이라 良相頭上進賢冠하고 猛將腰間大羽箭이라 褒公鄂公毛髮動하니 鄂公、尉遲敬德 褒公、段志玄 英姿颯颯來酣戰이라 先帝天馬玉花驄을 畫工如山貌 莫角反 不同이라 是日牽來赤墀下하니 迥立閶闔生長風이라 詔謂將軍拂絹素하니 意匠慘澹經營中이라 斯須九重眞龍出하니 一洗萬古凡馬空이라 玉花却在御榻上하니 榻上庭前屹相向이라 至尊含笑催賜金하니 圉人太僕皆惆悵이라 弟子韓幹早入室하니

乘黃、四馬黃也

馬腦、七寶之一

亦能畫馬窮殊相이라 幹惟畫肉不畫骨하니 忍使驊騮氣凋喪이라 將軍盡善盖有神하니 必逢佳士亦寫眞이라 即今漂泊干戈際에 屢貌尋常行路人이라 途窮返遭俗眼白하니 世上未有如公貧이라 但看古來盛名下에 終日坎壈纏其身이라

桃竹杖引

江心蟠石生桃竹하니 蒼波噴浸尺度足이라 斬根削皮如紫玉하니 江妃水仙惜不得이라 梓潼使君開一束하니 滿堂賓客皆歎息이라 憐我老病贈兩莖하니 出入爪甲鏗有聲이라 老夫復欲東南征하니 乘濤鼓枻白帝城이라 路幽必爲鬼神奪이니 杖欻或與蛟龍爭이라 重爲告曰、杖兮杖兮여 爾之生也甚正直하니 愼勿見水踴躍學變化爲龍하라 使我不得爾之扶持하고 滅跡於君山湖上之青峯이라 噫風塵澒洞兮豺虎蛟人하니 忽失雙杖兮吾將曷從고

韋諷錄事宅觀曹將軍畫馬圖引

國初已來畫鞍馬하니 神妙獨數江都王이라 (名畫記江都王緒霍王元軌之子) 將軍得名三十載에 人間又見眞乘黃이라 曾貌先帝照夜白하니 龍池十日飛霹靂이라 內府殷紅馬腦盤하니 婕妤傳詔才人索이라 盤賜將軍拜舞歸하니 輕紈細綺相追飛라 貴戚權門得筆跡하니 始覺屏障生光輝라 昔日太宗拳毛騧하니 (音瓜太宗所乘、名拳毛騧、乃平劉黑闥時、所乘) 近時郭家師子花라 (郭子儀、收復京師、代宗以花虬賜之名師子驄) 今之新圖有二馬하니 復令識者久歎嗟라 此皆騎戰一敵萬이니 縞素漠漠開風沙라 其餘七匹亦殊絶하니 迥若寒空動煙雪이라 霜蹄蹴踏長楸(音秋)間하니 馬官廝養森成列이라 可憐九馬爭神駿하니 顧視淸高氣深穩이라 借問苦心愛

支遁、釋道林也

者誰오 後有韋諷 方風反 前支遁이라 憶昔巡幸新豐宮할제 翠華拂天來向東이라 騰驤磊 雷上 落三萬匹이 皆與此圖筋骨同이라 明皇、幸驪山、王毛仲、以廐馬數萬、從、每色作一隊相間蓄錦綉 自從獻寶朝河宗으로 無復射蛟江水中이라 元封五年、漢武帝、自潯陽、浮江、親射蛟江中、獲之、 君不見金粟堆 明皇葬處 前松栢裏아 龍媒 漢禮樂志、天馬徠龍之媒 去盡鳥呼風이라

明妃曲 王介甫

元帝、後宮人、既多、不得常見、乃使畫工、毛延壽、圖其形、按圖召幸、宮人皆賂畫工、多者十萬金、少者不減五萬、王嬙、字昭君、自恃其貌、獨不與、及匈奴入朝、選宮人配之、昭君以圖當行、入辭、光彩動人、竦動左右、天子、重信外國、悔恨不及、窮究其事、毛延壽竟棄市、○晋、避司馬昭諱、故改昭君爲明妃、

明妃初出漢宮時에 淚濕春風鬢脚垂라 低回顧影無顏色하니 尙得君王不自持라 歸來却恠丹青手가 入眼平生未曾有라 意態由來畫不成하니 當年枉殺毛延壽라 一去心知更不歸하니 可憐著盡漢宮衣라 寄聲欲問塞南事하니 只有年年鴻鴈飛라 佳人萬里傳消息하니 好在氈城莫相憶이라 君不見咫尺長門閉阿嬌아 人生失意無南北이라

長門、陳皇后宮也

明妃曲

明妃出嫁與胡兒하니 氈車百兩皆胡姬라 含情欲語獨無處하야 傳與琵琶心自知라 黃金捍撥春風手하니 彈看飛鴻勸胡酒라 漢宮侍女暗垂淚하니 沙上行人却回首라 漢恩自淺胡自深하니 人生樂 音洛 在相知心이라 可憐青冢已蕪 音無 沒이나 單于死、子達、立、昭君、謂達、曰將爲漢、將爲胡曰爲胡、昭君服毒而死、擧國葬之、胡中、多白草而此冢、草獨青故曰青塚 尙有哀絃留至今이라 哀絃、謂琵琶也

明妃曲 歐陽永叔

漢宮有佳人하니 天子初未識이라 一朝隨漢使하야 遠嫁單于國이라 絕色天下無하니 一失難再得이라 雖能殺畫工이나 於事竟何益고 耳目所及尙如此어든 萬里安能制夷狄고 漢計誠已拙하니 女色難自誇라 明妃去時淚洒向枝上花하니 狂風日暮起라 飄泊落誰家오 紅顏勝人多薄命하니 莫怨春風當自嗟하라

明妃曲和王介甫

胡人은 以鞍馬爲家射獵爲俗이라 泉甘草美無常處하니 鳥驚獸駭爭馳逐이라 誰將漢女嫁胡兒오 風沙無情面如玉이라 身行不遇中國人하야 馬上自作思歸曲이라 推手爲琵、却手琶하니 胡人共聽亦咨嗟라 玉顏流落死天涯하니 琵琶却傳來漢家라 漢宮爭按新聲譜하니 遺恨已深聲更苦라 纖纖女手生洞房하니 學得琵琶不下堂이라 不識黃雲出塞路하니 豈知此聲能斷腸고

塞上曲　黃魯直

十月北風燕草黃하니 燕人馬肥弓力强이라 虎皮裁鞍鵰(音凋)羽箭하니 射殺山陰雙白狼이라 青氈帳高雪不濕하니 擊鼓傳觴令行急이라 戎王半醉擁貂裘하니 昭君猶抱琵琶泣이라

烏棲曲　李太白

姑蘇臺上烏棲(栖同)時에 吳王宮裡醉西施라 吳歌楚舞歡未畢하야 青山欲銜半邊日이라 銀箭金壺漏水多하니 起看秋月墜江波라 東方漸高奈樂何오

辭

連昌宮辭 元稹

連昌宮中滿宮竹이 歲久無人森似束이라 又有墻頭千葉桃하니 風動落花紅蔌蔌이라 宮邊老人爲余泣하니 少年選進因曾入이라 上皇正在望仙樓하니 太眞同憑欄干立이라 (太眞、楊妃也) 樓上樓前盡珠翠하니 炫轉熒煌照天地라 歸來如夢復如癡하니 何暇備言宮裡事오 初過寒食一百五하니 (多至後、過一百單五日、爲寒食、) 店舍無煙宮樹綠이라 夜半月高絃索鳴하니 賀老琵琶定場屋이라 (樂工賀懷知、彈琵琶以定樂場) 力士傳呼覓念奴하니 (念奴、天寶、中名妓之善歌舞者、) 念奴潛伴諸郎宿이라 須臾覓得又連催하니 特勅街中許燃燭이라 春嬌滿眼睡紅綃하니 掠削雲鬟旋粧束이라 飛上九天歌一聲하니 二十五郎吹管逐이라 (二十五郎、邪王也) 逡巡大徧涼州徹하니 (梁州、曲名) 色色龜玆轟綠續이라 (龜玆、國名) 李謨擪笛傍宮墻하니 偸得新翻數般曲이라 (明皇、上元夜、潛遊燈下、忽聞樓上吹笛、奏前夕新翻之曲、者、大駭、密捕笛者、詰問、云是夕、竊於天津橋上玩月、聞宮中奏曲、遂於橋柱、以爪畫譜、記之、問其誰氏、日李謨、明皇異之、賜物遣去、) 平明大駕發行宮하니 萬人鼓舞途路中이라 百官隊仗避岐薛하니 (岐薛、岐王、薛王、皆明皇弟) 楊氏諸姨車鬪風이라 明年十月東都破하니 御路猶存祿山過라 驅令供頓不敢藏하니 萬姓無聲淚潛墮라 兩京定後六七年에 却尋家舍行宮前이라 莊園燒盡有枯井하니 行宮門闥樹宛然이라 爾後相傳六皇帝하니 (自明皇後、又傳肅宗、代宗、德宗、順宗、憲宗、六朝皇帝) 不到離宮門久閉라 往來年少說長安하니 玄武樓成花萼廢라 (昔於宮西、創花萼相輝之樓、後又建玄武樓、遂廢花萼之樓、) 去年敕使因斫竹하니 偶値門開暫相逐이라 荊榛櫛比塞池塘하니 孤兎驕癡緣樹木이라 舞榭欹傾基尙存하니 文窓窈窕紗猶綠이라 塵埋粉壁舊花鈿하니 烏啄風箏碎如玉이라 上皇偏愛臨砌花야 依然御榻臨階斜라 蛇出燕巢盤鬪栱하니 菌生香案正當衙라 寢殿相連端正樓하니 太眞梳洗樓上頭라 晨光未出簾影黑하니 至今反掛珊瑚

鉤라 指向傍人因慟哭하니 却出宮門淚相續이라 自從此後還閉門하고 夜夜狐狸上門屋이라 我聞此語心骨悲하니 太平誰致亂者誰오 翁言野父何分別고 耳聞眼見爲君說이라 姚崇宋璟作相公하니 (姚崇、宋璟、皆作明皇賢相、致太平、) 勸諫上皇言語切이라 燮理陰陽禾黍豐하니 調和中外無兵戎이라 長官淸平太守好하니 揀選皆言由相公이라 開元欲末姚宋死하니 朝廷漸漸由妃子라 (唐之亂皆自此始矣) 祿山宮裏養作兒하니 (天寶十載召祿山入禁中、貴妃、使宮人、以綵輿舁之、上聞後宮喧笑、左右以貴妃洗兒對、上喜、賜貴妃洗兒錢) 虢國門前鬧如市라 (貴妃妹、封虢國夫人、勢焰熏炙、人皆附之、其門如市、) 弄權宰相不記名하니 依俙憶得楊與李라 (楊國忠李林甫) 廟謨顚倒四海搖하니 五十年來作瘡痏라 今皇神聖 (今皇、唐憲宗也) 丞相明하야 詔書纔下吳蜀平이라 官軍又取淮西賊하니 此賊亦除天下寧이라 年年耕種宮前道니라 (連昌宮前) 今年不遣子孫耕이라 老翁此意深望幸하니 努力廟謨休用兵하라

原本備旨懸吐註解 古文眞寶前集卷之十二 終

原本備旨
懸吐註解
古文眞寶前集

原本備旨懸吐註解 古文眞寶後集目錄

原本備旨懸吐註解 古文眞寶後集目錄 終

朱文公名熹

三后、謂夏殷周、桀紂、夏桀、殷紂、羿謂有窮后、羿澆、謂寒浞之子

國風、小雅、詩傳篇名

原本備旨懸吐註解

古文眞寶後集卷之一

離騷經
離遭也擾動曰騷後人尊名之爲經

屈原

朱文公이 曰原의 名은 平이니 與楚로 同姓이라 顓頊後熊繹事周成王封楚子至楚武王生子瑕受屈爲卿因以爲氏 仕於懷王하야 爲三閭大夫러니 掌王族昭屈景三姓 上官大夫와 及靳尙이 妬毁之하야 王이 疏原하니 原이 被讒憂煩하야 乃作離騷하니 上述唐虞三后之制하고 下序桀紂羿澆之敗하야 冀君覺悟하야 反於正道而還已也러니 時에 秦이 使張儀로 詐懷王하야 誘與會武關이어늘 諫王勿行호대 弗聽而往이라가 爲所脅歸하야 卒以客死하고 襄王이 立에 復用讒하야 遷原江南하니 原이 復作九歌、天問、九章、遠游、卜居、漁父等篇하야 冀伸己志하야 以悟君心이로대 終不見省하니 不忍見宗國이 將亡하야 遂自沈汨羅淵死하니라 今潭州寧鄕縣 淮南王安이 曰國風은 好色而不淫하고 小雅는 怨誹而不亂하니 若離騷者는 可謂兼之矣라 蟬蛻於濁穢之中하야 以浮游塵埃之外하니 推此志也ㅣㄴ댄 雖與日月爭光이라도 可也니라 宋景文公이 祁曰離騷는 爲詞賦之祖ㅣ니 後人이 爲之면 如至方에 不能加矩오 至圓에 不能過規矣니라 朱子曰原之爲人、其志行、雖或過於中庸、而不可以爲法、然、皆出於忠君愛國之誠、原之爲書、其辭旨、雖或流於跌宕怪神、怨懟激發、而不可以爲訓、然、皆生於繾綣惻怛、不能自已至意、雖其不知學於北方、以求周公仲尼之道、而獨馳騁於變風變雅之末流、以故醇儒莊士、或羞稱之、然、使世之放臣屛子怨妻去婦、抆淚謳吟於下而所天者幸而聽之、則於彼此之間、天性民彜之善、豈不足以交有所發、而增夫三綱五常之重、此予所以每有味於其言、而不敢直以詞人之賦、視之也、然原著此詞、說者多失其趣、使原之所爲、壹鬱而不得伸於當年者、又晦昧而不見白於後世、予於是、定其集註、庶幾讀者、得見古人於千載之上、而死者可作、又足以知千載之下、有知我者、而不恨於爲者之不聞也、嗚呼悕矣、是豈易與俗人言哉、○又曰原之詞、其寓情草木、託意男女、以極遊觀之適者、變風之流也、其叙事陳情、感今懷古、以不忘乎君臣之義者、變雅之類也、至語冥婚而越禮攄怨憤而失中、則又風雅之再變矣、其語祀神歌舞之盛、則幾乎頌、而其變又有甚焉、其爲賦、則如騷經首章之云也、比則香草惡物之類也、興則託物興詞、初不取義、如沅芷澧蘭、以興思公子而未敢言之屬也、然、詩、興多而比賦少、騷則興少而比賦多、必辨此而後、詞

苗裔、喩子孫、皇、美也、考、父死後稱伯庸字也

三后、謂夏、禹、殷湯、周文王

踵武猶繼迹

義可尋也、○按朱子集註、盡原之詞意心事矣、今謹從之、但其辭多不能盡錄、略從而節之云

帝高陽顓頊之苗裔兮여 朕皇考曰伯庸이라 攝提斗柄星 貞于孟陬兮여正月 惟庚寅吾以降이라叶音紅、
原、自言與君、同祖、世有令名恩深義厚、正月庚寅日、己始下生也
皇考 覽揆余于初度兮여 肇錫予以嘉名이라 名余曰正則兮여 字余
曰靈均이라 賦也 紛吾旣有此內美兮여 又重之以脩能이라叶音內 扈被 江離與辟芷兮여 紉秋蘭以
爲佩라 賦而比也 汨余若將不及兮여 恐年歲之不吾與라 朝搴阰音蹇皮 之木蘭兮여 夕攬音覽 洲之
宿莽이라 音母○賦而比也汲汲自脩、常若不及者、恐歲不我與而過去也、故、拔阰上之木蘭、采洲上之宿莽、所采取、皆芳秀久固之物、以比所行、皆忠善長久之道也、 日月忽其不淹兮여 春與秋其代
序라 惟草木之零落兮여 恐美人之遲暮라 賦而比也美人美婦、託詞以寄意於君也、承上言、己但知朝夕修潔、而不知歲月不留至此乃恐美人遲暮將不得及其盛年而偶之以比臣、將不得及君之盛時而
事之也 不撫壯而棄穢兮여 何不改乎此度오 椉音乘 騏驥以馳騁兮여 來吾道夫先路라 賦而比也騏驥、比
賢智、言君、何不及年德壯盛時、棄惡改度、乘駿以來、我當爲君前導、以入聖王之道也 昔三后之純粹兮여 固衆芳之所在로다 雜申椒與菌桂兮여 豈維
紉夫蕙茝리오 昌改反○賦而比也三王純德、衆賢輔之故也 彼堯舜之耿介光大 兮여 旣遵道而得路라 何桀紂之昌披衣不帶 兮여
夫唯捷徑比不由正道 以窘步로다 賦而比也 惟黨人之偸樂兮여 路幽昧以險隘이라叶音亦 豈余身之憚殃兮여
恐皇輿之敗績이라 賦而此比君車、宜安行大中至正之道、而當幽險之地則敗矣、故我欲諫爭、非難身被殃、恐君國傾危、以敗先王之功耳、 忽奔走以先後兮여 及前王之踵武라
荃不揆余之中情兮여 反信讒而齌怒라 叶音努齌在詣反○比而賦也言所以奔走以趨君所鄕、而前後以相導者欲其躡先王遺跡也、荃與蓀同、香草、時人彼此相謂之通稱、此借以寓意於君也、齌炊疾也、
余固知謇謇之爲患兮나 忍而不能舍叶瑞 也로다 指九天以爲正兮여 夫唯靈脩之故也라 賦而比也
靈脩、明智修飾、婦悅夫之稱、亦託辭以寓意於君也、言己知忠言、必爲身患然、中心不能自止而不言、又指天告神、使平正之明、非爲身謀及他人之計、但以君之恩深義重、故不能自已焉耳、 曰黃昏以爲期兮여 羌中道而
改路라 一無此兩句或云下脫兩句、曰、序其始約之言也、黃昏、古親迎之期、羌、楚人發語端之辭、中道改路、女將行而見棄、君臣契已合而復離之比也 初旣與余成言兮여 後悔遁而有他라

留夷揭車皆香草名

憑、楚人名

靈脩、謂懷王

余既不難夫離別兮여 傷靈脩之數化라 叶花○比也言我不難與君別傷君志數變、無常操也、 余既滋蘭之九畹 音遠十二畝 兮여 又
樹蕙之百畮라 古畝字叶滿彼反 畦留夷與揭車兮여 雜杜衡與芳芷라 比也種蒔衆草、比脩行仁義、以自潔飾也 冀枝葉之峻茂
兮여 願竢時乎吾將刈라 雖萎絶其亦何傷兮여 哀衆芳之蕪穢라 比也衆芳雖病而落、何能傷我、但傷善道不行、如香草之蕪穢耳、 衆
皆競進以貪婪兮여 憑不厭乎求索라 叶素 羌內恕己以量人兮여 各興心而嫉妬라 賦也 忽馳騖
以追逐兮여 非余心之所急이라 老冉冉其將至兮여 恐脩名之不立이라 賦也 朝飮木蘭之墜露
兮여 夕餐秋菊之落英이라 叶央動以香潔自潤澤 苟余情其信姱以鍊要兮여 長顑 虎感反 頷 戶感反面飢黃貌 亦何傷가
比也 擥 音覽 木根以結茝兮여 貫薜荔之落蘂라 矯菌桂以紉蘭兮여 索胡繩 香草 之纚纚라 音始比也
謇 難辭 吾法夫前修兮여 非世俗之所服이라 叶闢 雖不周 合 於今之人兮나 願依彭咸之遺則호리라
賦也彭咸、殷賢臣、諫不聽、自投水死、 長太息以掩涕兮여 哀民生之多艱이라 叶申 余雖好脩姱以鞿羈兮여 謇朝誶 音信諫也
而夕替라 叶他因反○賦也 既替余以蕙纕 音相 兮여 又申之以攬茝라 亦余心之所善兮여 雖九死其
猶未悔라 叶海○比而賦也君之廢我、以蕙茝爲賜而遣之、如、待放之臣予玦然後、去也、然二物芬芳乃余心所善幸而得之、雖九死而不悔、況但替廢而已乎、 怨靈脩之浩蕩兮여 終不察夫民
心이라 衆女嫉余之蛾眉兮여 謠諑 音卓訴也 謂余以善淫이라 比也 固時俗之工巧兮여 偭 音面背也 規矩而
改錯이라 音措 背繩墨以追 古隨字 曲兮여 競周容 苟合求容 以爲度라 比也 忳 徒昆切憂也 鬱邑余侘傺 音叉廁失志貌 兮여
吾獨窮困乎此時也라 寧溘 音恰奄也 死以流亡兮여 余不忍爲此態 叶土時反邪淫之態 也라 賦也 鷙鳥之不
羣兮여 自前世而固然이라 何方圜之能周兮여 夫孰異道而相安가 叶煙比也 屈心而抑志兮여 忍
尤而攘詬라 音侯恥也 伏淸白以死直兮여 固前聖之所厚라 賦也言與世已不同、但可屈心抑志、雖見尤於人、亦當隱忍而不與校、雖所遭可耻、亦當以理解遣、若攘却而不受於

陸離參差貌

四荒言四方之遠

重華虞舜名

懷、蓋寧伏淸白而死於直道、尙足爲前聖所厚、如比干諫死、而武王封其墓、孔子稱其仁也、自怨靈脩、至此一意、爲下章回車復路、起、 悔相道之不察兮여 延佇乎吾將反이라 回朕車以復路兮여 及行迷之未遠이라 比也○旣已至此、始追悔前日相路未審、輕犯世患、遂延跂將旋、以復昔來之路、及此覺悟還歸也、 步余馬於蘭皐兮여 馳椒丘且焉止息고 進不入以離尤兮여 退將復脩吾初服이라 叶鬬○比也必依椒蘭、不忘芳香以自淸潔、所謂回車復路也、 製芰荷以爲衣兮여 䕬(古集字) 芙蓉以爲裳이라 不吾知其亦已兮여 苟余情其信芳이라 比也言被服益潔、脩善益明也此與下章卽所脩吾初服也 高余冠之岌岌兮여 長余佩之陸離라 芳與澤其雜糅(女救反)兮여 唯昭質其猶未虧라 賦也獨此光明之質、有退藏以無虧缺、所謂達則兼善窮則獨善也

忽反顧以遊目兮여 將往觀乎四荒이라 佩繽(匹賓反) 紛其繁飾兮여 芳菲菲其彌章이라 比也言雖已回車反服、而猶未能頓忘斯世、故復反顧而將往觀四方遠國、庶幾一遇賢君、以行其道、佩服愈盛而明、志意愈修而潔也 民生各有所樂兮여 余獨好脩以爲常이라 雖體解吾猶未變兮여 豈余心之可懲가 叶直良反○賦也自悔相道至此、又承上文淸白死直之意而下爲女嬃詈余、起也

女嬃(音須 原姉) 之嬋(音蟬) 媛(音爰)兮여 申申其詈予라(叶與) 曰鯀幸(胡冷反) 直以亡身兮여 終然殀乎羽之野라 叶上與反○賦也言堯使鯀、治洪水、婞狠自用、不順堯命、乃殛之羽山、死於中野、女嬃、以屈原剛直太過、恐亦將如鯀之遇禍也 汝何博謇而好脩兮여 紛獨有此姱節고(叶卽) 薋(自資反) 菉(力玉反) 葹(商支反) 以盈室兮여 判獨離而不服이라 叶蒲北反○賦而比也女嬃、言衆人皆佩惡草、汝何獨判然離別、不與衆同也 衆不可戶說(輸芮反)兮여 孰云察余之中情고 世並擧而好朋兮여 夫何煢獨而不余聽고 賦也屈原外困群佞、內被姉詈、故言衆人不可戶戶而說、必不能察己之情、況世人並爲朋黨、何能哀我煢獨而見聽乎、爲下章就舜陳辭、起、

依前聖以節中兮여 喟憑(滿也恚盛貌) 心而歷玆라 濟沅湘以南征兮여 就重華而敶(古陳字) 詞라 賦而比也舜葬九疑在沅湘南 啓九辨與九歌兮여 夏康娛以自縱이라 不顧難以圖後兮여 五子用失乎家衖이라 與巷同叶乎貢反○此以下皆比而賦也啓禹子也九辨九歌、禹樂也啓子太康、盤遊無度、田于洛南、十旬不反、羿后距于河、太康昆弟五子、用此亦失其家衖、言國破而家亡也 羿淫遊以佚畋兮여 又好射夫封(大也) 狐라 固亂流其鮮終兮여 浞(食角反) 又貪夫厥家라 叶古胡反○樂謂之家、言羿因夏衰亂、代之爲政、娛婦畋獵、信任寒浞、爲國相、羿畋將歸、浞、使家臣逢蒙、射殺之、貪取其家以爲己妻、羿以亂得政身卽滅亡、故曰亂流鮮終 澆(五反) 身

蒼梧縣圃、皆山名、靈瑣指楚王省闕
相羊猶徜徉 飛廉、風伯、鸞皇雌鳳、喩明智之士、
閶闔、謂天門

被服强圉(多力也)兮여 縱欲而不忍이라 日康娛而自忘兮여 厥首用夫顚隕이라 (澆浞子也言澆旣滅夏后相、日作淫樂、忘其過惡、卒爲相子少康、所誅)
夏桀之常違兮여 乃遂焉而逢殃이라 后辛之菹醢兮여 殷宗用之不長이라 (違言背道也后辛、即紂也、紂殺比干醢梅伯、武王誅之、殷宗遂絕)
湯禹儼而祗敬兮여 周論道而莫差라 擧賢才而授能兮여 循繩墨而不頗라 (普禾反○言湯禹文王、皆畏天敬賢、講論道義、無有過差、又擧賢才、遵法度、而無偏頗故能護神人之助、子孫蒙其福祐)
皇天無私阿兮여 覽民德焉錯(七知反置也) 輔오 夫維聖哲之茂行兮여 苟(誠也) 得用此下土라 瞻前而顧後兮여 相(息亮反) 觀民之計極이라 夫孰非義而可用兮며 孰非善而可服가 (叶蒲北反○言瞻前顧後則人事之變、盡矣、故見民之計謀、於是爲窮極、而知唯義爲可用、唯善爲可行也)
阽(余廉反臨危也) 余身而危死兮여 覽余初其猶未悔라 不量鑿(音捉) 而正枘(而銳反) 兮여 固前脩以菹醢라 (鑿、穿孔也、枘刻木端入鑿者也、言爲可行、而前修乃有以此、至於○醢者、惟善然亦不敢以爲悔也)
曾歔欷余鬱邑兮여 哀朕時之不當이라 攬茹(柔耎也) 蕙以掩涕兮여 霑余襟之浪浪이라 (流貌○言心悲泣下、而猶取香草、自以掩拭、不以悲故、失仁義之則也、)
跪敷襟以陳辭兮여 耿吾旣得此中正이라 (叶征) 駟玉虬以棄鷖(烏鷄反) 兮여 溘埃風余上征이라 (言跪布裳袵、陳如上之詞於舜、而耿然自覺、吾心已得此中正之道、上與天通、無所間隔、所以埃風忽至、余遂乘龍跨鳳、以上行也、然、自此以下、多假托之辭、非實有是物、與是事也、)
朝發軔於蒼梧兮여 夕余至乎縣圃라 欲少留此靈瑣兮여 日忽忽其將暮라 吾令羲和弭節(按節徐步) 兮여 望崦嵫(音淹玆日入山) 而勿迫이라 路曼曼其脩遠兮여 吾將上下而求索이라 (翼及未暮而遇賢君)
飮余馬於咸池(日浴處) 兮여 總余轡乎扶桑이라 (日出其下) 折若木(在西極) 以拂日兮여 聊逍遙以相羊이라 前望舒(月御) 使先驅兮여 後飛廉使奔屬이라 (叶駐)
鸞皇爲余先戒兮여 雷師告余以未具라 吾令鳳鳥飛騰兮여 繼之以日夜라 飄風(回風) 屯(聚) 其相離兮여 帥雲霓而來御라 (迎也)
紛總總其離合兮여 斑陸離其上下라 (叶戶) 吾令帝(天) 閽開關兮여 倚閶闔而望予라 (叶與○將入見帝、更陳已志、閽不開門、倚望拒我求大君不遇之比也)
時曖曖(音愛) 其將罷兮여 結幽蘭

高丘、楚山名
相、視也、詒貽遺也、言視天下賢人、持玉帛而遺之與俱事君
次舍也、窮石、弱水所出處、洧盤、水名
鴆、毒鳥喩讒賊
少康夏后相之子、有虞國名、姚、姓也、舜後也、澆殺夏后相、少康、逃奔有虞、妻以二女
瓊茅、靈草也、筳、篿、楚人名析竹卜曰筳篿、靈氛古明占吉凶者、女、謂君臣

而延佇라 世溷濁而不分兮여 好蔽美而嫉妬라 (叶覩○旣不得入天門見帝、於是嘆世之溷濁嫉妬、意若曰不意天門之下、亦復如此、於是去而他適也、) 朝吾將濟
於白水(出崑崙)兮여 登閬風(山上)而緤馬라(叶母) 忽反顧以流涕兮여 哀高丘之無女라(女、神女、以比賢君、於此、又無
遇、故下章欲游春宮、求虙妃、見佚女、留二姚、皆求賢君之意也、) 溘吾遊此春宮(青帝舍)兮여 折瓊枝以繼佩라(叶備) 及榮華之未落兮여 相
下女之可詒라(音異) 吾令豐隆(雷師)乘雲兮여 求虙妃(伏羲女溺洛水死)之所在라(叶才里反) 解佩纕(音相佩帶) 以結言
兮여 吾令蹇脩(人名媒)以爲理라(通詞理) 紛總總其離合(妃聽讒而一合一離)兮여 忽緯繣(音揮畫乖戾也)其難遷이라 夕
歸次於窮石兮여 朝濯髮乎洧盤이라(叶騈) 保厥美以驕傲兮여 日康娛以淫遊라 雖信美而無禮
兮여 來違棄而改求라 覽相觀於四極兮여 周流乎天余乃下라(叶戶) 望瑤臺之偃蹇(高)兮여
見有娀(音嵩)之佚女라(有娀國女、帝嚳妃、契母、簡狄也、女美、爲高臺處之) 吾令鴆爲媒兮여 告余以不好라 雄鳩之鳴逝兮여 余
猶惡其佻(音眺)巧라(叶考) 心猶豫而狐疑兮여 欲自適而不可라 鳳凰旣受詒兮여 恐高辛之先
我라 欲遠集而無所止兮여 聊浮遊以逍遙라 及少康之未家兮여 留有虞之二姚라 理弱而
媒拙兮여 恐導言之不固라 世溷濁而嫉賢兮여 好蔽美而稱惡라(叶去聲○再言世溷濁、盖以爲四方之遠、其風俗之不美、無異齊州也) 閨
中旣以邃遠兮여 哲王又不寤라 懷朕情而不發兮여 余焉能忍而與此終古오(叶故○閨中深遠、不可言虙妃之屬、不可
求也、哲王不寤、言帝不察司閽壅蔽也、以比上無明王、下無賢伯、使我懷忠不用、安能久與此闇亂嫉妬之俗、終古而居乎、意欲復去也) 索瓊茅以筳篿兮여 命靈氛爲余占之라 曰兩美
其必合兮여 孰信脩而慕之오 思九州之博大兮여 豈惟是其有女오리 曰勉遠逝而無狐疑
兮여 孰求美而釋女아 何所獨無芳草兮여 爾何懷乎故宇오(叶鐸) 世幽昧以眩曜兮여 孰云察
余之善惡고(世幽昧下原自念之詞言雖往亦將無所合也) 民好惡其不同兮여 惟此黨人其獨異라 戶服艾以盈要兮여 謂

珵、美玉也、蘇、取也、巫咸、古神巫、椒、降神糈、享神 九疑、舜所葬 摯、伊尹名、咎繇、禹臣名 說、傅說、武丁、殷高宗

椒、楚大夫子椒、樧茱萸也、似椒而非、喻子椒似賢而非

幽蘭其不可佩라(叶備) 覽察草木其猶未得兮여 豈珵(音呈)美之能當가 蘇糞壤以充幃(音暉)兮여 謂申椒其不芳이라(自念詞止此) 欲從靈氛之吉占兮여 心猶豫而狐疑라 巫咸將夕降兮여 懷椒糈(音所)而要之라 百神翳其備降兮여 九疑繽其並迎이라(叶御) 皇剡剡其揚靈兮여 告余以吉故라

曰勉陞降以上下兮여 求榘矱之所同이라 湯禹儼而求合兮여 摯咎繇而能調라(叶周) 苟中情其好修兮ㄴ댄 又何必用夫行媒아(叶眉) 說操築於傅巖兮여 武丁用而不疑라 呂望之鼓刀兮여 遭周文而得擧라 甯戚之謳謌兮여 齊桓聞以該輔라 及年歲之未晏兮여 時亦猶其未央이라 恐鵜鴂之先鳴兮여 使夫百草爲之不芳이라(巫咸言止此、勉原、使及身未老、時未過、而速行之意、鵜鴂先鳴、此時一過則事愈變而愈不可爲也)

何瓊佩之偃蹇兮여 衆薆然而蔽之라 惟此黨人之不諒兮여 恐嫉妬而折之라(叶制)(此下至終篇、又原自序之詞) 時繽紛以變易兮여 又何可以淹留아 蘭芷變而不芳兮여 荃蕙化而爲茅라(叶矛○上云謂幽蘭其不可佩、以蘭之別於艾也、謂申椒其不芳、以椒別於糞壤也、今曰蘭芷不芳、荃蕙爲茅、則更與之俱化矣、當是時、守死不變者、楚唯屈子一人而已、) 何昔日之芳草兮여 今直爲此蕭艾也오 豈其有他故兮리오 莫好修之害也아(世亂俗薄、士無常守、乃小人害之、而以爲莫如好修之害者、蓋由君子好修、而小人嫉之、使不容於當世、故中材以下、皆變而從俗、則是所以致此者、反無如好脩之無害也、東漢之亡、議者以爲黨錮諸賢之罪、蓋反其詞以深悲之、正原之意也、)

余以蘭爲可恃兮여 茅無實而容長이라(徒外好) 委厥美以從俗兮여 苟得列乎衆芳이라(即蘭變不芳之意) 椒專佞以慢慆(淫)兮여 樧又欲充夫佩幃라 旣干進而務入兮여 又何芳之能祗오 固時俗之流從兮여 又孰能無變化아(叶虛) 覽椒蘭其若玆兮여 又況揭車與江離아(椒蘭既如此二物從可知矣) 惟玆佩之可貴兮여 委厥美而歷玆라 芳菲菲而難虧兮여 芬至今猶未沬라(叶眉○言瓊佩、有可貴之質、而能不挾其美、以取世資、委而棄之以至於此、然其芬芳、實不可得而減損昏昧、此原之自況也、然上文謂蘭亦有委厥美者、彼眞棄其美之實、以從俗、此則棄其美之利、以徇道、固不同也、故彼雖苟得一時之勢、而惡名不滅、此雖失一時之利而芬芳久存、有志者正當明辨而勇決也) 和調度以自娛兮여 聊浮游而求女라

羞、脯也 靡、屑也
西皇、謂小皞
九歌、即九德之歌、禹樂也
彭咸、古賢臣、溺水死
屈原、注見上、放、猶放逐

及余飾之方壯兮여 周流觀乎上下라 叶戶○意猶求君 靈氛이 既告余以吉占兮여 歷吉日乎吾將行이라
叶抗 折瓊枝以爲羞兮여 精瓊靡以爲粻이라 音張 爲余駕飛龍兮여 雜瑤象以爲車라 何離心之
可同兮여 吾將遠逝以自疏라 池戰反 邅吾道夫崑崙兮여 路脩遠以周流라 揚雲霓之晻靄兮여
鳴玉鸞之啾啾라 朝發軔於天津兮여 夕余至乎西極이라 鳳皇翼其承旂兮여 高翺翔之翼
翼이라 忽吾行此流沙兮여 遵赤水而容與라 麾蛟龍以梁津兮여 詔西皇使涉予라 叶與 路脩遠
以多艱兮여 騰衆車使徑待라 叶徒奇反 路不周以左轉兮여 指西海以爲期라 屯余車其千乘兮여
齊玉軑而並馳라 駕八龍之蜿蜿兮여 載雲旗之委蛇라 軑音大轄也 轂內之金也 抑志而弭節兮여 神高馳之
邈邈이라 奏九歌而舞韶兮여 聊假日以媮樂이라 言遭遇幽阨、中心愁悶、假延日月、苟爲娛樂耳、 陟陞皇天之赫戲兮여 忽臨睨
夫舊鄉이라 僕夫悲余馬懷兮여 蜷局顧而不行이라 原託爲此行而終無所詣、周流上下而卒反於楚焉、亦仁之至而義之盡也、 亂曰 樂節之名、凡篇章成撮大要以爲亂辭 已
矣哉라 國無人莫我知兮여 又何懷乎故都오리 既莫足與爲美政兮여 吾將從彭咸之所居라호리

漁 父 辭

此篇乃屈原所作、漁父、盖亦當時隱遁之士、或曰亦原之設詞耳、○迂齋云漁父、盖古巢由之流、荷蕢丈人之屬、或曰亦原、託之也、

屈原이 既放에 游於江潭하고 行吟澤畔할새 顏色이 憔悴하고 形容이 枯槁러니 漁父ㅣ 見而問之
曰子非三閭大夫與아 何故至於斯오 屈原이 曰擧世ㅣ 皆濁이어날 我獨淸하고 衆人이 皆醉어날
我獨醒이라 是以見放이로라 與史作歟、至於斯、作而至此、擧世、一作世人、皆史作混、我上、一有而字、下句同、放下、一有爾字 漁父ㅣ 曰聖人은 不凝滯於物하고 而
能與世推移하나니 世人이 皆濁이어든 何不淈 胡沒反 其泥而揚其波하며 衆人이 皆醉어든 何不餔其

九夷、凡夷有九種

糟而歠其釃하고 何故로 深思高擧하야 自令放爲오 餔食也歠飮也糟釃皆酒滓也以水齊糟曰釃薄酒也歠昌悅反釃力支反 屈原이 曰吾는 聞之호니 新沐者난 必彈冠이오 新浴者난 必振衣라 安能以身之察察로 受物之汶汶者乎아 察察潔白也汶汶玷辱也振音正汶音問 寧赴湘流하야 葬於江魚之腹中이언정 安能以皓皓之白으로 而蒙世俗之塵埃乎아 湘史作常音長葬上史有而字於史作乎一無之字中下史有耳字皓皓一作皎皎一無而字塵埃史作溫蠖若從諸本則埃叶衣字作於支反若從史則白叶蒲各反蠖於郭反而二字自相叶矣○溫蠖猶惛憒也 漁父ㅣ 莞爾而笑하고 鼓枻而去하야 乃歌曰滄浪之水ㅣ 淸兮어든 可以濯吾纓이오 滄浪之水ㅣ 濁兮어든 可以濯吾足이로다 遂去不復與言하다 莞故板反枻一作曳一無乃字吾一作我下句同濁叶竹六反○莞微笑貌鼓枻扣船舷也滄浪之水即漢水之下流也見禹貢纓冠索也

上秦皇逐客書

李　斯

迂齋云、此先秦古書也、中間兩三節、一反一覆一起一伏、略加轉換數介字、而精神愈出、意思愈明無限曲折變態、誰謂文章之妙、不在虛字助詞乎、○秦始皇十年、宗室大臣、議曰諸侯人來仕者、皆爲其主遊間耳、宜一切逐之、客卿楚人李斯、亦在逐中、行且上此書、乃召斯復其官除逐客之令、此篇反覆言客之有功於秦、援秦既往之明効、以爲事實、而擧輕明重、即珍寶眼玩聲色之事、以證之、文亦奇矣、斯謂客何負於秦、然秦卒相斯、斯乃附趙高、殺扶蘇、立胡亥、卒使秦喪天下、是秦無負於客、而客眞有負於秦、大矣、且韓非、亦客于秦耳、秦王悅之、未用、斯乃譖之、以爲非終於爲韓計、不爲秦也、巳以客逐、則以書爭之、非以客來、則以譏殺之、斯、眞傾險不忠之哉、或曰今選古文、即以此篇、次於楚辭、其文雖美、如其人何、曰不可以其人、廢其文也、且以離騷壓卷、以忠臣、爲萬世勸也、以此書次之、以姦臣爲萬世戒也 勸戒昭然、讀古文而首明此、豈無小補云、

臣이 聞吏議逐客하니 竊以爲過矣라하노이다 昔者에 繆公이 求士할새 不引前代他國事只說秦事 西取由余於戎하고 東得百里奚於宛하고 迎蹇叔於宋하고 求丕豹公孫支於晋하니 此五子者난 不產於秦이로대 而繆公이 用之하사 幷國二十하야 遂覇西戎하시고 孝公은 用商鞅之法하야 移風易俗하며 民以殷盛하며 國以富强하야 百姓이 樂用하며 諸侯ㅣ 親服하고 獲楚魏之師하야 擧地千里하야 至今治强하고 惠王은 用張儀之計하야 拔三川之地하고 西幷巴蜀하고 北取上郡하고 南取漢中하고 包九夷、制鄢郢하고

六國、齊楚燕趙韓魏
昭王、秦昭王
穰侯名魏冉、華陽、謂秦后
四君、繆公、孝公、憲王、昭王

東據成皐之險하고 割膏腴之壤하고 遂散六國之從하야 使之西面事秦하야 功施到今하고 昭王은 得范睢하사 廢穰侯、逐華陽하고 彊公室杜私門하야 蠶食諸侯하야 使秦成帝業하시니 此四君者난 皆以客之功이라 由此觀之컨대 客何負於秦哉닛가 (結得斬截正說已盡又反說) 向使四君으로 郤客而不內하고 疎士而不用이런들 是난 使國無富利之實이오 而秦無彊大之名也ㅣ리이다 今陛下ㅣ 致昆山之玉하며 有隨和之寶하며 垂明月之珠하며 服太阿之劍하며 乘纖離之馬하며 建翠鳳之旗하며 樹靈鼉之鼓하시니 此數寶者는 秦不生一焉이어날 (擧輕明重與五子者不產於秦同一句法) 而陛下說之난 何也닛고 必秦國之所生然後에 可ㅣㄴ댄 (上面節只是順說又倒說有無限精神) 則是夜光之璧이 不飾朝廷이오 犀象之器ㅣ 不爲玩好오 鄭衛之女ㅣ 不充後宮이오 而駿良駃騠ㅣ 不實外廐오 江南金錫이 不爲用이오 西蜀丹靑이 不爲采며 所以飾後宮、充下陳하야 娛心意說耳目者ㅣ 必出於秦然後에 可ㅣㄴ댄 (將上面反說一兩項又倒一倒不覺重疊愈覺精采) 則是宛珠之簪과 傳璣之珥와 阿縞之衣와 錦繡之飾이 不進於前이오 而隨俗雅化하야 佳冶窈窕의 趙女ㅣ 不立於側也ㅣ리이다 夫擊甕叩缶하고 彈箏搏髀而歌呼嗚嗚하야 快耳目者난 眞秦之聲也오 鄭衛桑間韶虞象武者는 異國之樂也어날 (以韶虞與鄭衛並說此戰國之習) 今에 棄擊甕叩缶而就鄭衛하며 退彈箏而取韶虞하니 若是者는 何也오 快意當前하야 適觀而已矣ㅣ라 (人才滿前適用而已矣) 今取人則不然하야 不問可否하며 不論曲直하고 非秦者去하며 爲客者逐하니 然則是所重者는 在乎色樂珠玉이오 而所輕者는 在乎人民也ㅣ라 此非所以跨海內、制諸侯之術也ㅣ니이다 (說始皇之辭) 臣은 聞地廣者난 粟多하고 國大者난 人衆하고 兵强則士勇이라 是以로 泰山이 不辭土壤故로 能成其大하고 河海ㅣ 不擇細流故로

五帝少昊、顓頊、帝嚳、帝堯、帝舜、三王、殷成湯、周文王、武王

黔首猶言百姓

能取其深하고 王者는 不卻衆庶故로 能明其德이니 是以로 地無四方하며 民無異國하야 四時ㅣ 充美하고 鬼神이 降福하나니 此는 五帝三王之所以無敵也어늘 今乃棄黔首하야 以資敵國하고 卻賓客하야 以業諸侯하야 秦若不用必歸他國 使天下之士로 退而不敢西向하고 裹足不入秦하니 此所謂藉寇兵而齎音妶 盜糧者也ㅣ니이다 夫物不產於秦이로대 可寶者ㅣ 多하고 士不產於秦이로대 願忠者ㅣ 衆이어날 今逐客以資敵國하고 損民以益讎하야 內自虛而外樹怨於諸侯하니 求國無危나 不可得也ㅣ리이다

求無求之之語唯以危語恐之此乃戰國遊說家數

秋風辭　　漢武帝

休齋云詩變而爲騷、騷變而爲辭、皆可歌也、辭則兼詩騷之聲、而尤簡邃焉者、漢武帝因祠后土於汾陰、作秋風辭一章、凡三易韻、其節短、其聲哀、此辭之權與乎、

上이 行幸河東하야 祠后土하고 顧視帝京欣然하야 中流에 與羣臣飮燕할새 上이 歡甚하야 乃自作秋風辭하니 曰

秋風起兮여 白雲飛하니 草木黃落兮여 鴈南歸로다 禮記、季秋之月、草木黃落鴻雁、來賓 蘭有秀兮여 菊有芳하니 懷佳人兮여 不能忘이로다 佳人謂群臣也 ○此二韻一叶 泛樓船兮여 濟汾河하니 應劭漢書注作大船、上施樓、號曰樓船 橫中流兮여 揚素波로다 列女傳津吏女歌曰水揚波兮杳冥冥 簫鼓鳴兮여 發棹歌하니 發棹而歌 歡樂極兮여 哀情多로다 列女傳陶答子妻曰樂極哀生 少壯幾時兮여 奈老何오 右長歌行、少壯不努力、老大徒傷悲○六韻一叶錯雜成章楚詞之體也

過秦論　　賈誼

全篇皆陳靜觀批○此篇、論秦能取天下、在據關中、失天下、在恃關中、此是一篇大意、文如百萬之軍、鼓譟赴敵、而行陣部曲、整然、前日據關中、便有取天下之勢、後來恃關中、乃不思守天下之道

殽函、殽關、函谷

惠、文武、昭襄、指惠王、文王、武王、昭王襄王 要害言其重要

北猶敗也

六世、繆公、孝公、惠王、武王、昭襄王 六合統言海內

秦孝公이 據殽函之固하고 擁雍州之地하야 (古人文字第一句便道主意人看不覺) 君臣이 固守而窺周室하야 有席捲天下하고 包擧宇內하고 囊括四海하고 幷呑八荒之心하니 當是時也하야 商君이 佐之하야 內立法度하야 務耕織脩守戰之備하고 外連衡而鬪諸侯ㅣ라 於是에 秦人이 拱手而取西河之外러니 (要看拱手南取西擧東割北收字見其攻取順易祇緣據關中) 孝公이 旣沒에 惠文武昭襄이 蒙故業、因遺策하야 (蒙字因字當看見得攻之易亦祇是承襲關中險要無他技巧後始皇奮餘烈意一同) 南取漢中하고 西擧巴蜀하고 東割膏腴之地하고 北收要害之郡하니 諸侯ㅣ 恐懼會盟而謀弱秦하야 不愛珍器重寶肥饒之地하고 以致天下之士하야 合從締交하야 (應連衡字) 相與爲一하니 當此之時하야 (此段與後陳涉處相照應) 齊有孟嘗하고 (田文) 趙有平原하고 (趙勝) 楚有春申하고 (黃歇) 魏有信陵하니 (公子無忌) 此四君者난 皆明智而忠信하고 寬厚而愛人하고 尊賢重士하야 約從離衡하고 (應前從衡) 兼韓魏燕趙宋衛中山之衆하니 於是에 六國之士에 有甯越、徐尙、蘇秦、杜赫之屬이 爲之謀하고 齊明、周最、陳軫、召滑、樓緩、翟景、蘇厲、樂毅之徒ㅣ 通其意하고 吳起、孫臏、帶佗、兒良、王廖、田忌、廉頗、趙奢之朋이 制其兵이라 嘗以什倍之地와 百萬之軍으로 仰關而攻秦호대 (祇看此) 秦人이 開關延敵이어든 九國之師ㅣ 遁逃而不敢進하니 秦無亡矢遺鏃之費오 而天下諸侯ㅣ 已困矣라 於是에 從散約敗하야 (應前從約字) 爭割地而賂秦하니 秦有餘力而制其弊하야 追亡逐北하야 伏尸百萬하야 流血漂鹵하고 因利乘便하야 宰制天下하며 分裂河山하니 彊國은 請伏이오 弱國은 入朝라 施及孝文王莊襄王하야난 享國日淺하고 國家ㅣ 亡事러니 及至始皇하야 奮六世之餘烈하야 (此句便是蒙故業之意但奮字較精神) 振長策而馭宇內하야 呑二周而亡諸侯하고 履至尊而制六合하야 執敲扑以鞭笞天下하니 威振四

蒙恬、秦將名
黔首、猶言百姓
咸陽、秦都名
陳涉即陳勝
墨翟、異端陶朱、猗頓古富客
崤函、崤關函谷

海일라 南取百粤之地하야 以爲桂林象郡하니 百粤之君이 俛首係頸하야 委命下吏라 迺使蒙恬으로
北築長城而守藩籬하야 却匈奴七百餘里하니 胡人이 不敢南下而牧馬하며 士不敢彎弓而報
怨이라 從第一句寫到此祗是一意一氣說來 於是에 廢先王之道하고 焚百家之言하야 以愚黔首하고 隳名城하며 殺豪俊하고
收天下之兵하야 聚之咸陽하야 銷鋒鍉하야 丁兮反鋒也 鑄以爲金人十二하야 以弱天下之民하고 然後에
踐華爲城하며 因河爲池하야 據億丈之城하고 臨不測之淵하야 以爲固하고 良將勁弩ㅣ 守要害之
處하며 信臣精卒이 陳利兵而誰何하니 天下ㅣ 已定이라 始皇之心이 自以爲關中之固는 金城
千里라 子孫帝王萬世之業也러니 此數句絕好、天下未定、可用關中以攻、天下已定、豈可恃關中以守 始皇이 既沒에 餘威ㅣ 震于殊俗이라
應威震四海 然而陳涉은 甕牖繩樞之子오 此段下語與廢先王之道以下相應 甿隸之人而遷徙之徒也ㅣ라 材能不及中庸이오
與愚黔首句應 非有仲尼墨翟之賢과 陶朱猗頓之富로대 躡足行伍之間하고 俛起阡陌之中하야 率疲散
之卒하고 將數百之衆하야 與收兵聚咸陽應 轉而攻秦할새 斬木爲兵하고 揭竿爲旗로대 與銷鋒鍉句應 天下ㅣ 雲會而
響應하고 贏糧而景從하야 與守要害陳利兵句應 山東豪傑이 與殺豪俊句應 遂並起而亡秦族矣라 且天下ㅣ 非小弱也오
雍州之地와 崤函之固ㅣ 自若也며 再就關中、拈出天下非小弱一句、最精神、謂前日祗有一介關中、無不可攻、今以天下之全、關中又依舊在、我却不可守、此是如何以亡、 陳涉之位ㅣ
不尊於齊楚燕趙韓魏宋衛中山之君이오 鉏耰棘矜이 不敵於鉤戟長鎩이오 有他三疊起難意來、文如層巒疊翠飛濤沃雪 適
戍之衆이 不亢於九國之師오 深謀遠慮와 行軍用兵之道ㅣ 非及曩時之士也언마난 然而成
敗異變하고 功業相反은 何也오 試使山東之國으로 看今作文字、說到何也、此是難了、祗是面應將去、無緣又再拈起、反覆難一難、又再喚醒前意、說一番、最是精神中之精神處 與
陳涉으로 度長絜大하고 比權量力이면 則不可同年而語矣라 然이나 秦以區區之地로 致萬乘之

七廟、即七世之廟

隨夷謂、卞隨伯夷、跖蹻、謂盜跖張蹻

權(야하)招(音翹)八州而朝同列(이) 百有餘年矣(라) 然後(에) 以六合爲家(하고) 崤函爲宮(이어날)〔得之之難如此〕 一夫作難而七廟隳(하고)〔失之之易如此〕 身死人手(하야) 爲天下笑者(난) 何也(오) 仁誼不施(하고) 而攻守之勢異也(ㅣㄹ새니라)〔迂齋曰自首至尾結在此一句最文字之妙〕

吊屈原賦

西漢第一

迂齋云誼、謫長沙、不得意、投書吊屈原、而因以自諭、然、譏議時人、太分明、其才甚高、其志甚大而量亦狹矣、○誼、吊屈原而惜其不早去、善矣、然巳之傅長沙、傅梁、可以遠讒毁而安之以俟矣、未幾自傷以死、曷不以其所以惜屈原者、自廣哉、然誼之文、當爲

恭承嘉惠兮(여) 竢罪長沙(러니) 仄聞屈原兮(여) 自湛(音沈)汨羅(로다) 造托湘流兮(여) 敬吊先生(이라) 遭世罔極兮(여) 迺殞厥身(하니) 烏虖哀哉兮(여) 逢時不祥(이라) 鸞鳳伏竄兮(여) 鴟鴞翶翔(이라) 闒茸尊顯兮(여) 讒諛得志(며) 賢聖逆曳兮(여) 方正倒植(이라) 謂隨夷溷兮(여) 謂跖蹻廉(이며) 莫耶爲鈍兮(여) 鉛刀爲銛(이라)〔息廉反〕 于嗟默默(이) 生之亡故兮(라) 斡(音管)棄周鼎(코) 寶康瓠兮(여) 騰駕罷牛(코) 驂蹇驢兮(여) 驥垂兩耳(하고) 服鹽車兮(라) 章甫薦屨(ㅣ) 漸不可久矣(니) 嗟乎先生(이여) 獨離此咎兮(로다) 誶(音卒)曰已矣(라) 國其莫吾知兮(여) 予獨壹鬱其誰語(오) 鳳縹縹其高逝兮(여) 夫固自引而遠去(며) 襲九淵之神龍兮(여) 沕淵潛以自珍(이라) 偭(音而)蟂(音梟)獺以隱處兮(여) 夫豈從蝦與蛭螾(이리오) 所貴聖之神德兮(여)〔自此以下惜原不早去而罹讒毁也〕 遠濁世而自臧(이니) 使麒麟可係而羈兮(ㅣ댄) 豈云異夫犬羊(가) 般(音班)紛紛其離此郵(音尤)兮(여) 亦夫子之故(叶姑)也(니라) 歷九州而相其君兮(여) 何必懷此都也(오) 鳳凰翔于千仞兮(여) 覽德輝而下之(로다) 見細德之險微兮(여) 遙增擊而去之(로다) 彼尋常之汙瀆

兮여 豈容呑舟之魚리오 橫江湖之鱣鯨兮여 固將制於螻音婁 螘로다 叶魚

聖主得賢臣頌 王褒

此篇起句、有策體、盖前漢、王褒、字子淵、本蜀人、爲漢宣帝徵召、詔爲此頌、起四句設譬自叙、第一節且謙辭叙應詔之意、第二節勉宣帝審已正統、第三節方論賢者國家之器用、第四節論聖主得賢臣之功、第五節論人臣之遭遇、第六節總論臣主相得之美、時、上頗好神仙、故末段不取彭祖喬松之事、

夫荷旃被毳者난 難與道純綿之麗密이오 荷負也旃氈也被服也純綿繒帛也言夷狄服旃服毛者則難與論繒帛之麗密也 羹藜含糗者난 不足與論太牢之滋味니 藜野菜含食也糗麥飯也太牢牛也言人食羹糗飯者不足與論太牢之滋味也此二句謂賤者不足言貴 今臣이 僻在西蜀하야 生於窮巷之中하고 長於蓬茨之下하야 蓬茨所以覆屋者 無有游觀廣覽之知나 顧有至愚極陋之累하니 不足以塞厚望、應明旨라 雖然이나 敢不略陳其愚心하야 而抒情素호리오 言雖不足充厚望敢不述愚心而申情素也 記曰 爲此頌之記也 恭惟春秋、法에 五始之要는 在乎審已正統而已라 五始、謂元年春王正月公即位也、元者氣之始、春者四時之始、王者受命之始、正月者政令之始、公即位者一國之先也、此五者在乎君王審已而行之、正位以統理天下而已 大賢者난 國家之器用也ㅣ니 所任이 賢則趨舍ㅣ 省而功施ㅣ 普하고 器用이 利則用力少而就效ㅣ 衆이라 此二句是比上二句 故로 工人之用鈍器也엔 勞筋苦骨하야 終日矻矻이라가 五骨反 及至巧冶ㅣ 鑄干將之樸하야 淸水ㅣ 淬其鋒하고 越砥ㅣ 斂其鍔하야 干將劒名、樸、劒未理也、淬、燒刄令熱、漬於水中、鋒刄也越砥、磨石名得以謂磨也、鍔、刄也、良冶鑄劒人也、鍔音蕚 水斷蛟龍이오 陸剸犀革하야 忽若篲泛塵塗ㅣ니 泛猶掃也言以利劒、斬斷蛟犀、忽若以篲掃於路塵言甚易也、若國用賢臣、化惡反善、自如此也、 如此則使離婁로 督繩하고 離婁古明目人 公輸로 削墨이면 公輸古之巧匠 雖崇臺五層이 延袤百丈이라도 而不溷者난 工用이 相得也ㅣ새오 言巧拙之理、且使上之所述、則更使明目者正繩、巧工者度墨、雖高臺五層、長廣百尺、而規矩不亂者、工用之相得故也、國不亂者、得賢之効也 庸人之御駑馬엔 亦傷吻敝策而不進於行하야 胸喘膚汗하고 人極馬倦이라가 言人駕劣馬、則傷馬空勞鞭杖而不進行、胸喘而膚汗、人亦極困、馬亦病倦、不肖之人、理國則勞下、人繁國法、國既亂矣、身亦危矣、 及至駕齧膝하며 參乘旦하야 王良이 執

八極、猶言八荒之極邊一息、言一呼吸之間

吐握、言三吐哺、三握髮

齊桓公名小白

伊尹、殷相、太公封於齊、百里奚、虞人、甯子、即甯戚

說士、遊說之士

鞚하고 韓哀ㅣ 附輿면 齧膝乘旦、良馬名、王良、韓哀、古善御者、鞚轡也 縱騁馳騖ㅣ 忽如景靡하며 靡沒也言良馬良御、縱騁奔馳、忽如景之疾沒 過都越國이
蹶如歷塊하야 言過都國疾如行歷一小塊之間 追奔電하며 逐遺風하야 電風皆曰疾急 周流八極에 萬里一息이니 何其遼哉오 人
馬相得也ㄹ새라 言此良馬良御、可期遠哉、此人馬相得之勢也、使聖王得賢臣而用之、亦如此也、○以上論賢者國家之器用 故로 服絺綌之凉者난 不苦盛暑之鬱燠하고
襲狐貉之暖者난 不憂至寒之凄愴이니 何則고 有其具者난 易其備라 服葛衣之凉、不苦盛暑之熱、衣狐裘之暖、不憂至寒之甚者、盖有其具而易爲備也、故國有賢臣、亦無憂也
賢人君子난 亦聖王之所以易海內ㅣ니 是以로 嘔喩受之하고 開寬裕之路하야 以
延天下之英俊하나니 嘔喩喜悅貌受謂用賢臣也 夫竭智附賢者난 必建仁策하고 索遠求士者난 必樹伯迹이라 昔에
周公이 躬吐握之勞故로 有圄空之隆하고 周公吐握、以禮賢士故能太平、囹圄空虛 齊桓이 設庭燎之禮故로 有匡合之
功하니 桓公好賢、公必夙興、設庭燎之火、以禮見之、故能匡輔周室、會合諸侯 由此觀之면 君人者난 勤於求賢이오 而逸於得人이니이다 以上論聖主得賢臣之功 人
臣도 亦然하니 昔賢者之未遭遇也엔 圖事揆策則君不用其謀하고 陳見悃誠則上不然其信하야
進仕에 不得施效하고 斥逐이 又非其愆이니 是故로 伊尹이 勤於鼎俎하고 太公이 困於鼓刀하고
百里奚ㅣ 自鬻하고 甯子ㅣ 飯牛는 離此患也라 伊尹未遇、勤勞於調鼎、太公未遇、困於屠牛鼓刀、百里奚、爲晋虜而賣之、秦以五羖皮贖之、甯戚未逢桓公、而於齊門、飯牛、四賢、皆罹此不遇之患、
及至遇明君遭聖主也엔 運籌合上意하며 諫諍則見聽하고 進退ㅣ 得關其忠하며 任職이 得行
其術하야 關猶用也 去卑辱奧渫而升本朝하며 離蔬釋蹻而享膏粱하야 言賢人既遇聖主榮以職位、惠以祿食、故去卑辱幽汙之事、以升用於朝、離去蔬食、釋去蹻履、而食滋味、衣朝服也 剖符錫壤하야 而光祖考하고 傳之子孫하야 以資說士ㅣ니 以上論人臣之遭遇 故로 世必有聖知之君而
後에 有賢明之臣이라 故로 虎嘯而風洌하고 龍興而致雲하며 喩君之所以感召其臣 蟋蟀이 俟秋吟하고 蜉蝣ㅣ
出以陰이라 喩賢人待明君而後仕 易에 曰飛龍在天에 利見大人이라하고 詩曰思皇多士ㅣ 生此王國이라하니 故로

(休徵、言吉祥之兆)

世平主聖이면 俊乂ㅣ 將自至라 若堯舜禹湯文武之君이 獲稷契皐陶伊尹呂望之臣하야 明明在朝하며 穆穆布列하야 聚精會神하야 相得益章이니 雖伯牙ㅣ 操遞(音蹄)鍾하고 逄門子ㅣ 彎烏號라도 猶未足以喩其意也ㅣ니다 (伯牙、操琴、逄門子、彎弓、其音韻合和、弓矢必中、亦未足以喩君臣之意也、遞鍾、琴名、烏號弓名) 故로 聖主난 必待賢臣而弘功業하고 俊士난 亦俟以明主顯其德이라 上下俱欲하야 歡然交欣하고 千載一會면 論說無疑하야 翼乎如鴻毛ㅣ 遇順風이오 沛乎若巨魚ㅣ 縱大壑이라 其得意如此하면 則胡禁不止며 曷令不行이리오 化溢四表하야 橫被無窮하야 遐夷貢獻하고 萬祥必臻이니 是以로 聖主난 不偏窮望而視已明하며 不殫傾耳而聽已聰하야 恩從祥風翔하며 德與和氣游하야 太平之責이 塞하고 優游之望이 得이니 遵遊自然之勢하며 恬淡無爲之場하야 休徵이 自至하고 壽考無疆하야 雍容垂拱에 永永萬年이니 何必偃仰屈伸을 若彭祖하며 呴噓呼吸을 如喬松하야 眇然絶俗離世哉리오 (何必羨於彭祖八百之壽、喬松千年之仙、言不足尙也) 詩에 曰濟濟多士여 文王以寧이라하니 (詩文王之篇云、濟濟威儀之盛貌、多士衆賢也有濟濟之賢、以佐文王、此文王之所以安寧、○以上論臣主之相得如此、引援毛詩證結、尤有斷案) 蓋信乎以寧也ㅣ니다

樂志論　　仲長統

(後漢仲長統、字公理、少好學、性倜儻敢言、不矜小節、每州郡命召、輒稱疾不就、常以爲凡遊帝王者、欲以立身揚名耳、而名不常存、人生易滅、優游偃仰、固以自娛其志、故爲之著論云、)

使居有良田廣宅이 背山臨流하야 溝池環匝하고 竹木이 周布하야 場圃ㅣ 築前하고 果園이 樹後하야 舟車ㅣ 足以代步涉之難하고 使令이 足以息四體之役이라 養親에 有兼珍之膳하고 妻孥ㅣ 無苦身之勞하야 良朋이 萃止則陳酒肴以娛之하며 嘉時吉日則烹羔豚以奉之하고 躊躇畦苑하며 遊戲平林하야 濯淸水、追涼風하며 釣游鯉하며 弋高鴻하야 風於舞雩之下하고 詠歸高堂之上이라 (雩、祭旱之名、爲壇而)

二儀指天地

逍遙、猶言遊放

先帝指昭烈皇帝、三分指魏漢吳

臧否猶言賢否犯科即犯罪

舞其上、以祈雨焉○論語曾點曰、春服既成、冠者五六人、童子六七人、浴乎沂、風乎舞雩、詠而歸、 安神閨房하야 思老氏之玄虛하고 呼吸精和하야 求至人之彷彿이라

老子曰玄之又玄、虛其心、實其腹、呼吸、謂咽氣養性也、莊子曰噓呴呼吸、吐故納新、又曰、至人無己也 與達者數子로 論道講書하야 俯仰二儀하고 錯綜人物하야 彈南風之雅操하고 發淸商之妙曲이라

家語、舜彈五絃之琴、造南風之詩、曰南風之薰兮、可以解吾民之慍兮、南風之時兮、可以阜吾民之財、○三禮圖、曰琴本五絃、曰宮商角徵羽、文武增二、曰少宮、少商、音最淸也 逍遙一世之上하고 睥睨天地之間하야 不受當時之責하고 永保性命之期니 如是則可以凌霄漢하야 出宇宙之外矣라 豈羨夫入帝王之門哉아

出師表

諸葛孔明

陳靜觀云前段起處、便提先帝中道崩殂、後面又繼以深追先帝遺詔、後段提起先帝臨崩寄臣以大事、後面又繼以不效告先帝之靈、此最是感激苦懇切處、盖緣先帝臨崩、祗分付後主孔明兩人、今日如何忘得○大概後主此時、自有危急存亡之懼、付天下於無復可爲者矣、故、孔明此篇專謂事勢、固是如此、然坐待其斃、如先帝付託何、故、前一段、專是提撕後主精神、使盡興隆漢室之道、後一段、專是感激自任以興復漢室之功、大概終篇之意、歸重後主身上意重、若後主裏面、不自提撕、孔明獨力在外、亦理會不得、此意良可哀也、○段段提先帝兩字、盖謂臣惟念及先帝、所以不敢辭興復之責、後主倘念及先帝、亦如何不自念興隆之道、前輩謂讀此表不墮淚者是眞無人心、仔細看來、孔明之志、眞可隕英雄之淚於千載之下者、盖此時事勢、以孔明之忠、豈不知其不可爲、獨以草廬驅馳之許、難食言也、臨崩大事之屬、尙在耳也、務北伐以報先帝、孔明惟盡吾心而已、雖然、孔明之師、出矣、亦必後主、能追先帝遺詔、事事振刷否乎、若孔明既行之後、宮府之事、不能必後主施行之審、臣下賢否、不能必後主用舍之精、則孔明、外焉興復之志、雖勤、後主、內焉興隆之志、全靡、天下事、亦終付之無可奈何而已故、臨行一疏、述吾今日所以不敢不北伐之由、勉後主今日所以不可自菲薄之意、務使後主、專以興隆漢室爲心、孔明、專以興復漢室、爲責、求相與以濟危急存亡之會、而實有所不能必者、故終之曰、願陛下託臣以討賊之效、而又繼之曰、不效、告先帝之靈、又曰、陛下亦宜自謀、繼之曰追先帝之遺詔、孔明此謀、亦是負先帝之遺詔、其責皆有所不可逃者、幾行斷簡、萬古凄凉、此吾所以有感於不隕淚無人心之說也

先帝ㅣ 創業未半而中道崩殂하시고 今天下三分에 益州ㅣ 疲弊하니 此誠危急存亡之秋也ㅣ라 然이나 侍衛之臣이 不懈於內하고 忠志之士ㅣ 忘身於外者는 盖追先帝之殊遇하야 欲報之於陛下也ㅣ니이다 誠宜開張聖聽하사 以光先帝遺德하며 恢弘志士之氣하시고 不宜妄自菲薄하야 引喻失義하야 以塞忠諫之路也니이다

此時、別人、猶不懈、猶忘身以追先帝殊遇、後主、却如何妄自菲薄不思先帝遺德

宮中府中이 俱爲一體니 陟罰臧否를

有司、按法之官

寵、指向寵

桓靈指桓帝、靈帝

不毛、言不毛之地

禕允、指費禕董允

不宜異同이라 若有作奸犯科와 及爲忠善者어든 宜付有司하야 論其刑賞하야 以昭陛下平明之理오 不宜偏私하야 使內外異法也니이다 侍中侍郎郭攸之費禕董允等은 (攸之禕侍中 黃允門侍郎) 此皆良實하고 志慮忠純이라 是以로 先帝簡拔하샤 以遺陛下하시니 愚以爲宮中之事는 事無大小히 悉以咨之然後에 施行이면 必能裨(音卑)補闕漏하야 有所廣益이오 將軍向寵은 性行이 淑均하고 曉暢軍事하야 試用於昔日에 先帝稱之曰能이라하사 是以로 衆議擧寵爲督하니 愚以爲營中之事는 事無大小히 悉以咨之하시면 必能使行陣和睦하고 優劣得所也리이다 (比三節、並是提撕後主闒冗不振之精神、故曰開張聖聽、曰先帝遺德、曰恢弘、曰不宜妄自菲薄、曰昭平明之治、曰必能使和睦、得所、皆是勉以有爲) 親賢臣遠小人은 此先漢所以興隆也오 親小人遠賢臣은 此後漢所以傾頹也ㅣ라 先帝在時에 每與臣으로 論此事에 未嘗不歎息痛恨於桓靈也러시니이다 侍中尙書(陳震)長史(張裔)參軍은(蔣琬) 此悉貞亮死節之臣이니 願陛下난 親之信之하시면 則漢室之隆을 可計日而待也리이다 (意謂能親信君子、便會興隆、何危急存亡之有、一篇有兩大段、此段專勉後主以興隆漢室之事、後段專自任以興復漢室之責、)

臣本布衣로 躬耕南陽하야 苟全性命於亂世하고 不求聞達於諸侯러니 先帝ㅣ 不以臣卑鄙하시고 猥自枉屈하사 三顧臣於草廬之中하시고 咨臣以當世之事하시니 由是感激하야 遂許先帝以驅馳러니 後値傾覆하야 受任於敗軍之際하고 奉命於危難之間이 爾來二十有一年矣라 先帝ㅣ 知臣謹愼이라 故로 臨崩에 寄臣以大事也ㅣ시니 受命以來로 夙夜憂歎하야 恐託付不效하야 以傷先帝之明이라 故로 五月渡瀘하야(音盧) 深入不毛려니 今南方이 已定하고 兵甲이 已足하니 當奬率三軍하야 北定中原하고 庶竭駑鈍하야 攘除姦兇하고 興復漢室하야 還于舊都니 此ㅣ 臣所以報先帝而忠陛下之職分也라 至於斟酌損益하고 進盡忠言은 則攸之禕

允之任也니 眞西山曰當時有此數人、故孔明得以專討賊之任、所謂張仲孝友也、○靜觀曰旣自任了、依舊倚重在此、此是孔明、深識治體、此事、正與興復相關、所以不効治臣、併當及攸之褘允 願陛下난 託臣以討賊興復之效하사 不效則治臣之罪하야 以告先帝之靈하시고 責攸之褘允等之咎하사 以彰其慢하시며 陛下도 亦宜謀以諮諏善道하고 察納雅言하야 深追先帝遺詔하소서 臣不勝受恩感激이라 今當遠離에 臨表涕泣하야 不知所云이로소이다 孔明此時之意、只謂今日事勢、雖是如此、皆受先帝之託、後主先帝之子、孔明受先帝之託、攸之褘允、亦先帝之簡拔、只得大家協力、以求無負先帝付託之意、盖孔明所任亦只可任討賊興復事、裡面是後主自謀、始得、全靠孔明不可

右蜀漢丞相諸葛武侯亮孔明、臨出師伐魏時所上後主之表也、孔明、初隱南陽、無意斯世、昭烈以帝室之冑、三顧之、有成湯待伊尹意度、孔明感激、起而輔之、不幸昭烈崩殂、託孔明以輔後主與漢室、而後主之才、庸弱殊甚、孔明、不敢負昭烈之託、盡忠竭力、慷慨出師、以興復之責、自任、而以興復之本也、責之後主、故、臨行拜表、忠愛激切、有不可以言語形容盡者、陳靜觀之批、盡之矣、而猶有當提撕者、宮府一體、是也、宮、謂天子宮中、府、謂丞相府、周公 作周禮、以冢宰統宮寺 宮府一體也、前漢、此意、猶有存者、鄧通、文帝弄臣、丞相申屠嘉、得召而欲斬之、宣帝以後、體統浸壞近習之權、重於宰相、後漢、卒以宮寺亡、宮府不一體故也、孔明、深識治體、故慮及此、其後孔明、旣沒、所薦忠賢、蔣琬費褘董允、相繼秉政、皆能確守此意、後主猶賴以存、諸賢皆沒、陳祇進而嬖倖黃皓用事、後主遂亡、惟不能遵宮府一體之戒、以至於此、哀哉、蘇東坡曰、孔明、不以文章自名、而出師一表、與伊訓說命、相爲表裡、朱文公曰、胡致堂、議論英發、人物偉然、向嘗侍之坐、見其數杯後、每歌孔明出師表、前輩於此篇、尊尙如此、豈苟然哉、

後出師表

先帝ㅣ 慮漢賊이 不兩立하고 漢謂、昭烈 賊謂、曹操 王業이 不偏安이라 天下一統則四方無虞、三分割據則戰守多難、今漢都于蜀則僻守一隅豈能安乎 故로 託臣以討賊也하시니 以先帝之明으로 量臣之才하사대 固知臣伐賊이 才弱敵 音狄 彊 强同 也나 然이나 不伐賊이면 王業亦亡이니 魏賊是被而難據中原地大兵强必有幷蜀之勢故云 惟坐而待亡으론 孰與伐之리오 是故託臣而不疑也시니이다 臣이 受命之日에 寢不安席하며 食不甘味하야 思惟北征이면 北討曹操 宜先入南일새 故로 五月渡瀘하야 深入不毛하야 詳見前篇 幷日而食호니 臣이 非不自惜也언마난 顧王業이 不可得偏安於蜀都라 故로 冒危難하야 去聲 以奉先帝之遺意어날 而議者ㅣ 謂爲非計러니 今賊이 適疲 音皮 於西하고 疲困也後主五年亮攻祈山南安天

孫吳、孫臏、吳起古名將

水安定三郡皆叛魏應亮關中響震 又務於東하니 曹休東與吳陸遜戰于石亭大敗 兵法에 乘勞하니라 此난 進趨之時也라 謹陳其事如左하노이다

高帝난 明並日月하시고 謀臣이 淵深이나 然이나 涉險被創하야 音窓傷也 危然後安하니 今陛下ㅣ 未及高帝하시고 謀臣이 不如良 張子房名封留侯 平이어날 姓陳佐高帝定天下後相文帝 而欲以長策取勝하야 坐定天下하니 此난 臣之未解ㅣ 音駭去聲論也 一也오 劉繇 音由 王朗은 皆當時名士各據州郡、能談王覇、後盡爲孫策所據、故亮以譏當時坐談之士 各據州郡하야 劉繇字正禮據曲阿王朗字景與守魏郡 論安言計에 動引聖人호대 羣疑ㅣ 滿腹하고 衆難이 塞胸하야 今歲不戰하고 明年不征이라가 使孫策으로 坐大하야 孫策乃孫權兄 遂並江東하니 此난 臣之未解ㅣ 二也오 曹操 去聲 智計ㅣ 殊絶於人하야 其用兵也ㅣ 髣髴乎孫吳나 然이나 困於南陽하고 操與張繡戰於宛、爲流矢所中、宛、即南陽縣名 險於烏巢하고 袁紹拒操於官渡、紹輜重萬餘在故市烏巢、時曹公糧少、議欲還許避之 危於祁 音其 連하고 西城國名 偪 音壁 於黎陽하고 黎陽屬河朔袁譚據之曹公用兵吳蜀譚兵逼迫其後 幾敗北山하고 即伯山也夏侯淵敗曹公爭漢中運米北山下數千萬囊趙雲遇之乃入營閉門曹公引去雲雷皷震天以大弩射之曹公軍驚駭蹂踐墮漢水中 殆死潼 音同 關하야 曹操討馬超韓遂於潼關操將北渡與許褚留南岸斷後超將步騎萬餘人來奔操軍矢下如雨褚白操云賊來多乃扶上船微褚幾危 然後에 僞定一時爾어날 時暫平定 况臣이 才弱而欲以不危而定之하니 此난 臣之未解ㅣ 三也오 曹操ㅣ 五攻昌覇不下하고 昌覇地名未詳所出 四越巢湖不成하고 魏以合肥爲重鎭其東南巢湖在焉孫權圍合肥魏自渦入淮出肥水軍合肥者數矣 任用李服而李服이 圖之하고 委任夏侯而夏侯ㅣ 敗亡하니 操降張魯留夏侯淵屯守北還後先主繫之淵授首 先帝ㅣ 每稱操爲能하사대 猶有此失이온 况臣駑 音奴 下하니 何能必勝이리오 此난 臣之未解ㅣ 四也오 自臣到漢中으로 章武五年北駐漢中 中間朞年耳나 然이나 喪 去聲 趙雲、陽羣、馬玉、閻芝、丁立、白壽、劉郃、 音閤 鄧銅等과 喪謂死亡也自趙雲而下凡八人 及曲長 上聲 屯將 去聲 七十餘人과 突將 去聲 無前의 賨 徂宗切 叟、青羌、散 上聲 騎 去聲 武騎 去聲 一千人하니 夷稅曰賨亮南征南中既平皆即其渠率而用之賨叟青羌皆此屬也散騎武騎皆騎兵以上乃計其士卒物故也 此皆數十年之內의 所糾 音久 合四方之精銳오 音睿 非一州之所有라 若

復數年이면 則損三分(去聲)之二也니라 當何以圖敵(音的)고 此난 臣之未解ㅣ 五也오 今民窮兵疲(音皮)라도 而事不可息이니 事不可息이면 則住與行이 勞費正等이어날 (雖三國並立籍民爲兵悉師攻守住則有守城之勞行則戰伐之苦而糧食財用皆不可闕若不伐賊必須嚴守是住與行勞費同也) 而不及蚤(早同)圖之하고 欲以一州之地로 與賊持久하니 此난 臣之未解ㅣ 六也라 夫(音扶)難平(或作難乎者非)者난 事也니 昔에 先帝ㅣ 敗軍於楚하시니 (先主十二年劉琮降先主乃將其衆過襄陽荊州人多歸之比到襄陽衆十餘萬曹公曰江陵有軍實恐先主據之乃追之先主棄妻子與諸葛亮張飛等數十騎去曹公大獲其人衆輜重濟沔遁去) 當此時하야 曹操ㅣ 拊(音府)手하야 謂天下已定이러니 然後에 先帝ㅣ 東連吳越하고 (及到夏口遣亮結好孫權權據江東國號吳其地亦屬越所) 西取巴蜀하야 (十九年先主進圍成都劉璋降遂領益州牧) 擧兵北征에 (北征曹魏) 夏侯ㅣ 授首하니 (斬夏侯淵) 此操之失計오 而漢事將成也나 然이나 後에 吳更違盟하야 關羽毁敗하고 (先主二十四年權襲殺羽取荊州) 秭(蔣洗反)歸蹉跌하며 (上挫下迭、秭與姊同、袁山松曰屈原、既被流放、忽然姊歸、其姊亦來、因名其地爲秭歸、縣屬南郡、古夔今歸州、蹉跌言失措也、〇同上權既取荊州徙劉璋爲益州牧駐秭歸也) 曹丕稱帝하니 (丕曹操子名是爲魏文帝) 凡事如是하야 難可逆見이라 (逆見、猶言預逆) 臣은 鞠躬盡瘁하야 死而後已오 至於成敗利鈍하야는 非臣之明의 所能逆覩也로소이다 (此篇大意皆在結末數語)

酒德頌

劉伯倫

(劉伶、字伯倫、沛國人、貌甚醜悴、而志氣放曠、以宇宙爲俠、性好酒、常携酒自隨、使人荷鍤從之、云、死便埋我、故著此頌、頌酒德之美也、)

有大人先生하니 (假託此辭) 以天地로 爲一朝하고 萬期로 爲須臾하고 日月로 爲扃牖하고 八荒으로 (八荒即八方) 爲庭衢하야 (以天地開闢已來爲一日、萬歲之期爲少時、言志廣大也) 行無轍跡하며 居無室廬하고 幕天席地하야 縱意所如오 止則操卮執觚하며 動則挈榼提壺하야 (挈執也卮觚榼壺皆酒器也) 唯酒를 是務하니 焉知其餘오리 有貴介公子와 縉紳處士ㅣ (介大也縉紳服飾也處士有德之稱) 聞吾風聲하고 議其所以하야 乃奮袂攘衿하고 怒目切齒하야 (此公子處士怒先生好酒) 陳說禮法하야 是非鋒起하니

陶陶、和樂貌

說禮經法制、以示先生、言其是非如、劒戟之鋒刃、相覰遂而起 先生이 於是에 方捧甖承糟하고 銜盃漱醪하야 先生不聽二人之說飮酒自若也醪濁酒 奮髯箕踞하야 枕麴藉糟하니 奮動髯鬚也箕踞展足倚據而坐也藉鋪也言動髯展足倚據而坐旋復枕麴鋪糟而臥 無思無慮오 其樂陶陶라 兀然而醉하고 恍爾而醒하야 靜聽에 不聞雷霆之聲이오 熟視에 不見泰山之形이라 不覺寒暑之切肌와 嗜慾之感情하야 俯觀萬物에 擾擾焉如江漢之浮萍이오 言見萬物、如水中萍草隨其風波 二豪侍側焉에 如蜾蠃之與螟蛉이러라 二豪、謂公子處士也、蜾蠃螟蛉微小蟲、言此二人侍我之側有如此蟲言見之微小也

蘭亭記 越州　王逸少

永和九年 晋穆帝時 歲在癸丑暮春之初에 會于會稽山陰之蘭亭하니 修禊事也라 韓詩曰鄭國之俗、三月上巳、於溱洧兩水上、執蘭招魂、祓除不祥、韻語陽秋云、上巳於流水上、洗濯祓除、去宿垢、謂之祓禊也、自魏以後、但用初三、不用初巳 群賢이 畢至하고 少長이 咸集하니 此地에 有崇山峻嶺과 茂林脩竹하고 又有淸流激湍이 映帶左右라 引以爲流觴曲水하야 列坐其次하니 雖無絲竹管絃之盛이나 一觴一詠이 亦足以暢叙幽情이라 韻語陽秋云羲之、與謝安以下十有一人四言五言各一首王豊之等十五人或四言或五言各一首王獻之等十有六人詩各不成罰酒三觥景祐中會稽太守蔣堂修永和故事嘗云一派西園曲水聲水邊終日會簪纓幾多詩筆無停綴不似當年有罰觥 是日也에 天朗氣淸하고 惠風이 和暢하니 惠或作蕙非也選謝叔源詩云惠風蕩繁囿注謂春風施惠萬物也 仰觀宇宙之大하며 俯察品類之盛하야 所以遊目騁懷ㅣ 足以極視聽之娛하니 信可樂也로다 夫人之相與俯仰一世에 或取諸懷抱하야 悟言一室之內하고 或因寄所託하야 放浪形骸之外하나 雖趣舍ㅣ 萬殊하고 靜躁ㅣ 不同이나 當其欣於所遇하야 蹔得於已하야난 快然自得하야 曾不知老之將至가라 及其所之旣倦에 情隨事遷하야 感慨ㅣ 係之矣라 向之所欣이 俛仰之間에 以爲陳迹하니 尤不能不以之興懷로다 況脩短이 隨化하야 終期於盡이니 古人이 云死生이 亦大矣라 豈不痛

俯短、猶長短

哉아 每攬昔人興感之由에 若合一契하야 未嘗不臨文嗟悼하야 不能諭之於懷나 固知一死生爲虛誕하고 齊彭殤爲妄作이라 莊子齊物篇云莫壽於殤子、而彭祖爲夭、當時蘭亭之集謝安五言詩曰萬殊混一象安復齊彭殤逸少此語蓋反謝安一時之所言爾 後之視今이 亦猶今之視昔이리니 悲夫라 故로 列叙時人하고 錄其所述하니 雖世殊事異나 所以興懷其致난 一也라 後之覽者ㅣ 亦將有感於斯文이리라

王羲之、字逸少、東晋人、才之傑出者也、一時宗尚老莊、淸淡無實、右軍獨論建議時務、且嘗沮桓溫請遷都之議、斯人不多見也、此篇、以一死生齊彭殤、爲誕妄、盖闢莊周、矯流俗不但文字之工而已、且其字畫之妙、流聲萬世、與文章相爲不朽焉、蘭亭眞帖、初入唐太宗陵、至唐末、盜發諸陵、始復行世、世所摹刻、多非眞本、余嘗得二本、一本差古健、亦未知出於眞本否耳、○晋東晳傳、武帝問曲水之義、晳曰昔周公成洛邑、因流水泛酒、詩曰羽觴隨波

陳情表　　李令伯

蜀志李密父早亡母何氏更適人密見養於祖母以孝聞侍疾日夜未嘗解帶蜀平晋帝徵爲太子洗馬密上表帝嘉其誠款賜奴婢二人使郡縣供祖母奉膳服還漢中太守

劉姓也、零丁、失志貌 叔伯、謂伯叔父 朞功、謂朞服、功服、嬰、猶絆也 尋、猶乃也

臣以險釁으로 夙遭愍凶하야 生孩六月에 慈父見背하고 行年四歲에 舅奪母志하니 祖母劉ㅣ 閔臣孤弱하야 躬親撫養이라 臣이 少多疾病하야 九歲에 不行하고 零丁孤苦하야 至于成立호니 旣無叔伯이오 終鮮兄弟라 門衰祚薄하야 晩有兒息하니 外無朞功强近之親이오 內無應門五尺之童이라 朞功謂大功小功親 煢煢孑立하야 形影相吊어늘 而劉夙嬰疾病하야 常在牀褥라 臣侍湯藥하야 未嘗廢離이로다 逮奉聖朝에 及蜀亡歸晉 沐浴淸化하야 前太守臣逵ㅣ 察臣孝廉하고 後刺史臣榮이 後刺史顧榮禮 擧臣秀才하니 臣이 以供養無主로 以密就擧則祖母無人主供養之事 辭不赴러니 辭不赴召 會에 詔書特下하사 拜臣郎中하시고 尋蒙國恩하야 除臣洗馬하시니 猥以微賤으로 當侍東宮이라 東宮卽太子宮 非臣隕首의 所能上報일새 臣具以表聞하야 辭不就職이러니 詔書切峻하야 責臣逋慢하시고 郡縣이 逼迫하야 催臣上道하니 州司臨門이 急於星火라

狼狽、狼短前足、狽短後足相依而行

盤桓、不進貌、俘、謂虜獲

烏鳥、孝鳥、長則反哺其母

臣欲奉詔奔馳인댄 則以劉病日篤이오 欲苟順私情인댄 則告訴不許하니 臣之進退ㅣ 實爲狼狽로소이다

伏惟聖朝ㅣ 以孝治天下하사 晉武帝朝 凡在故老도라 猶蒙矜育하니 況臣孤苦ㅣ 特爲尤甚이리잇가 且臣이 少事僞朝하야 言少年嘗仕於蜀、今按李密、本蜀人、先主帝室之冑紹漢正統、名正言順、大非曹操漢賊之比、密、又在孝子順孫之列、國亡歸晉、尤當不忘舊君、何忍自稱蜀爲僞朝乎、予每讀、至此爲之不滿、惜哉 歷職郎署호니 本圖宦達하야 不矜名節이오 今臣은 亡國之賤俘라 至微至陋어날 過蒙拔擢하니 豈敢盤桓하야 有所希冀리오 但以劉ㅣ 日薄西山하야 氣息이 奄奄하니 人命이 危淺하야 朝不慮夕이라 臣이 無祖母면 無以至今日이오 祖母ㅣ 無臣이면 無以終餘年이니 母孫二人이 更相爲命이라 顧以區區하야 不能廢遠이로소이다 臣密은 今年이 四十有四오 祖母劉난 今九十有六이니 是臣이 盡節於陛下之日은 長하고 報劉之日은 短也라 烏鳥私情이 願乞終養하노니 臣之辛苦난 非獨蜀之人士와 及二州牧伯의 所見明知라 皇天后土ㅣ 實所共鑑이시니 願陛下는 矜愍愚誠하사 聽臣微志하야 庶劉僥倖하야 卒保餘年이면 臣이 生當隕首오 死當結草라 他日九泉下死而有知猶當報國○史記、魏顆、武子之子、武子有妾、病、謂顆曰、我死、嫁此妾、病亟、又曰殺以殉葬及死、顆曰寧從治時言而嫁之、及秦晉之戰、魏顆見老人結草以抗杜回、回躓而顚、遂獲之、後顆、夢老人云、我乃所嫁婦人之父也爾從先人之治命、余是以報耳、 臣不勝怖懼之情하야 謹拜表以聞하노이다

歸去來辭

陶淵明 一字元亮

朱文公曰歸去來辭者、晉處士陶潛淵明之所作也、潛有高志遠識、不能俯仰時俗、當爲彭澤令、督郵行縣、且至、吏白當束帶見之、潛、歎曰吾安能爲五斗米、折腰向鄕里小兒耶、即日解印綬去、作此詞、以見志後以劉裕、將移晉祚、耻事二姓、遂不復仕、宋文帝時、特徵不至卒、諡靖節徵士、歐陽公、言兩晉無文章、幸獨有此篇耳、然其詞義夷曠蕭散、雖託楚聲、而無有尤怨切蹙之病云、○淵明元序、曰余家貧、幼穉盈室、缾無儲粟、親故多勸、余爲長史、脫然有懷、家叔、以余貧苦、遂見用爲小邑、于時、風波未靜、心憚遠役、彭澤去家百里、公田之利、足以爲酒、及少日、眷然有歸歟之情、何則、質性自然、非矯勵所得、飢凍雖切、違已交病、於是悵然慷慨、深愧平生之志、猶望一稔、當斂裳宵逝、尋、程氏妹喪于武昌、情在駿奔自免去職、仲秋至冬、在官八十餘日、因事順心、命之曰歸去來兮、乙巳歲十一月也、淵明時年四十一歲

歸去來兮여 田園이 將蕪胡不歸오 既自以心爲形役하니 奚惆悵而獨悲오 悟已往之不諫이오

三徑、淵明所居、有三徑、惟裘仲羊仲相與遊

盤桓、猶徜徉

巾車、猶小車

知來者之可追라 實迷塗其未遠하니 覺今是而昨非로다 舟搖搖以輕颺이오 [淵明自彭澤歸柴桑可以行舟曰輕颺無所有也與世之去官重載者相萬矣] 風飄飄而吹衣로다 問征夫以前路하니 恨晨光之熹微로다 乃瞻衡宇하고 [淵明所居] 載欣載奔하니 僮僕은 歡迎하고 稚子는 候門이라 三徑은 就荒이나 松菊이 猶存이라 [淵明歸之在十一月猶有菊也] 攜幼入室하니 有酒盈樽일새 引壺觴以自酌하고 眄庭柯以怡顏이라 倚南窓以寄傲하고 審容膝之易安이라 園日涉以成趣하고 門雖設而常關이라 策扶老以流憩라가 時矯首而遐觀하니 雲無心以出岫하고 鳥倦飛而知還이라 [借雲鳥以自喩言前之出本無心而今之還以倦飛也] 景翳翳以將入하니 撫孤松而盤桓이로다 歸去來兮여 請息交以絕游라 世與我而相違하니 復駕言兮焉求리오 悅親戚之情話하고 樂琴書以消憂라 農人이 告余以春及하니 將有事于西疇로다 或命巾車하고 或棹孤舟하야 既窈[音杳]窕[超上]以尋壑이오[杭入] 亦崎[音欺]嶇[音區]而經丘하니 木欣欣以向榮하고 泉涓涓而始流라 羨萬物之得時하고 感吾生之行休로다 已矣乎라 寓形宇內復幾時완대 曷不委心任去留오 胡爲乎遑遑欲何之오 富貴는 非吾願이오 帝鄉은 不可期라 懷良辰以孤往하고 或植杖而耘[音云]耔라[音玆] 登東皐以舒嘯하고 臨淸流而賦詩라 聊乘化以歸盡하니 樂[音洛] 夫[音扶] 天命復奚疑아

按淵明、以不欲束帶見督郵而去官而其序其辭略不及之、無怨天尤人之心、惟見其有安土樂天之趣、可謂賢矣、自以晉室宰輔、陶侃之曾孫、耻復屈身後代、宋業漸隆、不肯復仕、於是宋元嘉四年、而朱文公綱目、特筆書之曰晉徵士陶潛卒、可謂又賢矣、且節義之耿介者、多過於矯激、襟懷之和適者、易流於頹靡、淵明以和適之襟懷、而全耿介之節義、不偏不倚、蓋兩得之、此篇、兩提起歸去來兮、而始之曰胡不歸、終之曰乘化歸盡、胡不歸之歸、歸歟之歸也、歸盡之歸、子全而歸之之歸也、惟其有前之歸、養高全節、故能生順死安、歸盡無歉、使枉己違性徇祿忘歸、則易姓之際、不能全節、其歸盡也、抱恨抱羞、漸盡泯滅草木俱腐而已、安能雖死猶生、千古流芳、如此哉、始末兩歸字、爲一篇之眼目、讀者其毋忽略於此云

原本備旨懸吐註解 古文眞寶後集卷之一 終

造、猶往也
簞瓢、即簞食瓢飮
黔婁、人名、戚戚、憂貌、汲汲、勤貌
耿介、言志介光大
亭亭、特立貌、芥、猶草芥、屣、猶弊履

古文眞寶後集卷之二

五柳先生傳

陶淵明

陶淵明門栽五柳因自著五柳先生傳

先生은 不知何許人이오 亦不詳其姓字로대 宅邊에 有五柳樹하야 因以爲號焉이라 閑靖少言하야 不慕榮利하고 好讀書호대 不求甚解오 每有意會면 便欣然忘食하고 性이 嗜酒호대 家貧하야 不能常得하니 親舊ㅣ 知其如此하고 或置酒而招之면 造飮輒盡하야 期在必醉오 旣醉而退하야 曾不吝(與吝同)情去留ㅣ라 環堵蕭然하야 不蔽風日하고 短褐이 穿結하며 簞瓢ㅣ 屢空호대 晏如也ㅣ러라 常著文章自娛하야 頗示己志하고 忘懷得失하야 以此自終하니라

贊曰黔婁ㅣ 有言호대 不戚戚於貧賤하고 不汲汲於富貴하니라 極其言이면 玆若人之儔乎ㅣㄴ저 酣觴賦詩하야 以樂其志하니 無懷氏之民歟아 葛天氏之民歟아 (二氏皆太古之時也)

北山移文

孔德璋

孔稚圭、字、德璋、會稽人、少涉學有美譽、仕至太子詹事、鍾山在郡北、其先周彥倫、隱於北山、後應詔出爲海鹽縣令、欲却適北山、孔生乃假山靈之意、移之使不許再至、故云北山移文、迂齋云建康蔣山是也

鍾山之英과 草堂之靈이 (二神○假山靈而言) 馳煙驛路하야 勒移山庭이라 夫以耿介拔俗之標와 蕭洒出塵之想으로 度白雲以方潔하고 干青雲而直上은 吾方知之矣오 若其亭亭物表하고 皎皎霞外하야 芥千金而不眄하고 屣萬乘其如脫하야 (史記、秦軍引去平原君、乃置酒以千金、爲魯連壽、魯連笑曰所貴於天下之士者、爲人排患釋難、解紛、而不取也、即有取者、是商賈之事、而連不忍爲也、遂辭平原君而去、淮南子曰堯、年衰志閔、擧天下而傳之舜、猶却行而脫屣也、爾雅芥草也) 聞鳳吹於洛浦하고 (文選注周靈王太子晋吹笙作鳳鳴遊於伊洛) 値薪歌於延瀨라 (蘇門先生遊於延瀨見一人採薪謂曰子以此終乎薪人曰云云遂爲歌二章)

玄、即玄經史、即史記

巢父許由、皆古隱逸讓堯天下王孫、泛言貴豪空空虛無、玄玄、微妙

而去 固亦有焉이니 豈期始終參差하고 蒼黃反覆하야 淚翟子之悲하며 慟朱公之哭하야 終始參差岐路也蒼黃反覆素絲也翟墨翟朱
楊朱也楊子見岐路而哭之爲其可以南可以北墨子見練絲而泣之爲其可以黃可以黑 乍迴迹以心染하고 暗說周顒 或先貞而後黷가 應在後 何其謬哉오 嗚呼라
尙生이 不存하고 尙長子平 仲氏ㅣ 既往하니 仲長統 山阿寂寥하야 千載誰賞가 世有周子하니 謂顒 雋俗之士라
先奬 既文既博이오 亦玄亦史ㅣ로다 然而 却抑 學遁東魯하고 莊子魯君、聞顏闔、得道人也、使人以幣先焉、顏闔、守陋閭、使者至曰此顏闔之家歟、闔對曰此闔之家、使者致幣、闔曰恐聽繆而遺使
者罪、不若審之、使者反審之、復來求之、則亦不可得也 習隱南郭하야 莊子南郭子綦隱几而坐仰天嗒然似喪其偶 竊吹草堂하고 濫巾北岳이라 言顒、盜名草堂、濫服幅巾、有如南郭、濫吹竽也 誘
我松桂하며 欺我雲壑하야 雖假容於江皐나 乃纓情於好爵이라 其始至也에 將欲排巢父拉許
由하고 應上先貞二字 傲百世、蔑王侯하야 風情이 張日이오 霜氣ㅣ 橫秋하야 或歎幽人長往하며 或怨王孫
不游라 談空空於釋部하고 覈玄玄於道流하니 務光이 何足比며 列仙傳、務光者、夏時人、耳長七寸、好琴、服蒲韭根、湯伐桀、因光而謀、湯得天下、已而讓光、
光遂負石沈河水而自溺 涓子ㅣ 不能儔라 涓子者齊人、餌朮隱於宕山能風 及其鳴騶入谷하고 鶴書赴隴에 鶴頭書 形馳魄散하고 志變
神動이라 爾乃、眉軒席次하고 袂聳筵上하야 焚芰製而裂荷衣하고 抗塵容而走俗狀하니 應上後黷二字 風
雲悽其帶憤하고 石泉咽而下愴이라 下字工 望林巒而有失하고 顧草木而如喪이로다 至其紐金章、綰
黑綬하야 金章銅印也、漢書秩六百石以上、皆銅印黑綬 跨屬城之雄하고 冠百里之首하야 張英風於海甸하고 馳妙譽於浙右하니 道
帙이 長擯이오 法筵이 久埋라 敲扑諠囂ㅣ 犯其慮하고 牒訴倥傯이 裝其懷하니 琴歌ㅣ 既斷이오
酒賦ㅣ 無續하야 常綢繆於結課하고 每紛綸於折獄이라 籠張趙於往圖하고 漢張敞、稍遷至山陽太守、趙廣漢、爲陽翟令、以化行尤異、遷京輔
都尉 架卓魯於前籙하야 後漢卓茂、遷密令、吏人親愛而不忍欺、魯恭、拜中牟令、螟不入境 希蹤三輔豪오 馳聲九州牧이라 漢書內史、武帝更名京兆尹、左內史、更名左馮翊、主爵中
尉、更名右扶風、是爲三輔、左傳夏之方有德也、貢金九牧、注九州之牧、貢金也 使其高霞孤映하고 明月獨擧하니 靑松落陰이오 白雲誰侶아 看他造語 磵戶

魏闕、周禮云懸法於象魏

摧絶無與歸오 石逕荒凉徒延佇로다 至於還飈入幕하고 寫霧出楹하니 蕙帳空兮夜鶴怨이오 山人
去兮曉猿驚이라 昔聞投簪逸海岸이러니 今見解蘭縛塵纓이로다 投簪、疏廣也、東海人、故曰海岸、摯虞、徵士、胡昭贊、投簪卷帶韜聲匿迹蘭蘭佩也 於是에
南獄이 獻嘲하고 北隴이 騰笑하며 列壑이 爭譏하고 攢峯이 竦誚하야 慨遊子之我欺하고 悲無人以
赴吊라 故其林慙無盡하고 澗愧不歇하야 非林澗之愧乃周子之愧 秋桂遺風하고 春蘿ㅣ 擺月하야 騁西山之逸議하고
馳東皐之素謁이라이 今乃促裝下邑하고 浪栧上京하야 雖情投於魏闕이나 或假步於山扃하니 豈可
使、芳杜로 厚顏하고 薜荔로 無恥하며 碧嶺이 再辱하고 丹崖重滓하야 言山之草木且羞、見周子、周子、尙何面目、復見山靈乎 塵遊躅
於蕙路하고 汚淥池以洗耳리오 皇甫謐、高士傳、巢父、聞許由爲堯所讓也、以爲汚、乃臨池而洗耳、 宜、扃岫幌、掩雲關하며 斂輕霧、藏鳴
湍하야 截來轅於谷口하고 杜妄轡於郊端이라이 於是에 叢條瞋膽하고 疊穎怒魄하야 或飛柯以折輪하며
乍低枝而掃迹하니 請廻俗士駕어다 爲君謝逋客하라 剪截結掇○俗士逋客蓋謂周顒也

滕王閣序 并詩

唐高祖子元嬰、爲洪州刺史、置此閣、時封滕王、故曰滕王閣、咸亨二年閻伯嶼、爲洪州牧、大宴于此、宿命其婿爲序、以誇客、因出紙筆徧請客、莫敢當、勃、在席最少、受之不辭、都督怒、遣吏伺其文輒報、一再報、語益奇、乃瞿然、曰天才也、請遂成文、極歡而罷、勃字、子安、少有逸才、高宗召爲博士、因作鬪鷄檄文、高宗、怒謂有交構之漸、乃黜、後到父任所、省侍、道過鍾離、九月九日、會此亭而作此序、

南昌은 故郡이오 洪都는 新府라 在隆興府 星分翼軫하고 以星之分野觀之南方楚荊州之域翼軫之宿直焉 地接衡廬라 襟三江而帶
五湖하고 三江者荊江在荊州松江在蘇州浙江在杭州五湖者太湖在蘇州鄱陽湖在饒州靑草湖在岳州丹陽湖在潤州洞庭湖在鄂州 控蠻荊而引甌越이라 物華는 天寶라 龍光이 射
牛斗之墟하고 豊城有劒曰干將曰莫邪其龍文光彩直射於斗牛二星之間雷煥得之張華分其一焉 人傑은 地靈이라 徐孺ㅣ 下陳蕃之榻이라 徐稚字孺子洪州人陳蕃爲豫章太守特設榻
以待之 雄州霧列하고 俊彩星馳라 臺隍은 枕夷夏之交하고 賓主는 盡東南之美라 都督閻公之

騰蛟起鳳、喩文體、紫電清霜喩兵刃、孟學士或云孟泉

雅望은 閻伯嶼爲洪州刺史 棨戟이 遙臨하고 宇文新州之懿範은 宇文鈞深除澧州牧道經于此 襜帷暫駐라 十旬休暇하니 勝友ㅣ如雲이오 千里逢迎하니 高朋이 滿座라 騰蛟起鳳은 孟學士之詞宗이오 孟浩然也 紫電清霜은 王將軍之武庫라 晉王濬金吾將軍 家君이 作宰하니 勃父福時爲交趾令 路出名區라 童子ㅣ 何知오 躬逢勝餞이라 時維九月이오 序屬三秋라 潦水盡而寒潭清하고 煙光凝而暮山紫라 儼驂騑於上路하야 訪風景於崇阿라 臨帝子之長洲하야 帝子謂滕王元嬰唐祖之子也 得仙人之舊館이라 層巒이 聳翠하니 上出重霄하고 飛閣이 流丹하니 下臨無地라 鶴汀鳧渚난 窮島嶼之縈迴하고 桂殿蘭宮은 列岡巒之體勢라 披繡闥하고 俯雕甍하니 山原曠其盈視하고 川澤盱其駭矚이라 閭閻이 撲地하니 鍾鳴鼎食之家오 舸艦이 迷津하니 青雀黃龍之舳이라 虹銷雨霽하니 彩徹雲衢라 落霞난 與孤鶩齊飛하고 秋水난 共長天一色이라 作此兩句閻公撫掌嘆曰奇哉 漁舟ㅣ 唱晚하니 響窮彭蠡之濱하고 雁陣이 驚寒하니 聲斷衡陽之浦라 遙吟俯暢하니 逸興이 遄飛라 爽籟ㅣ 發而清風生하고 纖歌ㅣ 凝而白雲遏이라 睢園綠竹은 氣凌彭澤之樽이오 鄴水朱華난 光照臨川之筆이라 四美具하고 良辰美景賞心樂事 二難이 并하니 賢士佳賓 窮睇眄於中天하고 極娛遊於暇日이라 天高地迥하니 覺宇宙之無窮이오 上天下地曰宇古往今來曰宙 興盡悲來하니 識盈虛之有數라 望長安於日下하고 指吳會於雲間이라 地勢ㅣ 極而南溟이 深하고 天柱高而北辰遠이라 關山을 難越하니 誰悲失路之人고 萍水相逢하니 盡是他鄉之客이라 懷帝閽而不見하니 奉宣室以何年가 漢賈誼少有才文帝謫爲長沙太傅後召見宣室前席賈生 嗚呼라 時運이 不齊하고 命途ㅣ 多舛하야 馮唐이 易老하고 李廣이 難封이라 屈賈誼於長沙는 非無聖主오 賈誼文帝議以誼、任公卿之位、絳灌之屬、毁之、遂疏以爲長沙太傅 竄梁鴻於海曲은 梁鴻善八分書魏武帝重之其後爲佞臣所毁、逐於北海 豈乏明時아

所賴、君子난 安貧하고 達人은 知命이라 老當益壯하니 寧知白首之心이며 窮且益堅하니 不墜青雲之志라 酌貪泉而覺爽하고 (吳隱之酌貪泉賦詩曰古人云此水一歃懷千金試使夷齊飲終當不易心) 處涸轍以猶懽이라 (莊子轍中有鮒魚邀西江之水不足以活之) 北海雖賒나 扶搖를 可接이오 (莊子北溟、有魚、其名爲鯤、化而爲鵬、搏扶搖而上者九萬里) 東隅ㅣ 已逝나 桑楡ㅣ 非晚이라 (漢馮異曰始鮒垂翅回、溪、終能奮翼澠池、可謂失之東隅、收之桑楡) 孟嘗高潔은 空懷報國之心이오 阮籍猖狂하니 豈効窮途之哭가 (晋阮籍時率易獨駕入山徑路車跡所窮輒痛哭而返) 勃은 三尺微命이오 一介書生이라 無路請纓하니 等終軍之弱冠이오 (南越與漢和親終軍年二十餘自願受長纓必羈南越王而致之闕下) 有懷投筆하니 慕宗慤之長風이라 (宗慤曰願乘長風破萬里浪) 舍簪笏於百齡하고 奉晨昏於萬里라 非謝家之寶樹나 (謝玄爲叔父安所器重玄曰譬如芝蘭玉樹使其生於庭階耳) 接孟氏之芳隣이라 (孟母三徙爲子擇鄰) 他日에 趨庭하야 叨陪鯉對하고 (事見論語) 今晨에 捧袂하니 喜託龍門이라 (漢李膺以聲名自高士有被其容接者名爲登龍門) 楊意를 不逢하니 撫凌雲而自惜이오 (楊得意嘗薦司馬相如後相如遂顯○勃不逢楊得意之薦但誦相如凌雲之賦而自惜其不遇耳) 鍾期를 既遇하니 奏流水以何慚가 (列子伯牙鼓琴志在流水子期曰洋洋乎若江河○勃謂苟遇知音奏流水以何慚) 嗚呼라 勝地는 不常이오 盛筵은 難再니 蘭亭이 已矣오 (蘭亭王逸少宴集之地) 梓澤이 丘墟라 (梓澤即金谷園也) 臨別贈言하니 幸承恩於偉餞이오 登高作賦하니 是所望於羣公이라 敢竭鄙誠하야 恭疏短引이라 一言均賦하니 四韻俱成이라

滕王高閣이 臨江渚하니 佩玉鳴鑾罷歌舞라 畵棟朝飛南浦雲이오 朱簾暮捲西山雨라 閑雲潭影이 日悠悠하니 物換星移度幾秋아 閣中帝子今何在오 檻外長江이 空自流라

春夜宴桃李園序

李 太 白

夫天地者난 萬物之逆旅오 (天地如客舍) 光陰者난 百代之過客이라 (日月流行如過客也) 而浮生이 若夢하니 爲歡이 幾何오 古人秉燭夜遊는 (古詩晝短苦夜長何不秉燭遊) 良有以也로다 況陽春이 召我以煙景하고 大塊ㅣ 假我以

文章이라 (莊子大地假我以形大塊即天地也) 會桃李之芳園하야 序天倫之樂事하니 羣季俊秀난 皆爲惠連이어날 (謝靈運之弟曰惠連) 吾
人詠歌ㅣ 獨慚康樂가 (靈運襲封康樂侯) 幽賞이 未已에 高談이 轉淸이라 開瓊筵以坐花하고 飛羽觴而
醉月하니 不有佳作이면 何伸雅懷리오 如詩不成이면 罰依金谷酒數호리라

與韓荊州書

韓朝宗、元宗時人、爲荊州刺史、人皆景慕之、李白、與此書、膾炙人口、學者不可不讀

白이 聞天下談士ㅣ 相聚而言曰、生不用封萬戶侯오 但願一識韓荊州라하니 何令人之景
慕ㅣ 一至於此오 豈不以周公之風으로 躬吐握之事하야 使海內豪俊으로 奔走而歸之아 (魯世家周公戒伯禽曰我一沐三握髮一飯三吐哺起以待士猶恐失天下之賢人)
一登龍門이면 則聲價十倍니 (後漢李膺傳人有被其容接者謂之登龍門) 所以龍蟠鳳逸之士ㅣ 皆欲收
名定價於君侯ㅣ라 君侯ㅣ 不以富貴而驕之하고 寒賤而忽之면 則三千之中에 有毛遂하리니 使
白으로 得穎脫而出이면 即其人焉이라 (史平原君傳、秦圍邯鄲、趙使平原君、求救合從於楚、約與食客門下有勇力文武備者二十人偕、得十九人、餘無可取、門下、有毛遂者、自薦於平原君曰、遂、聞君將二十人、偕、今少一人願以遂、備員而行、使遂、早得處囊中、乃脫穎而出、非特末見而已、平原君、竟與遂偕、至楚、定從於殿上、平原君、已定而歸、曰毛先生、一至楚、而使趙、重於九鼎大呂、以爲上客) 白은 隴西布衣라 流落楚漢하야 十五에
好劍術하야 偏干諸侯하고 三十에 成文章하야 歷抵卿相호니 雖長不滿七尺이나 而心雄萬夫라 皆
王公大人이 許與氣義하니 此ㅣ 疇曩心跡이라 安敢不盡於君侯哉아 君侯ㅣ 制作이 侔神明하고
德行이 動天地하고 筆參造化하고 學究天人하니 幸願開張心顔하야 不以長揖見拒하고 必若接之
以高宴하며 縱之以淸談이면 請日試萬言을 倚馬可待니 今天下ㅣ 以君侯로 爲文章之司命과
人物之權衡하야 一經品題면 便作佳士어날 而今君侯ㅣ 何惜階前盈尺之地하야 不使白으로 揚

白 指李白
君侯、指韓荊州
干、猶干與
倚馬、袁虎從軍倚馬作露布文手不停筆

儻、猶倘也

薛卞、謂薛燭卞和

辟、指元后

眉吐氣하야 激昂青雲耶아 以上皆頌德自薦之辭 昔에 王子師는 爲豫州하야 未下車에 即辟荀慈明하며 旣下車에 又辟孔文擧하고 山濤는 作冀州하야 甄拔三十餘人하야 或爲侍中尙書하니 先代所美라 而君侯ㅣ 亦一薦嚴協律하야 入爲秘書郞하고 中間崔宗之、房習祖、黎昕、許瑩之徒ㅣ 或以才名見知하며 或以淸白見賞하니 白이 每觀其銜恩撫躬하야 忠義奮發이라 白이 以此感激하야 知君侯ㅣ 推赤心於諸賢腹中하니 所以不歸他人하고 而願委身國士하야 儻急難有用이면 敢效微軀호리라 且人非堯舜이어니 誰能盡善이리오 白이 謨猷籌畫이 安能自矜이리오마는 至於制作하안 積成卷軸하니 則欲塵穢視聽이나 恐雕蟲少技ㅣ 不合大人이로라 若賜觀芻蕘ㄴ댄 請給紙筆하고 兼之書人然後에 退掃閒軒하야 繕寫呈上호리니 庶青萍結綠이 長價於薛卞之門이라 青萍結綠劍名 幸推下流하야 大開獎飾이니 惟君侯난 圖之하라

大寶箴　張蘊古

聖人之大寶曰位、此篇、專箴人主以守位之難、蓋自唐太宗初即位、時、張蘊古、直中書省、乃上大寶箴、其辭委曲、可是鑑戒

今來古往에 俯察仰觀하니 惟辟作福이라 書洪範惟辟作福惟辟作威 爲君實難이로다 語子曰爲君難爲臣不易 主普天之下하고 處王公之上하야 任土ㅣ 貢其所求오 具寮ㅣ 陳其所唱하니 是故로 恐懼之心이 日弛하고 邪僻之情이 轉放이라 豈知코 事起乎所忽하고 禍生乎無妄이리오 固以聖人이 受命하야 拯溺亨屯일새 歸罪於己코 因心於民하야 大明은 無私照오 至公은 無私親이니 故以一人治天下오 不以天下奉一人이라 禮以禁其奢하고 樂以防其佚하며 左言而右事하고 前藝文志古之王者世有史官擧必書所以謹言行昭法式也左史記言右史記事事爲春秋言爲尙書 出警而入

三光、日月星

九重、言宮闕之深廣

履薄臨深、言如履薄氷如臨深淵、兢懼貌

衡、即權衡、石、即關石

汶汶、猶玷辱

察察、猶潔白

蹕하야 孫伏伽傳天子之居禁衛九重出也警入也蹕警者戒肅蹕止行人 四時ㅣ 調其慘舒하고 三光이 同其得失이라 故로 身爲法度오 而聲爲之律이라 史記夏紀禹聲爲律身爲度 勿謂無知하라 居高聽卑오 勿謂何害하라 積小就大니라 樂不可極이니 樂極生哀오 欲不可縱이니 縱欲成灾라 壯九重於內라도 所居난 不過容膝이어날 晋陶淵明歸去來辭倚南窓以寄傲審容膝之易安 彼昏不知하야 瑤其臺而瓊其室이오 離騷經曰望瑤臺之偃蹇通鑑外紀紂作鹿臺爲瓊室玉門 羅八珍於前이라도 所食은 不過適口어날 禮天官膳夫凡王之饋羞用百有二十品珍用八物注珍謂淳熬淳母炮豚炮牂擣珍漬熬肝膋也 唯狂罔念하야 丘其糟而池其酒로다 吳志孫權於武昌臨釣臺飮醉以水酒群臣面曰今日酣飮惟醉墮臺中乃止張昭怒曰昔紂爲糟丘酒池長夜之飮當時亦以爲樂不以爲愚權默然 勿內荒於色하며 勿外荒於禽하며 勿貴難得貨하며 老子不尙賢篇不貴難得之貨使民不爲盜注黃金棄於山珠玉捐於淵 勿聽亡國音하라 記樂記桑間濮上之音亡國之音也其政散其民流誣上行私而不可止也 內荒은 伐人性이오 外荒은 蕩人心이오 難得之貨난 侈오 亡國之音은 淫이니라 勿謂我尊而傲賢慢士하며 勿謂我智而拒諫於己하라 聞之夏后ㅣ 據饋頻起하고 亦有魏帝ㅣ 牽裾不止라 淮南子氾論訓、禹當此之時、一饋而十起○魏志辛毗傳、文帝欲徙冀州人家十萬戶、實河南、毗曰云云、帝不答起入內毗隨而引其裾牽之、遂奪衣不還、久乃出 安彼反側을 如春陽秋露니 巍巍蕩蕩하야 恢漢高大度하고 前高祖紀常有大度不事家人生産作業 撫茲庶事를 如履薄臨深이니 戰戰慄慄하야 用周文小心하라 詩文王篇維此文王小心翼翼 詩之不識不知와 書之無偏無黨이 一彼此於胸臆하고 損好惡於心想하야 衆棄而後에 加刑하며 衆悅而後에 行賞이라 弱其强而治其亂하고 伸其屈而直其枉이니 故로 曰如衡如石하야 不定物以限物之懸者난 輕重이 自見이오 如水如鏡하야 不示物以情物之鑑者난 姸媸ㅣ 自生이라 勿渾渾而濁하며 勿皎皎而淸하며 勿汶汶音問而闇하며 勿察察而明하라 雖冕旒ㅣ 蔽目이나 而視於未形이오 雖黈纊이 塞耳나 而聽於無聲이니 選東方朔答客難冕而前旒所以蔽明黈纊塞耳所以塞聰黈勒口反纊音曠 縱心乎湛然之域하고 遊神於至道之精하야 扣之者ㅣ 應洪纖而效響하고 酌之者ㅣ 隨淺深而皆盈하니

安祿山唐逆、玄宗時亂
靈武地名 鳳翔、縣名
孽臣、妖孽之臣

故로 曰天之經과 地之寧과 王之貞이라 四時ㅣ 不言而代序하고 萬物이 無言而化成이니 豈知
帝力이 而天下平이리오 吾王이 撥亂하야 戡以智力이면 民懼其威나 未懷其德이오 我皇이 撫運하야
扇以淳風이면 民懷其始나 未保其終이니 爰述金鏡하야 窮神盡聖하야 使人以心하며 應言以行하야
包括治體하고 抑揚詞令하니 天下爲公에 一人有慶이라 開羅起祝하고 史外紀湯初造商見野有張網四面乃去其三面而祝之曰欲左左欲右右不用命者入吾網
援琴命詩하야 舜作五絃之琴以歌南風之詩 一日二日에 書曰一日二日萬幾 念茲在茲하라 書帝念哉念茲在茲釋茲在茲 惟人所召니 老子禍福無門惟人所召 自天
祐之리라 易自天祐之吉無不利 諍臣司直일새 敢告前疑하노라

大唐中興頌

元　次　山

安祿山、反、明皇、幸蜀、肅宗、時爲太子、自卽位於靈武、命郭子儀李光弼、復兩京、迎明皇、還京師、唐業中興、元結、遂於湖南永州祁陽縣南之浯溪石崖上、刻此頌、顔魯公眞卿書之、後人因名磨崖碑、詩人文士、論此事者多矣、黃山谷之題磨崖碑、楊誠齋之浯溪賦、皆是也、而范石湖一詩、尤明言之焉、謂頌者美盛德之形容、次山、乃以魯史筆法、婉辭含譏、後之詞人、又從而發明之則是碑乃一罪案耳、其詩曰、三頌遺音和者希、手容寧有刺譏辭、可憐元子春秋筆、却寓唐家淸廟詩、歌詠但諧琴搏拊、策書自管璧瑕疵、紛紛健筆剛題破從此磨崖不是碑、讀者所當知也、故倂錄焉

天寶十四年에 安祿山이 陷洛陽하고 明年에 陷長安하니 天子ㅣ 幸蜀하시고 太子ㅣ 卽位
於靈武라 玄宗、入蜀、駕至馬嵬、父老遮道、請留太子討賊、上許之、七月甲子、太子卽位、改元至德、天子自幸蜀太子自卽位其詞凜然山谷云撫軍監國太子事、何乃趣取大物爲、臣結春秋二三策者、謂此處也 明年에 至德二年 皇
帝ㅣ 移軍鳳翔하야 其年에 復兩京하고 上皇이 還音旋 京師하시니 曰皇帝曰上皇雖則紀實而過自見矣 於音烏 戲音呼라
前代帝王이 有盛德大業者난 必見音現 於歌頌하나니 若今歌頌大業하야 上言盛德大業此獨言大業豈非謂其盛德有不足耶意
顯然矣 刻之金石인댄 非老於文學이면 其誰宜爲리오 自負不淺 頌曰
噫嘻前朝에 孼臣이 姦驕하야 謂李林甫楊國忠 爲昏爲妖로다 三句一換韻別一體 邊將이 騁兵하야 祿山 毒亂國經하니 羣生이

大駕、天子之駕

失寧이로다 大駕南巡하시니 百僚竄身하야 奉賊稱臣이로다(陳希烈輩) 天將昌唐이시니 繄(烏奚反) 睨我皇이 匹馬北方이로다 獨立一呼에 千麾萬旟ㅣ 戎卒前驅로다 我師其東하니 儲皇이 撫戎하야(廣平王俶爲元帥卽代宗) 蕩攘羣兇이로다 復(扶又反) 復指期하야 曾不踰時하니 有國無之로다 事有至難하니 宗廟再安하고 二聖이 重歡이라 地闢天開하야 蠲除妖灾하니 瑞慶이 大來로다 兇徒逆儔ㅣ 涵(音咸) 濡天休하니 死生堪羞로다 功勞位尊하고 忠烈名存하니 澤流子孫이로다(功勞謂郭子儀等 忠烈謂顔杲卿等) 盛德之興이(此却單言盛德 蓋以回護前序) 山高日昇하니 萬福是膺이라 能令(平聲) 大君으로 聲容浤浤은 不在斯文가 湘江東西에 中直浯溪하니 石崖天齊라 可磨可鐫(子泉反 새일) 刊此頌焉하니 何千萬年고

原人　韓退之

(論人者夷狄禽獸之主聖人一視而同仁)

形於上者를 謂之天이오 形於下者를 謂之地오 命於其兩間者를 謂之人이니(鼎足立說) 形於上은 日月星辰이 皆天也오 形於下난 草木山川이 皆地也오 命於其兩間은 夷狄禽獸ㅣ 皆人也니라

(辨析三說) 曰然則吾謂禽獸曰人이 可乎아 曰非也니 指山而問焉曰山乎인댄 曰山이 可也난 山有草木禽獸ㅣ 皆擧之矣어니와 指山之一草而問焉曰山乎인댄 曰山則不可라니 故로 天道ㅣ 亂而日月星辰이 不得其行하며 地道ㅣ 亂而草木山川이 不得其平하며 人道ㅣ 亂而夷狄禽獸ㅣ 不得其情하나니 天者난 日月星辰之主也오 地者난 草木山川之主也오 人者난 夷狄禽獸之主也ㅣ라 主而暴之면 不得其爲主之道矣니 是故로 聖人이 一視而同仁하고 篤近而擧遠이니라

結得極好

原道

程子曰韓愈、亦近世豪傑之士、如原道之言、雖不能無病、然、自孟子以來、能知此者、獨愈而已、其曰孟氏醇乎醇、又曰荀與揚、擇焉而不精、語焉而不詳、若無所見、安能由千載之後、判其得失、若是之明也、又曰退之、晚年之文、所見甚高、不可易而讀也、古之學者、修德而已、有德則言可不學而能、退之、乃以學文之故、日求所未至、故其所見、及此、其爲學之序、雖若有戾、然其言曰軻之死、不得其傳、此非襲前人語、又非鑿空率然而言、是必有所見矣、若無所見則所謂以是傳者、果何事耶、朱子曰諸賢之論、唯此二段、能極其深處、然臨川王氏安石之詩、有曰、紛紛易盡百年身、擧世何人識道眞、力去陳言誇末俗、可憐無補費精神、其爲予奪、乃有大不同者、甞折其衷而論之、竊謂程子之言、固爲得其大端、而王氏之言、亦自不爲無理、盖韓公於道、知其用之周於萬事、而不知其體、具於吾之一心、知其可行於天下、而不知其本、當先於吾之一身也、是以其言、常詳於外、而略於內、其志常極於遠大、而其行、未必謹於細微、雖知文與道、有內外淺深之殊、而終未能審其緩急重輕之序、以決取舍、雖汲汲以行道濟時、抑邪與正、爲事、而未免雜乎貪位慕祿之私、比其見於文字之中、信有如王氏所譏者、但王氏、雖能此言、而其所謂道眞者、實乃老佛之餘波、正韓公所深詆、於是雖失而齊亦未爲得也、以是而論、韓公之學、所以爲得失者、庶幾其有分乎、又曰達摩未入中國時、如支進法師之徒、只是談莊老、後來人、亦多以莊老助禪、愚按老子與孔子同時、佛則漢明帝時、始入中國、然後之譎誕者、往往攘老子莊列之說、以佐佛學其本雖異而末流一也、故韓公此篇、爲闢老佛而作、始單譽老氏、中搭上佛氏、闢老即闢佛者、竟不復分別云、○陳靜觀曰此篇、雖有未醇、然比之揚雄所謂、老氏言道德、吾有取焉耳、搥提仁義、絕滅禮樂、吾無取焉耳、豈不高、他既無禮樂仁義、成甚道德、本意是吾儒合仁義言道德、老佛、去仁義言道德、所以吾儒之說、可爲天下國家、老佛之說、皆外了天下國家、可以爲天下國家、便是天下之公言、外了天下國家、所以爲一人私言、吾儒之言、平常、老佛之言、怪異

博愛之謂仁이오 行而宜之之謂義ㅣ오 先儒譏此語謂愛自是情仁自是性以愛爲仁是按情爲性行而宜之始爲義亦有告子義外之失愚以仁者心之德愛之理義者心之制事之宜必如朱子此言始無遺憾然周子亦曰愛曰仁宜曰義韓公且就仁義之用處言之亦可勿苛責也 由是而之焉之謂道오 足乎已無待於外之謂德이니 是字指仁義由仁義而行之爲道行仁義之道而得之心爲德由是二字是合仁義言道德之過血脈處 仁與義난 爲定名이오 道與德은 爲虛位라 故로 道난 有君子하며 有小人하고 而德은 有凶有吉이니라 樓去見得是虛位陳云緣有吾儒所謂道德有老所謂道德所以援此 老子之小仁義난 非毁之也라 其見者ㅣ 小也일새 坐井而觀天曰天小者난 非天이 小也라 小作罪非 彼以煦煦小惠貌爲仁하며 孑孑爲義하니 其小之也ㅣ 則宜로다 其所謂道난 道其所道니 非吾所謂道也오 其所謂德은 德其所德이니 非吾所謂德也라 既小了仁

老子、名聃、異端
楊、楊朱、墨、墨翟　皆異端

(義所以道非吾道德非吾德蓋去仁義言道德也) 凡吾所謂道德云者난 合仁與義言之也니 天下之公言也오 老子之所謂道德云者난 去仁與義言之也니 一人之私言也니라 周道衰하고 孔子沒하시니 火于秦하며 黃老于漢하며 佛于晉宋齊梁魏隋之間하야 (至此始說佛他把佛老一衮說了) 其言道德仁義者ㅣ 不入于楊이면 則入于墨하고 不入于老면 則入于佛이라 入于彼則出于此하야 入者를 主之하고 出者를 奴之하며 入者를 附之하고 出者를 汙之하니 噫라 後之人이 其欲聞仁義道德之說인둘 孰從而聽之리오 (前言道德仁義此言仁義道德先後不同尋常讀過不覺誰復致思) (陳靜觀批道德仁義與仁義道德之說不同先道後德先德後仁先仁後義此老之說謂之道德仁義博愛謂仁行宜謂義之焉謂道足已謂德此韓之說謂之仁義道德看得仔細) 老者ㅣ 曰孔子난 吾師之弟子也라하고 佛者曰ㅣ 孔子난 吾師之弟子也라하니 爲孔子者ㅣ 習聞其說하고 樂其誕而自小也하야 亦曰吾師도 亦嘗云爾라하야 (常本作之云爾) 不惟擧之於其口라 而又筆之於其書하니 (如曾子問中論禮處孔子曰吾聞諸老聃是也佛後孔子數百年始入中國佛者之說無稽太甚爲孔子者雷同如此是擧世孰視其無狀且將歸向之矣韓公不與之辨得乎) 噫라 後之人이 雖欲聞仁義道德之說인들 其孰從而求之리오 甚矣라 人之好怪也여 (人趣異端病源只在好怪) 不求其端하며 不訊(音信) 其末이오 惟怪之欲聞이온여 古之爲民者난 四러니 今之爲民者난 六이오 (陳云此是用古今對說六段前後兩段只是說平地添一介佛老不是中四段是就佛老所說上問之) 古之敎者난 處其一이러니 今之敎者난 處其三이로다 (古四民士農工商今添老佛故六古一儒敎今添老佛故三) 農之家ㅣ 一而食粟之家ㅣ 六이오 工之家ㅣ 一而用器之家ㅣ 六이오 賈之家ㅣ 一而資焉之家ㅣ 六이니 奈之何民不窮且盜也리오 古之時에 人之害ㅣ 多矣러니 有聖人者ㅣ 立하사 然後에 敎之以相生養之道하고 (吾儒底只是相生養之道這便是博愛便是行而宜之) 爲之君하며 爲之師하야 驅其蟲蛇禽獸하고 而處其中土하야 寒然後에 爲之衣하며 飢然後에 爲之食하며 木處而顚하고 土處而病也ㅣㄹ새 然後에 爲之宮室하며 爲之工하야 以贍其器用하며 爲之賈하야 以通其有無하며 爲之醫藥하야

羽毛、羽虫毛虫、鱗介、鱗虫甲虫

而猶汝也

三代謂夏殷周

以濟其夭死하야 爲之葬埋祭祀하며 以長其恩愛하야(此卽是仁義) 爲之禮하야 以次其先後하며 爲之樂하야 以宣其湮(一作壹)鬱하며 爲之政하야 以率其怠勌(音倦)하며 爲之刑하야 以鋤其强梗하며 相欺也ㄹ새(換文好) 爲之符璽斗斛權衡以信之하며 相奪也ㄹ새 爲之城郭甲兵以守之하야 害至而爲之備하고 患生而爲之防이어날(有他連用十七介爲之字而五番換文) 今其言에 曰聖人不死면 大盜ㅣ 不止니 剖斗折衡이라사 而民不爭이라하니 (語見莊子六段都是怪事) 嗚呼라 其亦不思而已矣로다 如古之無聖人인들 人之類ㅣ 滅이 久矣니 何也오 無羽毛鱗介以居寒熱也며 無爪牙以爭食也라 是故로 君者난 出令者也오 臣者난 行君之令하야 而致之民者也오 民者난 出粟米麻絲하며 作器皿通貨財하야 以事其上者也ㅣ니 君不出令이면 則失其所以爲君이오 臣不行君之令而致之民이면 則失其所以爲臣이오 民不出粟米麻絲作器皿通貨財하야 以事其上이면 則誅라 今其法에 曰必棄而君臣하며 去而父子하야 禁而相生相養之道하고 以求其所謂淸淨寂滅者라하니 嗚呼라 其亦幸而出於三代之後하야 而不見黜於禹湯文武周公孔子也오(健而有力) 其亦不幸而不出於三代之前하야(意外意) 不見正於禹湯文武周公孔子也로다(後一轉尤妙惻然憐之忠厚之至) 帝之與王이 其號名殊나 其所以爲聖은 一也오(陳曰此下兩段只是足前兩段之意蓋前說古之聖人如此他却說太古聖人不曾如此前說淸淨寂滅不當如此他又說我自要治心如此所以再就其說折之) 夏葛而冬裘하며 渴飮而飢食이 其事雖殊나 其所以爲智난 一也어늘 今其言에 曰曷不爲太古之無事오하니 是亦責冬之裘者曰曷不爲葛之之易也며 責飢之食者曰曷不爲飮之之易也로다 傳에 曰古之欲明明德於天下者난(卽平天下) 先治其國하고 欲治其國者난 先齊其家하고 欲齊其家者난 先脩其身하고 欲脩其身者난 先正其心하고 欲正其心者난 先誠

郊、即郊祭、假、猶格也

向猶前時

荀、指荀況、楊、指楊朱

其意라하니 然則古之所謂正心而誠意者난 將以有爲也니라 大學八條自格物致知始韓公詳引之止於正心誠意而不及格物致知朱子嘗譏之見大學或問中謂不探其端而驟語其次亦未免於擇焉不精語焉不詳矣胡乃以是議荀楊哉 今也엔 欲治其心而外天下國家者ㅣ 滅其天常하야 子焉而不父其父하며 臣焉而不君其君하며 民焉而不事其事온여 孔子之作春秋也에 此段結與第一段起意相似皆是統說 諸侯ㅣ 用夷禮則夷之하고 夷狄이 進於中國則中國之하시며 經에 曰夷狄之有君이 不如諸夏之亡라하고 詩에 曰戎狄是膺하니 荊舒是懲이라하야날 今也擧夷狄之法하야 而加之先王之敎 應在後 之上하니 幾何其不胥而爲夷也리오 夫所謂先王之敎者난 何也오 博愛之謂仁이오 與前面許多說話相應此作文之法陳止齊唐制度紀綱論議後云然則爲唐之制度紀綱宜何加焉下 行而宜之之謂義오 再引原題十數句正是法韓公此一轉文法也 由是而之焉之謂道오 足乎已無待於外之謂德이니 只以仁義爲道德

其文은 詩書易春秋오 無老經佛書 其法은 禮樂刑政이오 無道法佛法 其民은 士農工賈오 只是平常不怪 其位난 君臣父子師友賓主昆弟夫婦오 無釋老所謂位 其服은 麻絲오 無緇黃 其居난 宮室이오 無寺觀 其食은 粟米蔬果魚肉이라 無齋醮供 其爲道ㅣ 易明이오 而其爲敎ㅣ 易行也ㅣ니 易明易行那有許多怪寧 是故로 以之爲己則順而從하고 以之爲人則愛而公하고 可以爲己即可以爲人 以之爲心則和而平하고 以之爲天下國家에 無所處而不當이라 可以爲心即可以爲天下國家 是故로 生則得其情하고 死則盡其常하야 郊焉而天神이 假하고 廟焉而人鬼ㅣ 饗이니라 樓迂齋云此篇詞嚴義正有開闔文字如引繩貫珠愚謂一篇辭語雖多然自首至尾井井有條首立議論起漸漸攻闢中開六段以古今對論闢倒佛老却一喚轉說吾道之功用此下又喚起述吾道之淵源却又喚起說所以去佛老處老之方作一結尾妙哉 曰斯道也는 何道也오 曰斯ㅣ 吾所謂道也오 非向所謂老與佛之道也라 堯以是傳之舜하시고 舜以是傳之禹하시고 是指吾所謂道 禹以是傳之湯하시고 湯以是傳之文武周公하시고 文武周公이 傳之孔子하시고 孔子ㅣ 傳之孟軻하사 軻之死에 不得其傳焉하니 道統至孟子而絕續千載之絕者直至宋之周子程子朱子焉 荀與楊也난 擇焉而不精하고

語焉而不詳이니라 由周公而上은 又以七聖一賢分窮達說妙甚 上而爲君이라 故로 其事ㅣ行하고 堯舜禹湯文武皆爲君故其道見於行事 由周公而下난 下而爲臣이라 故로 其說이 長이니라 孔孟窮而爲臣故其道僅見於空言 然則如之何而可也오 曰不塞이면 不流오 不止면 不行이니 不塞止老佛之道則吾道不流不行此是說去佛老 人其人하고 火其書하고 廬其居하야 明先生王之道하야 以道之면 義 鰥寡孤獨廢疾者ㅣ 有養也니 仁依舊以吾道之仁義待之此是說處佛老 其亦庶乎其可也니라

道猶言也

重答張籍書

張司業、籍、韓公門人也、時初與公遊、貽公書、言排釋老事、公前一書答之、云吾子所論、排釋老不如著書、囂囂多言、徒相爲訾、若僕所見、則異乎此、化當世、莫若口、傳來世、莫若書、請待五六十然後、爲之、又云吾子譏吾與人、爲無實駁雜之說、此吾所以戲耳、若商論不能下氣、當更思而悔之、此書再答之、不過申前書之意、而加慷慨耳、按公是時年未四十、蓋未著原道以前文字也、僃道之勇也、若是、至著原道時、所見又進一格矣、只觀己之道、乃夫子孟軻揚雄所傳之道一句、便可見、此以揚雄與軻並稱、彼謂軻死無傳、荀揚擇不精、語不詳其得失之判、何如耶、以其與原道相關、故選以次之

吾子ㅣ 不以愈無似하야 意欲推而納之聖賢之域하야 拂其邪心하며 增其所未高하고 謂愈之質이 有可至於道者라하야 浚其源하야 道其所歸하며 漑其根하야 將食其實하니 此난 盛德者之所辭讓이온 況於愈者哉아 抑其中에 有宜復者ㅣ새 故不可遂已로라 昔者에 聖人之作春秋也에 旣深其文辭矣로대 然猶不敢公傳道之오 口授弟子하야 至於後世然後에 其書ㅣ 出焉하니 其所以慮患之道ㅣ 微矣라 今夫二氏 佛老 之所宗而事之者ㅣ 下及公卿輔相하니 涵了上自天子一句當時上自天子下及公卿皆好佛老盖微辭以見也 吾ㅣ 豈敢昌言排之哉아 擇其可語者하야 誨之라도 猶時與吾悖하야 其聲이 譊譊하니 閙平 若遂成其書면 則見而怒之者ㅣ 必多矣라 必且以我로 爲狂爲惑이리니 其身之不能恤이어니 書於吾에 何有리오 言無補也 夫子난 聖人也로대 且曰自吾得子路而惡聲이 不入於耳라하시고 其餘輔而相者ㅣ

吾子指張籍、愈、韓愈自謂

春秋、孔子所作

夫子、指孔子、子路、孔子弟子

絶糧、孔子在陳絶糧
畏匡、孔時匡人欲害孔子故有戒心
叔孫、指魯叔孫氏
向、指前時
二氏、謂佛老
成康、謂成王康王
戚戚憂貌
回、指顏回

周天下로대 猶且絶糧於陳하며 畏於匡하며 毁於叔孫하며 奔走於齊魯宋衛之郊하니 其道ㅣ 雖尊이나
其窮也ㅣ 亦甚矣라 賴其徒ㅣ 相與守之하야 卒有立於天下어니와 向使獨言而獨書之런들 其
存也를 可冀乎아 今夫二氏之行乎中土也ㅣ 盖六百餘年矣니 其植根이 固하고 其流波ㅣ
漫하야 非可以朝令而夕禁也라 自文王이 沒에 武王周公成康이 相與守之하야 禮樂이 皆在하니
至於夫子ㅣ 未久也오 自夫子而至乎孟子ㅣ 未久也오 自孟子而至乎揚雄이 亦未久也로대
(此等處以揚雄繼孟子論不分優劣未當) 然猶其勤이 若此하고 其困이 若此하야 而後에 能有所立하니 吾其可易而爲之哉아
其爲也ㅣ 易면 則其傳也ㅣ 不遠이니 故로 余所以不敢也로라 然이나 觀古人이 得其時行其道면
則無所爲書라 爲書者난 皆所爲不得行乎今而行乎後者也니 今吾之得吾志失吾志를 未
可知ㅣ댄 俟五六十爲之라도 未失也라 天不欲使玆人으로 有知乎ㅣ댄 則吾之命을 不可期어니와 如
使玆人으로 有知乎ㅣ댄 非我오 其誰哉리오 (倣孟子天欲平治捨我其誰之意) 其行道其爲書와 其化今其傳後ㅣ (行道以化今爲
書以傳後) 必有在矣리니 吾子난 其何遽戚戚於吾所爲哉리오 前書에 謂吾與人商論에 不能下氣하야
若好己勝者然이라하니 雖誠有之나 抑非好己勝也라 好己之道ㅣ 勝也ㅣ니 己之道난 乃夫子孟
軻揚雄所傳之道也라 若不勝이면 則無以爲道ㅣ니 吾豈敢避是名哉아 (此句見韓公少年豪氣) 夫子之言에
曰吾與回言에 終日不違如愚ㅣ라하시니 則其與衆人辯也ㅣ 有矣라 駁雜之譏난 前書盡之하니
吾子난 其復之하라 昔者에 夫子ㅣ 猶有所戲하시니 詩不云乎아 善戲謔兮하니 不爲虐兮라하고 記에
曰張而不弛난 文武不爲也라하니 豈害於道哉아 吾子ㅣ 其未之思乎ㅣ저 孟君이 將有所適하야

度即忖度 彊猶勉强

愈、韓愈自謂

孟郊東野 思與吾子別하니 庶幾一來어다 愈난 再拜하노라

上張僕射書

九月一日에 愈난 再拜하노라 受牒之明日에 在使院中이러니 有小吏ㅣ 持院中故事節目十餘事하야 來示愈하니 其中不可者는 有自九月로 至明年二月之終하야 皆晨入夜歸호대 非有疾病事故어든 輒不許出이라하니 當時에 以初受命으로 不敢言이나 古人이 有言曰人各有能有不能이라하니 若此者난 非愈之所能也라 抑而行之면 用事變化當如此 必發狂疾하야 上無以承事于公하야 忘其將所以報德者오 下無以自立하야 喪失其所以爲心이리니 夫如是면 則安得而不言이리오 凡執事之擇於愈者난 非謂其能晨入夜歸也라 必將有以取之오 苟有以取之면 雖不晨入夜歸라도 其所取者ㅣ 猶在也리니 下之事上이 不一其事오 上之使下ㅣ 不一其事라 量力而任之하며 度才而處之하야 其所不能을 不彊使爲니 是故로 爲下者ㅣ 不獲罪於上하고 爲上者ㅣ 不得怨於下矣라 孟子有云호대 今之諸侯ㅣ 無大相過者난 以其皆好臣其所敎오 而不好臣其所受敎니라하니 今之時ㅣ 與孟子之時로 又加遠矣라 皆好其聞命而奔走者오 不好其直已而行道者하니 聞命而奔走者난 好利者也오 直已而行道者난 好義者也라 未有好利而愛其君者며 未有好義而忘其君者니 此一段分明是以孟子之言識張公斡轉得婉曲可法 今之王公大人이 惟執事ㅣ 可以聞此言이오 惟愈於執事也에 可以此言으로 進이라 此一章辭太直兩句救得好 愈蒙幸於執事하야 其所從이 舊矣니 若寬假之하야 使不失其性하고 加待之하야 使足以爲名하야 寅而入이어든 盡辰而退하고 申而入이어든 終酉而

匠石、古良匠、下乘、猶駑馬、伯樂、善相馬者

退하야 率以爲常이라도 亦不廢事리니 天下之人이 聞執事之於愈에 如是也ㅣ면 必皆曰執事之好士也ㅣ 如此하고 八字句 執事之待士以禮ㅣ 如此하고 九字句 執事之使人不枉其性而能有容이 如此하고 十五字句 執事之欲成人之名이 如此하고 十字句 執事之厚於故舊如此라하며 九字句○連下五介如此字句法長短錯綜凡四變此章法也 又將曰韓愈之識其所依歸也ㅣ 如此하고 十一字句 韓愈之不諂屈於富貴之人이 如此하고 十三字句 韓愈之賢이 能使其主로 待之以禮ㅣ 如此라하리니 十四字句○又連下三介如此字長短錯綜此章法也 則死於執事之門이라도 無悔也어니와 一段文勢如狂瀾浩波只此一句截斷有氣力 若使隨行而入하고 逐隊而趨하야 言不敢盡其誠하고 道有所屈於已면 天下之人이 聞執事之於愈에 如此하고 皆曰執事之用韓愈ㅣ 哀且窮하야 收之而已耳오 韓愈之事執事不以道라 利之而已耳라하리니 前段說話此一反只用六句頓挫波瀾絶妙 苟如是면 雖日受千金之賜하고 一歲九遷其官이라도 感恩則有之矣로대 將以稱於天下曰知己則未也니 受人之恩與受人之知不同感恩易感知己難故曰士爲知己者死此兩句下得妙 伏惟哀其所不足하고 矜其愚하며 不錄其罪하고 察其辭하야 而垂仁採納焉하라 此四句無緊要句法亦不苟且 愈난 恐懼再拜하노라

爲人求薦書

終篇、以馬遇伯樂之顧、便增聲價、此喩人才遇知己者之賞識便至大用、起以木與馬對說、起亦的切、文簡明而意圓活

木在山하며 馬在肆하야 過之而不顧者ㅣ 雖日累千萬人이라도 未爲不材與下乘也로대 及至匠石이 過之而不睨하며 伯樂이 遇之而不顧면 然後에 知其非棟梁之材와 超逸之足也ㅣ라 莊子人間世、匠石、之齊、見櫟社樹其大蔽牛、其可以爲舟者、旁十數、觀者如市、匠石不顧、弟子、走及匠石曰吾未嘗見材如此其美也、先生、不肯視、何耶、曰勿言之矣散木也、以爲舟則沉、以爲棺槨則速腐、以爲器則速毁、以爲柱則蠹、是、不材之木也無所可用故、能若是之壽○伯樂、事見下卷 以某在公之宇下ㅣ 非一日이오 而又辱姻婭之後하니 是生于匠石之園이오 長于伯樂之廐者也라

須、待也 竽、簧樂 瑟、絃樂

於是而不得知연 假有見知者ㅣ 千萬人이라도 亦何足云耳리오 今幸賴天子ㅣ 每歲에 詔公卿大夫貢士하야 若某等比ㅣ 咸得以薦聞하니 是以로 冒進其說하야 以累於執事호니 亦不自量已나 然이나 執事其知某何如哉오 昔人이 有鬻馬不售於市者러니 知伯樂之善相也하고 從而求之하야 伯樂이 一顧에 價增三倍하니 春秋後語蘇代欲見齊王、齊王、怨蘇秦、欲用蘇代、不說見、代乃說淳于髡曰人有賣駿馬者、比三旦立於市、人莫與言、及伯樂還而視之、去而顧之、一旦而價十倍、足下有意爲臣伯樂乎、 某與其事로 頗相類라 是故로 始終言不耳로다

答陳商書

以明理之文、而求仕於當世、不投時好、如操瑟而立於齊門、不能投合齊王之好竽、然君子之所守、不隨時而爲之遷就、

愈난 白하노라 辱惠書하니 語高而旨深하야 三四讀에 尙不能通曉라 茫然增愧赧이오 又不以其淺弊ㅣ 無過人智識하야 且喩以所守하니 幸甚이로라 愈ㅣ 敢不吐露情實이리오 然이나 自識其不足補吾子所須也로라 齊王이 好竽러니 韓子十三篇齊宣王好竽南郭先生不知竽而濫於三百人之中以吹食祿 有求仕於齊者ㅣ 操瑟而往하야 立王之門三年에 不得入하고 叱曰吾瑟이 鼓之면 能使鬼神으로 上下하며 吾鼓瑟이 合軒轅氏之律呂하니라 前律曆志陽六爲律陰六爲呂黃帝之所作也○疊山譬喩學孟子 客이 罵之曰이 王이 好竽어시날 而子ㅣ 鼓瑟하니 瑟雖工이나 如王之不好에 何오 是所謂工於瑟而不工於求齊也라 謝云文婉曲有味 今擧進士於此世하고 求祿利行道於此世호대 而爲文이 必使一世人으로 不好하니 得無與操瑟立齊門者로 比歟아 文誠工이나 不利於求오 求不得이면 則怒且怨하리니 不知君子ㅣ 必爾爲不也라 文婉曲而有味 故도 區區之心이 每有來訪者면 皆有意於不肖者也일재 略不辭讓하고 遂盡言하노니 惟吾子난 諒察하라

造、就也

方册、猶簡册

與孟簡尙書書

唐憲宗、自鳳翔、迎佛骨入宮、韓公、上表乞以此骨、投之水火、因此得罪、貶守潮州、州有僧、號太顚、公召與之遊、及自潮移袁州、又留衣贈別、故、人傳公、因攻佛遭貶、信奉釋氏、孟簡者、孟郊之從叔也、以書問此事、故公答書力辨之、朱文公考異中、有一段議論甚妙、今載于後、樓迂齋曰出脫孟子、是自出脫、推尊孟子亦是自推尊、文字抑揚、此篇須看大開闔、○愚謂攘斥佛老乃公平生大節、公文字及此者、答張籍書最先、原道次之、佛骨表又次之、此書最後作者也

蒙惠書하야 云有人이 傳愈ㅣ 近少奉釋氏者라하니 妄也라 潮州時에 有一老僧이 號太顚하니 頗聰明識道理라 遠地에 無所可與語者일새 故로 自山으로 召至州郭하야 留十數日하니 實能外形骸하고 以理自勝하야 不爲事物侵亂이오 與之語에 雖不盡解나 要自胸中에 無滯礙일새 以爲難得이라하야

方氏刪胸中無滯礙五字朱子曰今按此書、稱許太顚之語多、爲後人妄意刪節、失其正意、若此語中刪去五字、則要自以爲難得一句、不復成文理矣、盖韓公之學、見於原道者、雖有以識夫大用之流行、而於本然之全體、則疑其有所未睹、且於日用之間、亦未見其有以存養省察而體之於身也是以、雖其所以自任者、不爲不重、而其平生用力深處、終不離乎文字言語之工、至其好樂之私又未能自拔於流俗、所與游者、不過一時之文士、其於僧道、則亦僅得毛于暢觀靈惠之流耳、是其身心內外、所立所資、不越乎此、亦何所據、以爲息邪距詖之本、而充其所以自任之心乎、是以一旦放逐、憔悴無聊之中、無復平日飮酒博奕過從之樂方且鬱鬱不能自遣、而卒然見夫瘴海之濱、異端之學、乃有能以義理自勝、不爲事物侵害之人、與之語、雖不盡解、亦豈不足滌蕩情累、而暫空其滯礙之懷乎、然則凡此稱譽之言、自不必諱、而於公所謂不求其福、不畏其禍、不學其道者、初自不相妨也、使公於此、慨然因彼稊稗之有秋、而悟我黍稷之未熟、一旦飜然、反求諸身、以盡聖賢之蘊則彼所謂以理自勝、不爲外物侵亂者、將無復羨於彼、而吾之所以自任者、益恢乎其有餘地矣豈不偉哉

因與往來러니 及祭神至海上하야 遂造其廬하고 守潮至海上祭海神太顚廬在焉 及來袁州에 留衣服爲別하니 乃人之情이오 非崇信其法하야 求福田利益也ㅣ라 孔子ㅣ 云丘之禱ㅣ 久矣라하시니 凡君子의 行己立身이 自有法度하니 聖賢事業이 具在方册하야 可效可師라 詞意洒落 仰不愧天하며 俯不愧人하며 內不愧心하야 積善積惡에 殃慶이 自各以其類至하나니 何有去聖人之道하며 捨先王之法하고 而從夷狄之敎하야 以求福利也리오 詩不云乎아 愷悌君子여 求福不回라하고 傳에 又曰不爲威惕하며 不爲利疚라하니 假如釋氏ㅣ 能與人爲禍福이라도 非守道君子之所懼也온 況萬萬無此理아 再喚起 且彼佛者난 果何人哉아 其行

愈、韓愈自謂 楊墨、楊朱、墨翟 三綱、君臣父子夫婦 斁、敗也

二帝、堯、舜、三王、禹、湯、文武

向、謂前時 左衽、蠻夷之服 禹、夏禹氏

事ㅣ 類君子邪아 小人邪아 若君子也ㅣㄴ댄 必不妄加禍於守道之人이오 如小人也ㅣㄴ댄 其身이
已死하고 其鬼ㅣ 不靈이라니 天地神祇ㅣ 昭布森列하시니 非可誣也라 語壯 又肯令其鬼로 行胸臆
作威福於其間哉아 進退無所據어날 而信奉之면 亦且惑矣로다 關鎖上意 且愈ㅣ 不助釋氏而排之
者ㅣ 其亦有說하니 又喚起引孟子闢楊墨來比並說 孟子ㅣ 云今天下ㅣ 不之楊則之墨이라 楊墨이 交亂而聖賢之
道ㅣ 不明하니 聖賢之道ㅣ 不明이면 則三綱이 淪而九法이 斁하고 九法九疇也 禮樂이 崩而夷狄이 横하리니
幾何其不爲禽獸也리오 故로 曰能言距楊墨者난 聖人之徒也라하고 楊子雲이 曰古者에 楊墨이
塞路어날 孟子ㅣ 辭而闢之ㅣ 廓如也ㅣ라하니 夫楊墨이 行하고 反難孟子 王道ㅣ 廢하야 且將數百年에 以
至於秦하야 卒滅先王之法하고 燒除經書하며 坑殺學士하야 天下ㅣ 遂大亂이라가 及秦滅漢興이 且
百年에 尙未知脩明先王之道리니 其後에 始除挾書之律하고 稍求亡書招學士하야 經雖少得이나
尙皆殘缺하야 十亡二三이라 故로 學士ㅣ 多老死하고 新者ㅣ 不見全經하야 不能盡知先王之事오
各以所見으로 爲守하야 分離乖隔하야 不合不公하니 二帝三王羣聖人之道ㅣ 於是大壞하야 後之
學者ㅣ 無所尋逐하야 以至于今히 泯泯也니 其禍ㅣ 出於楊墨이 肆行而莫之禁故也라 孟
子ㅣ 雖聖賢이나 不得位라 空言無施니 雖切何補리오 然이나 賴其言하야 而今學者ㅣ 尙知宗孔
氏하고 此難孟子乃意與辭不與 崇仁義하며 貴王賤覇而已오 其大經大法은 皆亡滅而不救하며 壞爛而不收하니 所
謂存十一於千百이라 安在其能廓如也오 自夫楊墨行至此四十餘句、皆是因子雲之說、抑而難之下文只以兩句、斡轉、揚而許之、可謂有千鈞筆力、 然이나 向無孟氏면
則皆服左衽而言侏離矣랏다 後漢書語言侏離註蠻夷語聲 故로 愈ㅣ 常推尊孟氏하야 以爲功不在禹下者ㅣ 爲此

寖、猶漸也、釋老、釋氏老子、鼓謂鼓動

質、猶訂參、籍湜、謂張籍皇甫湜

墨、墨翟、校猶比較

也라 禹有治水之功、孟有闢楊墨之功、洪水之害、溺人之身、楊墨心害、溺人之心、故曰孟氏之功不在禹下、朱子曰邪說橫流、壞人之術、甚於洪水之災、 漢氏以來로 羣儒ㅣ 區區脩補나 百孔千瘡이 隨亂隨失하야 其危ㅣ 如一髮引千鈞하야 緜緜延延하야 寖以微滅이어날 於是時也에 而唱釋老於其間하야 鼓天下之衆而從之하니 嗚呼라 其亦不仁이 甚矣로다 釋老之害ㅣ 過於楊墨하고 韓愈之賢이 不及孟子니 孟子ㅣ 不能救之於未亡之前이어날 而韓愈ㅣ 乃欲全之於已壞之後하니 此數句以前後輕重、難易錯綜、議論妙、程子曰佛氏之言、比之楊墨、尤爲近理、所以其害尤爲甚、樓迂齋曰上說不及孟子、此句微見實過之之意、非道德過之用力過之也 嗚呼라 其亦不量其力이오 且見其身之危ㅣ 莫之救以死也로다 雖然이나 使其道로 由愈而粗傳이면 雖滅死나 萬萬無恨이니 此一轉尤妙、可見衛道之勇、但惜乎公之所以反諸身者、不能如朱子之說、是以雖能著衛道之功於一時、而無以任傳道之責於萬世、雖然、能言闢佛老者、聖賢之徒也、而況於公、世之以儒名而溺於異教者、豈非孔子孟韓之叛卒也哉 天地鬼神이 臨之在上하고 質之在傍하니 又安得因一摧折하야 自毁其道而從於邪也리오 籍湜輩ㅣ 雖屢指敎나 不知果能不叛去否아 辱吾兄眷厚호대 而不獲承命하니 唯增慚懼라 死罪死罪로라

送浮屠文暢師序

洪容齋曰韓公送文暢云、文暢浮屠也、欲聞浮屠之說、當自就其師而問之、何故謁吾徒而來請也元微之永福寺石壁記云、佛書之妙奧、僧當爲予言、予不當爲僧言、二公之語、可謂至當、○此篇告以吾聖人之道、而欲拔之浮屠之中略與原道之說、相表裏、

人固有儒名而墨行者하니 問其名則是오 校其行則非라 可以與之游乎아 如有墨名而儒行者하야 暗指文暢 問其名則非오 校其行則是면 可以與之游乎아 揚子雲이 稱在門墻則揮之하고 在夷狄則進之하니라 應墨名儒行 吾取以爲法焉하노라 文暢이 喜爲文章하야 其周遊天下에 凡有行이면 必請於搢紳先生하야 以求詠謌其所志리니 貞元十九年春에 將行東南할새 柳君宗元이 爲之請하야 作詩하니 解其裝하야 得所得敘詩累百餘篇이라 非至篤好면 其何能致多如是邪아 惜

其無以聖人之道로 告之者오 而徒擧浮屠之說하야 贈焉이로다 夫文暢은 浮屠也라 如欲聞浮屠之說인댄 當自就其師而問之니 何故로 謁吾徒而來請也리오 彼見吾君臣父子之懿와 文物禮樂之盛하고 其心이 必有慕焉호대 拘其法而未能入이라 故로 樂聞其說而請之니 如吾徒者ㅣ 宜當告之以二帝三王之道와 日月星辰之所以行과 (許多所以字、乃其理之所以然也、無所以字、則形迹之粗而已) 天地之所以著와 鬼神之所以幽와 人物之所以蕃과 江河之所以流하야 而語之오 不當又爲浮屠之說하야 而瀆告之也라 民之初生에 固若禽獸然이러니 聖人者ㅣ 立然後에 知宮居而粒食하며 親親而尊尊하며 生者ㅣ 養而死者ㅣ 藏하니 是故로 道莫大乎仁義오 教莫正乎禮樂刑政이라 施之於天下萬物에 得其宜하고 措之於其躬에 體安而氣平하니 堯以是傳之舜하시고 舜以是傳之禹하시고 禹以是傳之湯하시고 湯以是傳之文武하시고 文武以是傳之周公孔子하사 書之於冊하야 中國之人이 世守之어날 今浮屠者난 孰爲而孰傳之邪아 (浮屠氏之書、雖有爲之傳之者、多是後人假託塡補、却不如吾道淵源之的實、鑿鑿可考) 夫鳥ㅣ 俛而啄하고 仰而四顧하며 夫獸ㅣ 深居而簡出은 懼物之爲己害也ㅣ새나 猶且不脫焉하야 弱之肉을 强之食이니 今吾與文暢으로 安居而暇食하고 優游以生死하야 與禽獸異者를 寧可不知其所自耶아 (浮屠之流、所以得生全於天地間、皆陰受吾道之賜、而不自知耳、使無道之功用、以綱維之、而擧世盡用其絕滅人倫之教、則無父子而其類絕、無君臣而其徒亂、久矣、) 夫不知者난 非其人之罪也오 知而不爲之者난 惑也며 悅乎故하야 不能即乎新者난 弱也며 知而不以告之者난 不仁也며 告而不以實者난 不信也니 (韓公告之以此、可謂告以實也、文暢、昔也不知、猶可恕也、今公既告之、則是知之矣、知之而猶安其故、是不勇也、公、蓋有人其人而收斂加冠巾之意) 余既重柳(柳指柳宗元)請하고 又嘉浮屠ㅣ 能喜文辭일새 於是乎言하노라

原本備旨懸吐註解 古文眞寶後集卷之二 終

原本備旨懸吐註解 古文眞寶後集卷之三

平淮西碑 （淮西節度使治蔡州）　韓退之

迂齋曰布置回護、叙事有法、又云看他抑揚起伏舖張回護布置收拾之法、當與元和聖德詩、並看○唐自安史亂後、藩鎭跋扈、累代姑息、養成叛逆、父死子繼、否則偏稗繼、匪由朝命、要求節鉞、一纔不從、反叛繼之、憲宗立、發憤欲張已墜之綱、亦既平夏蜀澤潞諸鎭矣、淮蔡節度吳少誠、死子元濟、自立、請不許、遂反、朝臣中、惟武元衡、裵度、請討之、兵連未捷、元衡死於刺客、度傷幸不死、俱請罷兵、惟度贊上、終討之、度除淮西節度使、奏請韓公、爲行軍司馬、卒平蔡、還朝、詔公撰碑、公以蔡平、由度固上意、多歸功焉、度功所以成、又由上意之明且斷、當矣、李愬自恃奇兵入蔡擒吳、功高、其妻唐安公主女也、遣入宮、泣訴碑不實、上命斷碑、更詔段文昌、爲之、文昌之碑、今雖見唐文粹、然、委弱猥冗、人誰目者、東坡、錄臨江驛一絕云、淮西功業冠吾唐、吏部文章日月光、千載斷碑人膾炙、不知世有段文昌、良可一快、孫莘老、喜論文謂此碑、序如書、銘如詩、的論也、李商隱、一詩、論此碑極佳、已有此說矣、警語曰、點竄堯典舜典字、塗改淸廟生民詩、熟讀深味、始信李孫、爲知言云、

（覆謂、覆燾）　（中睿、謂中宗睿宗）　（究武猶言窮武）

天以唐이 克肖其德하사 聖子神孫이 繼繼承承하야 於千萬年에 敬戒不怠로 全付所覆하시니（全字）
（有深意）四海九州ㅣ 罔有內外히 悉主悉臣이라 高祖太宗이 既除既治하시고 高宗中睿ㅣ 休養生
息하사 至于玄宗하야 受報收功하시니（回護援下面有次序） 極熾而豊이라（回護法） 物衆地大에 孽牙其間이어날（來得婉隱然述安史亂）
肅宗代宗、德祖順考ㅣ 以勤以容하사 大慝을 適去나 稂莠를 不薅하니러（呼毛反去草名回護累朝姑息容養强藩） 相臣將
臣이 文恬武嬉하야（從上許多富盛中生） 習熟見聞하야 以爲當然이라 睿聖文武皇帝ㅣ 既受群臣朝하시고 乃考
圖數貢하사（便見憲宗大有爲意） 曰嗚呼라 天既全付予有家하시니（意謂自祖宗以來天全付以天下今叛鎭不庭不貢則不全矣） 今傳次ㅣ 在予라 予不
能事事면 其何以見于郊廟오리 群臣이 震懾하야 犇走率職일새 明年에 平夏하고（楊惠琳） 又明年에 平
蜀하고（劉闢） 又明年에 平江東하고（李錡） 又明年에 平澤潞하고（盧從史） 遂定易定하고（張茂昭以二州歸有司） 致魏博貝衛
澶相하야（田弘正以六州歸有司） 無不從志하니 皇帝曰不可究武니 予其少息호리라 九年에 蔡將이 死하니（吳少誠） 蔡
人이 立其子元濟하야 以請이어날 不許한대 遂燒舞陽하고 犯葉襄城하야 以動東都하고（洛陽） 放兵四劫이라

庭授猶言朝貢
而即汝也
相、即輔相
予、猶與也、既盡也
庚申指日辰

皇帝ㅣ 歷問于朝하시니 一二臣(武裵)外에 皆曰蔡帥之不庭授ㅣ 于今五十年이라 傳三姓四將하야
其樹本이 堅하고 兵利卒頑하야 不與他等하니 因撫而有하사 順且無事하리이다 大官이 臆決唱聲에
萬口ㅣ 和附하야 幷爲一談하야 牢不可破라 皇帝ㅣ 曰惟天惟祖宗이 所以付任予者는(可見自任) 庶
其在此ㅣ니(君臣謀謨之時) 予何敢不力이리오(便含惟斷乃成意) 况一二臣同하니(說裵度武元衡) 不爲無助ㅣ니라 曰光顏아(李) 汝爲
陳許帥ㅣ니(命將出師之時此處學舜典命九官文法) 維是河東魏博郃陽三軍之在行者를 汝皆將之하라(布置) 曰重胤아 汝故
有河陽懷라 今益以汝하노니 維是朔方義成陝益鳳翔延慶七軍之在行者를 汝皆將之하라 曰
弘아(韓) 汝以卒萬二千으로 屬而子公武하야 征討之하라 曰文通아(李) 汝守壽니 維是宣武淮南宣
歙浙西四軍之行于壽者를 汝皆將之하라 曰道古아(李) 汝其觀察鄂岳하라 曰愬아(李) 汝帥唐鄧
隨니 各以其兵으로 進戰하라 曰度아(裵) 汝長御史니 其往視師하라 曰度아 惟汝ㅣ 予同하니 汝遂
相予하야(度拜相) 以賞罰用命不用命하라 曰弘아 汝其以節度로 都統諸軍하라 曰守謙아(梁) 汝ㅣ 出
入左右니 汝惟近臣이라 其往撫師하라 曰度아 汝其往하야 衣服飮食予士하야 無寒無飢하야 以旣
厥事코 遂生蔡人하라 賜汝節斧와 通天御帶와 衛卒三百하노니 凡茲廷臣을 汝擇自從호대(所以度、
奏退之、爲行軍司馬、凡三說度、見其委寄之重、與諸將不同) 惟其賢能이오 無憚大吏하라 庚申에 予其臨門送汝호리라 曰御史아 予閔
士大夫ㅣ 戰甚苦하노니 自今以往으로 非郊廟祭祀어든 其無用樂하라 顏胤武合攻其北하야 大戰
十六에(接戰之時) 得柵城縣二十三하며 降人卒四萬하고 道古는 攻其東南하야 八戰에 降卒萬三千하고
再入申하야 破其外城하고 文通은 戰其東하야 十餘遇에 降萬二千하고 愬는 入其西하야 得賊將하야(李祐)

輒釋不殺하고 用其策하야 戰比有功하니라 (此一擧、與韓信用李左車之策略同、乃愬高處) 十二年八月에 丞相度ㅣ 至師하니 都統弘이 責戰益急이라 顏胤武ㅣ 合戰益用命하니 元濟ㅣ 盡并其衆하야 洄曲以備어날 十月壬申에 愬ㅣ 用所得賊將하야 自文城으로 因天大雪하야 疾馳百二十里하야 用夜半到蔡하야 (破賊之時) 破其門하고 取元濟以獻하고 盡得其屬人卒하다 辛巳에 丞相度ㅣ 入蔡하야 (韓公述愬之功、甚不苟矣、餘諸將克勝之功、只混合大體說、至於愬獨表而出之、標其日月狀其艱辛、戰功之優、誰與埒者、末云辛巳丞相度入蔡、可見既拔其城、擒其魁、降其黨、丞相不過於既克十日之後蒙成平達入城而已、曷嘗以度之功、掩愬之功乎、若只述愬之功、不述度贊上定謀之功、則沮於群言、此師之遷延逗撓散歸久矣、愬何所倚以立此功乎、愬武人不識文章體製法度、至令妻、泣訴見趣擧措鄙陋如此、奇功偉績、有此點汙、惜也) 以皇帝命으로 赦其人하니 淮西ㅣ 平이라 大饗賚功하고 師還之日에 因以其食으로 賜蔡人하고 凡蔡卒三萬五千에 其不樂爲兵코 願歸爲農者ㅣ 十에 九라 悉縱之하고 (安輯撫定之時) 斬元濟於京師하다 冊功할새 (賞功之時) 弘은 加侍中하고 愬는 爲左僕射하야 帥山南東道하고 顏胤은 皆加司空하고 公武는 以散騎常侍로 帥鄜坊丹延하고 道古는 進大夫하고 文通은 加散騎常侍하고 (敍次皆不苟、弘畢竟都統諸軍故先、愬、戰功最高故次餘始以次見焉) 丞相度ㅣ 朝京師하니 進封晉國公하야 進階金紫光祿大夫하야 以舊官으로 相하고 (相度獨在後、詳謹嚴重、法當如此) 而以其副摠으로 (馬) 爲工部尙書하야 領蔡任하다 既還奏에 群臣이 請紀聖功하야 被之金石이라 皇帝ㅣ 以命臣愈하시니 臣愈ㅣ 再拜稽首而獻文하니 曰

唐承天命하야 遂臣萬方하니 孰居近土하야 襲盜以狂고 往在玄宗에 崇極而圮라 (回護) 河北이 悍驕하고 河南이 附起어날 四聖이 不宥하야 (回護) 屢興師征이실새 有不能克이면 益戍以兵하니 夫耕不食하며 婦織不裳하고 輸之以車하야 爲卒賜糧이로다 外多失朝하고 曠不嶽狩하니 百隷怠官하야 事亡其舊러라 (此國家衰亂之原小雅盡廢之義也) 帝時繼位하사 顧瞻咨嗟하사대 惟汝文武ㅣ 孰恤予家오 既斬吳蜀하고

(四聖、謂唐肅宗代宗德宗順宗)

賊、害也

頷頷、不息貌

旰、晩也

而、即汝也

旋取山東하니 魏將이 首義에 六州ㅣ 降從이라 淮蔡ㅣ 不順하야 自以爲彊하야 提兵叫讙하야 欲事故常이어날 始命討之하시니 遂連姦鄰하야 王承宗李師道 陰遣刺客하야 來賊相臣이라 方戰未利에 內驚京師하니 群公이 上言호대 莫若惠來니이다 帝爲不聞하시고 與神爲謀하사 乃相同德하야 以訖天誅ㅣ라 乃勅顔胤과 愬武古通하야 咸統於弘하야 各奏汝功하라 三方이 分攻하니 五萬其師오 大軍이 北乘하니 厥數倍之러라 嘗兵洄曲하니 軍士蠢蠢이오 旣翦陵雲하니 蔡卒이 大窘이라 勝之邵陵하니 郾城이 來降이러니 自夏及秋로 復屯相望이라 兵頓不勵하야 告功不時어날 帝哀征夫하사 命相往釐하시니 士飽而歌하고 馬騰於槽라 可想欲戰之意 試之新城하니 賊遇敗逃러라 盡抽其有하야 聚以防我어날 西師躍入하니 道無留者라 頷頷蔡城이 其疆十里로대 旣入而有하니 莫不順俟라 帝有恩言하사 相度ㅣ 來宣하니 誅止其魁하고 義 釋其下人이라 仁 蔡之卒夫ㅣ 投甲呼舞하고 見前日脅從非本心 蔡之婦女ㅣ 迎門笑語러라 蔡人이 告飢어날 船粟往哺하고 蔡人이 告寒이어날 賜以繒布라 始時蔡人이 禁不往來러니 今相從戲하며 里門을 夜開오 見其無所避忌之意 始時蔡人이 進戰退戮이러니 今旰而起하야 左餐右粥이라 見其無所勞役之意 爲之擇人하야 以收餘憊하고 選吏賜牛하야 敎而不稅하니 蔡人有言호대 始迷不知러니 今乃大覺하야 羞前之爲로다 蔡人有言호대 天子明聖하시니 不順이면 族誅오 順保性命이니라 所以風厲其餘 汝不吾信인댄 視此蔡方하라 孰爲不順고 往斧其吭호리라 凡叛有數하니 聲勢相倚라 吾彊不支어든 汝弱奚恃리오 所以離散其黨 其告而長과 而父而兄하야 奔走偕來하야 同我太平하라 淮蔡爲亂이어날 天子伐之오 旣伐而飢어날 天子活之라 始議伐蔡에 卿士ㅣ 莫隨러니 旣伐四年에

節度猶管領

小大並疑하니 不赦不疑난 由天子明이라 歸之天子 凡此蔡功은 惟斷乃成이니라 推本歸功 既定淮蔡하니 四
夷畢來라 遂開明堂하야 坐以治之로다 見治定功成之意

南海神廟碑

叙事狀物之妙

海ㅣ 於天地間에 爲物이 最鉅하니 自三代聖王으로 莫不祀事라 考於傳記호니 而南海神次ㅣ
最貴하야 在北東西三神河伯之上하니 號爲祝融이라 天寶中에 天子ㅣ 以爲古爵이 莫貴於公
侯라 故海岳之祀에 犧幣之數를 放而依之하니 所以致崇極於大神이어니와 今王亦爵也어날 而禮
海岳에 尙循公侯之事하고 虛王儀而不用하니 非致崇極之意也라하야 由是로 册尊南海神하야 爲
廣利王하니 祝號祭式이 與次俱升이라 因其故廟하야 易而新之하니 在今廣州治之東南、海道八
十里、扶胥之口、黃木之灣이라 常以立夏氣至로 命廣州刺史하야 行事祠下하고 事訖驛聞이러니
而刺史ㅣ 常節度五嶺諸軍하고 仍觀察郡邑할새 於南方事에 無所不統이오 地大以遠이라 故로
常選用重人하니 既貴而富오 且不習海事하고 又當祀時에 海常多大風하니 將往에 皆憂戚하고
既進에 觀顧怖悸하니 故로 常以疾爲辭하고 而委事於其副하야 其來已久러라 故로 明宮齋廬ㅣ
上雨旁風하야 無所盖障하고 牲酒瘠酸하야 取具臨時하니 水陸之品이 狼藉籩豆하고 薦祼興俯ㅣ
不中儀式하니 吏滋不恭이오 神不顧享하야 盲風怪雨ㅣ 發作無節하니 人蒙其害라 元和十二年에
始詔用前尙書右丞國子祭酒魯國孔公하야 爲廣州刺史하고 兼御史大夫하야 以殿南服하나 公이

白、猶告白

五鼓、五更之鼓、牽牛、星名

蜿蜿蜒蜒動貌

正直方嚴하고 中心樂易하야 祇愼所職하니 治人以明이오 事神以誠하야 內外殫盡하야 不爲表襮이라
至州之明年將夏에 祝册이 自京師至어ᄂᆞᆯ 吏以時告하니 公이 乃齋祓視册하고 誓群有司하야 曰、
册에 有皇帝名하니 乃上所自署라 其文에 曰嗣天子某、謹遣某官某、敬祭라하니 其恭且嚴이
如是라 敢有不承이리오 明日에 吾將宿廟下하야 以供晨事호리라 明日에 吏以風雨로 白이어ᄂᆞᆯ 不
聽하니 於是에 州府文武吏士凡百數ㅣ 交謁更諫이로대 皆揖而退하고 公遂陞舟하니 風雨、少
弛하야 棹夫ㅣ 奏功하니 雲陰이 解駁하야 日光이 穿漏하고 波伏不興이라 省牲之夕애 載陽載陰이러니
將事之夜에 天地開除하야 月星이 明槪라 五鼓既作에 牽牛ㅣ 正中이어ᄂᆞᆯ 公乃盛服執笏하야 以
入即事하니 文武賓屬이 俯首聽位하야 各執其職할새 牲肥酒香하고 樽爵淨潔하고 降登有數하니 神
具醉飽라 海之百靈祕怪ㅣ 恍惚畢出하야 蜿蜿蜒蜒하야 來享飮食이러라 闔廟旋艫에 祥飇送
颿하니 旗纛旌麾ㅣ 飛揚晻藹하고 鐃鼓嘲轟하고 高管噭譟하야 武夫ㅣ 奮棹하고 工師唱和하니 穹龜
長魚ㅣ 踊躍后先이오 乾端坤倪ㅣ 軒豁呈露라 祀之之歲에 風灾熄滅하야 人厭魚蟹하고 五穀이
胥熟이러니 明年祀歸에 又廣廟宮而大之하야 治其庭壇하고 改作東西兩序하고 齋庖之房과 百
用이 具備라 明年其時에 公又固往하야 不懈益虔하니 歲仍大和하야 耋艾歌詠이러라 始公之至에
盡除他名之稅하고 罷衣食於官之可去者하고 四方之使를 不以資交하야 以身爲帥하고 燕享有
時하며 賞與以節하니 公藏私蓄이 上下與足이라 於是에 免屬州負逋之緡錢、二十有四萬과 米
三萬二千斛하고 賦金之州에 耗金이 一歲八百이라 困不能償이어ᄂᆞᆯ 皆以丐之하고 加西南守長之

俸하고 誅其尤無良不聽令者하니 由是로 皆自重愼法하고 人士之落南不能歸者와 與流徙之胄、百二十八族을 用其才良而廩其無告者하고 其女子可嫁者를 與之錢財하야 令無失時하니 刑德이 並流하야 方地數千里ㅣ 不識盜賊하야 山行海宿에 不擇處所라 事神治人이 可謂備至矣로다 咸願刻廟石하야 以著厥美而繫以詩ㄹ새 乃作詩曰

南海陰墟는 祝融之宅이라 卽祀于旁하야 帝命南伯이로다 吏惰不躬이러니 正自今公이라 明用享錫하야 祐我家邦이로다 惟明天子ㅣ 惟愼厥使하시니 我公在官에 神人至喜로다 海嶺之陬는 旣足旣濡어날 胡不均弘하야 俾執事樞오 公行勿遲나 公無遽歸어다 匪我私公이라 神人具依니라

爭臣論

迂齋曰此篇、是箴規攻擊體、是反難文字之格、當以范司諫書相兼看、歐陽公上范公書有云、當退之作論時、城爲諫議已五年、後又二年、始庭論陸贄、及沮裴延齡作相、纔兩事耳、當德宗、時可謂多事、豈無可言而需七年邪、豈無急於沮延齡論陸贄兩事耶、幸而爲諫官七年、適遇二事、一諫而罷、以塞其責、向使只五六年而遂遷司業、是終無一言而去也、○按韓公之論、歐公之書、盡之矣、然、陽城終爲唐代賢人、不可磨也、歐公謂當時事、豈無急於沮裴論陸則、恐未然、論救賢相、沮止姦相、天下事、有大於此者乎、使城、初以細故、聒其君、此等大事不及言而去久矣、以後補前、亦可無愧讀者不可以韓歐之言、而謂陽城、眞緘默非賢人也

或이 問諫議大夫陽城於愈호대 (此句是書法爲下面責他張本) 可以爲有道之士乎哉아 學廣而聞多하고 不求聞於人也하야 行古人之道하고 居於晉之鄙하니 (鄙、地名) 晉之鄙人이 薰其德而善良者ㅣ 幾千人이라 大臣이 (李泌) 聞以薦之天子하야 以爲諫議大夫하야 人皆以爲華로대 陽子ㅣ 不喜하고 (雖說他好已開難他一端在此了) 居於位ㅣ 五年矣로대 (兩居字不苟) 視其德하니 如在草野라 (便含不諫意) 彼豈以富貴로 移易其心哉리오 愈ㅣ 應之曰是易所謂恒其德이면 貞而夫子凶者也라 (易恒卦六五爻) 惡得爲有道之士乎哉아 在易蠱之上九에 (易蠱、周易蠱卦上九爻) 云不事

蹇六二、蹇卦六二爻

刺、謂譏議

委吏乘田、皆微官

遂、謂茁壯成就

過、過失

王侯하고 高尙其事라하고 (陽子不出時可如此) 蹇之六二則曰 (則曰二字亦好) 王臣蹇蹇이 匪躬之故라하니 (楊子旣出時當如此) 夫不以所居之時ㅣ 不一이오 (應前兩居字) 而所蹈之德이 不同也아 若蠱之上九居無用之地하야 而致匪躬之節하고 (當處而出陽子固無此失) 蹇之六二ㅣ 在王臣之位하야 而高不事之心이면 (旣出而尙如處陽子不免有此矣) 則冒進之患이 生하고 曠官之刺ㅣ 興하야 志不可則이오 而尤不終無也라 (蠱上九象曰不事王侯志可則也、蹇六二象曰王臣蹇蹇終無尤也、今以二卦、錯綜議論、謂未仕可以高尙、已仕則當蹇謂、苟未仕而據致匪躬之節則冒進之患、生而志不可則矣、已仕而仍高不事之心則曠官之刺、興而尤不終無矣今陽子、旣爲諫官則與舊爲處士時、不同矣、當王臣蹇蹇之時而守不事高尙之素、爲諫官而尙如處士、豈非恒其德貞而夫子凶者哉)

今陽子ㅣ 實一四夫라 (此一句最有力以匹夫爲諫官天下所望如何) 在位ㅣ 不爲不久矣오 聞天下之得失이 不爲不熟矣오 天子待之ㅣ 不爲不加矣로대 而未嘗一言及於政하고 視政之得失을 若越人이 視秦人之肥瘠하야 忽焉不加喜戚於其心하야 問其官則曰諫議也오 問其祿則曰下大夫之秩也오 (就所居生出官與祿兩句來添兩段議論) 問其政則曰我不知也라하니 有道之士ㅣ 固如是乎哉아 且吾聞之호니 有官守者ㅣ (此段就問其官上說) 不得其職則去하고 有言責者ㅣ 不得其言則去라하니 今陽子ㅣ 以爲得其言乎哉아 得其言而不言과 與不得其言而不去ㅣ 無一可者也니라 陽子ㅣ 將爲祿仕乎아 (此段就問其祿上說) 古之人이 有云仕不爲貧而有時乎爲貧이니 謂祿仕者也라 宜乎辭尊而居卑하며 辭富而居貧이니 若抱關擊柝者ㅣ 可也라 盖孔子ㅣ 嘗爲委吏矣오 嘗爲乘田矣시니 (擧小形大) 亦不敢曠其職이오 必曰會計를 當而已矣며 必曰牛羊을 遂而已矣라 若陽子之秩祿은 不爲卑且貧이 章章明矣어날 而如此ㅣ 其可乎哉아 或曰否라 非若此也라 夫陽子는 惡訕上者오 惡爲人臣하야 招(音喬擧也) 其君之過而以爲名者라 故로 雖諫且議나 使人不得而知焉이니 書曰爾有嘉謀嘉猷어든 則入告爾后于

蓬蒿、指所居窮廬

骨鯁、謂直言極諫之臣

孜孜矻矻、勤貌

夏禹治水時三過其門而不入

惡得、猶烏得

內하고 爾乃順之于外하야 曰斯謀斯猷ㅣ 惟我后之德이라하니 夫陽子之用心이 亦若此者니라 愈應之曰若陽子之用心이 如此면 滋所謂惑者矣라 入則諫其君하고 出不使人知者는 大臣宰相者之事니 非陽子之所宜行也라 夫陽子ㅣ 本以布衣로 隱於蓬蒿之下어날 (段段提起說) 主上이 嘉其行誼하야 擢在此位하시니 官以諫爲名이라 誠宜有以奉其職하야 使四方後代로 知朝廷에 有直言骨鯁之臣이오 天子ㅣ 有不僭賞從諫如流之美하야 (只恐人不知知之適所以彰君之義) 庶巖穴之士ㅣ 聞以慕之하야 束帶結髮하야 願進於闕下而伸其辭說하야 致吾君於堯舜이오 熙鴻號於無窮也니 若書所謂는 則大臣宰相之事오 非陽子之所宜行也니라 且陽子之心이 (又生意) 將使君人者로 惡聞其過乎아 是는 啓之也니라 或曰陽子之不求聞而人聞之하고 不求用而君用之하야 不得已而起하야 (下面是難此一句) 守其道而不變하니 何子ㅣ 過之深也오 愈曰自古聖人賢士ㅣ 皆非有心求於聞用也라 閔其時之不平과 人之不乂하야 得其道일새 不敢獨善其身이오 而必兼濟天下也하야 (議論大難得十分到) 孜孜矻矻하야 死而後已니 故로 禹ㅣ 過家門不入하시고 孔이 席不暇暖하고 而墨이 突不得黔하니 (皆言不敢自暇逸○) (文中子曰墨子無黔突孔子無暖席) 彼二聖、(禹孔) 一賢(墨)者ㅣ 豈不知自安逸之爲樂哉아 誠、畏天命而悲人窮也라 夫天이 授人以賢聖才能이 豈使自有餘而已리오 (到此併他未爲諫官時意思也難到了) 誠欲以補其不足者也니 耳目之於身也에 耳司聞而目司見하고 聽其是非하야 視其險易한 然後에 身得安焉이니 聖賢者는 時人之耳目也오 時人者는 賢聖之身也라 且陽子之不賢인댄 則將役於身하야 以奉其上矣오 (天地間無一介可自暇逸底人) 若果賢인댄 則固畏天命而閔人窮也니 惡得以自暇逸乎哉아 (一段意結歸此一句) 或이 曰吾聞

惡訐、猶憎

屛息、言屛斥氣息

君子ㅣ 不欲加諸人而惡訐以爲直者니 若吾子之論이 直則直矣나 無乃傷于德而費於辭乎아 好盡言以招音喬 人過난 國武子之所以見殺於齊也니 國語見國武子名佐 吾子ㅣ 其亦聞乎아 愈曰君子ㅣ 居其位則思死其官하고 謂陽子 未得位則思修其辭하야 以明其道하나니 韓公自謂 我將以明道也오 非以爲直而加人也라 且國武子ㅣ 不能得善人이오 而好盡言於亂國일새 是以見殺이어니와 傳曰惟善人이아 能受盡言이라하니 謂其聞而能改之也라 子告我曰陽子ㅣ 可以爲有道之士也라하니 今雖不能及已나 陽子ㅣ 將不得爲善人乎아 從前難到此已極矣、須用他一著盖陽子、在當時、畢竟是介賢者以善人待陽子故盡言、以責陽子春秋之法、責賢者備之意也

送窮文

迂齋云前面許多鋪陳布置結裹收拾、盡在後面、看到後面、方知前面、盡是戲言、然則退之此文、非是送窮、乃是固窮、機軸之妙、熟讀方見、進學解、是設爲師弟問難之詞、此是設爲人鬼問難之辭、可以參觀、○洪曰予嘗見文宗備問云、顓頊高辛時、宮中生一子、不著完衣、宮中號爲窮子、其後正月晦死、宮人葬之、相謂曰今日送却窮子、自爾相承送之、又唐四時寶鑑云、高陽氏子、好衣弊食糜、正月晦巷死、世作糜棄弊衣、是日祝於巷、曰除貧也、然退之送窮文、與揚子雲逐貧賦、大意相類、盖古人作文、皆有所祖述、○按子雲逐貧賦、始云惆悵失志、呼貧與語、今汝去矣、勿復久留、貧曰唯唯終之曰貧遂不去、與我遊息、其節次調度意脉、如出一律

元和六年正月乙丑晦에 主人이 使奴星으로 星公奴名 結柳作車하며 縛草爲船하야 載糗與粻하고 音張 牛繫軛下하며 引帆上檣하야 三揖窮鬼而告之曰、聞子ㅣ 行有日矣라 鄙人이 不敢問所途오 竊具船與車하야 備載糗粻호니 日吉辰良하야 利行四方이라 子飯一盂하며 子啜一觴하고 携朋挈儔하야 去故就新하라 駕塵纊音廓 風하야 與電爭先이면 子無底滯之尤오 我有資送之恩이니 子等이 有意於行乎아 屛息潛聽하니 如聞音聲이 若嘯若啼하야 砉呼覔切 欻許勿反 嚘嚶하니 毛髮이 盡竪하고 竦肩縮頸하야 疑有而無러니 久乃可明이라 若有言者曰、吾與子居ㅣ 四十年餘이니 自見得初而窮 子在孩

提에 吾不子愚하고 子學子耕하며 求官與名에 惟子是從하야 不變于初하고 門神戶靈을 我叱我
訶하야 包羞詭隨하니 志不在他오 子遷南荒에 (貶陽山令) 熱爍濕蒸하니 我非其鄕이라 百鬼欺陵이오 太
學四年에 朝虀暮鹽이니 惟我保汝오 人皆汝嫌이라 自初及終에 未始背汝호니 心無異謀오 口
絶行語어날 於何聽聞코 云我當去오 是必夫子信讒하야 有間於予也로다 我鬼非人이어니 安用
車船이며 鼻嗅臭香이어니 糗粻을 可捐이오 單獨一身이어니 誰爲朋儔오 子苟備知ㅣ댄 可數以不아
子能盡言이면 可謂聖智라 情狀이 旣露니 敢不廻避리오 主人이 應之曰子以吾로 爲眞不知
也邪아 子之朋儔ㅣ 非六非四라 在十去五오 滿七除二니 各有主張하고 私立名字하야 捩(音列)
手覆羹하며 轉喉觸諱하니 凡所以使吾로 面目이 可憎하고 語言이 無味者는 皆子之志也라 其
一은 名曰智窮이니 矯矯亢亢하야 惡圓喜方하고 羞爲姦欺하여 不忍害傷이오 其次는 名曰學窮이니
傲數與名하야 摘抉(烏決反) 杳微하고 高挹群言하야 執神之機오 又其次는 曰文窮이니 不專一能하야 怪
怪奇奇라 不可時施코 秪以自嬉오 又其次는 曰命窮이니 影與形殊이니 面醜心妍하니 利居衆
後하며 責在人先이오 又其次는 曰交窮이니 磨肌戞骨하며 吐出心肝하야 企足以待라도 寘我讐冤이니
凡此五鬼ㅣ 爲吾五患하야 飢我寒我코 興訛造訕하야 能使我迷호대 人莫能間이라 (都將許多好處作不好說見得自家所守)
(者堅因此而窮) 朝悔其行타가 暮已復然하고 蠅營狗苟하야 驅去復還이로다 言未畢에 五鬼ㅣ 相與張眼吐
舌하야 跳踉偃仆하며 抵掌頓脚하고 失笑相顧하고 徐謂主人、曰、子知我名과 凡我所爲하야 驅
我令去하니 小黠大癡로다 (出莊子) 人生一世에 其久幾何오 吾立子名하야 百世不磨호대 (到此則知五鬼之有功於退之處)

矯矯亢亢、高强貌

磨肌戞骨、磨近貌

小人君子ㅣ 其心不同하니 惟乖於時라사 乃與天通이니라 本是自說而託之於鬼 携持琬琰하야 易一羊皮하고 飫於肥甘하야 慕彼糠糜아 琬琰肥甘喩貧窮道義之樂、羊皮糠糜喩富貴利達之事 天下知子ㅣ 誰過於予리오 雖遭斥逐이나 不忍子踈하노니 謂予不信인댄 請質詩書하라 設爲竟不肯去之意以見窮無可免之理 主人이 於是에 垂頭喪氣하고 上手稱謝하야 燒車與船하고 延之上座하니라 此見退之固窮之意

進學解 進學者而曉解之也

迂齋曰說爲師弟子詰難之詞、以伸己志、機軸自揚、解嘲、班固賓戲、來、○元和七年、公、復爲國子博士、八年、年四十六、自博士、除尙書比部郎中、史館修撰、唐史元云、愈數黜官、又下遷、乃作進學解、以自喩執政覽其文而奇之、以爲有史才、故除是官、時宰相、乃武元衡、李吉甫、李絳也、安此則此篇作於元和七年、爲博士之後、設爲問答、以見己意、蓋有東方朔雖自責而實自贊之意、當軸、幸皆三賢相也、宜其用之云、後段、借匠氏醫師、以喩宰相、蓋本之淮南子、淮南子曰賢王之用人也、猶巧匠之制木也、大者以爲舟航梁棟、小者以爲楫楔、脩者以爲櫚榱、短者以爲侏儒枅櫨、無小大脩短、皆得其所宜、規矩方圓、各有所施、天下之物、莫凶於鷄毒烏頭也、然而良醫而藏之、有所用也、公之論蓋取此意、所謂竊陳編以竊盜者、此亦其一也、蓋自首其實云、

國子先生이 晨入太學하야 招諸生하야 立館下하고 誨之曰業은 精于勤하고 設爲國子先生之辭 荒于嬉하며 行은 成于思하고 毁于隨하나니 方今聖賢이 相逢하야 治具畢張하야 拔去兇邪하고 登崇俊良이라 占小善者ㅣ 率以錄하고 名一藝者ㅣ 無不庸하야 爬羅剔抉하고 刮垢磨光하니 蓋有幸而獲選이언정 孰云多而不揚고 諸生은 業患不能精이오 無患有司之不明하며 行患不能成이오 無患有司之不公하라 言未旣에 設爲弟子之辭 有笑于列者하야 曰先生이 欺余哉ㄴ저 弟子ㅣ 事先生于玆ㅣ 有時矣라 先生이 口不絶吟於六藝之文하며 手不停披於百家之編하야 記事者는 必提其要하고 纂言者는 必鉤其玄하야 兩句見公用工於文字乃記事纂言之法也 貪多務得하야 細大不捐이라 焚膏油以繼晷하야 恒兀兀以窮年하니 先生之業이 可謂勤矣오 應業精于勤一句 觝排異端하며 攘斥佛老하야 補苴罅漏하고 張皇幽眇라 尋墜緖之茫

六藝、禮樂射御書數
玄、微妙之旨
佛老、謂釋氏老子

周誥殷盤書傳篇名、春秋孔子所著篇名、左氏、指左思、太史、指司馬遷、子雲、指揚雄

孔道、孔子之道

茫하야 獨旁搜而遠紹하고 障百川而東之하야 迴狂瀾於旣倒하니 先生之於儒에 可謂勞矣오 沈
浸醲郁하고 含英咀華하야 作爲文章하니 其書ㅣ 滿家라 上規姚姒의 (姚舜姒禹) 渾渾無涯하고 周誥殷
盤은 佶屈聱牙하고 春秋는 謹嚴코 左氏는 浮誇코 易奇而法이오 詩正而葩라 下逮莊騷와 太
史所錄과 子雲相如ㅣ 同工異曲하니 先生之於文에 可謂閎其中而肆於外矣오 (此一句、尤足見公平生作文章之本領、上求之六經、下求之左氏莊子離騷史記、前後大家、馬楊以降不及焉、降是則所謂八代之衰、公文蓋上本二帝三代先秦前漢之盛、以起八代之衰者也○春秋左氏詩易各以兩字斷盡每書之體竟移易不動妙) 少始知學하야 勇於敢爲하고 長
通於方하야 左右具宜하니 先生之於爲人에 可謂成矣라 (應行成句) 然而公不見信於人하며 私不見助
於友하고 跋前躓後하야 動輒得咎라 暫爲御史라가 遂竄南夷하고 (貞元十九年自監察御史貶連州陽山令) 三年博士에 冗不
見治하니 命與仇謀하야 取敗幾時오 冬暖而兒號寒하고 年登而妻啼飢하니 頭童齒豁이라 竟死何
裨오 (音皮) 不知慮此코 而反敎人爲아 先生이 曰吁라 (設爲之對) 子來前하라 夫大木은 爲杗이오 (音忙又眉庚反) 細
木은 爲桷이오 欂櫨侏儒와 椳闑扂楔이 (杗屋梁也桷榱也欂柱櫨柱附也侏儒短柱屬椳音限戶樞也闑門梱也扂騰點反關牡也楔音薛門兩旁木也) 各得其宜하야 以成
室屋者는 匠氏之功也오 玉札丹砂와 赤箭靑芝와 (皆貴藥) 牛溲馬渤과 敗鼓之皮를 (皆賤藥) 俱收
幷蓄하야 待用無遺者는 醫師之良也오 登明選公하고 (應前) 雜進巧拙하야 紆餘爲姸이오 卓犖爲傑이라
較短量長하야 惟器是適者는 宰相之方也라 昔者에 孟軻ㅣ 好辯하야 孔道ㅣ 以明호대 轍環天
下라가 卒老于行하고 荀卿이 守正하야 大論是弘이로대 逃讒于楚하야 廢死蘭陵하니 (即今常州) 是二儒者는
吐詞爲經하고 擧足爲法하야 絶類離倫하야 優入聖域이로대 其遇於世ㅣ 何如也오 今先生은 學雖
勤而不繇其統하며 言雖多而不要其中하며 文雖奇而不濟於學하며 行雖修而不顯於衆이어날 猶

且月費俸錢코 歲糜廩粟하야 比之孟荀自謂幸矣 子不知耕하며 婦不知織이오 乘馬從徒하야 安坐而食하고 踵常途之役役하야 窺陳編以盜竊이로대 然而聖主ㅣ 不加誅하며 宰臣이 不見斥하니 玆非幸歟아 動而得謗이나 名亦隨之오 投閑置散은 乃分之宜니 若夫商財賄之有亡하고 計班資之崇庳하야 庳音卑 忘己量之所稱하고 指前人之瑕疵면 是所謂詰匠氏之不以杙爲楹이오 而訾醫師以昌陽引年코 欲進其豨苓也어다 應前醫師匠氏之句收拾前引喩意盡數家妙杙櫨楹柱昌陽昌蒲豨苓猪苓

鰐魚文

迂齋曰辭嚴義正眞可以感動鰐魚○公守潮州、問民疾苦、皆曰惡溪、有鰐魚、食民畜産且盡、民以是窮、數日公自往視、令其屬秦濟以一羊一豕、投溪、與魚食、而告之以文、是夕暴風震雷起溪中、數日水盡涸、西徙六十里、自是潮無鱷魚患、○按文集公此文之首、亦述年月日、繫銜曰潮州刺史韓愈、待鰐魚尚下姓名、盡禮如此、他人肯乎、待以禮、喩以義、感以誠、鰐魚尚可化、況潮人乎、東坡所謂能馴鰐魚之暴、約束蛟鰐如驅羊者、謂此也、中孚之信、可及豚魚、信然矣、劉昆之虎、負子渡河、宋均之虎、相與渡江、不得專美矣、宋守臣陳文惠公、再有逐鰐魚文、則是鰐特感公之正直誠信而避之、潮後仍有此患也

昔先王이 既有天下하시고 列山澤하야 罔繩擉初朔反莊子曰鱉鰲于江擉刺也 刃으로 以除蟲蛇惡物의 爲民害者하야 驅而出之四海之外러니 議論從孟子舜使益焚列山澤一段來 及後王이 德薄하여 不能遠有라 則江漢之間도 尚皆棄之하야 以與蠻夷楚越이온 況潮는 嶺海之間이라 去京師萬里哉아 鰐魚之涵淹卵育於此ㅣ 亦固其所어니와 先開他一著與魚言尚委曲如此鰐魚此時可以居此 今天子ㅣ 嗣唐位하사 神聖慈武하사 四海之外와 六合之內를 皆撫而有之하시니 況禹跡所揜、揚州之近地의 刺史縣令之所治오 出貢賦하여 以供天地宗廟百神之祀之壤者哉아 鰐魚ㅣ 其不可與刺史로 雜處此土也니라 鰐魚今日却不可居此 刺史ㅣ 受天子命하야 守此土治此民이어날 而鰐魚ㅣ 睅戶板反 然不安溪潭하고 據食民畜、熊豕鹿獐하야 以肥其身하며

伈伈、恐懼貌、睍睍、視貌

以種其子孫하야 與刺史로 亢拒하야 爭爲長雄이면 刺史ㅣ 雖駑弱이나 亦安肯爲鰐魚하야 低首下心하야 伈伈悉枕反 睍睍音顯하야 爲民吏差하야 以偸活於此邪아 且承天子命하야 以來爲吏하니 固其勢ㅣ 不得不與鰐魚로 辨이니 鰐魚ㅣ 有知어든 其聽刺史言하라 潮之州ㅣ 大海在其南하고 鯨鵬之大와 蝦蟹之細ㅣ 無不容歸하야 以生以養일새 鰐魚ㅣ 朝發而夕至也리니 今與鰐魚로 約하노니 盡三日토록 其率醜類하고 南徙于海하야 以避天子之命吏하라 三日不能이어든 至五日이오 五日不能이어든 至七日이니 七日不能이면 是는 終不肯徙也니 是ㅣ 不有刺史하야 聽從其言也오 不然이면 則是鰐魚ㅣ 冥頑不靈하야 與鰐魚有知二句相應 刺史ㅣ 雖有言이나 不聞不知也라 夫傲天子之命吏하고 不聽其言하야 不徙以避之어나 與冥頑不靈하야 而爲民物害者는 皆可殺이니 到此不可恕之 刺史ㅣ 則選材技吏民하야 操强弓毒矢하야 以與鰐魚從事하야 必盡殺乃止호리니 其無悔하라 結尾似司馬相如諭巴蜀檄、初焉委曲如此、中間鋪叙一步緊一步、到末、稍嚴切如此、皆是先後著

柳州羅池廟碑

迂齋曰叙事有論、句法矯健、中含譏諷之意、○愚謂碑叙事得史法、詩命詞得騷體、迂齋謂中含譏諷、亦未見其然也

羅池廟者는 故刺史柳侯廟也라 柳侯爲州에 不鄙夷其民하고 動以禮法하니 三年에 民이 各自矜奮하야 曰茲土ㅣ 雖遠京師나 吾等이 亦天氓이라 今天이 幸惠仁侯하시니 若不化服이면 我則非人이라하야 於是에 老少ㅣ 相敎語하야 莫違侯令하고 凡有所爲於其鄕閭와 及於其家면 皆曰吾侯聞之에 得無不可於意否아하야 莫不忖度而後에 從事하고 凡令之期를 民勸趨之하야 無有

負租、猶欠逋　柳民、指柳州之民　若、卽汝也　齒齒、相連貌

後先이오 必以其時하니 於是에 民業有經하고 公無負租하야 流逋ㅣ 四歸하야 樂生興事하니 宅有新屋하며 步有新船하고 池園이 潔修하야 猪牛鴨鷄ㅣ 肥大蕃息이오 子嚴父詔하며 婦順夫指하야 嫁娶葬祭ㅣ 各有條法하고 出相弟長하며 入相慈孝러라 先時에 民貧하야 以男女相質하야 久不得贖이면 盡沒爲隷러니 我侯之至에 按國之故하야 以傭除本하고 悉奪歸之하며 大脩孔子廟하며(柳子厚有柳州孔子廟碑) 城郭巷道를 皆治使端正하야 樹以名木하니 柳民이 旣皆悅喜러라(此以上皆謂生能澤其民) 嘗與其部將、魏忠、謝寧、歐陽翼으로 飮酒驛亭할새 謂曰吾棄於時而寄於此하야 與若等으로 好也라 明年에 吾將死오 死而爲神하리니 後三年에 爲廟祀我하라하더니 及期而死하고 三年孟秋辛卯에 侯ㅣ 降于州之後堂하니 歐陽翼等이 見而拜之러니 其夕에 夢翼而告之하야 曰舘我於羅池하라 其月景辰에(唐諱丙字以景字代) 廟成하야 大祭할새 過客李儀ㅣ 醉酒하야 侮慢堂上이라가 得疾하야 扶出廟門하야 卽死하니라(此以上皆謂死能驚動禍福之以食其土) 明年春에 魏忠歐陽翼이 使謝寧으로 來京師하야 請書其事于石하니 余謂柳侯ㅣ 生能澤其民하고 死能驚動禍福之하야 以食其土하니(此兩句收拾盡一篇大意) 可謂靈也已로다 作迎享送神詩하야 遺柳民하야 俾歌以祀焉하고 而幷刻之하노라 柳侯는 河東人이니 諱는 宗元이오 字는 子厚라 賢而有文章하고 嘗位於朝하야 光顯矣러니 已而오 擯不用하니라(三句辭簡意淡盡其平生) 其辭、曰

荔子丹兮蕉黃하니(此詩楚辭解九歌字字好) 雜肴蔬兮進侯堂이라 侯之船兮兩旗니(此廣南風俗) 度中流兮風泊之라 待侯不來兮여 不知我悲로다 侯乘駒兮入廟하니 慰我民兮不嚬以笑라(未來則悲旣來則笑) 鵝之山兮柳之水는 桂樹團團兮여 白石齒齒라 侯朝出遊兮여 暮來歸하니 春與猿吟兮여 秋鶴與飛로다

厲鬼、即惡鬼

故爲參差、與九歌吉日兮辰良、似、句法矯健 北方之人兮여 爲侯是非하나 千秋萬歲兮여 侯無我違라 此意最悽惋、自柳視長安、長安爲北方謂柳侯、不容於朝而守此州、欲其神、安於此而無北還也、迂齋謂、含譏諷者、謂此耶、然亦何傷、髣髴宋玉大招意爾、 福我兮壽我하니 驅厲鬼兮山之左下라 無苦濕兮여 高無乾하니 秔稌充羨兮여 蛇蛟結蟠이로다 我民報事兮無怠하니 其始自今兮여 欽于世世로다 柳宗元、附小人、王伾、王叔文、得罪於朝、自儀曹、貶永州司馬、十餘年後、起爲柳州刺史、死於柳

送孟東野序

迂齋曰曲盡文字變態之妙○孟郊字東野、湖州武康人、性介少諧合、韓公一見爲忘形交、年五十得進士第、調栗陽尉、鄭相餘慶、最知之、署爲水陸運判、奏爲參謀、卒年六十四、韓公銘其墓、張籍謚之曰貞曜先生、郊工苦於詩、最爲韓公所稱服、公與聯句最多、李觀亦論其詩高處在古無上平處下顧二謝云○此篇以一鳴字、爲主、反覆生出無限議論、變態妙絕、大意憫郊之窮而以詩鳴謂不知天將達之而使鳴國家之盛邪、抑終窮之而使自鳴其不幸邪、盖以天命、開釋安慰之、一篇主意實在此、前面引許多古人說、已分窮達兩意、末又因孟郊、引上李翶張籍、自今觀之、翶終於節度使、籍終於司業、郊卒止於此、一生寒苦、且無血胤天之窮之、亦甚矣、韓公爲此文、其亦預憂其然、而深憐之也歟、郊、長於韓公十有七年、

大凡物不得其平則鳴하나니 草木之無聲을 風撓之鳴하며 水之無聲을 風蕩之鳴하며 其躍也를 或激之하며 其趨也를 或梗之하며 其沸也를 或炙之하며 金石草木各只是一句而水分出四句此是不整齊中整齊錯綜妙處 金石之無聲을 或擊之鳴이라 人之於言也에 亦然하야 此是以金石草木及水引入人來 有不得已者 不平 而後에 言이오 聲 其謌也ㅣ 聲 有思하며 不平 有哭也ㅣ 聲 有懷하야 不平 凡出乎口而爲聲者ㅣ 其皆有弗平者乎ㄴ저 樂也者는 鬱於中而泄於外者也ㅣ어날 擇其善鳴者而假之鳴하니 又生出善字與假字 金石絲竹匏土革木、八者는 物之善鳴者也ㅣ라 維天之於時也에 亦然하야 此又以天時引入人來錯綜妙甚 擇其善鳴者而假之鳴일새 是故로 以鳥鳴春하며 以雷鳴夏하며 以蟲鳴秋하며 以風鳴冬하나니 四時之相推奪이 其必有不得其平者乎ㄴ저 其於人也에 亦然하니 人聲之精者ㅣ 爲言이오 文辭之於言에 又其精者也라 尤擇其善鳴者而假之

咎陶、虞臣名
韶、虞樂名
五子、夏少康昆弟五人
管夷吾、名、仲、齊人
相如、謂司馬相如

鳴하나니 其在於唐虞엔 咎(皐同)陶、(音遙) 禹ㅣ 其善鳴者也어날 而假之以鳴하고 夔엔 弗能以文辭로
鳴일새 又自假於韶하야 以鳴하고 (爲有憂擊鳴一句故可如此說不然亦鑿空說不平將無作有) 夏之時엔 五子ㅣ 以其歌로 鳴하고 伊尹은 鳴
殷하고 周公은 鳴周하니 凡載於詩書六藝ㅣ 皆鳴之善者也오 周之衰에 孔子之徒ㅣ 鳴之하야
(含自鳴其不幸一句意) 其聲이 大而遠하니 傳에(去聲) 曰天將以夫子로 爲木鐸이라하니(見鳴字) 其弗信矣乎아 其末
也에 莊周ㅣ 以其荒唐之辭로 鳴於楚하니 楚는 大國也라 其亡也에 以屈原으로 鳴하고 臧孫
辰、孟軻、荀卿은 以道鳴者也오 楊朱、墨翟、管夷吾、晏嬰、老聃、申不害、韓非、
愼到、田駢、鄒衍、尸佼、孫武、張儀、蘇秦之屬은 皆以其術로 鳴하고 秦之興에 李
斯ㅣ 鳴之하고 漢之時에 司馬遷、相如、揚雄이 最其善鳴者也오 其下魏晉氏는 鳴者不及
於古나 然이나 亦未嘗絶也로다 就其善鳴者라도 其聲이 淸以浮하며 其節이 數以急하며 其辭ㅣ 淫
以哀하며 其志ㅣ 弛以肆하야 其爲言也ㅣ 亂雜而無章하니 將天醜其德하야 莫之顧邪아 何爲乎
不鳴其善鳴者也오 唐之有天下에 陳子昂、(拾遺) 蘇源明、(司業) 元結、(字次山道州人) 李白、(太白) 杜甫、(工部)
李觀이(字元賓) 皆以其所能으로 鳴하고 其存而在下者孟郊東野ㅣ 始以其詩로 鳴하니 其高는 出晉
魏하야 不懈而及於古오 其他는 浸淫乎漢氏矣라 從吾游者는 李翶、張籍이 其尤也니 三
子者之鳴이 信善鳴矣나 抑不知天將和其聲하야 而使鳴國家之盛邪아 (前面許多鋪叙亦兼有此兩段意了) 抑將窮
餓其身하며 思愁其心腸하야 而使自鳴其不幸耶아 三子者之命은 則懸乎天矣니 其在上也ㅣ
奚以喜며 其在下也ㅣ 奚以悲ㅣ리오 東野之役於江南也에 有若不懌然者라 故로 吾道其

祖道、餞別
太史、指司馬遷
鹿鳴、詩傳篇名

命於天(前應)者하야 以解之하노라

送楊巨源少尹序

白樂天、贈楊秘書巨源云、早聞一箭取遼城、相識雖新有故情、清白三朝誰是敵、白頭四海半爲兄、許云楊嘗贈盧洛州詩云、三刀夢益州一箭取遼城、由是知名、故公謂其以能詩、訓後進也

昔에 疏廣、受、二子ㅣ (受廣之兄子同爲前漢宣帝太子師傅) 以年老로 一朝에 辭位而去하니 于時公卿이 設供帳하야
祖道都門外할새 車數百兩이니 道路觀者ㅣ 多歎息泣下하야 共言其賢이라 漢史ㅣ 旣傳其事하고
而後世工畵者ㅣ 又圖其迹하야 至今照人耳目하야 赫赫若前日事러라 (此節專言疏廣受事) 國子司業、楊君
巨源이 方以能詩로 訓後進이라가 一旦에 以年滿七十으로 亦白丞相去하야 歸其鄕하니 世常說古
今人이 不相及이나 今楊與二疏는 其意ㅣ 豈異也리오 (此一節說上楊巨源謂其去意與二疏同) 予ㅣ 忝在公卿後호대 遇病하야
不能出하니 不知楊侯去時에 城門外送者ㅣ 幾人이며 車幾兩이며 馬幾駟이며 道傍觀者ㅣ 亦有
歎息하야 知其爲賢與否오 而太史氏ㅣ 又能張大其事하야 爲傳、繼二疏蹤跡否아 不落莫
否아 見今世에 無工畵者나 而畵與不畵는 固不論也라 (史記田儋傳太史公論田橫曰無不善畫者莫能圖何哉○此一節謂楊之去不知與二疏之迹同否全因自不能出生來)
然이나 吾聞楊侯之去에 丞相이 有愛而惜之者하야 白以爲其都少尹하야 不絕其祿하고 又爲歌
詩하야 以勸之하니 京師之長於詩者ㅣ 亦屬而和之하니라 又不知當時二疏之去에 有是事否아
(此一節謂不知二疏之去有楊今日事否此一轉妙) 古今人의 同不同을 未可知也라 中世士大夫ㅣ 以官爲家라가 罷則無所於
歸러니 楊侯는 始冠에 擧於其鄕하야 歌鹿鳴而來也하고 今之歸에 指其樹曰某樹는 吾先人之
所種也오 某水某丘는 吾童子時所釣遊也라하야 鄕人이 莫不加敬하고 誡子孫以楊侯不去其

王良造父、古善御者
大夫、指烏公
恒、地名

鄉으로 爲法하리니 古之所謂鄉先生沒而可祭於社者ㅣ 其在斯人歟아 其在斯人歟아 末俗士大夫、以進爲欣、以退爲戚、自漢迄唐、寥寥數百年、僅見此三人、故公盛稱之、末又以其歸、不去其鄉、拈出、以爲世勸、此人此文、皆有補世教者也、歐陽公吉州人、半居於潁、東坡眉州人、卒歿於常、況其他乎

送石洪處士序

洪、字、濬川、以處士、應節度之聘、與溫造並稱、其後造爲御史、李祐爲之贍落、洪、竟事業無聞、其所以名傳不朽者、以有韓公此序耳、公又嘗銘其墓

河陽軍節度使烏公이 重胤 爲節度之三月에 求士於從事之賢者하니 有薦石先生者어날 公曰先生이 何如오 曰先生이 居嵩邙瀍穀之間하야 冬一裘夏一葛하며 朝夕에 飯一盂蔬一盤이오 人與之錢이면 則辭호대 請與出遊면 未嘗以事免하고 勸之仕則不應하야 坐一室에 左右圖書하야 與之語道理하며 辨古今事當否하며 論人高下하고 事後當成敗에 若河決下流而東注也ㅣ며 若駟馬ㅣ 駕輕車就熟路而王良造父ㅣ 爲之先後也ㅣ며 若燭照數計而龜卜也ㅣ니다 此譬喩三派文法陳後山送參寥序亦法此行文 大夫ㅣ 曰先生이 有以自老오 無求於人하니 其肯爲某來邪아 從事曰大夫ㅣ 文武忠孝하야 求士爲國이오 不私於家라 方今寇聚於恒하고 師環其疆하야 時討王承宗叛 農不耕收하고 財粟殫亡하니 吾所處地ㅣ 歸輸之塗라 治法征謀ㅣ 宜有所出이니 先生이 仁且勇하니 若以義請이오 而强委重焉이면 其何說之辭오리 於是에 譔書詞하고 具馬幣하야 卜日以授使者하야 求先生之廬而請焉하니 先生이 不告於妻子하며 不謀於朋友하고 冠帶出見客하야 可見其勇 拜受書禮於門內하고 宵則沐浴하고 戒行李、載書册하야 問道所由하고 告行於常所來往하니 晨則畢至ㅣ라 張筵於上東門外러니 酒三行이오 且起에 有執爵而言者曰大夫ㅣ 直能以義로 取人하고 先生이 眞能以道로 自任하야

決法就로다 此頌之之辭 爲先生別하노라 又酌而祝曰ㅣ 凡去就出處ㅣ 何常이리오 惟義之歸니라 此已規之 遂以爲先生壽하노라 又酌而祝曰、使大夫로 恒無變其初하야 無務富其家오 而飢其師하며 無甘受佞人이오 而外敬正士하며 無昧於諂言하고 惟先生을 是聽하야 此規烏公之辭 以能有成功하야 保天子之寵命이어다 又祝曰、使先生으로 無圖利於大夫하야 而私便其身이어다 此深規之 先生이 起拜祝辭曰、敢不敬하야 蚤夜에 以求從祝規호리오 頌不忘規其愛洪也至矣 於是에 東都之人이 咸知大夫ㅣ 與先生으로 果能相與以有成也ㅣ라 遂各爲歌詩六韻하고 遣愈爲之序云이라

送溫造處士序

朱文公嘗稱此篇謂文章之有典有則者也

伯樂이 伯、古善相馬者 一過冀北之野에 而馬群이 遂空이라하니 夫冀北은 馬多於天下라 伯樂이 雖善知馬나 安能空其群邪아 解之者ㅣ 曰吾所謂空은 非無馬也라 無良馬也니 伯樂이 知馬ㅣ새 遇其良이면 輒取之하야 群無留良焉하니 苟無留其良이면 雖謂無馬라도 不爲虛語矣라 東都는 洛陽 固士大夫之冀北也니 恃才能하야 深藏而不市者ㅣ 洛之北涯曰石生이오 洪 其南涯曰溫生이라 公寄玉川子詩所謂水北山人水南山人者也 大夫烏公이 以鈇鉞로 鎭河陽之三月에 以石生으로 爲才하야 以禮爲羅하야 羅而致之幕下하고 未數月也에 以溫生으로 爲才하야 於是에 以石生으로 爲媒하야 以禮爲羅하야 又羅而致之幕下하니 東都에 雖信多才士나 朝取一人焉하야 拔其尤하고 暮取一人焉하야 拔其尤하니 自居守河南尹과 以及百司之執事와 與吾輩二縣之大夫ㅣ 時公爲河南令竇牟爲河陽令 政有所不通이어니 事有所

二生、謂溫生石生

可疑면 奚所咨而取焉이며 士大夫之去位而巷處者ㅣ 誰與嬉遊며 小子後生이 於何考德而問業焉이며 搢紳之東西行에 過是都者ㅣ 無所禮於其廬니 若是而稱曰、大夫烏公이 一鎭河陽而東都處士之廬에 無人焉이 (應起句) 豈不可也오 夫南面而聽天下하야 其所託重而恃力者는 惟相與將耳니 相은 爲天子하야 得人於朝廷하고 將은 爲天子하야 得文武士於幕下면 求內外無治나 不可得也라 (前所稱) 愈ㅣ 縻於茲하야 不能引去하고 資二生以待老러니 今皆爲有力者奪之하니 其何能無介然於懷邪아 (後所稱) 生既至하야 拜公於軍門이어날 其爲吾하야 以前所稱으로 爲天下賀하고 以後所稱으로 爲吾致私怨於盡取也하라 留守相公이 (鄭餘慶) 首爲四韻詩하야 歌其事하니 愈ㅣ 因推其意而序焉하노라

原本備旨懸吐註解 古文眞寶後集卷之三 終

原本備旨懸吐註解

古文眞寶後集卷之四

送李愿歸盤谷序

韓 退 之

迂齋云一節、是形容得意人、一節、是形容閑居人、一節、是形容奔走伺候人、終篇、全擧李愿說話、自說只數話、其實非李愿言、此又別是一格、○東坡云唐三百年、無文章、惟韓公送李愿序一篇、愚謂、此好事者、因歐陽公、論歸去來之語、而爲是說、託之坡公耳、此恐非坡公之言也、韓公有送李愿序、又有送李愿歸盤谷一詩、亦甚佳、學者只讀韓文、未必不以李愿爲一隱士也、殊不知愿、乃西平王李晟之子、愬之兄、起家於太子賓客、上柱國三爲節度使、邇聲色、尙侈靡、激李臣則之變、家死於兵、卒以荒侈敗、未嘗能踐韓公之言也、李洪、芸庵類藁、言愿博徒之雄、然則愿初非隱士、不足以當此序也、觀韓公終篇只述愿所、自言、亦可見矣、此序作於貞元十七年、公時年三十四

太行、山名

盤旋、猶盤桓

廟朝、謂廟堂朝廷

道、猶言也

茹、猶食也

太行杭音之陽에 有盤谷하니 盤谷之間이 泉甘而土肥하야 草木이 叢茂하고 居民鮮上先少하니 或曰謂其環兩山之間이라 故로 曰盤이오 或曰是谷也ㅣ 宅幽而勢阻하야 隱者之所盤旋이라 友人李愿이 居之러니 愿之言에 曰人之稱大丈夫者를 我ㅣ 知之矣로라 利澤이 施于人하며 名聲이 昭于時하야 坐于廟朝하야 進退百官而佐天子出令하고 其在外則樹旗音其旄、音毛 羅弓矢하야 武夫ㅣ 前呵하며 從去聲者ㅣ 塞途하고 供給之人이 各執其物하야 夾道而疾馳하고 喜有賞하며 怒有刑하고 才畯이 滿前하야 道古今而譽盛德하고 入耳而不煩하고 曲眉豐頰이 淸聲而便平聲體하며 秀外而惠中하야 飄輕裾翳於計反하고 長袖하야 粉白黛綠者ㅣ 列屋而閑居하야 妒寵而負恃하며 爭姸而取憐하나니 大丈夫之遇知於天子하야 用力於當世者之爲也니 吾非惡此而逃之라 是有命焉하야 不可幸而致也ㄹ새오 躬居而野處하고 升高而望遠하야 坐茂樹以終日하고 濯淸泉以自潔하야 採於山에 美可茹요 釣於水에 鮮可食이라 起居無時하야 惟適之安이니 與其譽於前으론 孰若無毁於其後며 與其樂於身으론 孰若無憂於其心고 車服이 不維하며 刀鋸ㅣ 不加하고 理亂을 不知하며

趑趄、猶難進 囁嚅、欲言未言

無央、猶無盡

徜徉、猶徘徊

刺、即刺史

道、猶言也

黜陟을 不聞하나니 大丈夫ㅣ 不遇於時者之所爲也니 我則行之라호리 伺候於公卿之門하며 奔走於形勢之途하야 足將進而趑趄하며 口將言而囁嚅하고 處穢汙而不羞하고 觸刑辟而誅戮이라 僥倖於萬一하야 老死而後止者는 其於爲人에 賢不肖ㅣ 何如也오 昌黎韓愈ㅣ 聞其言而壯之하야 與之酒而爲之歌하니 曰、

盤之中이여 維子之宮이오 盤之土ㅣ여 維子之稼로다 盤之泉이여 可濯可沿이오 盤之阻여 誰爭子所오 窈而深하니 廓其有容이오 繚而曲하니 如往而復이로다 嗟盤之樂(音洛)兮여 樂且無央이라 虎豹ㅣ 遠跡兮여 蛟龍이 遁藏이오 鬼神이 守護兮여 呵禁不祥이로다 飮且食兮여 壽而康하니 無不足兮여 奚所望(音亡)고 膏(去聲)吾車兮여 秣吾馬하야 從子于盤兮여 終吾生以徜徉하리라

送陸歙州傪詩序

此吾州事、不可不知、兼文字中、以此意、施之郡守者甚侈、故選之、然陸侯雖有此除、未幾卒于道、不及到也

貞元十八年二月十八日에 祠部員外郎、陸君이 出刺歙州하니 朝廷夙夜之賢과 都邑游居之良이 齎咨涕洟하야 咸以爲不當去러라 歙은 大州也오 刺史는 尊官也라 由郎官而往者ㅣ 前後相望也며 當今賦出於天下에 江南이 居十九오 宣使之所察에 歙爲富州니 宰臣之所薦聞이오 天子之所選用이라 其不輕而重也ㅣ 較然矣니 如是而齎咨涕洟하야 以爲不當去者는 陸君之道ㅣ 行乎朝廷이면 則天下ㅣ 望其賜하고 刺一州면 則專而不能咸이니(今按莊子有周徧咸之語) 先一州而後天下는 豈吾君與吾相之心哉오리 於是에 昌黎韓愈ㅣ 道願留者之心而泄其

翺翔、猶逍遙

庸知猶言豈知

思하야 作詩曰我衣之華兮여 我佩之光이로다 陸君之去兮여 誰與翺翔고 歛此大惠兮여 施于一州로다 今其去矣라 胡不爲留오 我作此詩하야 歌于逵道하니 無疾其驅어다 天子有詔ㅣ시리라

師說

洪曰柳子厚、與韋中立書云、韓愈奮不顧流俗、作師說、因抗顏而爲師、又報嚴厚與書云、僕才能勇敢、不如韓退之、故不爲今師、余觀退之師說云、弟子不必不如師、師不必賢於弟子、其言非好爲人師者也○唐人、不知事師、此最可怪、退之云、若世無孔子、僕不當在弟子之列、當時宜爲師者非韓公其誰、韓門如李翺、張籍、皇甫湜、孟郊、公雖不耳提面命而爲之師然、誘掖作成、宗主之造、非師而何、柳子、雖屢謂韓公不合欲爲人師然、柳在柳州、士凡經子厚口講指畫、皆有師法、非師而何、但惜乎、二子之爲人師、不過詞章之師耳、雖以道爲說、而終非道統淵源之師也、詳見柳子厚答韋中立書

古之學者ㅣ 必有師니 師者는 所以傳道、授業、解惑也라 人非生而知之者ㅣㄴ댄 孰能無惑이리오 惑而不從師면 其爲惑也ㅣ 終不解矣니 生乎吾前하야 其聞道也ㅣ 固先乎吾면 吾從而師之하고 生乎吾後라도 其聞道也ㅣ 亦先乎吾면 吾從而師之니 吾ㅣ 師道也어니 夫庸知其年之先後生於吾乎리오 是故로 無貴無賤하며 無長無少오 道之所存은 師之所存也라 嗟乎라 師道之不傳也ㅣ 久矣니 欲人之無惑也ㅣ 難矣라 古之聖人은 其出人也ㅣ 遠矣로대 猶且從師而問焉이어늘 今之衆人은 其下聖人也ㅣ 亦遠矣로대 而耻學於師하니 是故로 聖益聖하고 愚益愚라 聖人之所以爲聖과 愚人之所以爲愚ㅣ 其皆出於此乎ㄴ저 愛其子하야는 擇師而敎之호대 於其身也엔 則耻師焉하니 惑矣라 彼童子之師는 授之書而習其句讀者也니 非吾所謂傳其道解其惑者也라 句讀之不知와 惑之不解에 或師焉하며 或不焉하니 小學而大遺ㅣ라 吾未見其明也로라 巫醫樂師百工之人은 不耻相師어늘 士大夫之族은 曰師曰弟子云者면

齒、猶齒論

專攻、猶專治

則群聚而笑之하야 問之則曰彼與彼로 年相似也오 道相似也니 位卑則足羞오 官盛則近諛ㅣ하니라 嗚呼라 師道之不復를 可知矣로다 巫醫百工之人을 君子ㅣ 不齒러니 今其智ㅣ 乃反不能及하니 可怪也歟ㄴ저 聖人은 無常師라 孔子ㅣ 師郯子、長弘、師襄、老聃하시니 郯子之徒ㅣ 其賢이 不及孔子오 孔子問樂於萇弘問禮於老聃問官名於都子學琴於師襄 孔子ㅣ 曰三人行에 則必有我師라하시니 是故로 弟子ㅣ 不必不如師오 師不必賢於弟子라 聞道ㅣ 有先後오 術業이 有專攻일새니 如是而已이라 李氏子、蟠이 年十七이라 好古文하야 六藝經傳을 皆通習之러니 不拘於時하고 請學於余어늘 余ㅣ 嘉其能行古道하야 作師說以貽之하노라

雜說

疊山云此篇主意、謂英雄豪傑、必遇知己者、尊之以高爵、養之以厚祿、任之以重權、斯可以展布

世有伯樂한 莊、馬蹄、伯樂善治馬、註伯樂姓孫名陽善馭馬、而氏星經云、伯樂、天星名、主典天馬、孫陽、善馭、故以爲名、謝云以伯樂喻知人者 然後에 有千里馬하나니 謝云比有異材〇此謂有賢宰相然後有英雄豪傑 爲之用 千里馬는 常有로대 異材 而伯樂은 不常有라 知人者〇謝云此謂英雄豪傑常有而賢宰相知人者不常有 故로 雖有名馬나 異材 秪辱於奴隸人之手하야 騈死於槽櫪之間이오 騈頭而死言多也 謝云高才居下位 不以千里稱也라 迂齋云有力謝云不知其爲異才〇此謂天下雖有英雄豪傑、徒受辱於昏君庸相之朝、沈滯於小官、終身不得行其志、不以英雄豪傑稱也

馬之千里者는 一食에 或盡粟一石이어늘 才之異乎人者、必尊位重祿以任使之〇此謂英雄豪傑、能立大事成大功者、必得尊位重祿、斯可以展布 食馬者ㅣ 不知其能千里而食也하니 今之養君子、不知其爲異才能加禮養、謝云此謂養英雄豪傑者、不知其能辨大事成大功而不以尊位重祿養之也 是馬ㅣ 雖有千里之能이나 食不飽하며 謝云一句三字〇位不尊 力不足하야 二句三字〇祿不重 才美ㅣ 不外見하야 三句五字此章法〇雖異才亦難展布也 且欲與常馬로 等이나 不可得이니 謝云祿位不足以展布反不如常材 安求其能千里也리오 安得見其爲異材謝云此謂英雄豪傑、雖有立大事成大功之才、無尊位無厚祿無重權、其才知不可展布且欲與庸衆人等而不可得安可求之辨大

策、鞭策

詩、詩傳、春秋、孔子所作、傳記、經傳史記

[事成大功哉] 策之不以其道하며 食之不能盡其材하며 鳴之不能通其意하고 [謝云此三句、卽孟子所謂弗與共天位也、弗與治天職也、弗與食天祿也、非王公尊賢也]

執策而臨之하야 曰天下에 無良馬라하니 [謂天下無異材] 嗚呼라 其眞無馬耶아 [其眞無才耶] 其眞不識馬耶아 [其上之人不識人耶、呂云結好、謝云此謂在使之不以其道爵祿之不能盡其材、諫不行言不聽而不得以行其志、爲宰相者操用其權不能知人乃曰天下無英雄豪傑、嗚呼、天下眞無英雄豪傑、宰相眞不識英雄豪傑]

獲麟解

春秋、魯哀公十四年、魯叔孫氏、西狩獲麟、此篇名獲麟解、只當以春秋獲麟論、麟爲聖王之瑞、本祥也、然春秋之末、聖王不作、孔子雖大聖、而戹窮在下、麟不當出而出、反所以爲不祥也、此篇以一祥字、反覆言之、始以爲祥、繼疑其不祥、未幾又以爲不爲不祥、末、明斷之以爲不祥、與柳文復乳穴記、反覆以祥字議論、同一機軸、宜參看、或謂元和七年、麟見東川、疑公因此而作、文公考異、謂此文有激而託意之辭、非必爲元和獲麟而作也、○又角者吾知其爲牛一節、東萊批云蘇文樂論、此下句、非也、退之老蘇、皆是學孔子語耳、莊子、載夫子稱老聃曰、鳥、吾知其能飛、魚、吾知其能遊、獸、吾知其能走、走者、可以爲網、遊者、可以爲綸、飛者、可以爲矰、至於龍、吾不能知其乘風雲而上天、吾今見老子、其猶龍耶、老蘇樂論、則曰、雨、吾見其所以濕萬物、日、吾見其所以燥萬物、風、吾見其所以動萬物也、隱隱谹谹而謂之雷、彼何用也、陰凝而不散、物蹙而不遂、雨之所不能濕、日之所不能燥、風之所不能動、雷一震焉、而凝者散、蹙者遂、以此見好文法、未始無所本也、但退之、用牛馬麋鹿等實字、置之句終、老蘇直用風雨等字、揭之句端、此微不同耳、

麟之爲靈이 昭昭也라 詠於詩하며 [麟之趾] 書於春秋하며 雜出於傳記百家之書하야 [公羊傳曰麟仁獸也、禮記麟鳳龜龍、謂之四靈、鶡冠子曰麟者元㮤之精、廣雅曰麟者含仁懷義、行步中規、折旋中矩、雜出傳記百家此類、是也] 雖婦人小子도라 皆知其爲祥也라 然이나 麟之爲物이 不畜於家하며 不恒有於天下하고 其爲形也ㅣ 不類하야 非若牛馬犬豕豺狼麋鹿然이니 然則雖有麟이나 不可知其爲麟也라ㅣ 角者는 吾知其爲牛오 鬣者는 吾知其爲馬오 犬豕豺狼麋鹿은 吾知其爲犬豕豺狼麋鹿이로대 惟麟也는 不可知니 不可知ㄴ댄 則其謂之不祥也ㅣ 亦宜로다 雖然이나 麟之出에 必有聖人이 在乎位니 麟은 爲聖人出也라 聖人者는 必知麟이니 麟之果不爲不祥也로다 又曰麟之所以爲麟者는 以德이오 不以形이니 若麟之出이 不待聖人이면 則謂之不祥也ㅣ 亦宜哉ㄴ제 [方說出主意斷以爲不祥]

諱辨

洪曰李賀父、晉肅、邊上從事、賀、年七歲、以長短之製、名動京華、時愈、與皇甫湜、覽賀所業、奇之、會有以晉肅行、上言者、二公、聯騎造門、請見其子、旣而總角、荷衣而出、面試一篇、承命欣然、傍若無人、仍目曰高軒過、二公大驚、命聯鑣而還、所居、親爲束髮、年未弱冠、丁內艱、它日擧進士、或謗賀不避家諱、文公、時著諱辨一篇、張昭、論舊君諱云、周穆王諱滿、至定王時有王孫滿者、厲王諱胡、至莊王之子名胡、其比衆多、退之諱辨取此意

愈、韓愈自謂

愈ㅣ 與進士李賀書하야 勸賀擧進士러니 賀擧進士有名이라 與賀爭名者ㅣ 毁之曰、賀ㅣ 父名은 晉肅이니 賀、不擧進士ㅣ 爲是오 勸之擧者ㅣ 爲非라하니 聽者不察하고 和去聲 而唱之하야 同然一辭라 皇甫湜이 曰子與賀ㅣ 且得罪로라 愈曰然하다 律에 曰二名은 不偏諱라하야늘 釋之者ㅣ 曰、謂若言徵에 不稱在하며 言在에 不稱徵이 是也라하고 律에 曰不諱嫌名이라하야늘 釋之者ㅣ 曰謂若禹與雨、丘與蓲之類ㅣ 是也라하니

禹、夏禹、丘、孔子名

此說用鄭氏禮記註

今賀ㅣ 父名晉肅이니 賀擧進士ㅣ 爲犯二名律乎아 爲犯嫌名律乎아 父名晉肅에 子不得擧進士ㄴ댄 若父名仁이면 子不得爲人乎아 夫諱는 始於何時오 作法制하야 以敎天下者ㅣ 非周公孔子歟아 周公이 作詩不諱하고

若曰克昌厥後又曰駿發爾私

孔子ㅣ 不偏諱二名하고

若曰宋不足徵又曰某在斯

春秋에 不譏不諱嫌名하니

若衛桓公名完

康王釗之孫이 實爲昭王이오

釗、康王

曾參之父ㅣ 名晳이로대 曾子ㅣ 不諱昔하고

若曰昔者吾友又曰裼裘而吊

周之時에 有騏期하며 漢之時에 有杜度하니

杜操字伯度曹魏時以其名同武帝故因以其字呼之又去其伯字呼爲杜度

此其子는 宜如何諱오 將諱其嫌하야 遂諱其姓乎아 將不諱其嫌者乎아 漢이 諱武帝名하야 徹爲通이어니와 不聞又諱車轍之轍하야 爲某字也며 諱呂后名雉하야 爲野鷄어니와 不聞又諱治天下之治하야 爲某字也오 今、上章及詔에 不聞諱、滸勢秉饑也오

滸近太祖廟諱勢近太宗廟諱、秉近代祖廟諱、饑近玄宗廟諱、唐高祖之祖名虎父名昞、太宗名世民、玄宗名隆基、代宗名豫

惟宦官宮妾이 乃不敢言諭及機하야 以

爲觸犯이라하니 以諭爲近代宗廟諱 以機爲近玄宗廟諱 士君子ㅣ 立言行事를 宜何所法守也오 今、考之於經하며 質之於律하며 稽之以國家之典인댄 賀擧進士ㅣ 爲可耶아 爲不可耶아 凡事父母를 得如曾參이면 可以無譏矣오 作人을 得如周公孔子면 亦可以止矣어늘 今世之士ㅣ 不務行曾參周公孔子之行이오 而諱親之名은 則務勝於曾參周公孔子하니 亦見其惑也로다 夫扶音 周公孔子曾參은 卒不可勝이니 勝周公孔子曾參을 乃比於宦官宮妾이면 則是宦官宮妾之孝於其親이 賢於周公孔子曾參者耶아

藍田縣丞廳壁記

此篇老健奇崛句句可爲縣丞故事尋常引用者甚多不可不熟也

丞之職은 所以貳令이니 於一邑에 無所不當問이오 其下는 主簿尉니 主簿尉는 乃有分職이로대 丞은 位高而偪하야 例以嫌으로 不可否事라 文書行에 吏抱成案하고 詣丞하야 卷其前하야 鉗以左手하고 右手로 摘紙尾하고 鴈鶩行以進하야 平立하야 睨丞曰當署라하면 丞이 涉筆하야 占位署호대 惟謹이오 目吏하야 問可不可하야 吏曰得이면 則退오 不敢略省하야 漫不知何事하니 官雖尊이나 力勢는 反在主簿尉下라 諺에 數慢이면 必曰丞이라하야 至以相訾謷하니 丞之設이 豈端使然哉아 博陵崔斯立이 種學績文하야 以蓄其有하니 泓涵演迤하야 日大以肆라 貞元初에 挾其能하야 戰藝於京師러니 再進再屈於人하고 元和初에 以前大理評事로 言得失이라가 黜官하야 再轉而爲丞玆邑하니 始至에 喟然曰官無卑라 顧材不足塞職이라하더라 既噤不得施用에 又喟然曰、丞哉丞哉여 余

丞、官名、貳、副也

豈端、猶言豈徒、

崔斯立、人姓名

㶁㶁、水流貌、除、庭除

不負丞이로대 而丞負余로다 則盡枿五葛反 去牙角하고 一躡故跡하야 破崖岸而爲之려라 丞廳에 故有記러니 壞漏하야 汚不可讀이라 斯立이 易桷與瓦하고 墁治壁고 悉書前任人、名氏하다 庭有老槐四行하고 南墻에 鉅竹千挺이 儼立若相持하고 水㶁㶁循除鳴이라 斯立이 痛掃漑하고 對樹二松하야 日哦其間하니 有問者면 輒對曰、余方有公事하니 子姑去하라 考功郎中知制誥韓愈는 記하노라

上宰相第三書

迂齋云以周公、與當時之事、反覆對說、而求士之緩急、居然可見、雖是退之、切於求進然、理亦如此○此書上於貞元十一年乙亥、公時年二十八歲、時相乃賈耽、盧邁也、前一書云、前鄉貢進士韓愈、謹伏光範門下、再拜獻書相公閤下、公二十五歲、已登進士第、時猶未出官、故只云前鄉貢進士、自正月二十七、至三月十六、凡三上書、詞益慷慨、世所謂光範三書者、此也、三上書不報、乃東歸、朱子論公所論、不免雜乎貪位慕祿之私者、正謂此類、然初年干進、亦誰能免、略之而取其議論文氣可也、書辭激切如此、而竟不報此二相者果何如人哉、

周公、乃、成王之叔父故曰叔父之親

愈는 聞周公之爲輔相하야 急於見賢也ㅣ 方一食에 三吐其哺하며 方一沐에 三握其髮이라하니 當是時하야 天下之賢才ㅣ 皆已擧用이오 姦邪讒佞欺負之徒ㅣ 皆已除去오 四海ㅣ 皆已無虞오 九夷八蠻、在荒服之外者ㅣ 皆已賓貢이오 天災時變、昆蟲草木之妖ㅣ 皆已敦息이오 天下之所謂禮樂刑政敎化之具ㅣ 皆已修理오 風俗이 皆已敦厚오 動植之物、風雨霜露之所霑被者ㅣ 皆已得宜오 休徵嘉瑞、麟鳳龜龍之屬이 皆已備至오 而周公이 以聖人之才로 憑叔父之親하야 其所輔理承化之功이 又盡章章如是하니 其所求進見之士ㅣ 豈復有賢於周公者哉아 不惟不賢於周公而已라 豈復有賢於時百執事者哉며 豈復有所計議ㅣ 能補於周公之化者哉아 然而周公이 求之를 如此其急하야 惟恐耳目이 有所不聞見하며 思慮ㅣ 有所未及하야 以負成王託周公之意ㅣ 不得於天下之心하니 設使前反 其時에 輔理承化之功이

虞、猶憂也

未盡章章如是오 而非聖人之才며 而無叔父之親이런들 則將不暇食與沐矣리니 又進一步不特吐握矣 豈特吐哺握髮爲勤而止哉리오 惟其如是라 故로 于今에 頌成王之德而稱周公之功을 不衰하나니 今閣下ㅣ 爲輔相이 亦近耳라 天下之賢才ㅣ 豈盡擧用이며 姦邪讒佞欺負之徒ㅣ 豈盡除去며 四海ㅣ 豈盡無虞며 九夷八蠻之在荒服之外者ㅣ 豈盡賓貢이며 天災時變昆蟲草木之妖ㅣ 豈盡銷息이며 天下之所謂禮樂刑政敎化之具ㅣ 豈盡修理며 風俗이 豈盡敦厚며 動植之物風雨霜露之所霑被者ㅣ 豈盡得宜며 休徵嘉瑞、麟鳳龜龍之屬이 豈盡備至며 其所求進見之士ㅣ 雖不足以希望盛德이나 至比於百執事ㄴ댄 豈盡出其下哉며 其所稱說이 豈盡無所補哉아 今雖不能如周公의 吐哺握髮이나 亦宜引而進之하야 察其所以而去就之오 不宜默默而已也라 愈之待命이 四十餘日矣니 書再上而志不得通하고 足三及門而閽人辭焉하니 惟其昏愚하야 不知逃遁일새 故復有周公之說焉하노라 古之士ㅣ 三月不仕則相吊라 故로 出疆에 必載質하니라 然이나 所以重於自進者는 以其於周不可면 則去之魯하고 於魯不可면 則去之齊하고 於齊不可면 則去之宋之鄭之秦之楚也어니와 今天下一君이오 回護善救首尾 四海一國이라 舍乎此則夷狄矣오 去父母之邦矣니 故로 士之行道者ㅣ 不得於朝면 則山林而已矣라 山林者는 士之所獨善自養하야 而不憂天下者之所能安也니 如有憂天下之心이면 則不能矣라 故로 愈ㅣ 每自進而不知愧焉하야 書亟上하고 足數及門而不知止焉이라 寧獨如此而已리오 惴惴焉惟不得出大賢之門을 是懼하노니 亦惟少垂察焉하라

殿中少監馬君墓銘

北平王馬燧之孫○迂齋云叙事有法、辭極簡嚴、而意味深長、結尾絕佳、感慨傷悼之情、見於言外、三世皆有舊、故其言如此、退之所作墓誌最多、篇篇各有體製、未嘗相襲○退之墓誌銘最多、最古雅、叙事有法得史筆、眞西山選在文章正宗者稍多、今以他篇、長不暇選、姑選其簡者、此篇所以簡略、亦以其人勳臣子孫、生平自無可見者、故只叙其家世、及我所感慨耳

君의 諱繼祖니 司徒、贈太師、北平莊武王之孫이오 尊之不書諱又名字顯人所皆知 少府監、贈太子少傅、諱暢之子라 便著說明 生四歲에 以門功으로 拜太子舍人하고 積三十四年에 五轉而至殿中少監하야 年三十七以卒하니 有男八人과 女二人하니라 始余初冠에 叙識北平王之始 應進士貢하야 在京師할새 窮不能自存하야 以故人稚弟로 拜北平王於馬前하니 王이 問而憐之하야 因得見於安邑里第라 王이 軫其寒飢하야 賜食與衣하고 召二子하야 使爲之主러니 其季ㅣ 遇我特厚하니 過接妙 少府監贈太子少傅者也오 姆ㅣ 莫補反又莫侯反 抱幼子立側에 眉眼이 如畫하고 髮漆黑하고 肌肉이 玉雪可念하니 殿中君也라 當是時하야 見王於北亭하니 猶高山深林에 形容三世德美 龍虎ㅣ 變化不測하니 傑魁人也오 退見少傅하니 翠竹碧梧에 鸞鵠이 停峙라 看他許多語分明如三人畫像語各有小大輕重 能守其業者也오 幼子는 繼祖 娟好靜秀하야 瑤環瑜珥오 蘭茁其芽하니 稱其家兒也러라 後四五年에 吾成進士去而東游라가 哭北平王於客舍하고 後十五六年에 吾爲尙書都官郎하야 分司東都러니 而少傅卒하야 哭之하고 又十餘年에 至今하야 哭少監焉하니 嗚呼라 吾未老耄오 自始至今이 未四十年이어늘 而哭其祖子孫三世하니 于人世에 何如也오 人欲久不死오 而觀居此世者는 何也오 五句四十字而宛轉曲折含意思無限

毛穎傳

洪慶善曰此傳柳子厚以爲、怪予以爲子虛烏有之比、其源出於莊周寓言○迂齋曰筆事、收拾盡善、將無作有、所謂以文滑稽者、贊尤高古、是學史記文字

毛穎者는 中山人也라 其先은 明眎니 (禮記兎曰明眎) 佐禹하야 治東方土하야 養萬物有功하야 因封於卯地하고 死爲十二神하니 (朱文公曰治東方土、爲句、以平水土言、於語勢無缺、養萬物有功、爲奏庶鮮食之義、意亦自明、以十二物、爲十二神、相承已久、亦未見所從來、缺之以俟知者、) 嘗曰吾子孫은 神明之後라 不可與物同이니 當吐而生이라하더니 已而오 果然이라 (論衡曰兎舐毫而孕生子從口中出) 明眎의 八世孫이 𪕮니 (乃侯切俗呼兎爲𪕮) 世傳當殷時에 居中山이라가 得神仙之術하야 能匿光使物하야 竊姮娥、騎蟾蜍하고 入月하니 其後代에 遂隱不仕云이라 居東郭者는 曰㕙이니 (且倫反) 狡而善走라 與韓盧로 爭能할새 盧ㅣ 不及하니 盧ㅣ 怒하야 與宋鵲으로 謀而殺之하고 醢其家하니라 (鵲、宋國良犬也、戰國策曰韓子盧者、天下之疾犬也、東郭㕙者海內之狡兎也、韓子盧、東郭㕙、環山者三、騰山者五、兎殛於前、犬斃於後、) 秦始皇時에 (結裹在秦) 蒙將軍恬이 南伐楚라가 次中山하야 將大獵以懼楚할새 (中山在秦東北、非伐楚所當次也、此固寓言、然亦不爲無失) 召左右庶長과 與軍尉하야 以連山으로 筮之하야 得天與人文之兆하니 筮者ㅣ 賀曰今日之獲은 不角不牙오 衣褐之徒라 缺口而長鬚오 八竅而趺居니 獨取其髦하야 簡牘是資라 天下ㅣ 其同書니 秦其遂兼諸侯乎ㄴ저 (用古韻學左傳中卜筮繇辭) 遂獵하야 圍毛氏之族하야 拔其豪하야 載穎而歸하야 獻俘于章臺宮하고 聚其族而加束縛焉하니 秦皇帝ㅣ 使恬으로 賜之湯沐而封諸管城하야 號曰管城子라하야 日見親寵任事러니 穎의 爲人이 强記(形容親切)而便敏하야 自結繩之代로 (推原其功大) 以及秦事히 無不纂錄하고 陰陽、卜筮、占相、醫方、族氏、山經、地志、字書、圖畫、九流、百家、天人之書와 及至浮圖、老子、外國之說을 皆所詳悉이오 又通於當代之務하야 官府、簿書、市井、貨錢、注記를 惟上所使하니 自秦皇帝와 及太子扶蘇、胡亥、丞相斯、中車

姮娥、舜之妻、入月、託爲蟾蜍

連山、夏易名

結繩、太古之時

浮圖、老子、即佛老之學

斯、指李斯

高、指趙高

衡石、即量衡關石

三人、指陳玄、陶泓、楮先生

魯衛毛聃、文王之孫

府令高로 下及國人이 無不愛重이오 又善隨人意하야 正直邪曲巧拙을 一隨其人하야 雖見廢棄나 終默不洩이오 惟不喜武士나 然이나 見請이면 亦時往이러라 回護 累拜中書令하야 與上益狎하니 上이 嘗呼爲中書君이라 上이 親決事할새 以衡石自程하야 雖宮人이라도 不得立左右호대 獨穎이 與執燭者로 常侍하야 上休라야 方罷러라 穎이 與絳人陳玄과 弘農、陶泓과 及會稽楮先生으로 友 唐絳州貢墨虢州貢瓦硯會稽貢紙故借名之 善하야 相推致하니 其出處ㅣ 必偕라 上이 召穎이면 三人者ㅣ 不待詔하고 輒俱往이로대 上이 未嘗怪焉이러라 後因進見에 上이 將有任使하야 拂拭之하니 因免冠謝한대 上이 見其髮禿하고 又所摹畫이 不能稱上意라 上이 嘻笑曰、中書君이 老而禿하니 不任吾用이라 吾嘗謂君中書러니 君今不中書邪아 尤佳 對曰臣所謂盡心者로다 因不復召하고 歸封邑하야 終于管城하니 其子孫이 甚多하야 散處中國夷狄하야 皆冒管城호대 惟居中山者ㅣ 能繼父祖業이러라 太史公이 曰毛氏ㅣ 有兩族하니 其一은 姬姓이니 文王之子ㅣ 封於毛하니 所謂魯衛毛聃者也라 見左傳 戰國時에 有毛公毛遂하고 獨中山之族은 不知其本所出이로대 子孫이 最爲蕃昌하니 春秋之成에 見絶於孔子나 而非其罪오 絕筆於獲麟 及蒙將軍이 拔中山之豪하야 始皇이 封諸管城하야 世遂有名而姬姓之毛는 無聞하니라 穎이 始以俘見이러니 卒見任使하야 秦之滅諸侯에 穎與有功이어날 賞不酬勞하고 以老見疎하니 秦直小恩哉ㄴ저 學史記

此傳、步驟史記爲之、後之某人、陸吉黃甘傳、唐子西陸䣸傳、楊誠齋豆盧柔傳、陳止齋、𧐢䵷傳之類、又步驟此傳、爲之者也

伯夷頌

春秋傳曰、武王克商、遷九鼎于洛邑、義士猶或非之、義士、謂伯夷也、此篇、頌伯夷非武王伐紂之事、前面只說其特立獨行亘萬古而不顧、末却以二句、斡轉見其扶植名敎之功妙甚

士之特立獨行하야 適於義而已이오 不顧人之是非는 皆豪傑之士ㅣ 信道篤而自知明者也라 一家非之라도 力行而不惑者ㅣ 寡矣오 至於一國一州非之라도 力行而不惑者ㅣ 蓋天下에 一人而已矣오 若至於擧世非之라도 力行而不惑者는 則千百年에 乃一人而已耳니

莊子逍遙篇、擧世譽之而不加勸、擧世非之而不加沮

若伯夷者는 窮天地亘萬古而不顧者也라

方本千下、有五字云、自周初至唐貞元年、幾二千年、公言千五百年、擧其成也○朱子曰今按此篇、自一家一國、以至擧世非之、而不惑者、汎說有此三等人、而伯夷之窮天地亘萬世而不顧、又別是上一等人、不可以此三者論也、前三等人、皆非有所指名、故擧世非之而不顧者亦難以年數之實、論其有無、而且以千百年言之、蓋其大約如此爾、今方氏以伯夷當之、已失全篇之大指、至於計其年數、則又捨其幾二千年全數之多、而反促就千五百年奇數之少、其誤益甚矣

昭乎日月이 不足爲明이오 崒乎泰山이 不足爲高오 巍乎天地ㅣ 不足爲容也니라

陳靜觀曰此三句皆形容雖聖人所爲、亦敢於非之之意、蓋日月孰不以爲明、而謂不足以爲明、下倣此

當殷之亡周之興에 微子는 賢也라 抱祭器而去之하고 武王周公은 聖也라 率天下之賢者와 與天下之諸侯而往攻之로대 未嘗聞有非之者也어날 彼伯夷叔齊者ㅣ 乃獨以爲不可하고 殷旣滅矣라 天下ㅣ 宗周어날 彼二子ㅣ 乃獨恥食其粟하야 餓死而不顧하니 繇是而言이면 夫豈有求而爲哉아 信道篤而自知明也ㄹ새라 今世之所謂士者는 一凡人이 譽之면 則自以爲有餘하고 一凡人이 沮之면 則自以爲不足이어날 彼獨非聖人而自是ㅣ 如此하니 夫聖人은 乃萬世之標準也라 余ㅣ 故로 曰若伯夷者는 特立獨行하야 窮天地亘萬世而不顧者也라하노라

朱子曰按此篇之意、所謂聖人、正指武王周公而言、既曰聖人、則是固爲萬世之標準矣、而伯夷者、乃獨非之而自是如此、是乃所以爲窮天地亘萬世而不顧者也、與世之以凡人之毁譽而遽爲喜慍者、遠矣讀者多誤、以伯夷爲萬世之標準、故因附其說云

雖然이나 微二子면 亂臣賊子ㅣ 接跡於後世矣리라

愚謂末一轉、簡健有力、見伯夷有功於萬世、名敎前面所未及也、呂成公曰武王、憂當世之無君、伯夷、憂後世之無君、須著如此平斷

原本備旨懸吐註解 古文眞寶後集卷之四 終

古文眞寶後集卷之五

昌黎文集序

李漢

漢、字南紀、公之子壻也、爲公作集序、以公之文、本於道、亦爲知公者、文亦雅健精密、非得公之傳者、能有此耶

文者는 貫道之器也라 文與道不相離、道無形、文有跡、故曰文者貫道之器 不深於斯道오 有至者ㅣ 不也니 易은 繇音冑 爻象하고 春秋는 書事하고 詩는 詠歌하고 書禮는 剔其僞하니 皆深矣乎ㄴ저 應前深字 秦漢已前엔 其氣ㅣ 渾然이오 迨乎司馬遷、相如、董生、揚雄、劉向之徒、尤所謂傑然者也ㅣ오 傑然與渾然異矣 至後漢曹魏하야는 氣象이 萎薾女結反하고 司馬氏以來는 規範이 蕩悉하야 謂易以下로 爲古文하야 剽掠潛竊로 爲工耳라 文與道ㅣ 蓁塞이 固然莫知也러라 先生이 生大曆戊申하니 略叙生長遷徙本末、亦見困艱苦而用力益深 幼孤하야 隨兄播遷韶嶺이라가 兄卒에 鞠於嫂氏러니 兄名會 嫂鄭氏 辛勤來歸하야 自知讀書하야 爲文에 日記數千百言하고 比壯에 經書를 通念曉析하고 酷排釋氏하며 諸史百子를 搜抉於決反하니 無隱하야 汗瀾卓踔勅角反하고 奫於倫反泓澄深하야 詭然而蛟龍이 翔이오 蔚然而虎鳳이 躍이요 鏘然而韶鈞이 發이라 日光玉潔이 周情孔思라 千態萬狀이 卒澤於道德仁義하야 炳如也라 澤如水有澤、言歸宿處也、此非道之深而文之至者歟 洞視萬古하고 愍惻當世하야 遂大拯頹風하야 敎人自爲하니 時人이 始而驚하고 中而笑且排어날 先生이 益堅한대 終而翕音吸然隨以定이라 三節說盡 退之平生 嗚呼라 先生於文에 摧陷廓淸之功이 比於武事면 可謂雄偉不常者矣라 長慶四年冬에 先生이 歿하니 門人、隴西、李漢이 辱知最厚且親일새 遂收拾遺文하야 無所失墜하니 合若干卷이라 目爲昌黎先生集하니라

韶鈞、謂虞舜簫韶、軒轅鈞天樂

昌黎、謂韓愈

欵、猶叩也

梓人傳　柳子厚

迂齋云規模、從呂氏春秋來、但他人不曾讀、故不能用、且不知子厚來處耳、○此篇、以梓人、喩相業、法度整嚴、議論的當、

裴封叔(名墐)之第ㅣ 在光德里러니 有梓人이 欵其門하고 願傭隟宇(叙事實隟當作隙乞逆反) 而處焉하니 所職은 尋引、規矩、繩墨이오 家不居礱(音籠) 斲(音卓) 之器라 問其能하니 曰吾는 善度材하야 視棟宇之制의 高深、圓方、短長之宜하노니 吾指ㅣ 使而群工이 役焉이오 捨我면 衆莫能就一宇라 故로 食官府에 吾受祿이 三倍하고 作於私家에 吾收其直이 太平焉이로다 他日에 入其室하니 其牀이 闕足이로대 而不能理하야 曰將求他工이라하야늘 余甚笑之하야 謂其無能而貪祿嗜貨者러니(抑之) 其後에 京兆尹이 將飾官署할새 余往過焉하니 委群材하고 會衆工하야 或執斧斤하며 或執刀鋸하야 皆環立嚮之어날 梓人이 左執引하고 右執杖하야 而中處焉하야 量棟宇之任하야 視木之能하야 擧揮其杖曰斧彼라하면 執斧者ㅣ 奔而右하고(如親見最狀物之妙處) 顧而指曰鋸彼라하면 執鋸者ㅣ 趨而左하고 俄而오 斤者ㅣ 斲하며 刀者ㅣ 削호대 皆視其色하고 俟其言하야 莫敢自斷者오 其不勝任者는 怒而退之호대 亦莫敢慍焉이오 畫宮於堵호대 盈尺而曲盡其制하야 計其毫釐而構大厦에 無進退焉이라 既成에 書于上棟曰、某年某月某建이라하니 則其姓字也오(揚之) 凡執用之工은 不在列이러라 余ㅣ 圜視大駭하야 然後에 知其術之工이 大矣왜라 繼而歎曰彼將、捨其手藝하고 專其心智하야 而能知體要者歟ㄴ저 吾ㅣ 聞勞心者는 役人하고 勞力者는 役於人이라호니 彼其勞心者歟ㄴ저 能者는 用而智者는 謀라호니 彼其智者歟ㄴ저 是ㅣ 足爲佐天子、相天下法矣ㅣ니 物莫近乎此也라 彼爲

八尺曰尋

天下者는 本於人하니 (應前聚衆工一段) 其執役者는 爲徒隸오 爲鄕師里胥오 其上은 爲下士오 又其上은 爲中士오 爲上士오 又其上은 爲大夫오 爲卿爲公이오 離而爲六職이오 判而爲百役이오 (應前群材等) 外薄四海에 有方伯連帥하고 郡有守하고 邑有宰호대 皆有佐政하고 其下는 有胥史하고 又其下는 有嗇夫版尹하야 以就役焉하니 猶衆工之各有執伎하야 以食力也오 彼佐天子相天下者는 擧而加焉하고 指而使焉하야 條其紀綱而盈縮焉하고 齊其法度而整頓焉하니 猶梓人之有規矩繩墨하야 以定制也오 擇天下之士하야 使稱其職하며 居天下之人하야 使安其業하야 (應前趨而左一句) 視都知野하며 視野知國하며 視國知天下하야 其遠邇細大를 可手據其圖而究焉이니 猶梓人이 畫宮於堵而績于成也오 能者란 進而由之하야 使無所德하며 不能者란 退而休之호대 亦莫敢慍이오 不衒能하며 不矜名하며 不親小勞하며 不侵衆官하야 日與天下之英才로 討論其大經이니 猶梓人之善運衆工而不伐藝也라 夫然後에 相道ㅣ 得而萬國이 理矣니 (唐諱治字以理字代) 相道ㅣ 旣得이오 萬國이 旣理면 天下ㅣ 擧首而望曰吾相之功也라하며 後之人이 循跡而慕曰彼相之才也라하야 士或談殷周之理者ㅣ 曰伊傅周召오 其百執事之勤勞는 而不得紀焉이니 猶梓人이 自名其功而執用者ㅣ 不列也라 大哉라 相乎여 通是道者는 所謂相而已矣로다 其不知體要者는 反此하야 (此段反說) 以、恪勤爲公하며 簿書爲尊하며 衒能、矜名하며 親小勞、侵衆官하야 竊取六職百役之事하야 听听 (魚隱反) 於府庭而遺其ㅣ 大者遠者焉하니 所謂不通是道也ㅣ라 猶梓人而不知繩墨之曲直과 規矩之方圓과 尋引之短長하고 姑奪衆工之斧斤刀鉅하야 以佐其藝오 又不能備

其工하야 以至敗績用而無所成也하니 不亦謬歟아 或曰彼主爲室者ㅣ 此一段承得好結有精神 儻或發其私智하야 牽制梓人之慮하야 奪其世守하고 而道謀를 是用이면 雖不能成功이나 豈其罪耶아 亦在任之而已니라 余曰不然하다 夫繩墨이 誠陳하고 規矩ㅣ 誠設이면 高者를 不可抑而下也오 狹者를 不可張而廣也니 由我則固오 不由我則圮어날 彼將樂去固而就圮也ㄴ댄 則卷其術하고 默其智하야 悠爾而去하야 不屈吾道면 是誠良梓人耳어니와 其或嗜其貨利하야 忍而不能捨也하며 喪其制量하야 屈而不能守也하고 棟撓屋壞라도 則曰非我罪也라하면 可乎哉아 余謂梓人之道ㅣ 類於相이라 前自梓人說起引來、譬喩相業、中一大段、自相業敷演、節節證歸梓人、末段、設爲問答、只及梓人而不復證說相業、最是一妙家數、末只將一句收拾之、余謂梓人之道、類於相、不特結盡一篇、末段之意、自了然不待言而喩矣、若曰譬之爲相者、守其所學、而君曰姑捨汝所學、而從我、則不合而去、是方爲眞相耳、苟貪位冒祿、道不合而不去、及天下不治、則曰非我罪也、如此、豈不贅絮也哉、今藏了此、一段不設破、妙甚妙甚、有餘不盡之意令人讀至此、滋味儁永、端可爲法

審曲面勢者라 語見周禮 今謂之都料匠云이니 余所遇者는 楊氏니 潛其名이라 故書而藏之하니 梓人은 蓋古之

與韓愈論史書

迂齋云掊擊辨難之體、沈著痛快、○退之爲史官、柳子厚、劉秀才、皆勉以作史、柳書首云前獲書言史事、退之集中、與柳子之書不存、所存者、荅劉秀才論史書、今載外集○云辱問敎、勉以所宜務愚以爲、凡史氏褒貶大法、春秋已備之矣、後之作者在據事跡、實錄則善惡自見、然、此尙非淺陋偸惰者、所能就、況褒貶邪、孔子聖人、作春秋、辱於魯衛陳宋齊楚、卒不遇而死、齊大史氏、兄弟幾盡、左丘明、紀春秋時事、以失明、司馬遷、作史記、刑誅、班固、瘦死、陳壽、起又廢、卒亦無所至、王隱、謗退死家、習鑿齒、無一足、崔浩、范曄亦誅、魏收、夭絕、宋孝王、誅死、足下所稱吳兢、亦不聞身貴、而今其後有聞也、夫爲史者、不有人禍、則有天刑、豈可不畏懼、而輕爲之、唐有天下二百年、聖君賢相、相踵、其餘文武之士、立功名、跨越前後者、不可勝數、豈一人、卒卒能紀而傳之邪、僕年志、已就衰退、不可自敦率、宰相、知其無他才能、不足用、哀其老窮齟齬而無所合不欲令四海內、有戚戚者、猥言之上、苟加一職、榮之耳、非必督責迫蹙、令就功役也、賤不敢逆盛指、行且謀引去、夫聖唐鉅跡、及賢士大夫事、皆磊磊軒天地、決不沈沒、今館中非無人、將必有作者勤而纂之、後生可畏、安知不在足下、亦宜勉之、○讀退之此書、然後讀子厚此書、皆是排闢、退之書中所說意了然矣、居其職則、宜稱其職、柳之以史事、責韓、與韓之以諫責陽城、一也、以韓之平生剛正、而有不敢作史之失、受責何疑、然卒能成順宗實錄五卷、亦可以塞責矣、與陽城救陸贄、沮延齡、略足相當、能補過如此、何損二子之賢哉、亦朋友責善之力也、

揚揚、自得貌

回、回避也

史佚、史官名、

前獲書하야 言史事云具與劉秀才書라 及今見書藁하니 私心이 甚不喜라 與退之往年言史事로 甚大謬로다 若書中言인댄 退之ㅣ 不宜一日在館下니 安有探宰相意하야 以爲苟以史筆로 榮一韓退之邪아 若果爾면 退之ㅣ 豈宜虛受宰相榮己하야 而冒居館下近密地하야 食奉養하고 役使掌故하고 利紙筆爲私書하야 取以供子弟費리오 古之志於道者ㅣ 不宜若是리라 且退之以爲紀錄者ㅣ 有刑禍라하야 避不肯就하니 尤非也라 史ㅣ 以名爲褒貶이라도 猶且恐懼不敢爲ㄴ댄 設使退之로 爲御史中丞大夫면 其褒貶成敗人이 愈益顯이니 其宜恐懼ㅣ 尤大也라 則又將揚揚入臺府하야 美食安坐하고 行呼唱於朝廷而已邪아 在御史猶爾어든 設使退之로 爲宰相이면 生殺出入升黜天下士하야 其敵이 益衆이니 則又將揚揚入政事堂하야 美食安坐하야 行呼唱於內庭外衢而已邪아 何以異不爲史而榮其號利其祿者也리오 又言不有人禍면 必有天刑이라하야 若以罪夫前古之爲史者然하니 亦甚惑이라 凡居其位하야 思直其道ㅣ니 道苟直이면 雖死나 不可回也오 如回之면 莫若亟去其位라 孔子之困于魯衛陳宋蔡齊楚者ㅣ 是也니 力詆紀錄者有刑禍之說 其時暗諸侯ㅣ 不能以也오 其不遇而死는 不以作春秋故也라 難得倒 當是時하야 雖不作春秋라도 孔子ㅣ 猶不遇而死也오 若周公史佚은 雖紀言書事나 猶遇且顯也니 又不得以春秋로 爲孔子累니라 詳於孔子而略於他亦有斟酌 范曄이 悖亂하니 雖不爲史나 其宗族이 亦誅오 司馬遷이 觸天子喜怒하고 班固ㅣ 不檢下하고 崔浩ㅣ 沽其直하야 以鬪暴虜하니 皆非中道오 左丘明은 以疾盲하니 出於不幸이라 子夏는 不爲史라도 亦盲하니 不可以是爲戒오 其餘도 皆不出此라 范曄爲後漢書、後以逆誅、司馬遷爲史記、以救李陵、忤武帝、遭腐

磊磊、魁傑貌

(刑、班固奴殺人、爲洛陽令捕死獄中、崔浩爲元魏史、直書魏先夷虜之實、爲魏主所誅、退之所引、不止此、子厚大略就此數人闢之、餘所不及、如齊太史兄弟、陳壽、王隱、習鑿齒、魏收、宋孝王、吳兢、輩、故、該以一句云、其餘皆不出此) 是ㅣ 退之ㅣ 宜守中道하야 不忘其直이오 無以他事로 自恐하라 退之之恐은 惟在不直하야 不得中道오 刑禍는 非所恐也니라 凡言二百年文武士ㅣ 多有하니 誠如此者로대 今退之曰我一人也ㅣ 何能明이리오하니 則同職者ㅣ 又所云이 若是오 後來繼今者ㅣ 又所云이 若是하야 人人이 皆曰我一人이라니 則卒誰能紀傳之邪아 如退之는 但以所聞知로 孜孜不敢怠하고 同職者와 後來繼今者ㅣ 亦各以所聞知로 孜孜不敢怠면 則庶幾不墜하야 使卒有明也리라 不然이면 徒信人口語하야 每每異辭하야 日以滋久면 則所云磊磊軒天地者ㅣ 決必不沈沒이오 且亂雜無可考니 非有志者의 所忍恣也오 果有志면 豈當待人督責迫蹙然後에 爲官守邪아 又凡鬼神事는 眇茫荒惑하야 無可準이라 明者의 所不道니 退之之智로도 而猶懼於此온여 今學如退之하고 辭如退之하고 好言論이 如退之하고 慷慨自謂正直行行焉이 如退之로대 (自謂正直行焉七字、有斟酌意謂果終畏禍不敢作史、則是自謂正直耳、人誰以正直稱之) 猶所云이 若是면 則唐之史述이 其卒無可託乎아 明天子、賢宰相이 得史才如此로대 而又不果하니 甚可痛哉라 退之는 宜更思하야 可爲든 速爲오 果卒以爲恐懼不敢이어든 則一日에 可引去니 又何以云行且謀也오 今當爲而不爲하고 又誘館中他人及後生者하니 此는 大惑已라 不勉己而欲勉人이면 難矣哉라

(元和八年三月乙亥、國子博士韓愈、遷比部郎中、史館修撰、先是、愈數黜官、又下遷、乃作進學解、以自喩、執政覽之、以其有史才、故除是官、制詞曰、太學博士、韓愈、學術精博、文力雄健、立詞措意、有班馬之風、求之一時、甚不易得、加以性方道直、介然有守、不交勢利、自致名望、可使執簡、列爲史官、記事書法、必無所苟、仍遷郎位、用示褒升、白居易詞也、觀此、豈可謂宰相、苟、加史職榮之邪、)

答韋中立書

迂齋曰觀後面三節、則子厚平生用力於文字之功、一一可考、韓退之、老蘇、陳後山、凡以文名家者、人人皆有經歷、但各有入頭處、與自得處耳、○古云師臣者帝、能自得師者王、帝王猶必有師況學者乎、唐世、人不事師、最風俗不古處、韓文公師說、已歎之矣、柳子厚此書、所云尤可歎也、師道之立、莫盛於宋、周程張朱、出而師友淵源、上揆魯鄒、卑哉、李唐之陋、至是一洗矣、此篇雖辭爲師之名、而告以平生用功、及所得之辭、已示以爲師之實、然所云者作文耳、雖以道爲說、而學道、徒以作文、師道之實、如是而已乎○此篇所云、見柳子作文用功之本領、求之六經左莊屈馬、大略相似、此韓柳所以方駕並驅也、

二十一日宗元은 白하노라 辱書云欲相師라하니 僕이 道不篤하고 業甚淺近하야 環顧其中에 未見可師者라 雖嘗好言論하고 爲文章이나 甚不自是也러니 不意吾子ㅣ 自京都로 來蠻夷間하야 (永州三代時爲蠻夷) 乃幸見取하니 僕이 自卜固無取오 假令有取라도 亦不敢爲人師니 爲衆人師도 且不敢이온 況敢爲吾子師乎아 孟子ㅣ 稱、人之患이 在好爲人師라하고 由魏晉氏以下로 人益不事師하야 今之世에 不聞有師오 有輒譁笑之하야 以爲狂人이어날 獨韓愈ㅣ 奮不顧流俗하고 犯笑侮하고 收召後學하야 作師說하야 因抗顏而爲師러니 世果群怪聚罵하야 指目牽引하야 而增與爲言詞하니 愈ㅣ 以是로 得狂名하야 居長安에 炊不暇熟하고 又挈挈而東하야 如是者ㅣ 數矣라 屈子賦에 曰邑犬이 群吠는 吠所怪也라 僕이 往聞庸蜀之南에 恒雨少日하야 (就引諭作議論) 日出則犬吠하니라 予以爲過言이러니 前六七年에 僕이 來南二年하야 冬幸大雪하야 踰嶺被南越中數州하니 數州之犬이 皆蒼黃吠噬狂走者ㅣ 累日하야 至無雪乃已라 然後에 始信前所聞者로라 今韓愈ㅣ 旣自以爲蜀之日이어날 (似是說韓愈不合如此其實是非當時人耳) 而吾子ㅣ 又欲使吾로 爲越之雪하니 不以病乎아 (關鎖好) 非獨見病이라 亦以病吾子다 然이나 雪與日이 豈有過哉아 顧吠者犬耳어니와 (以犬比當時人此子厚薄處) 度今天

齒舌、卽讒議

造、就也

下에 不吠者幾人고 而誰敢衒怪於群目하야 以召鬧取怒乎아 僕이 自謫過以來로 益少志
慮하야 居南中九年에 增脚氣病하야 漸不喜鬧하니 豈可使呶呶(尼交切)者로 早暮에 咈(音佛逆也)吾耳、
騷吾心이리오 則固、僵仆煩憒하야 愈不可過矣리니 平居에 望外遭齒舌이 不少로대 獨欠爲人
師耳라 抑又聞之호니 古者에 重冠禮는 將以責成人之道니 是聖人所尤用心也어날 數百年
來에 人不復行이러니 近者에 孫昌胤者ㅣ 獨發憤行之하고 既成禮에 明日造朝하야 至外廷하야 薦
笏言於卿士曰、某子ㅣ 冠畢이로라 應之者ㅣ 咸憮然이오 京兆尹鄭叔則이 怫然曳笏却立하야
曰何預我邪아 廷中이 皆大笑하니 天下ㅣ 不以非鄭尹而怪孫子는 何哉오 獨爲所不爲也ㅣㄹ새니
今之命師者ㅣ 大類此니라(似是說孫子爲人所不爲亦是非當時人耳) 吾子ㅣ 行厚而辭深하야 凡所作이 皆恢然有古人形
貌하니 雖僕이 敢爲師나 亦何所增加也리오 假而以僕이 年先吾子하고 聞道著書之日이 不後하야라
誠欲往來、言所聞인댄 則僕이 固願悉陳中所得者하리니 吾子ㅣ 苟自擇之하야 取某事去某事
則可矣어니와 若定是非하야 以教吾子ㄴ댄 僕이 才不足而又畏前所陳者니(應前) 其爲不敢也ㅣ 決
矣라 吾子前所欲見吾文을 既悉以陳之호니 非以耀明于子라 聊欲以觀子氣色하야 誠好惡ㅣ
何如也러니 今書來에 言者ㅣ 皆太過하니 吾子ㅣ 誠非佞譽誣諛之徒오 直見愛甚故然耳라
始吾ㅣ 幼且少하야 爲文章에(自是以下歷言平生用工夫處) 以辭爲工이러니 及長에 乃知文者는 以明道라 固不苟
爲炳炳烺烺하야(音郞○烺火明貌) 務采色、夸聲音하야 而以爲能也니 凡吾所陳은 皆自謂近道나 而不
知道之果近乎遠乎아 吾子ㅣ 好道而可吾文하니 或者、其於道에 不遠矣라(自此以下皆歷陳所得) 故로 吾

剽、疾也

偃蹇、驕矜貌

孟荀、孟子荀況、莊老、莊周老聃

大風、卽風病

每爲文章에 未嘗敢以輕心으로 掉之호니 懼其剽而不留也오 未嘗敢以怠心으로 易之호니 懼其弛而不嚴也오 未嘗敢以昏氣로 出之호니 懼其昧沒而雜也오 未嘗敢以矜氣로 作之호니 懼其偃蹇而驕也오 抑之는 欲其奧오 揚之는 欲其明이오 疏之는 欲其通이오 廉之는 欲其節이오 激而發之는 欲其淸이오 固而存之는 欲其重이니 此吾ㅣ 所以羽翼夫道也오 此心術中出故直說羽翼夫道 本之書하야 以求其質하고 本之詩하야 以求其恒하고 本之禮하야 以求其宜하고 本之春秋하야 以求其斷하고 本之易하야 以求其動하니 此ㅣ 吾所以取道之原也오 參之穀梁氏하야 以厲其氣하고 看他下許多本字又看他下面下許多參字只是五經用五介本字其餘只用參字不可移動 參之孟荀하야 以暢其支하고 參之莊老하야 以肆其端하고 參之國語하야 以博其趣하고 參之離騷하야 以致其幽하고 參之太史公하야 司馬遷史記 以著其潔하니 此吾所以旁推交通而以爲文也니 凡若此者는 果是邪아 非邪아 有取乎아 抑其無取乎아 吾子는 幸觀焉擇焉하야 有餘以告焉하라 苟亟來以廣是道긴댄 子不有得焉이면 則我得矣리니 又何以師云爾哉리오 不失了本旨師字 取其實而去其名하야 無招越蜀吠怪오 應前雪月 而爲外廷所笑면 應前冠禮 則幸矣라 只一句收拾盡前兩段譬喩引證文字有照應開合妙絶

捕蛇者說

迂齋曰犯死捕蛇、乃以爲幸、更役復賦、反以爲不幸、此豈人之情也哉、必有甚不得已者耳、此文抑揚起伏、宛轉斡旋、含無限悲傷悽惋之態、若轉以上聞、所謂、言之者無罪、聞之者足以戒、

永州之野에 産異蛇하니 黑質白章이라 觸草木이면 盡死오 以囓人이면 無禦之者ㅣ나 然이나 得而腊之하야 以爲餌면 可以已大風攣踠 踠音遠曲脚 瘻癘하고 去死肌殺三蟲이니 其始에 大醫ㅣ 以王命으로 聚之하야 歲賦其二할새 募有能捕之者면 當其租入하니 永之人이 爭犇走焉하니 有蔣氏者ㅣ 專

若、卽汝也

其利三世矣라 問之則曰吾祖ㅣ 死於是하고 吾父ㅣ 死於是하고 今吾ㅣ 嗣爲之十二年에 幾死者數矣로다 言之에 貌若甚慼者어날 余悲之하고 且曰若이 毒之乎아 余將告于莅事者하야 更若役하고 復若賦면 則何如오 蔣氏ㅣ 大慼하야 汪然出涕曰、君將哀而生之乎ㄴ댄 則吾斯役之不幸이 未若復吾賦不幸之甚也라 許以更役復賦、則大慼、似非人情所以如此以有下面許多不好故也 嚮吾不爲斯役이런들 則久已疾矣랏다 自吾氏ㅣ 三世居是鄕하야 積於今六十歲矣라 而鄕隣之生이 日蹙하야 殫其地之出하고 竭其廬之入하야 號呼而轉徙하고 飢渴而頓踣하야 觸風雨하며 犯寒暑하고 呼噓毒癘하야 往往而死者相藉也니 曩與吾祖居者ㅣ 今其室이 十無一焉이오 與吾父居者ㅣ 今其室이 十無二三焉이오 與吾居十二年者ㅣ 今其室이 十無四五焉이니 非死則徙耳라 而吾以捕蛇로 獨存하야 悍吏之來吾隣에 叫囂乎東西하며 隳突乎南北하야 譁然而駭者ㅣ 雖鷄狗라도 不得寧焉이어날 吾ㅣ 恂恂而起하야 視其缶而吾蛇ㅣ 尙存이면 則弛然而臥하고 謹食之하야 時而獻焉이오 退而甘食其土之有하야 以盡吾齒하니 盖一歲之犯死者ㅣ 二焉이오 其餘則熙熙而樂이라 豈若吾鄕隣之旦旦有是哉리오 緣此數節所以情願捕蛇 今雖死于此라도 比吾鄕隣之死면 則已後矣니 又安敢毒耶아 百來字內四五轉每轉每緊 余ㅣ 聞而愈悲하노라 孔子ㅣ 曰苛政은 猛於虎也라하시니 一篇主張從此一句中出爲先有此一句所以有一篇之意 吾嘗疑乎是러니 今以蔣氏로 觀之하니 尤信이로다 嗚呼라 孰知賦斂之毒이 有甚是蛇者乎아 此轉尤佳只此一句便結了 故爲之說하야 以俟夫觀人風者ㅣ 得焉하노라

種樹郭橐駝傳

傴、短醜傴僂

天、天性

拳、曲也

字、猶愛也、而、汝也、遂、成也

迂齋曰凡事、有心則費力、求工則反拙、曲盡種植之妙、末引歸時事、聞者可戒、與捕蛇說、同一機括、

郭槖駝는 不知始何名이오 病僂하야 隆然伏行하야 有類槖駝者ㅣㄹ새 故로 鄕人이 號之曰駝라하니 駝聞之曰、甚善타 名我ㅣ 固當이로다 因捨其名하고 亦自謂槖駝云이라 其鄕曰豐樂이니 鄕在長安西라 駝ㅣ 業種樹하야 凡長安豪家富人이 爲觀遊、及賣果者ㅣ 皆爭迎取養하니 視駝所種樹ㅣ 或移徙라도 無不活이오 (先言種植之効) 且碩茂하고 蚤實以蕃하야 他植者ㅣ 雖窺伺倣慕나 莫能如也러라

有問之하니 對曰槖駝ㅣ 非能使木으로 壽且孳(音字)也라 以能順木之天하야 以致其性焉爾니 凡植木之性이 (言種植之法) 其本은 欲舒하고 其培는 欲平하고 其土는 欲故하고 其築은 欲密이니 既然已어든 勿動勿慮하고 去不復顧라 (要緊全在此) 其蒔也ㅣ 若子하고 其置也ㅣ 若棄면 (非眞棄之、棄之所以子之也) 則其天者ㅣ 全而其性이 得矣라 故로 吾不害其長而已오 非有能碩而茂之也며 (卽勿助長之說) 不抑耗其實而已이오 非有能蚤而蕃之也어날 他植者則不然하야 根拳而土易하고 (與前反) 其培之也ㅣ 若不過焉이면 則不及焉이오 苟有能反是者ㅣㄴ댄 則又愛之太恩하고 憂之太勤하야 旦視而暮撫하며 (並與前反) 已去而復顧하고 甚者는 爪其膚하야 以驗其生枯하며 (形容助長之病也) 搖其本하야 以觀其疎密하니 而木之性이 日以離矣라 雖曰愛之나 其實은 害之오 雖曰憂之나 其實은 讐之니 故로 不我若也라 吾又何能爲矣哉리오

問者ㅣ 曰以子之道로 移之官理ㅣ 可乎아 駝ㅣ 曰我知種樹而已오 理는 非吾業也라 然이나 吾居鄕하야 見長人者ㅣ 好煩其令하야 若甚憐焉이로대 而卒以禍하니 旦暮에 吏來而呼曰官命이라 促爾耕하며 勗爾植하며 督爾穫하며 蚤繅而緖하며 蚤織而縷하며 字而幼孩하며 遂而鷄豚이라하야 鳴

朝曰饔、夕曰飧

鼓而聚之하고 擊木而召之하니 吾는 小人이라 具饔飧하야 以勞吏者도라 且不得暇온 又何以蕃吾
生而安吾性耶아 故로 病且怠하니 若是則與吾業者로 其亦有類乎아 問者ㅣ 喜曰不亦善
夫아 吾問養樹하라가 得養人術이로다 傳其事하야 以爲官戒也하노라 法揚子雲問鑄金得鑄人

愚溪詩序

迂齋曰只一箇愚字、旁引曲取、橫說竪說、更無窮已、宛轉紆餘、含意深遠、自不愚而入於愚、自愚而終於不愚、屢變而不可詰、此文字妙處、○子厚自謫永州、文章大進、凡今柳文、膾炙人口自皆永柳諸作也、永州、遊山水諸記、皆奇、零陵一山水一木石、至今猶衣被柳文之聲光如愚溪之境、後來詩人文士、足跡至焉者、未嘗不見之歌詠焉、篇中用意變態、迂齋之批盡之矣

灌水之陽에 有溪焉하야 東流入于瀟水하니 瀟湘之瀟 或曰冉氏嘗居也ㄹ새 故로 姓是溪하야 爲冉溪오
或曰可以染也ㄹ새 名之以其能이라 故로 謂之染溪라 布置與盤谷序相似 余ㅣ 以愚觸罪하야 先頓放了一愚字爲下張本 謫瀟
水上이러니 愛是溪하야 入二三里에 得其尤絕者하야 家焉하니 古有愚公谷이어니와 引證 今予ㅣ 家是溪
而名莫能定호니 土之居者ㅣ 尤斷斷焉、斷斷二字出前漢書 不可以不更也ㄹ새 故로 更之爲愚溪하고 愚溪
之上에 買小丘하야 爲愚丘하고 自愚丘로 東北行六十步에 得泉焉하야 又買居之하니 爲愚泉이라
愚泉이 凡六穴이라 皆出山下平地하니 蓋上出也라 合流屈曲而南하야 爲愚溝하고 遂負土累石하야
塞其隘하니 爲愚池하고 愚池之東이 爲愚堂이오 其南이 爲愚亭이오 池之中이 爲愚島ㅣ니 嘉木異
石이 錯置하니 皆山水之奇者어날 見山水草木本未嘗愚 以余故로 咸以愚로 辱焉이라 夫水는 智者樂也어날 智與愚反
今是溪ㅣ 獨見辱於愚는 何哉오 疑辭 蓋其流ㅣ 甚下하니 不可以灌漑오 略言愚之狀 又峻急多砥石하니
坻音遲體自身說 大舟ㅣ 不可入也오 幽邃淺狹하야 蛟龍이 不屑하니 不能興雲雨ㅣ라 無以利世오 皆是體自身說 而

牢、猶閑圈、籠、猶籠絡

婦寺、即宮妾宦官

適類於余하니 然則雖辱而愚之라도 可也라 斷辭 甯武子ㅣ 邦無道則愚하니 智而爲愚者也오 顔子ㅣ 終日不違如愚하니 睿而爲愚者也라 皆不得爲眞愚오 回護佳存謙避前賢之意 今余는 遭有道하야 而違於理하고 悖於事하니 故로 凡爲愚者ㅣ 莫我若也라 言己方是眞愚 夫然則天下ㅣ 莫能爭是溪일새 余ㅣ 得專而名焉이로라 溪雖莫利於世나 愚 而善鑑萬類하야 淸瑩秀澈하고 言雖愚而有不愚者存所以況己所以譏時 鏘鳴金石하야 能使愚者로 喜笑眷慕하야 樂而不能去也오 余雖不合於俗이나 愚 亦頗以文墨으로 自慰하야 漱滌萬物하며 牢籠百態하야 而無所避之라 子厚未甘伏介愚字此見胷中不能平處 以愚辭로 歌愚溪면 則茫然而不違하고 昏然而同歸하야 超鴻蒙하며 混希夷하야 結妙所以散遺胷中滯慮 寂寥而莫我知也니 於是에 作八愚詩하야 紀于溪石上하니라 八愚詩今集中無之

說苑、齊恒公、出獵、入山谷中、見一老、問曰是爲何谷、曰爲愚公之谷、以臣名之、○孔子世家洙泗之間、齗齗如也、魚斤反、說文齒本也、○莊子、在宥篇、雲將適遭鴻蒙、注、鴻蒙、自然元氣也、○老子、贊玄篇、視之不見、名曰夷、聽之不聞、名曰希、注、無色曰夷、無聲曰希

桐葉封弟辯

字數不多、曲折甚多、婉而切、辯而明、此柳子所長也、後之爲文者、爲之、添數百字不啻矣、守原議、亦然、與非國語、皆一樣手段

古之傳者ㅣ 有言호대 成王이 以桐葉으로 與小弱弟하야 唐叔名虞 戲曰以封汝호리라 周公이 入賀하니 王曰戲也로라 周公이 曰天子는 不可戲라하고 乃封小弱弟於唐하니라 吾意不然이로라 王之弟ㅣ 當封邪ㄴ댄 周公이 宜以時言於王하야 不待其戲而賀以成之也오 不當封邪ㄴ댄 周公이 乃成其不中之戲하야 以地以人으로 與小弱者爲之主면 其得爲聖乎아 且周公이 以王之言이 不可苟焉而已라하야 必從而成之邪아 設有不幸하야 王以桐葉으로 戲婦寺라도 亦將擧而從之乎아 凡王

遂、成也、過、過失

翼、猶輔翼

者之德이 在行之何若니이 設未得其當이면 雖十易之라도 不爲病이오 要於其當하야 不可使易也니 而況以其戲乎아 若戲而必行之면 是는 周公이 教王遂過也로다 吾意、周公이 輔成王에 宜以道로 從容優樂하야 要歸之大中而已오 必不逢其失而爲之辭며 又不當束縛之、馳驟之하야 使若牛馬然이니 急則敗矣라 且家人父子도 尚不能以此自克이온 況號爲君臣者邪아 是直小丈夫缺缺(傾雪反)者之事니 非周公의 所宜用이라 故로 不可信이니라 或曰封唐叔이어날 史佚이 成之하니라 (事見史記晉世家)

晉文公問守原議

(事見左傳僖公二十四年)

晉文公이 既受原於王하고 難其守하야 問於寺人勃鞮하야 以畀趙衰하니 余謂守原은 政之大者也라 所以承天子、樹霸功하야 致命諸侯니 不宜謀及媟近하야 以忝王命이어날 而晉君이 擇大任호대 不公議於朝하고 而私議於宮하며 不博謀於卿相하고 而獨謀於寺人하니 雖或衰之賢이 足以守오 國之政이 不爲敗라도 而賊賢失政之端이 由是滋矣온 況當其時하야 不乏言議之臣乎아 狐偃이 爲謀臣하고 先軫이 將中軍이어날 晉君이 疏而不咨하며 外而不求하고 乃卒定於內豎하니 其可以爲法乎아 且晉君이 將襲齊桓之業하야 以翼天子하니 乃大志也라 然而齊桓이 任管仲以興하고 進豎刁以敗하니 則獲原啓疆이 適其始政이라 所以觀視諸侯也이어날 而乃背其所以興하고 迹其所以敗온 然而能伯諸侯者는 以土則大오 以力則强이오 以義則天子之冊也일새

崔公、卽崔君敏
惡知、猶烏知

誠畏之矣언정 烏能得其心服哉오리 其後에 景監이 秦宦者 得以相衞鞅하고 弘石이 弘恭石顯漢宦者 得以殺望之하니 誤之者는 晉文公也라 嗚呼라 得賢臣하야 以守大邑하니 則問雖失問이나 擧非失擧也로대 然이나 猶羞當時、陷後代ㅣ 若此하니 況於問與擧ㅣ 又兩失者아 其何以救之哉오리 余故著晉君之罪하야 以附春秋許世子止、晉趙盾之義하노라 許世子、止、因不嘗藥、春秋書、許世子止弑其君買、趙盾、因亡不越境、反不討賊、春秋書、晉趙盾弑其君夷皐

連州郡復乳穴記

柳子厚、時在永州、連州守乃崔君敏、○此篇以祥字、反覆議論、始以爲祥、繼以爲非祥、末復以爲祥、與獲麟解、相似、使他人爲之、孟嘗還珠事、恐不能不用、此只就目前事說、能不用、亦一高處、○眞西山亦選此篇、入文章正宗

石鍾乳는 餌之最良者也라 楚越之山에 多産焉호대 于連、于韶者ㅣ 獨名於世하니 連之人이 告盡焉者ㅣ 五載矣라 以貢則買諸他部러니 今刺史崔公이 至逾月에 穴人이 來하야 以乳復으로 告하니 邦人이 悅是祥也하야 雜然謠曰、 甿之熙熙여 崔公之來로다 叶音離 公化所徹에 土石이 蒙烈이로다 以爲不信인댄 起視乳穴하라 穴人이 笑之曰是ㅣ 惡知所謂祥邪아 嚮吾ㅣ 以刺史之貪戾嗜利하야 徒吾役而不吾貨也ㄹ새 吾是以로 病而始焉이러니 今吾刺史ㅣ 令明而志潔하고 先賴而後力하야 欺誣ㅣ 屛息하고 信順이 休洽하니 吾以是로 誠告焉이로라 且夫乳穴이 必在深山窮林하야 氷雪之所儲오 豺虎之所廬라 由而入者ㅣ 觸昏霧하며 扞龍蛇하야 束火以知其物하고 縻繩以志其返하니 其勤이 若是어날 出又不得吾直하니 吾用是로 安得不以盡告오리 今令人而乃誠吾告故也니 何祥之爲오리 士ㅣ 聞之曰謠者之祥也는 乃其所謂怪者也오 笑者之非祥也는 乃其所謂眞祥者也라 君子之祥也는 以政이오 不以怪니 誠乎物而信乎道하야 人樂用命하야 熙

直、猶價也

若、汝也

令、卽守令

考績、猶考功

熙然以效其有하니 斯其爲政也ㅣ라 而獨非祥也歟아

送薛存義序

東萊云雖句少而極有反覆

河東薛存義ㅣ 將行할새 柳子ㅣ 載肉于俎하고 崇酒于觴하야 追而送之江之滸하야 飮食之하고 且告曰凡吏于土者ㅣ 若知其職乎아 盖民之役이오 非以役民而已也라 凡民之食于土者ㅣ 出其十一하야 傭乎吏하야 使司平於我也어날 今受其直하고 怠其事者ㅣ 天下ㅣ 皆然이로다 豈惟怠之리오 又從而盜之온여 向使傭一夫於家에 受若直하고 怠若事하며 又盜若貨器면 則必甚怒而黜罰之矣리니 以今天下ㅣ 多類此로대 而民이 莫敢肆其怒與黜罰은 何哉오 勢不同也라ㄹ새 勢不同而理同하니 如吾民에 何오 有達于理者면 得不恐而畏乎아 存義ㅣ 假令零陵이 永州縣 一年矣라 蚤作而夜思하고 勤力而勞心하야 訟者ㅣ 平하며 賦者ㅣ 均하고 老弱이 無懷詐暴憎하니 其爲不虛取直也ㅣ 的矣오 其知恐而畏也ㅣ 審矣라 吾ㅣ 賤且辱하야 柳時謫永 不得與考績幽明之說일새 於其往也에 故賞以酒肉而重之以辭하노라

養竹記　　白樂天

竹似賢하니 何哉오 竹本이 固하니 固以樹德이라 君子ㅣ 見其本이면 則思善建不拔者하고 老子曰善建者不拔 竹性이 直하니 直以立身이라 君子ㅣ 見其性이면 則思中立不倚者하고 竹心이 空하니 空以體道라 君子ㅣ 見其心이면 則思應用虛受者하고 竹節이 貞하니 貞以立志라 君子ㅣ 見以節이면 則思砥礪

捐館、猶言薨逝
尋、八尺、
苯蕁薈蔚、荒蕪貌

名行하야 夷險一致者하나니 夫如是라 故로 君子人이 多樹之하야 爲庭實焉이라 貞元十九年春에 居易ㅣ 以拔萃로 選及第하야 授校書郎하니 始於長安에 求假居處하야 得常樂里、故關相國名播私第之東亭而處之러니 明日에 履及于亭之東南隅하야 見叢竹於斯하니 枝葉이 殄瘁하야 無聲無色이라 詢乎關氏之老하니 則曰此ㅣ 相國之手植者라 自相國捐館으로 他人이 假居하야 繇是로 筐篚者ㅣ 斬焉하며 篲箒者ㅣ 刈焉하야 刑餘之材ㅣ 長無尋焉이오 數無百焉이어날 又有凡草木이 雜生其中하야 苯蕁薈蔚하야 有無竹之心焉이로다 居易ㅣ 惜其嘗經長者之手오 而見賤俗人之目하야 翦棄若是나 本性이 猶存이라 乃刪蘙薈하며 除糞壤하고 疏其間하며 封其下호대 不終日而畢하니 於是에 日出有清陰하고 風來有清聲하야 依依然、欣欣然하야 若有情於感遇也러라 嗟乎라 竹은 植物也라 於人에 何有哉리오마는 以其有似於賢일새 而人猶愛惜之하며 封植之하니 況其眞賢者乎아 然則竹之於草木에 猶賢之於衆庶니 嗚呼라 竹不能自異라 惟人이 異之오 賢不能自異라 惟用賢者ㅣ 異之니라 故作養竹記하야 書于亭之壁하야 以貽其後之居斯者하고 亦欲以聞於今之用賢者云이라

此作、與濂溪愛蓮說相似、一寄意於賢、一寄意於君子、非徒在於竹與蓮而已也、白居易、字樂天、其人樂易君子也、文字明白平正、不尙奇異深奧、亦與其詩、大體相類云、

阿房宮賦

秦始皇、以咸陽人多、先王宮庭、小、乃營作朝宮渭南上林苑中、先作前殿於阿房、阿山曲也、房旁也乃舊地名、旣成、未更名而燬、故天下只云阿房宮、○按前漢書、賈山傳、阿房宮、顏注、殿之四阿、皆爲房也、房或作旁、說云作此殿、初未有名、以其去咸陽近、且號阿房、房近也、與房舍義不同○陳止齋曰杜牧之、阿房賦、非吳武陵不重○洪容齋曰唐人作賦、多以造語爲奇、杜牧阿房賦、明星熒熒一節、比興引喩、如是其侈、然、楊敬之華山賦在前、叙述尤壯、曰見若咫尺、田千畝矣、見若環堵、城千雉矣、見若杯水、池百里矣、見若蟻垤、臺九層矣

(六王、六國之王) (錙銖、極言細小、泥沙、極言猥微賤)

醯鷄往來、周西東矣、蠛蠓紛紛、秦速亡矣、蜂窠聯聯、起阿房矣、俄而復然、立建章矣、小星奕奕、焚咸陽矣、纍纍繭栗、祖龍藏矣、高彦休闕史、云敬之賦五千字、唱在人口、賦之句如、上數語、杜司徒佑、李太尉德裕、常所誦、牧之乃佑孫、則阿房賦、實模倣楊作也

六王이 畢하니 四海ㅣ 一하고 蜀山이 兀하니 阿房이 出이라 (起便作壯語) 覆壓三百餘里하야 隔離天日하니 驪山이 北搆而西折하야 直走咸陽하고 二川이 溶溶하야 流入宮墻이라 五步에 一樓오 十步에 一閣이라 廊腰ㅣ 縵廻하고 簷牙ㅣ 高啄하야 各抱地勢하야 鉤心鬪角하니 盤盤焉하며 囷囷焉하야 蜂房水渦ㅣ 矗不知其幾千萬落이로다 長橋ㅣ 臥波하니 未雩何龍이며 (龍星見而雩、非龍鳳之龍也、牧元誤用、後人因欲改雩爲雲) 複道ㅣ 行空하니 不霽何虹가 高低冥迷하야 不知西東이라 歌臺暖響은 春光이 融融하고 舞殿冷袖는 風雨ㅣ 凄凄하야 一日之內와 一宮之間에 而氣候ㅣ 不齊로다 妃嬪媵嬙과 王子皇孫이 辭樓下殿하야 輦來于秦하야 朝歌夜絃하야 爲秦宮人이로다 明星熒熒은 開粧鏡也오 綠雲擾擾는 梳曉鬟也오 渭流漲膩는 棄脂水也오 煙斜霧橫은 焚椒蘭也오 雷霆乍驚은 宮車過也니 轆轆遠聽에 杳不知其所之也로다 一肌一容이 盡態極姸하야 縵立遠視而望幸焉이로대 有不得見者ㅣ 三十六年이라 (始皇在位只三十六年) 燕趙之收藏과 韓魏之經營과 齊楚之精英에 幾世幾年에 摽掠其人하야 倚疊如山이로대 一旦에 不能有하고 (元作有不能晦庵云當作不能有) 輸來其間하야 鼎鐺玉石과 金塊 (元作瑰曾南豊云當作塊) 珠礫을 棄擲邐迤호대 秦人이 視之엔 亦不甚惜이라 嗟乎라 一人之心은 千萬人之心也니 秦愛紛奢어든 人亦念其家어날 (前述其侈此乃非之) 奈何、取之를 盡錙銖하고 用之를 如泥沙하야 使負棟之柱ㅣ 多於南畝之農夫며 架梁之椽이 多於機上之工女며 釘頭磷磷이 多於在庾之粟粒이며 瓦縫參差ㅣ 多於周身之帛縷며 直欄橫檻이 多於九土之城郭이며 管絃嘔啞ㅣ 多於市人之言語하야 使天下之人으로

腷臆、抑寃貌

不敢言而敢怒하고 獨夫之心이 日益驕固러니 戍卒이 叫에 陳勝吳廣 函谷이 擧하야 楚人一炬에 項羽 可
憐焦土로다 工而切 嗚呼라 滅六國者는 六國也오 非秦也며 族秦者는 秦也오 非天下也니 孟子國必
自伐之意 嗟夫라 使六國으로 各愛其人이면 則足以拒秦이오 秦復愛六國之人이면 則遞二世하야 可至萬
世而爲君이니 誰得而族滅也리오 即賈生仁義不施之意、無此一段理致議論、則文字太華麗、而欠典實矣 秦人이 不暇自哀而後人이 哀之오
後人이 哀之而不鑑之하야 亦使後人而復哀後人也로다 末意規諷有感漢悠長之味、良可戒後人好土木之妖者云

弔古戰場文 李華

形容戰場悽慘之情、溢於言意之表也

浩浩乎平沙無垠하야 夐不見人하니 河水는 縈帶하고 群山은 糾紛이라 黯兮慘悴하야 風悲日曛하고
蓬斷草枯하야 凜若霜晨하니 鳥飛不下하고 獸挺亡群이라 亭長이 告余曰此는 古戰場也니 嘗覆
三軍이라 往往鬼哭하야 天陰則聞이니라 傷心哉라 秦歟아 漢歟아 將近代歟아 吾聞夫齊魏徭
戍하고 荊韓召募에 萬里奔走하고 連年暴露하야 沙草晨牧하고 河氷夜渡하니 地闊天長하야 不知歸
路라 寄身鋒刃하니 腷臆誰訴오 秦漢而還으로 多事四夷하야 中州耗斁ㅣ 無世無之로라 古稱戎
夏ㅣ라 不抗王師러니 文敎ㅣ 失宣하야 武臣이 用奇ㅣ새 奇兵이 有異於仁義하고 王道ㅣ 迂闊而莫
爲라 孟子題辭 嗚呼噫嘻로다 吾想夫、北風이 振漠하고 胡兵이 伺便하니 主將이 驕敵하고 期門이 受
戰이라 野豎旌旗하고 川回組練하야 法重心駭코 位尊命賤이라 利鏃이 穿骨하고 驚沙ㅣ 入面하니 主
客이 相搏에 山川이 震眩하야 聲折江河하고 勢崩雷電이라 至若窮陰이 凝閉에 凜冽海隅하야 積

牧、李牧。

玁狁、謂北狄

穆穆棣棣、言其威儀

雪이 沒脛하고 堅氷이 在鬚라 鷙鳥는 休巢하고 征馬는 踟躕로다 繒纊이 無溫하야 墮指裂膚하니 當此苦寒에 天假强胡하야 憑陵殺氣하야 以相剪屠라 徑截輜重하며 橫攻士卒하야 都尉ㅣ 新降하고 將軍이 復沒하니 屍塡巨港之岸하고 血滿長城之窟하야 無貴無賤히 同爲枯骨이라 可勝言哉아 鼓衰兮力盡하고 矢竭兮弦絶이라 白刃交兮寶刀折하니 兩軍蹙兮生死決이라 降矣哉아 終身夷狄이오 戰矣哉아 骨暴沙礫이로다 鳥無聲兮山寂寂이오 夜正長兮風淅淅이라 魂魄結兮天沈沈이오 鬼神聚兮雲冪冪이라 日光寒兮草短이오 月色苦兮霜白이로다 傷心慘目이 有如是耶아 吾聞之호니 牧用趙卒하야 大破林胡하니 開地千里하며 遁逃匈奴하고 漢傾天下하야 財殫力痡하니 任人而已라 其在多乎아 周逐玁狁하야 北至太原하야 旣城朔方하고 全師而還하니 飮至策勳에 (左隱公五年、三年而治兵、入而振旅、歸而飮至、以數軍實) 和樂且閑하야 穆穆棣棣ㅣ 君臣之間이러니 秦起長城하야 竟海爲關호대 荼毒生靈하야 萬里朱殷이오 (左成公二年左輪朱殷注朱血色久則殷) 漢擊匈奴하야 雖得陰山이나 枕骸遍野하야 功不補患이라 (叶韻平聲) 蒼蒼烝民이 誰無父母리오 提携捧負하야 畏其不壽오 誰無兄弟ㅣ 如足如手며 誰無夫婦ㅣ 如賓如友리오 生也何恩이완대 殺之何咎오 其存其沒을 家莫聞知하니 人或有言이면 將信將疑라 娟娟心目이 寢寐見之하야 布奠傾觴하고 哭望天涯하니 天地爲愁하고 草木凄悲라 弔祭不至하고 精魂無依하니 必有凶年하야 人其流離로다 嗚呼噫嘻라 時耶아 命耶아 從古如斯라 爲之奈何오 守在四夷니라 (左傳全句)

原本備旨懸吐註解 古文眞寶後集卷之五 終

原本備旨懸吐註解

古文眞寶後集卷之六

待漏院記

王元之

迂齋云句句見待漏意、是時五代氣習未除、未免少俳、然、辭嚴義正、可以想見其人、亦自得體、〇王黃州、名、禹偁、字元之、太宗朝名臣也、平生出處可見於竹樓記、自黃移斷、遂卒、以剛直、不容於時觀此篇、切磨凜凜則可見矣、所以東坡、作元之畫像贊、不勝重之云、近年時文、亦用其語、周益公、詞科文字中、有唐政堂記、仍不能外其意度也、

天道ㅣ 不信而品物이 亨하고 歲功이 成者는 何謂也오 四時之吏와 五行之佐ㅣ 宣其氣矣오 聖人이 不言而百姓이 親하고 萬邦이 寧者는 何謂也오 三公이 論道하고 六卿이 分職하야 張其教矣라 是知、君逸於上하고 臣勞於下는 法乎天也라니 (起句以天道、譬喩說起、氣象宏大、格調整嚴) 古之善相天下者는 自咎夔로 至房魏하야 可數也니 是不獨有其德이라 亦皆務于勤爾니 (己微見待漏意) 況夙興夜寐하야 以事一人은 卿大夫도 猶然이어든 況宰相乎아 朝廷이 自國初로 因舊制하야 設宰相待漏院于丹鳳門之右하니 (提得分曉) 示勤政也라 至若北闕이 向曙하고 東方이 未明에 相君이 啓行하니 煌煌火城이오 相君이 至止하니 噦噦鑾聲이라 金門은 未闢하고 玉漏ㅣ 猶滴하니 撤蓋下車하야 于焉以息이라 待漏之際에 相君이 其有思乎아 (一句引起下面分兩段言賢相姦相所思之不同) 其或兆民이 未安이어든 思所泰之며 四夷ㅣ 未附어든 思所來之며 兵革이 未息이어든 何以弭之며 (此下雖藏了思字皆是思意下段倣此) 田疇ㅣ 多蕪어든 何以闢之며 賢人이 在野어든 我將進之며 佞臣이 在朝어든 我將斥之며 六氣ㅣ 不和하야 災眚이 荐至어든 願避位以禳之며 五刑이 未措하야 欺詐ㅣ 日生이어든 請修德以釐之니리 憂心忡忡하야 待旦而入이라 九門既啓에 四聰이 甚邇하니 相君이 言焉하고 時君이 納焉하야 皇風이 於是乎清夷하고 蒼生이 以

咎夔、指皐陶及夔、房魏、指房玄齡魏徵

六氣、陰陽風雨晦暝、五刑、墨劓宮刖辟

之而富庶하니 若然則總百官、食萬錢이 非幸也라 宜也오 此是賢相 其或、私讐未復이어든 思所逐之며 舊恩未報이어든 思所榮之며 子女玉帛을 何以致之며 車馬器玩을 何以取之며 姦人이 附勢어든 我將陟之며 直士ㅣ 抗言이어든 我將黜之며 三時告灾하야 上有憂色이어든 構巧辭以悅之며 群吏弄法하야 君聞怨言이어든 進諂容以媚之니라 私心慆慆하야 假寐而坐라 九門이 旣開에 重瞳이 屢回하니 相君이 言焉하고 時君이 惑焉하야 政柄이 於是乎隳哉오 帝位ㅣ 以之而危矣라 若然則死下獄、投遠方이 非不幸也라 亦宜也니 此是姦相 是知、一國之政과 萬人之命이 懸於宰相하니 可不愼歟아 復有無毁無譽하고 旅進旅退하야 竊位而苟祿하고 備員而全身者는 亦無所取焉이라 此是庸相分三等說入院者觀此文當於何審擇而自處哉 棘寺 大理寺 小吏、王禹偁은 爲文請誌院壁하야 用規于執政者하노라 似箴體全是規之末自提出規字

黃州竹樓記

黃岡之地에 多竹하니 大者는 如椽이라 竹工이 破之하야 刳去其節하고 用代陶瓦하야 比屋皆然하니 以其價廉而工省也라 子城西北隅에 雉堞이 圮毁하고 蓁莽이 荒穢어날 因作小樓二間하니 與月波樓로 通이라 遠呑山光하고 平挹江瀨하야 幽闃遼夐이 不可具狀이라 夏宜急雨하니 有瀑布聲하고 冬宜密雪하니 有碎玉聲하고 宜鼓琴하니 琴調ㅣ 和暢하고 宜咏詩하니 詩韻이 淸絶하고 宜圍棋하니 子聲이 丁丁然이오 宜投壺하니 矢聲이 錚錚然이니 皆竹樓之所助也라 公退之暇에 披鶴氅衣하고 戴華陽巾하고 手執周易一卷하고 焚香默坐하야 消遣世慮하니 江山之外에 第見風帆沙鳥와 煙

齊雲、落星、井幹、麗譙、皆樓名

雲竹樹而已라 待其酒力醒하고 茶煙歇에 送夕陽하고 迎素月하니 亦謫居之勝槪也러라 彼齊雲落星이 高則高矣오 井幹麗譙ㅣ 華則華矣나 止于貯妓女、藏歌舞는 非騷人之事니 吾所不取로라 吾聞竹工이 云竹之爲瓦ㅣ 僅十稔이라하니 若重覆之면 得二十稔이라 噫라 吾以至道乙未歲로 (太宗朝至道元年乙未) 自翰林、出滁上하고 (知滁州) 丙申에 移廣陵하고 (移知揚州) 丁酉에 又入西掖하고 (復知制誥) 戊戌歲除日에 有齊安之命하야 (眞宗朝咸平元年戊戌謫守黃州) 己亥閏三月에 到郡하니 四年之間에 奔走不暇라 未知明年에 又在何處니 豈懼竹樓之易朽乎리오 後之人이 與我同志어든 嗣而葺之면 庶斯樓之不朽也라 咸平二年八月十五日記

嚴先生祠堂記

范希文

迂齋云字少詞嚴、筆力老健、嚴光、字子陵、少與光武同學、光武既卽位、避之、釣于富春山中、物色召之、至卒不仕、事見後漢書、富春山中、卽今嚴州桐廬縣之釣臺也、嚴州、舊爲睦州、後改爲嚴、亦取嚴光所隱之義、范文正、守嚴州、首爲祠堂、祠之、擧千載之欠事、唱萬世之清風、至今范公、祔祀嚴祠焉、此篇、辭甚簡嚴、義甚宏濶、天下之至文也、非嚴先生之事、不能稱此文、非范文正之文、不能記此事、容齋隨筆、載范公既爲此文、以示南豊李泰伯、李讀之、歎味不已、起言曰公文一出、必將名世、妄意輒易一字、以成盛美、公瞿然、握手扣之、答曰雲山江水之語、於義甚大、於辭甚悽、而德字承之、乃似趢趚、擬換作風字、如何、公凝坐頷首、殆欲下拜、按風字、萬倍精神、孟子、論伯夷下惠、皆以風言、太史公亦云、觀夫子遺風、風字不可易也、范公、偶初未之及耳、世有剽竊聞此而不審者、乃謂公初作德字、恍惚間見一道人、令改作風字、似若傳會於子陵之神者、好怪可哂也

漢光武、東漢光武皇帝名、秀、赤符、謂赤伏符、乘六龍、周易乾卦云、時乘六龍、以御天、謂天子御駕、泥塗、

先生은 漢光武之故人也라 相尙以道러니 及帝ㅣ 握赤符하고 乘六龍하야 得聖人之時하야 臣妾億兆하니 天下에 孰加焉고 惟先生이 以節高之러니 既而오 動星象하고 歸江湖하야 得聖人之清하야 泥塗軒冕하니 天下에 熟加焉고 惟光武ㅣ 以禮下之라 (兩下並說並無抑揚便見嚴光不屈光武光武不臣嚴光之意) 在蠱之上九에 衆方有爲어날 而獨不事王侯하고 高尙其事하니 先生이 以之하고 在屯之初九에 陽德이 方亨이어날 而

謂輕賤軒冕、謂榮貴、蠱上九、周易蠱卦上九爻、屯初九、周易屯卦初九爻、仲淹、指范仲淹、先生、指嚴子陵

能以貴下賤하야 大得民也하니 光武ㅣ 以之라 (引兩卦天造地設) 盖先生之心은 出乎日月之上하고 光武之量은 包乎天地之外하니 微先生이면 不能成光武之大오 微光武면 豈能遂先生之高哉아 而使貪夫廉하고 懦夫立하니 是는 大有功於名敎也라 (幹歸立祠意) 仲淹이 來守是邦하야 (緣所以立祠) 始構堂而奠焉하고 乃復 (音福除其役也) 其爲後者四家하야 以奉祠事하고 又從而歌하니 曰雲山이 蒼蒼하고 江水ㅣ 泱泱이라 先生之風은 山高水長이로다 (含無限意)

岳陽樓記

迂齋曰首尾布置、與中間狀物之妙、不可及已、然最妙處、在臨了斷遺一轉語、乃至此老、胷襟宇量、直與岳陽洞庭、同其廣大、范仲淹、字希文官至參政與杜祁公衍、富鄭公弼、韓魏公琦、齊名、號杜富韓范、宋之名臣也、德行、文章、政事、功業、兼有之、公自爲布衣時、已有經濟天下之大志、當誦言曰、士當先天下之憂而憂、後天下之樂而樂、此其素所蘊也、此篇爲滕宗諒、作、末段寫其素志、妙甚、然前面分兩柱對說、排比偶儷、前輩謂傳奇體耳、此乃宋初以來、文體如此、直待歐尹出、而五代偶儷之體、始變云

慶曆四年春에 滕子京이 謫守巴陵郡하니 (岳州) 越明年에 政通人和하야 百廢俱興이라 乃重修岳陽樓하야 增其舊制하고 刻唐賢今人詩賦于其上하고 屬予作文以記之하니 予觀夫巴陵勝狀이 在洞庭一湖라 銜遠山하고 呑長江하야 浩浩蕩蕩하야 橫無際涯하니 朝暉夕陰에 氣象이 萬千이라 此則岳陽樓之大觀也니 前人之述이 備矣라 然則北通巫峽하고 南極瀟湘하야 遷客騷人이 多會于此하니 覽物之情이 得無異乎아 (下分言悲喜之異) 若夫、霪雨霏霏하야 連月不開라 陰風이 怒號하고 濁排浪이 空하야 日星이 隱曜하고 山岳이 潛形하니 商旅ㅣ 不行하야 檣傾楫摧오 薄暮冥冥하야 虎嘯猿啼라 登斯樓也면 則有去國懷鄕과 憂讒畏譏하야 滿目蕭然이 感極而悲者矣오 (立二柱此是覽物而悲者) 至若、春和景明하야 波瀾이 不驚하니 上下天光이 一碧萬頃이라 沙鷗는 翔集하고 錦鱗은 游泳이오

岸芷汀蘭은 郁郁靑靑이라 而或長煙一空하고 皓月千里니 浮光은 躍金하고 靜影은 沈璧이라 漁歌ㅣ 互答하니 此樂이 何極가 登斯樓也면 則有心曠神怡하야 寵辱을 俱忘하고 把酒臨風하야 其喜洋洋者矣라 (此是覽物而喜者、樓之變態、萬狀而人情所感、不過二端、此一樣人、勝前一樣人、要之是知有己者而已) 嗟夫라 予ㅣ 嘗求古仁人之心이 或異二者之爲니 何哉오 不以物喜하며 不以己悲하야 居廟堂之高면 則憂其民하고 處江湖之遠이면 則憂其君하나니 (常情所感、不過上面二端而已、而仁人之心、出入、只是一致、憂樂不在己而在物、故一致耳、居廟堂則憂民、不爲堯舜之民、居江湖則憂君、未爲堯舜之君、此仁人君子之用心、所以異於常人徇物悲喜之心也) 是는 進亦憂오 退亦憂니 然則何時而樂耶아 其必曰先天下之憂而憂하고 後天下之樂而樂歟ㄴ저 噫라 微斯人이면 吾誰與歸오리

廟堂、指政堂

擊蛇笏銘 石守道

(石介、字守道、魯人、號徂徠先生、孔公、名道輔、二公皆剛正人也、非孔公之剛正、不能爲此事、非徂徠之剛正、不能發揮此事、讀之可以廉頑立儒、)

天地至大어날 有邪氣ㅣ 干於其間하야 爲凶暴하며 爲殘賊이라도 聽其肆行하야 如天地卵育之而莫禦也오 人生이 最靈이어날 或異類ㅣ 出於其表하야 爲妖怪하며 爲淫惑이라도 信其異端하야 如人蔽覆之而莫露也라 祥符年에 寧州天慶觀에 有蛇妖하야 極怪異하니 郡刺史ㅣ 日兩至於其庭하야 朝焉하고 人以爲龍이라하야 擧州人、內外遠近이 罔不駿奔於門以覲하야 恭莊肅祗하야 無敢怠者라 今龍圖待制孔公이 時佐幕在是邦일새 亦隨郡刺史於其庭이러니 公曰明則有禮樂이오 幽則有鬼神이니 是蛇ㅣ 不以誣乎아 惑吾民하며 亂吾俗하니 殺無赦라하고 以手板으로 擊其首하야 遂斃於前하니 則蛇無異焉이라 郡刺史와 曁內外遠近庶民이 昭然若發蒙하야 見靑天覩白日하니 故로

露、猶暴露也

手板、卽笏也

董史筆、指董狐史筆

辟、死刑、崔子、指崔杼

軒陛、指殿陛、廟堂、指朝堂

不能肆其凶殘而成其妖惑이라 易에 曰是故로 知鬼神之情狀이라하니 公之謂乎ㅣ저 夫天地間에

有純剛至正之氣하야 或鍾於物하며 或鍾於人하니 人有死오 物有盡이어니와 此氣는 不滅烈烈하야 彌

亙億萬世而長在하니 在堯時에 爲指佞草하고 在魯에 爲孔子誅少正卯刃하고 在晉在齊에 爲

董史筆하고 (書晉趙盾齊崔杼弑君) 在漢武帝朝에 爲東方朔戟하고 (請誅董偃) 在成帝朝에 爲朱雲劍하고 (請斬張禹) 在東漢에

爲張綱輪하고 (劾梁冀) 在唐에 爲韓愈論佛骨表와 逐鰐魚文하고 爲段太尉擊朱泚笏이러니 今爲公

擊蛇笏이라 故로 佞人이 去에 堯德이 聰하고 少正卯ㅣ 戮에 孔法이 擧하고 罪趙盾에 晋人이 懼하고

辟崔子에 齊刑이 明하고 距董偃하며 折張禹하며 劾梁冀에 漢室이 乂하고 佛老ㅣ 微에 聖道ㅣ 行하고

鰐魚ㅣ 徙에 潮患이 息하고 朱泚ㅣ 傷에 唐朝ㅣ 振하고 怪蛇ㅣ 死에 妖氣ㅣ 散이라 噫라 天地ㅣ

鍾純剛至正之氣하야 在公之笏하니 豈徒斃一蛇而已리오 軒陛之下에 有罔上欺民、先意順旨

者어든 公以此笏로 指之하고 廟堂之上에 有蔽賢蒙惡、違法亂紀者어든 公以此笏로 麾之하고 朝

廷之內에 有諛容佞色、附邪背正者어든 公以此笏로 擊之리니 夫如是면 則軒陛之下에 不

仁者ㅣ 去하고 廟堂之上에 無奸臣하고 朝廷之內에 無佞人하리니 則笏之功也ㅣ 豈止在一蛇리오

公이 以笏爲任하고 笏이 得公而用이라 公이 方爲朝廷正人하고 笏이 方爲公之良器하니 敢稱德

于公하야 作笏銘하노라 曰

至正之氣ㅣ 天地則有하니 笏爲靈物일새 笏乃能受로다 笏之爲物이 純剛正直하니 公惟正人일새

公乃能得이로다 笏之在公에 能破淫妖하고 公之在朝에 讒人乃消로다 靈氣ㅣ 未竭이면 斯笏

不折이오 正道ㅣ 未亡이면 斯笏不藏이니 惟公寶之라 烈烈其光이로다

諫院題名記　　司馬君實

迂齋云、首尾一百六十八字、而包括無餘、識治體、明職守、筆力高簡如此、可以想見其人矣

古者에 諫無官하니 自公卿大夫로 至于工商히 無不得諫者라 漢興以來로 始置官하니 漢文帝始詔擧賢良方正直言極諫、至宣帝朝始有諫大夫 夫以天下之政과 四海之衆으로 得失利病이 萃于一官하야 使言之하니 其爲任이 亦重矣라 居是官者ㅣ 當志其大하고 捨其細하며 先其急하고 後其緩하야 專利國家오 而不爲身謀니 彼汲汲於名者는 猶汲汲於利也라 其間相去ㅣ 何遠哉리오 天禧初에 眞宗이 詔置諫官六員하야 責其職事러니 慶曆中에 仁宗朝 錢君이 始書其名於版하니 錢昆爲右諫議大夫 光이 光、卽司馬光自謂 恐久而漫滅일새 嘉祐八年에 仁宗末年 刻著于石하니 後之人이 將歷指其名而議之하야 曰某也는 忠하고 某也는 詐하며 某也는 直하며 某也는 曲이라하리니 嗚呼라 可不懼哉아 結尾三四語、凜凜乎秋霜烈日、凡官、皆有題名記、而如此結、施之諫官、爲尤宜○辭簡義嚴、所該甚大、其意甚多、文字何在乎冗長哉

獨樂園記

司馬溫公自號迂叟、其退居適意於園圃、其樂如此

迂叟ㅣ 平日讀書에 上師聖人하고 下友群賢하야 窺仁義之原하며 探禮樂之緒하야 自未始有形之前으로 暨四達無窮之外하야 事物之理ㅣ 擧集目前이라 可者를 學之未至하니 夫可何求於人이며 何待於外哉아 志倦體疲則投竿取魚하며 執衽采藥하고 決渠灌花하며 操斧剖竹하고 濯熱盥水하며 臨高縱目하야 逍遙徜徉하야 惟意所適하니 明月이 時至하고 清風이 自來라 行無所牽하며 止無所

梲、卽止也

孟嘗君、齊人、名、田文、孟嘗君、有鷄鳴狗吠之客、故曰、鷄鳴狗吠之雄

鴻臚、指諫官

梲하야 耳目肺腸이 卷爲己有라 踽踽焉、洋洋焉하야 不知天壤之間에 復有何樂이 可以代此也로다 因合而命之曰獨樂이라

讀孟嘗君傳　王荊公

史記、秦昭王、因孟嘗君、君變姓名、夜半至函谷關、關法、鷄鳴出客、追者將至、客、能爲鷄鳴、於是、群鷄皆鳴、遂出關、

世皆稱孟嘗君이 能得士라 士ㅣ 以故로 歸之하야 而卒賴其力하야 以脫於虎豹之秦이라하니 嗟乎라 孟嘗君은 特鷄鳴狗吠之雄耳니 豈足以言得士리오 不然이면 擅齊之强하야 得一士焉이라도 宜可以南面而制秦이어니 尙取鷄鳴狗吠之力哉아 鷄鳴狗盜之出其門이라 此ㅣ 士之所以不至也니라 此一轉、筆力健、謝云此篇立意、亦是祖述前言、韓文公祭田横墓文云當嬴氏之失鹿、得一士而可王、何五百人之擾擾、不脫夫子於劒鋩、豈所寳之非賢、抑天命之有常、介甫盖自此篇 變化來

上范司諫書　歐陽永叔

迂齋云此文、出退之爭臣論、後、亦頗祖其遺意、而文字、無一語與之重疊、眞可與之爭衡、○范仲淹時爲司諫、未有所言、歐公、卽以書促之、使言其後、歐公亦除諫官、與蔡襄、余靖、皆以諫得名、號慶曆四諫官、諫諍之美、前後鮮侶、觀其交相責、如此則其能不負所職宜哉

前月中에 得進奏吏報云호대 自陳州로 召至闕하야 拜司諫이라하니 卽欲爲一書以賀로대 多事匆卒하야 未能也로라 司諫은 七品官爾라 先立此一句解說在後 於執事에 得之不爲喜나 而獨區區欲一賀者와 誠以諫官者는 天下之得失과 一時之公議ㅣ 繫焉하니 此是一篇主意綱目 今世之官이 自九卿百執事로 外至一郡縣吏하야 非無貴官大職이 可以行其道也로대 然이나 縣越文封하며 郡踰其境하야는 雖賢守長이라도 不得行은 以其有守也오 吏部之官이 不得理兵部하고 鴻臚之卿이 不得理光祿은 以

廟堂、指朝堂

執事、指范司諫

其有司也라 若天下之得失과(應前面主張) 生民之利害와 社稷之大計를 惟所見聞이오 而不係職司者는 獨宰相이 可行之오(添此一脚見諫官之重) 諫官이 可言之爾니 故로 士ㅣ 學古懷道者ㅣ 仕於朝에 不得爲宰相인댄 必爲諫官이라 諫官이 雖卑나 與宰相等하니(非十分見得到、不敢下此等語) 天子曰不可라도 宰相曰可라하며 天子曰然이라도 宰相曰不然이라하야 坐乎廟堂之上하야 與天子로 相可否者는 宰相也오(坐立二字有尊卑之辨) 天子曰是라도 諫官曰非라하며 天子曰必行이라도 諫官曰必不可行이라하야 立乎殿陛之前하야 與天子로 爭是非者는 諫官也라(廟堂殿陛四字、相可否爭是非六字、更移易不得、亦略見尊卑之辨、) 宰相은 尊이라 行其道하고 諫官은 卑라 行言이니 言行이면 道亦行也라 九卿百司郡縣之吏는 守一職者라 任一職之責하고(又生一責字) 宰相諫官은 繫天下之事라 亦任天下之責이니라 然이나 宰相九卿而下失職者는 受責於有司어니와 諫官之失職也는 取譏於君子니(到此諫官又重於宰相) 有司之法은 行乎一時하고 君子之譏는 著之簡冊而昭明하야 垂之百世而不泯하니(愈重) 甚可懼也라 夫七品之官이(應司諫七品官耳一句) 任天下之責하고 懼百世之譏하니 豈不重耶아(收拾盡結上) 非材且賢者면 不能爲也라(材賢二字應在後生下) 近에 執事ㅣ 始被召於陳州에 洛之士大夫ㅣ 相與語曰、我識范君하니 知其材也라 其來에 不爲御史면 必爲諫官이리라 及命下에 果然하니 則又相與語曰、我識范君하니 知其賢也라 他日에 聞有立天子陛下하야 直辭正色하야 面爭廷論者는 非宅人이오 必范君也리라하야(期之也、材賢二字、不可移易、惟材則可爲諫官、惟賢則能諫以稱此官矣、公時官於洛陽、范公適有此除、洛中士大夫、有此議論、故述所見以告之、) 拜官以來로 翹首企足하야 竚乎有聞이로대 而卒未也ㄹ새 竊惑之하노니 豈洛之士大夫ㅣ 能料於前이오 而不能料於後也아 將執事ㅣ 有待而爲也아(本欲責之、而故緩之、文字節奏當然) 昔에 韓退之ㅣ 作爭

向、猶前時
率、猶大率
讜言、猶直言

臣論하야 以譏陽城이 不能極諫이러니 卒以諫顯하니 人皆謂城之不諫이 蓋有待而然이어날 退之ㅣ 不識其意而妄譏라호대 脩는 獨以謂不然이라호니 當退之作論時하야 城爲諫議大夫ㅣ 已五年이오 後又二年에 始廷論陸贄와 及沮裴延齡이 作相하야 欲裂其麻하니 纔兩事耳라 當德宗時에 可謂多事矣니 授受失宜하야 叛將强臣이 羅列天下하고 又多猜忌하야 進任小人하니 於此之時에 豈無一事可言이오 而須七年耶아 當時之事ㅣ 豈無急於沮延齡、論陸贄、兩事耶아 謂宜朝拜官而夕奏疏也니라 幸而(精神都在幸而向使兩轉上) 城이 爲諫官七年에 適遇延齡陸贄事하야 一諫而罷하야 以塞其責이어니와 向使止五年六年而遂遷司業이런들 是ㅣ 終無一言而去也니 何所取哉리오 今之居官者는 率三歲而一遷하고(此一轉又緊) 或一二歲하고 甚者는 半歲而遷也니 此又非可以待乎七年也라(直從退之作論生許多說話更不曾斷) 今天子ㅣ 躬親庶政하사 化理淸明하니 雖爲無事나(出脫) 然이나 自千里로 詔執事而拜是官者는 豈不欲聞正議而樂讜言乎아 然이나 今未聞有所言說하야 使天下로 知朝廷에 有正士오 而彰吾君納諫之明也하니 夫布衣韋帶之士ㅣ 窮居草茅하야 坐誦書史호대 常恨不見用이라가 及用也엔 又曰彼非我職이니 不敢言이오 或曰我位猶卑하야 不得言이오(此言不得爲諫官者) 得言矣엔(此言得爲諫官者) 又曰我有待라하면(應前) 是는 終無一人言也니 可不惜哉아 伏惟執事는 思天子所以見用之意하고 懼君子百世之譏하야 一陳昌言하야 以塞重望하고(應前) 且解洛之士大夫之惑하라 則幸甚이라(應前惑字) 末六句收拾盡前意、嚴重緊切、包括無餘○古文中有三篇、皆爲諫官言、韓公爭臣論、司馬公諫院題名記、及歐陽公此書、是也、皆關涉大、議論好、千古不朽

相州晝錦堂記

季子名蘇秦、入秦困歸、嫂不禮焉朱臣買賣薪給食其妻求去

魏國公、指韓琦

桓圭、周禮云公執圭、勒猶刻也

至和年號、相、即相州
迂齋曰文字委曲、善於形容○富貴不歸故鄕、如衣錦夜行、後人遂以富貴歸故鄕者、爲衣錦晝行、盖本前說而反言之也、韓魏公、琦、字稚圭、以德量文章政事功業、爲宋相臣第一、時封魏國公、本相州人、仁宗朝旣罷相、以武康軍節度使、知本州、上、盖以是榮之也、公、因作晝錦堂于州宅、後圃、又有詩焉、歐陽公、爲作此記、謂公、不以常情之榮、爲榮、末又謂、非徒爲州里一時之榮、盖本韓公詩意、述其心事而廣之、文甚明白正大、兒童孰不熟讀之、而韓公晝錦堂詩、則鮮知之、今附見於此云、詩曰古人之富貴歸於本郡縣譬若衣錦游白晝自光絢否則如夜行雖麗胡由見事累載方册今復著俚諺或紆太守章或擁使者傳歌樵忘故舊滌器掩前賤所得快恩仇愛惡任驕狷其志止於此士固不足羨玆予來舊邦意在弗矜衒以疾而量力懼莫稱方面抗表納金節假守冀鄕便帝曰其汝俞建纛往臨殿行路不云非觀歎溢郊甸病軀諧少體先壠遂完繕歲時存父老伏臘潔親薦恩榮孰與偕衰劣媿獨擅公餘新此堂夫豈事飮燕亦非張美名輕薄詑紳弁重祿許安閑顧己常兢戰庶一視題榜則念報主眷汝報何能爲進道確無倦忠義聳大節匪石烏可轉雖前有鼎鋑死耳誓不變丹誠難悉陳感泣對筆硯
仕宦而至將相하고 富貴而歸故鄕은 此ㅣ 人情之所榮이오 而今昔之所同也라(起語壯) 盖士方窮
時에 困阨閭里하야 庸人孺子ㅣ 皆得易而侮之를 若季子ㅣ 不禮於其嫂하고 買臣이 見棄於
其妻라가(擧親者則踈者可知) 一旦에 高車駟馬로 旗旄ㅣ 導前而騎卒이 擁後하야 夾道之人이 相與駢肩
累跡하야 瞻望咨嗟하고 而所謂庸夫愚婦者ㅣ 奔走駭汗하며 羞愧俯伏하야 以自悔罪於車塵馬足
之間하니 此는 一介之士ㅣ 得志當時하야(常人之志不過如此) 而意氣之盛을 昔人이 比之衣錦之榮也라 惟
大丞相魏國公則不然하니(前意本淺陋全要此一句斡轉) 公은 相人也라(先安此一句應在後) 世有令德하야 爲時名卿이오 自公少
時로 已擢高科登顯仕하야(天聖五年公廷試第二人) 海內之士ㅣ 聞下風而望餘光者ㅣ 盖亦有年矣니 所謂
將相而富貴ㅣ 皆公所宜素有오 非如窮阨之人이 僥倖得志於一時하야 出於庸夫愚婦之不
意하야 以驚駭而誇耀之也라(惟非倖得故不矜誇) 然則高牙大纛이 不足爲公榮이며(高牙旗也大纛以犛牛尾爲之車前儀制也) 桓圭袞
裳이 不足爲公貴오 惟德被生民而功施社稷하야 勒之金石하며 播之聲詩하야 以耀後世而垂
無窮이 此ㅣ 公之志오(公之志却在此與常人之志相反矣) 而士亦以此로 望於公也니 豈止夸一時而榮一鄕哉아
公이 在至和中에 嘗以武康之節로 來治於相일새(應公相人也一句) 乃作晝錦之堂于後圃하고 旣에 又刻

詩於石하야 以遺相人하니 其言이 以快恩讐、矜名譽로 爲可薄하니 盖不以昔人所夸者로 爲榮이오 而以爲戒라 公之見却如此 於此에 見公之視富貴ㅣ 爲如何며 而其志ㅣ 豈易量哉아 應此公之志句 故能出入將相하야 勤勞王家호대 而夷險一節하고 至於臨大事決大議하야는 垂紳正笏하야 不動聲色하고 而措天下於泰山之安하니 語壯 可謂社稷之臣矣라 其豊功盛烈이 所以銘彜鼎而被絃歌者ㅣ 乃邦家之光이오 非閭里之榮也니라 占地步濶非但本州之榮而已 余ㅣ 雖不獲登公之堂이나 幸嘗竊誦公之詩하야 樂公之志ㅣ 有成이오 足前兩志字意 而喜爲天下道也ㄹ새 只爲相州言則小矣 於是乎書하노라 結得斬絶○韓公之詩、唯以忠義自勉、歐公之記、則以功業相期、盖詩、韓所自作、記、乃歐爲韓作、故其體不同、如此、

醉翁亭記

迂齋云此文、所謂筆端有畫、又如累疊階級、一層高一層、逐旋上去、都不覺○歐陽公、年四十、守滁州、愛其山水之勝、作醉翁亭、而日遊之、今觀公詩、有曰、四十未爲老醉翁偶題篇醉中遺萬物豈復記吾年、又贈沈遵曰、我時四十猶强健自號醉翁聊戲客爾來憂患十年間鬢髮未老嗟先白、又曰、顔摧鬢改眞一翁心以憂醉安和樂、大略可見、守除之樂、後來不復有矣、他如醉翁吟、憶除南幽谷、眷眷不忘、不一而足、不能盡述于此也、年方四十而云年又最高、盖是時、僚佐賓客、偶皆妙年耳、一篇二十七也字、讀之不覺其多、此又一體、公有祈雨祭漢高帝文、又有祭吳尚書文、皆是此體、坡公酒經、亦然、又聞嘗有見公初稾者、首以十數句、叙除山水、既而皆塗去、只以五字書之、亦學者之所當知

滁、即滁州

翼然、聳出貌

醉翁、歐陽脩自號

環滁는 皆山也라 其西南諸峰에 林壑이 尤美하야 望之蔚然而深秀者는 瑯琊也오 山 山行六七里에 漸聞水聲이 潺潺하야 而瀉出于兩峰之間者는 釀泉也오 水 峰回路轉에 有亭翼然하야 臨于泉上者는 醉翁亭也니 作亭者는 誰오 山之僧、智仙也오 名之者는 誰오 太守ㅣ 自謂也라 未說破姓名 太守ㅣ 與客으로 來飮于此할새 飮少輒醉하고 而年又最高라 故로 自號曰醉翁也니 醉翁之意는 不在酒라 在乎山水之樂也오 山水之樂은 安一樂字、作根、後面、反覆說樂字、有無限議論意味 得之心而寓

之酒也라 若夫日出而林霏ㅣ開하고 朝 雲歸而巖穴이暝하야 暮 晦明變化者는 山間之朝暮也오 野芳發而幽香하고 春 嘉木秀而繁陰이며 夏 風霜이 高潔하고 秋 水落而石出者는 多 山間之四時也니 朝而往하고 暮而歸에 四時之景이 不同而樂亦無窮也오 至於負者ㅣ 歌于塗하며 行者ㅣ 休于樹하야 前者ㅣ 呼하고 後者ㅣ 應하야 傴僂提携하야 往來而不絕者는 滁人이 遊也오 臨溪而漁하니 溪深而魚肥하고 釀泉爲酒하니 泉冽而酒香이라 山肴野蔌이 雜然而前陳者는 太守ㅣ 宴也오 宴酣之樂은 非絲非竹이라 射者ㅣ 中하며 奕者ㅣ 勝하고 觥籌ㅣ 交錯하야 起坐而諠譁者는 衆賓이 歡也오 蒼顏白髮이 頹乎其間者는 太守ㅣ 醉也오 已而오 夕陽이 在山하고 人影이 散亂은 太守ㅣ 歸而賓客이 從也오 樹林이 陰翳하야 鳴聲上下는 遊人이 去而禽鳥ㅣ 樂也라 然而禽鳥는 知山林之樂이오 而不知人之樂하고 人은 知從太守遊而樂이오 而不知太守之樂其樂也라 公同遊之樂、外與人同、而自得之樂、內與人異、自得於心者、人不能知之、亦不能爲人言之也、有無盡之味 醉能同其樂하고 醒能述以文者는 太守也니 見公自作記 太守는 謂誰오 廬陵歐陽脩也라 到此方說出姓名

秋聲賦

迂齋云模寫之工、轉折之妙、悲壯頓挫、無一字塵涴、○賦秋聲可謂妙矣、深意在末段、盖因天時一年之秋而、說人生一世之秋、丹者稿、黑者星、是也、人多縶於名韁、蕩於情瀾、熬於慾火、自戕賊以至此、於秋聲何恨乎、此意可使人、發深省、而惕然有戒懼之心焉

歐陽子ㅣ 方夜讀書러니 聞有聲이 自西南來者라 悚然而聽之하야 曰異哉라 初淅瀝以蕭颯이라가 忽奔騰而澎湃로다 如波濤ㅣ 夜驚하며 風雨ㅣ 驟至하니 善名狀 其觸於物也에 鏦鏦錚錚하야 金鐵이 皆鳴하고 又如赴敵之兵이 尤佳 銜枚疾走하야 不聞號令이오 但聞人馬之行聲이라 壯 予謂童子호대 此

渥然丹者、言紅顔變爲槁木、黟然黑者、言黑髮變爲白髮

何聲也오 汝出視之하라 童子ㅣ曰、星月이 皎潔하고 明河ㅣ 在天하니 四無人聲이오 聲在樹間이러이다

(語瀟洒) 予ㅣ曰、噫嘻悲哉라 此ㅣ 秋聲也로다 胡爲乎來哉오 盖夫秋之爲狀也ㅣ 其色이 慘淡하야 煙霏雲歛하고 其容이 淸明하야 天高日晶하고 其氣慄冽하야 砭人肌骨하고 其意ㅣ 蕭條하야 山川이 寂寥라 故로 其爲聲也ㅣ 凄凄切切하고 呼號憤發하야 豐草는 (四用草木字却相應) 綠縟而爭茂하며 佳木이 葱蘢而可悅이러니 草拂之而色變하며 木遭之而葉脫하니 其所以摧敗零落者ㅣ 乃一氣之餘烈이라 夫秋는 刑官也라 於時에 爲陰이오 又兵象也라 於行에 爲金이니 是謂天地之義氣라 常以肅殺而爲心이니라 天之於物에 春生秋實하나니 故로 其在樂也에 商聲이 主西方之音하고 夷則이 爲七月之律하니 商은 傷也라 物既老而悲傷이오 夷는 戮也라 物過盛而當殺이니라 嗟乎라 草木은 無情이로대 有時飄零하나니 人爲動物하야 (歸之於人) 惟物之靈이라 百憂ㅣ 感其心하며 萬事ㅣ 勞其形하야 有動于中이면 必搖其精이니 而況、思其力之所不及하며 憂其智之所不能이온여 (自淺而深) 宜其渥然丹者ㅣ 爲槁木이오 黟然黑者ㅣ 爲星星이라 奈何、非金石之質이어날 欲與草木而爭榮고 (發明尤佳) 念誰爲之戕賊이완대 亦何恨乎秋聲가 童子莫對하고 垂頭而睡하니 但聞四壁에 蟲聲이 喞喞하야 如助予之歎息이로다 (此轉尤佳)

憎蒼蠅賦

蠅之爲物、賦形至微、害物至重、姦人邪侫、以敗君德、變黑白、以爲物之害、此詩人托物比興

蒼蠅蒼蠅아 吾嗟爾之爲生하노라 既無蜂蠆之毒尾하고 (左傳蜂蠆有毒蠆丑邁反) 又無蚊虻之利觜라 (聞見錄歐陽公云予作憎蠅賦蠅可

蒼頭丫髻、指奴子

憯矣尤不堪蚊蚋自然喝來利觜咬人也 幸不爲人之畏여 胡不爲人之喜오 爾形이 至眇하고 爾欲이 易盈이라 盃盂殘瀝과

砧凡餘腥에 所希秒忽이니 過則難勝이어늘 苦何求而不足하야 乃終日而營營고 詩營營青蠅 逐氣尋香하야

無處不到ㄹ새 頃刻而集하니 誰相告報오 其在物也ㅣ 雖微나 其爲害也ㅣ 至要라 若乃華榱

廣廈와 珍簟方牀에 炎風之燠오 夏日之長이라 神昏氣蹙하고 流汗成漿하야 委四肢而莫擧하고

眊兩目其茫洋하니 惟高枕之一覺하야 冀煩歊之蹔忘이어늘 念於爾而何負완대 乃於吾而見殃고

尋頭撲面하며 入袖穿裳하고 或集眉端하며 或沿眼眶하야 目欲瞑而復警하고 臂已痺而猶攘하니 於

此之時에 孔子ㅣ 何由見周公於髣髴이며 莊生이 安得與蝴蝶而飛揚가 語子曰、吾不復夢見周公、莊子、夢爲蝴蝶、相相然、蝴蝶、不知周也、俄然覺、則蘧蘧然周也

徒使蒼頭丫髻로 巨扇揮颺하야 或頭垂而腕脫하고 或立寐而顚僵하니 此其爲害者ㅣ

一也오 又如峻宇高堂에 嘉賓上客이 沽酒市脯하고 鋪筵設席하야 聊娛一日之餘閑이로대 奈爾

衆多之莫敵이라 或集器皿하며 或屯几格하며 或醉醇酎하야 宙上 因之沒溺하며 或投熱羹하야 遂喪其

魄하니 諒雖死而不悔나 亦可戒夫貪得이라 班固難莊、青蠅、嗜肉汁而忘溺死、衆人、貪世利而陷罪禍 尤忌赤頭ㅣ 號爲景迹이니 西陽雜俎、身青者能敗物、巨者頭如火

一有霑汙면 人皆不食이어날 奈何引類呼朋하야 搖頭鼓翼하고 聚散倏忽하야 往來絡繹고

方其賓主ㅣ 獻酬하고 衣冠이 儼飾에 使吾揮手頓足하야 改容失色하니 於此之時에 王衍이 何

暇於清談이며 王衍手揮玉麈尾、終日清談 賈誼ㅣ 堪爲之太息이리니 賈誼上書可爲痛哭者一可爲長太息者六 此其爲害者ㅣ 二也오 又如

醯醢之品과 醬虀之制ㅣ 及時月而收藏하야 謹缾罌之固濟어날 乃衆力而攻鑽하야 極百端而

窺覬하고 至於大胾肥牲과 嘉殽美味도라 蓋藏이 稍露而罅隙이며 守者ㅣ 或時而假寐하야 纔少

臧獲、指奴僕、止棘、詩傳云營青蠅止于棘、刺、譏議

怠於放嚴이면 已輒遺其種類ㅣ라 莫不養息蕃滋하고 淋漓敗壞하야 使親朋이 卒至에 索爾而無歡하고 臧獲이 懷憂하야 因之而得罪하니 此其爲害者ㅣ 三也라 是皆大者오 餘悉難名이로다 嗚呼라 止棘之詩ㅣ 垂之六經하니 於此에 見詩人之博物과 比興之爲精이라 宜乎以爾로 刺纔人之亂國이나 誠可嫉而可憎이로다 詩營營青蠅止于棘 纔人罔極交亂四國

鳴蟬賦

纖柯、猶細枝

綽約、猶嬋也 宮徵、五音之宮聲徵聲 鸝鶊、鶯也 絡緯、卽蟋蟀

嘉祐元年夏에 大雨水하니 奉詔祈晴於醴泉宮일새 聞鳴蟬하고 有感而賦云이라 此篇、因蟬鳴而及萬物之鳴、又因物鳴而及人之以文鳴、擺布推極、大有意味、末仍結歸蟬聲、不走本題、家數、大略與秋聲賦、相似、楊誠齋嘗屢提掇此賦、以爲歐陽氏故實云

肅祠庭以祗事兮여 瞻玉宇之崢嶸이라 收視聽以清兮齋慮予心以薦誠이라 因以靜而求動兮ㅣ여 見乎萬物之情이라 於是에 朝雨驟止하고 微風이 不興하니 四無雲而青天이오 雷曳曳其餘聲이라 乃席芳葯臨華軒하니 古木數株오 空庭草間이라 爰有一物이 鳴于樹顚하니 引清風以長嘯하고 抱纖柯而永歎이라 嘒嘒非管이오 冷冷若絃이라 裂方號而復咽하고 凄欲斷而還連이라 吐孤韻以難律하니 含五音之自然이라 吾不知其何物이로다 其名曰蟬이라 此二句少疎漏 文公嘗議之 豈非因物造形이 能變化者耶아 此以下學荀子諸賦造語 出自糞壤하야 世謂蟷蜋化蟬 慕清虛者耶아 凌風高飛하야 知所止者耶아 嘉木이 茂盛에 喜清陰者耶아 呼吸風露하야 能尸解者耶아 綽約嬋娟者耶아 其爲聲也ㅣ 不樂不哀하고 非宮非徵라 胡然而鳴이며 亦胡然而止하니 吾嘗悲夫萬物이 莫不好鳴이니 若乃四時ㅣ 代謝에 百鳥ㅣ 嚶兮며 一氣候至에 百蟲이 驚兮라 嬌兒姹女는 語鸝鶊兮오 鳴機絡緯는 響蟋蟀

兮오 轉喉弄舌이 鳥 誠可愛兮오 引腹動股ㅣ 蟲 豈勉强而爲之兮아 至於汙池濁水에 得
雨而聒兮며 蟆 飮泉食土하야 長夜而歌兮니 蚓 彼蝦蟆은 固若有欲이나 而蚯蚓은 亦何求兮오
其餘大小萬狀은 不可悉名이로대 物鳴、不止上所言者、不可無此語該之 各有氣類하야 隨其物形이니 不知自止하야 有若
爭能이라가 忽時變以物改면 咸漠然而無聲이라 嗚呼라 達士所齊는 萬物一類라 人於其間에
所以爲貴는 蓋以巧其語言코 又能傳於文字라 是以로 窮彼思慮하며 耗其血氣하야 或吟哦
其窮愁하며 或發揚其志意하니 二句有窮達之分 雖共盡於萬物이나 乃長鳴於百世라 此二句、乃一篇之警策、雖然、以窮思慮、耗血氣、而能以文鳴、不
過詞章家者流之事耳、必如此以鳴、是反不如蟲鳥之鳴、出於自然也、理達之文、何嘗若是其費力哉 予亦安知其然哉아 聊爲樂以自喜로다 方將考得失、較同
異러니 有未盡之意 俄而오 雲陰이 復興하고 雷電이 俱擊하야 大雨ㅣ 旣作하니 蟬聲이 遂息이러라 回護有收拾 ○歐公自跋
云、予因學書起、作賦草、宅兒、一視而過、獨小子棐、守之不去、此兒、他日、必能爲吾此賦也、因以與之

原本備旨懸吐註解 古文眞寶後集卷之六 終

原本備旨懸吐註解

古文眞寶後集卷之七

送徐無黨南歸序

歐陽永叔

此篇、謂古人有三不朽、德行、功業、文章、是也、文章之虛、不如功業之實、而文章功業、皆本於德行之深、功業之不朽者、固不待見於文章、而德行之不朽者、亦不待見於功業、後世之士、其不得以功業自見、而以文章自見者、多矣、然、往往泯沒不傳、而不能終古不朽者、豈非徒用力於文章、而不知本於德行哉、所以勉徐生以思、欲其因文章而反求諸其本也

草木鳥獸之爲物과 衆人之爲人이 其爲生은 雖異나 而爲死則同하야 一歸於腐壞澌盡泯滅而已로대 而衆人之中에 有聖賢者하니 固亦生且死於其間이나 而獨異於草木鳥獸衆人者는 雖死而不朽하고 愈遠而彌存也ㄹ새 其所以爲聖賢者는 修之於身하며(德行) 施之於事하며(功業) 見之於言이니(文章) 是三子는 所以能不朽而存也라 修於身者는 無所不獲이오 施於事者는 有得有不得焉이오 其見於言者는 則又有能有不能焉하니 施於事矣ㅣ댄 不見於言이라도 可也니 自詩書史記所傳으로 其人이 豈必皆能言之士哉아 修於身矣ㅣ댄 而不施於事하면 不見於言이라도 亦可也니 孔門弟子ㅣ 有能政事者矣오 有能言語者矣로대 若顏回者는 在陋巷하야 曲肱飢臥而已오 其群居則默然終日하야 如愚人然이언마는 自當時群弟子로 皆推尊之하야 以爲不敢望而及이오 而後世更千百歲에 亦未有能及之者하니 其不朽而存者ㅣ 固不待施於事온 況於言乎아 予讀班固藝文志와 唐四庫書目하니 見其所列이 自三代秦漢以來로 著書之士ㅣ 多者는 至百餘篇이오 少者도 猶三四十篇이오 其人이 不可勝數로대 而散亡磨滅하야 百不一二存焉하니 予竊悲其人의 文章이 麗矣오 言語ㅣ 工矣로대 無異草木榮華之飄風과 鳥獸好音之過耳也며

班固、漢人著漢書藝文志

汲汲營營、不息貌

方其用心與力之勞ㅣ 亦何異衆人之汲汲營營이리요 而忽然以死者ㅣ 雖有遲有速이나 而卒與三者로 同歸於泯滅하니 夫言之不可恃ㅣ 蓋如此니 無德行爲之本徒言固不可恃也 今之學者ㅣ 莫不慕古聖賢之不朽대로 而勤一世하야 以盡心於文章間者ㅣ 皆可悲也라 東陽婺州 徐生이 少從予學하야 爲文章에 稍稍見稱於人이러니 既去에 乃與群士로 試於禮部하야 得高第하니 由是로 知名이오 其文辭ㅣ 日進하야 如水涌而山出하니 予欲摧其盛氣而勉其思也ㄹ새 深意在言外 故於其歸애 告以是言하노라 然이나 予固亦喜爲文辭者라 亦因以自警焉이로라

縱囚論

唐太宗、貞觀七年、去年、帝親錄繫囚、見應死者、閔之、縱使歸家、期以來秋、來就死、仍勅天下死囚、皆縱遣、至期、來詣京師、至是九月、去歲所縱天下死囚、凡三百九十人、無人督帥、皆如期自詣朝堂、無一人亡匿者、上皆赦之、〇歐公論此事、得太宗之情、盡用刑之理、文尤簡而當、婉而明、宜熟讀、

大辟、謂死刑

信義는 行於君子하고 而刑戮은 施於小人하나니 刑入于死者는 乃罪大惡極이라 此又小人之尤甚者也오 寧以義死언정 不苟幸生하야 而視死如歸는 此又君子之尤難者也라 敷演說未是主意亦斡旋好上 方唐太宗之六年에 錄大辟囚三百餘人할새 縱使還家하야 約其自歸以就死하니 叙事省文亦高 是는 以君子之難能으로 期小人之尤者而必能也오 其囚ㅣ 及期而卒自歸하야 無後者하니 省了幾句 是는 君子之所難이어날 而小人之所易也라 此豈近於人情이리오 一句折倒簡當 或曰罪大惡極은 誠小人矣나 及施恩德以臨之면 可使變而爲君子하니 蓋恩德의 入人之深而移人之速이 有如是者矣라 曰太宗之爲此는 所以求此名也라 說破 然이나 安知夫縱之去也에 不意其必來以冀免하야 所以

三王、殷湯周文王武王

縱之乎며 又安知夫被縱而去也에 不意其自歸而必獲免하야 所以復來乎아 極是 夫意其必來而縱之는 是ㅣ 上賊下之情也오 意其必免而復來는 是ㅣ 下賊上之心也니 吾見上下交相賊하야 以成此名也어니와 烏有所謂施惠德과 與夫知信義者哉아 此段關鎖斷制文極有法 不然이면 太宗이 施德於天下ㅣ 於茲六年矣라 下能使小人으로 不爲極惡大罪하고 而一日之恩이 能使視死如歸而存信義면여 此又不通之論也라 此一轉、倂後又有三轉、多少好議論 然則何爲而可오 曰縱而來歸어든 殺之無赦하고 而又縱之而又來면 則可知爲恩德之致爾라 然이나 此는 必無之事也니 若夫縱而來歸而赦之는 可偶一爲之爾오 若屢爲之면 則殺人者ㅣ 皆不死하리니 是可爲天下之常法乎아 不可爲常之者ㅣ 其聖人之法乎아 是以로 堯舜三王之治는 必本於人情이니 應豈近於人情 不立異以爲高오 不逆情以干譽니라 簡健

朋黨論 在諫院進

自朋黨之名、起於弘恭石顯、以是而譖蕭望之周堪劉向、而後小人之傾善類者、往往以此、一網打盡之、後漢之黨錮、李唐之牛李、宋之蜀黨、洛黨、元祐黨、僞學黨、其禍極矣、公在諫院、進此論、亦劉向封事遺意也、向曰孔子與顏淵子貢、更相稱譽、不爲朋黨、禹稷皐陶、轉相汲引、不爲比周、何則、忠於爲國、無邪心也、歐公、不過推極之耳、要之君子可以朋言、不可以黨、言公雖不說破、然終篇用朋字黨字、未嘗苟也細觀則見之

臣은 聞朋黨之說이 自古有之하니 惟幸人君이 辨其君子小人而已라 大凡君子ㅣ 與君子로 以同道爲朋하고 小人이 與小人으로 以同利爲朋하나니 此는 自然之理也라 然이나 臣은 謂小人은 無朋이오 惟君子則有之라ᄒᆞ니 其故何哉오 小人은 所好者ㅣ 利祿也오 所貪者ㅣ 財貨也라 當其同利之時에 暫相黨引하야 以爲朋者는 僞也라 及其見利而爭先하고 或利盡而交疎하야 甚

共工驩兜、唐堯時四凶

者는 反相賊害하야 雖其兄弟親戚이라도 不能相保하나니 故로 臣謂小人은 無朋이오 其暫爲朋者ㅣ 僞也니이다 君子則不然하야 所守者ㅣ 道義오 所行者ㅣ 忠信이오 所惜者ㅣ 名節이라 以之修身이면 則同道而相益하고 以之事國이면 則同心而共濟하야 終始如一하나니 此는 君子之朋也라 故로 爲人君者ㅣ 但當退小人之僞朋이오 用君子之眞朋이면 則天下治矣리이다 (惟君子可以朋小人之朋則必以僞言矣道理既明下文乃用事證) 堯之時에 小人共工驩兜等四人이 爲一朋하고 君子八元八愷十六人이 爲一朋이어날 舜이 佐堯하사 退四凶小人之朋하고 而進元愷君子之朋하야 堯之天下大治하고 及舜이 自爲天子로 而皐夔稷契等二十二人이 并列于朝하야 更相補美하며 更相推讓하야 凡二十二人이 爲一朋이어날 而舜에 皆用之하야 天下ㅣ 亦大治하고 書에 曰紂有臣億萬하나 惟億萬心이어니와 周有臣三千호나 惟一心이라하니 紂之時에 億萬人이 各異心하니 可謂不爲朋矣로대 然이나 紂는 以此亡國하고 周武王之臣은 三千人이 爲一大朋이로대 而周用以興하고 後漢獻帝時에 盡取天下名士하야 囚禁之하야 目爲黨人이러니 及黃巾賊이 起하야 漢室이 大亂일새 後方悔悟하야 盡解黨人而釋之나 然이나 已無救矣오 唐之晚年에 漸起朋黨之論이러니 及昭宗時에 盡殺朝之名士하야 或投之黃河曰、此輩는 清流니 可投濁流라하니 而唐遂亡矣라 (用事已盡下文却紐上事作議論) 夫前世之主ㅣ 使人人異心하야 不爲朋이 莫如紂오 能禁絶善人爲朋이 莫如漢獻帝오 能誅戮清流之朋이 莫如唐昭宗之世나 然이나 皆亂亡其國하고 更相稱美推讓하야 而不自疑ㅣ 莫如舜之二十二人이오 舜亦不疑而皆用之나 然而後世에 不誚舜이 爲二十二人朋黨所欺오 而稱舜爲聰明之聖者는 以

刺、即刺史

衰服、三年、緦麻服三月

其能辨君子與小人也오 周武之世에 擧其國之臣三千人이 共爲一朋하니 自古爲朋之多且大ㅣ 莫如周나 然이나 周用此以興者는 善人은 雖多而不厭也니 夫興亡治亂之迹을 爲人君者ㅣ 可以鑑矣니이다 君子有朋而無黨、此說可破朋黨之論

族譜序　蘇明允

迂齋曰議論簡嚴、字數少而曲折多、非特文章之妙、可以見忠厚氣象 ○族譜規模、分親疎詳略、可爲世法、中分兩段、結語同而意略不同、前段、是自己身單說上祖考去、後段、是自祖考旁說開近族去、各以孝悌之心可油然而生、結之、使人自思而得之、有有餘不盡一唱三歎之意焉、老泉、又有蘇氏族譜亭記、及譜例序、皆可以警世、宜倂觀之、

蘇氏族譜는 譜蘇氏之族也라 蘇氏ㅣ 出於高陽하야 而蔓延於天下하니 唐神堯高祖初에 長史、味道ㅣ 刺眉州하라가 卒于官하고 一子ㅣ 留于眉하니 眉之有蘇氏ㅣ 自此始라 以譜不及者는 親盡也니 親盡則曷爲不及고 譜爲親作也오 凡子는 得書而孫은 不得書者는 何也오 著代也오 自吾之父로 以至吾之高祖는 仕不仕와 娶某氏와 享年幾와 某日卒을 皆書하고 而宅不書者는 何也오 詳吾之所自出也오 自吾之父로 以至吾之高祖는 皆曰諱某오 而宅則遂名之는 何也오 尊吾之所自出也라 譜爲蘇氏作이어날 而獨吾之所自出을 得詳與尊은 何也오 譜는 吾作也ㄹ새라 嗚呼라 觀吾之譜者는 孝悌之心이 可以油然而生矣리라 情見于親하고 親見于服이니 服이 始于衰하야 而至于緦麻하며 而至于無服하니 無服則親盡이오 親盡則情盡이오 情盡則喜不慶하며 憂不吊하나니 喜不慶憂不吊면 則塗人也라 吾所與相視如塗人者ㅣ 其初는 兄弟也오 兄弟其初는 一人之身也니 發明至此 悲夫라 一人之身이 分而至於塗人일새 多少曲折

吾ㅣ譜之所以作也라 此作譜之意 其意曰、分而至於塗人者는 勢也니 勢는 吾無如之何也어니와 幸其未至於塗人也하야 使其無致於忽忘焉이 可也니 忠厚氣象 嗚呼라 觀吾之譜者는 孝悌之心이 可以油然而生矣리라 系之以詩하야 曰吾父之子ㅣ 今爲吾兄이니 吾疾이 在身이면 兄呻不寧이어날 數世之後엔 不知何人하야 彼死而生을 不爲戚欣이로다 兄弟之情이 如足如手언마는 其能이 幾何오 彼不相能은 彼獨何心고

族人之理、近者當親、遠者必疎、同高祖者、服緦、過此、無服矣、古人於此、甚謹之、老泉族譜亭記、曰今吾族人猶有服者、不過百人、乃作蘇氏族譜、立亭於高祖、墓塋之西南、而刻石焉、東坡、於惟簡大師、稱之曰無服之兄、韓昌黎、於雲卿、稱叔父、於韓擇木、必別之曰同姓叔父、朱文公、考之曰、五世祖兗、殺同姓也、公於擇木、已無服故、以同姓言之、楊誠齋、與族弟濟翁書、力辨族弟親弟之分、何可苟也、今世族譜、不講者、或近族稍貧下、雖有服、亦不齒之 或五世以上、雖可考、亦削而不錄、固非也、其族譜之講者、賴以辨親踈、明行列、亦幸矣、而其流弊、乃使不明古誼者、徒執行列、以厭踈遠、已踈爲塗人、而以親近之虛稱、律之、已之流爲工傭奴隷屠販、玷詩禮、隤家聲、略不之恧、而鬠齓忽耆艾、癡之玩儒宗、往往而然、反致乖和氣、召呶呶、尤非也、故老泉此序此詩、皆以爲已疎遠者、無可奈何、欲厚其未疎遠者而已、或曰無服者、例以塗人視之、毋乃導人以薄乎、曰於己爲塗人之後、而於其中、自有賢而可敬者、情之交相厚而、不可疎者、更以同姓之義、裁之、而待之盡其道焉、自有不言而可知者理一之仁、分殊之義、未嘗不並行而不相悖也、親者厚之、不當以賢否分、疎者厚之、眞當以賢否分矣、此乃導人以全和氣也、何薄歟、若不親分疎、不問賢否、不別老稚、概欲以區區之行列、行之、是爲無星之稱、無寸之尺謏、曰同姓皆當厚、而近族反待之甚薄者、有之矣、不識族人之理者、於此篇、尤當讀之、輒因批點而極論焉

張益州畫像記

張方平、字安道、號樂全居士、除叅知政事、不拜、以宣徽使太子太保致仕、卒年八十五、〇迂齋曰詞氣嚴重、有法度、說不必有像、而亦不可以無像、此三四轉奇、甚是好處、是善回護蜀人、公蜀人也、所以尤難言、〇老泉之文、老辣健峭、頓挫宛轉、甚有古氣、子由固遠不及、子瞻亦不能爲此也、

至和元年秋에 蜀人이 傳言호대 有寇至邊이라 邊軍이 夜呼하야 野無居人하고 妖言이 流聞하니 京師ㅣ 震驚하야 方命擇帥할새 天子ㅣ 曰毋養亂하며 毋助變하라 衆言朋興이나 朕志自定호니 外亂不作이라도 變且中起니 既不可以文令이오 又不可以武競이라 惟朕一二大吏는 孰能爲處茲文武之間고 其命往撫朕師하라 乃惟曰張公方平이 其人이니이다 天子ㅣ 曰然하다 公이 以親辭호대 不

繩、猶正也 屛息、言屛退氣息

可라 遂行하야 冬十一月에 至蜀하니 至之日에 歸屯軍하며 撤守備하고 使謂郡縣호대 寇來라도 在吾니 無以勞苦하라 (見公能荷重任) 明年正月朔旦에 蜀人相慶을 如宅日하야 遂以無事라 又明年正月에 相告留公像于淨衆寺하니 公不能禁이라 眉陽蘇洵이 言于衆曰未亂도 易治也오 既亂도 易治也오 有亂之萌하고 無亂之形이 是謂將亂이니 將亂은 難治라 不可以有亂으로 急이오 亦不可以無亂으로 弛니 惟是元年之秋ㅣ 如器之欹하야 未墜於地어날 (模寫工) 惟爾張公이 安坐於旁하야 其顏色이 不變하고 徐起而正之러니 既正에 油然以退하야 無矜容이라 爲天子하야 牧小民不倦이 惟爾張公이라 爾繄以生하니 惟爾父母니라 且公이 嘗爲我言호대 民無常性하야 惟上所待니 人皆曰蜀人이 多變이라하야 於是에 待之以待盜賊之意하고 而繩之以繩盜賊之法하야 重足屛息之民을 而以碪斧令하니 於是에 民이 始忍以其父母妻子之所仰賴之身으로 以棄之於盜賊이라 故로 每每大亂이라 夫約之以禮하고 驅之以法은 惟蜀人이 爲易오 至於急之而生變은 雖齊魯라도 亦然하니 吾以齊魯로 待蜀人이면 而蜀人이 亦自以齊魯之人으로 待其身이러니 (出脫妙老蘇蜀人故此一轉尤佳) 若夫肆志於法律之外하야 以威劫齊民은 吾不忍爲也하니 嗚呼라 愛蜀人之深하고 待蜀人之厚를 自公而前으론 吾未始見也로라 皆再拜稽首曰然하다 蘇洵이 又曰公之恩은 在爾心이라 爾死면 在爾子孫하고 其功業은 在史官하니 無以像爲也오 且公意不欲하니 如何오 (此二三轉尤妙) 皆曰公則何事於斯리오 雖然이나 於我心에 有不釋焉하니 今夫平居에 聞一善이면 必問其人之姓名과 與其鄉里之所在와 以至於其長短大小美惡之狀하고 甚者는 或詰其平生所嗜好하야 以想見其爲人이오 而史官이 亦書之於其傳하야

駢々、言枝幷旁出
淵淵、鼓聲
哇哇、兒啼聲
股肱、喩良臣
相、猶輔相
五公子、齊桓公五子

意使天下之人으로 思之於心이면 則存之於目하고 存之於目이라 故로 其思之於心也ㅣ 固니 此幹十分

精神 由此觀之컨대 像亦不爲無助니라 有力 蘇洵이 無以詰하야 遂爲之記하노라 公은 南京人이니 爲人이

慷慨有大節하야 以度量으로 雄天下라 天下ㅣ 有大事면 公可屬이니라 系之以詩하니 曰

天子在祚한 歲在甲午에 西人이 傳言호대 有寇在垣이라 庭有武臣하고 謀夫ㅣ 如雲이어날 天

子ㅣ 曰嘻라 命我張公이샷다 舍武臣謀夫而特用張公 公來自東하니 旗纛舒舒라 西人聚觀하야 于巷于塗로다 謂

公曁曁러니 急也 公來于于라 緩也 公謂西人호대 安爾室家하야 無或敢訛하라 訛言은 不祥이니 往卽

爾常하야 春以條桑코 秋以滌場하라 西人稽首호대 公我父兄이로다 公在西囿하니 草木駢駢이오 公

宴其僚하니 伐鼓淵淵이라 西人來觀하야 祝公萬年이로다 有女娟娟하니 閨闥閑閑하고 有童哇哇하니

亦既能言이라 昔公未來에 期汝棄捐이러니 禾麻芃芃하며 倉庾崇崇이라 嗟我婦子아 樂此歲豊이어다

公在朝廷이면 天子股肱이라 天子曰歸하시니 公敢不承이리오 作堂嚴嚴하니 有廡有庭이라 公像在

中하니 朝服冠纓이로다 西人相告호대 無敢逸荒하라 公歸京師나 公像在堂이니라 末八字妙、謂公雖去而像留、儼然臨之、何敢忽也

管仲論

責其不薦賢○東萊云、此文句句的當、前亦可學、後不可到、○迂齋曰諸論中、唯此論、最純正開闔抑揚、妙、責管仲最深切、

管仲이 相威公하야 霸諸侯하고 攘夷狄하야 終其身토록 齊國이 富强하야 諸侯ㅣ 不敢叛이러니 功 管

仲이 死에 豎刁、易牙、開方이 用하야 威公이 薨於亂하고 五公子ㅣ 爭立하야 其禍ㅣ 蔓延하야

訖簡公에 齊無寧歲하니 禍 夫功之成이 非成於成之日이라 承接好有力 盖必有所由起오 禍之作이 不

作於作之日이라 亦必有所由兆니 則齊之治也를 吾不曰管仲而曰鮑叔이오 借此形容下邊事見左傳莊元年 及其

四凶、指共工驩兜三苗鯀

五霸、齊桓、晉文、宋襄、楚莊、秦穆公

亂也를 吾不曰竪刁易牙開方而曰管仲이로라 推原禍本 何則고 竪刁易牙開方三子는 彼固亂人
國者어니와 顧其用之者는 威公也니 先責威公是責管仲張本 夫有舜而後에 知放四凶하고 有仲尼而後에 知
去少正卯하나니 彼威公은 何人也오 含蘊 顧其使威公으로 得用三子者는 管仲也라 方責仲 仲之疾
也에 公問之相하니 當是時也하야 吾以仲이 且擧天下之賢者以對러니 此是本 而其言이 乃不過曰
竪刁易牙開方三子는 非人情이니 不可近而已라하니 此是末 嗚呼라 看他過接 仲이 以爲威公이 果能不
用三子矣乎아 仲이 與威公으로 處ㅣ 幾年矣니 亦知威公之爲人矣乎아 責得有理 威公이 聲不絶
乎耳하며 色不絶於目이로대 而非三子者면 則無以遂其欲이니 彼其初之所以不用者는 徒以有
仲焉耳라 看有無二字 一日無仲이면 則三子者ㅣ 可以彈冠而相慶矣오 造理抑揚反覆在此數行 仲이 以爲將死之
言이 可以縶威公之手足耶아 婉曲切 夫齊國에 不患有三子오 而患無仲이니 有仲則三子者는
三四夫耳라 警策 不然이면 天下에 豈少三子之徒리오 雖威公이 幸而聽仲하야 誅此三人이라도 而其
餘者를 仲能悉數而去之耶아 好 嗚呼라 仲은 可謂不知本者矣로다 因威公之問하야 擧天下
之賢者하야 以自代면 本 則仲이 雖死나 而齊國이 未爲無仲也니 夫何患三子者리오 不言이라도
可也라 末 五霸ㅣ 莫盛於威文이로대 使晉文外事佳、意新文不困、到此意已竭、却把文公比並、 文公之才ㅣ 不過威公이오 其臣이 又皆
不及仲이오 狐趙之徒 靈公 文公孫 之虐이 不如孝公 威公子 之寬厚언마는 文公이 死에 諸侯ㅣ 不敢叛晉하고
晉이 襲文公之餘威하야 猶得爲諸侯之盟主를 百餘年하니 繼霸直至悼公 何者오 其君이 雖不肖나 而
尙有老成人焉일새라 趙武魏絳等 威公之死也에 過佳 一亂塗地는 無惑也니 彼獨恃一管仲이라가 而仲

鮑叔、賓胥、無之、皆人名

逆知、猶言預知

則死矣라 夫天下에 未嘗無賢者오 蓋有有臣而無君者矣어니와 威公이 在焉이오 而曰天下不復有管仲者는 吾不信也로라 (生新意承前) 仲之書에 有記其將死에 論鮑叔賓胥、無之、爲人하고 且各疏其短하니 (管子寢疾、威公往問之、仲曰鮑叔之爲人、好直而不能以國强、賓胥無之爲人、好善而不能以國詘) 是其心이 以爲是數子者는 皆不足以托國이오 而又逆知其將死하니 則其書誕謾不足信也라 吾觀史鰌ㅣ 以不能進蘧伯玉而退彌子瑕라 故로 有身後之諫하고 蕭何ㅣ 且死에 擧曹參以自代하고 (二事的當) 大臣之用心이 固宜如此也니라 (只如此繳不費辭而有餘味) 一國이 以一人興하고 以一人亡하나니 賢者는 不悲其身之死오 而憂其國之衰라 故로 必復有賢者而後에 有以死하나니 (責仲十分到) 彼管仲은 何以死哉오 (斷句有力如破竹勢、一句緊一句)

木假山記

山谷云往嘗觀明允木假山記、以爲文章氣、自似莊周韓非○迂齋云首尾不過四百以下字、而起伏開闔、有無限曲折此、老可謂妙於文字者矣、其終蓋以三峰、比其父子三人云、

孽、即萌

擘拱、即拱把

木之生이 或擘而殤하며 或拱而夭하고 幸而至於任爲棟樑則伐하고 不幸而爲風之所拔과 水之所漂하야 或破折或腐하고 幸而得不破折不腐면 則爲人之所材하야 而有斧斤之患하고 (看此處曲折) 其最幸者는 漂沈汨沒於湍沙之間이 不知其幾百年이오 而其激射嚙食之餘ㅣ 或髣髴於山者면 則爲好事者取去하야 强之以爲山하니 然後에 可以脫泥沙而遠斧斤이어날 而荒江之濱에 如此者ㅣ 幾何不爲好事者所見이오 而爲樵夫野人의 所薪者ㅣ 何可勝數리오 則其最幸者之中에 又有不幸者焉이라 予家에 有三峰하니 予每思之컨대 則疑其有數存乎其間이오 且其擘而不殤하며 (此樣轉折妙甚) 拱而不夭하고 任爲棟樑而不伐하고 風拔水漂而不破折不腐하고 不破折不腐

而不爲人所材하야 以及於斧斤하고 出於湍沙之間而不爲樵夫野人之所薪하야 而後得에 至乎
此하니 則其理ㅣ 似不偶然也라 (應有數存其間一句) 然이나 予之愛之는 則非徒愛其似山이라 而又有所感
焉이오 非徒感之라 而又有所敬焉이니 予見中峰은 魁岸踞肆하고 意氣端重하야 若有以服其旁
之二峰이오 (老泉自說) 二峰者는 莊栗刻削하야 凜乎不可犯하야 雖其勢ㅣ 服於中峰이나 而岌然決無
阿附意하니 (待二子如此) 吁라 其可敬也夫ㅣㄴ저 其可以有所感也夫ㅣㄴ저

高祖論

漢樊噲傳、盧綰、叛、帝遣噲伐之、人有言、噲黨呂氏、一日、宮車晏駕、噲欲以兵、誅戚氏趙王、帝大怒、使陳平、載絳侯、代將、卽軍中斬噲、平、畏呂氏、執噲詣長安、至則帝已崩、后釋噲、惠帝六年、噲卒、○此篇、反覆論高帝爲身後慮、全在斬樊噲上、噲妻、呂后女弟嬃也、不去呂后者、欲扶惠帝之弱、斬樊噲者、欲剪呂后之黨、斬噲則高帝可死而無憂矣、平勃不悟此、乃留噲不斬、豈非遺帝身後之憂耶、幸噲後來自先死耳、議論、抑揚反覆極有精神

漢高祖ㅣ 挾數用術하야 以制一時之利害는 不如陳平이오 揣摩天下之勢하야 擧指搖目하야 以
劫制項羽는 不如張良하니 挾此二人이면 則天下ㅣ 不歸漢이오 而高帝는 乃木彊之人而止耳라
(抑) 然이나 天下ㅣ 已定하야 後世子孫之計ㅣ 陳平張良의 智之所不及은 則高帝ㅣ 常先爲之
規畫處置하야 使夫後世之所爲로 曉然如目見其事而爲之者하니 (揚) 盖高帝之智ㅣ 明於大而
暗於小ㅣ 至於此而後에 見也라 帝ㅣ 常語呂后曰 (入實事第一段思量未盡) 周勃은 重厚少文이나 然이나 安
劉氏者는 必勃也니 可令爲太尉라니 方是時에 劉氏ㅣ 旣安矣니 勃이 又將誰安耶아 故로
吾之意曰、高帝之以太尉屬勃也는 知有呂氏之禍也라니 (文不斷) 雖然이나 其不去呂后는 何也오
勢不可也라 (第二段思量也未盡) 昔者에 武王이 沒커시날 成王이 幼而三監이 叛하니 帝意百歲後에 將相大

三監、謂管叔、蔡叔、霍叔

亞父、謂范亞父 譙羽、謂樊噲責項羽

產祿、指呂產呂祿

菫、苦菜

椎埋、卽墓賊

臣及諸侯王이 有如武庚祿父而無有以制之也ㄹ새 獨計以爲家有主母면 而豪奴悍婢ㅣ 不敢與弱子로 抗이니 句法 呂氏ㅣ 佐帝定天下하야 爲諸侯大臣의 素所畏服이라 獨此ㅣ 可以鎭壓其邪心하야 以待嗣子之壯 下語造字運意甚精到 故로 不去呂后者는 爲惠帝計也라 呂后를 旣不可去니 故로 削其黨하야 以損其權하야 第三段思量方盡 使雖有變이라도 而天下ㅣ 不搖라 一篇之精神全在此句有挽萬鈞力 是故로 以樊噲之功으로 一旦에 遂欲斬之而無疑하니 嗚呼라 彼獨於噲에 不仁耶아 且噲ㅣ 與帝로 偕起하야 拔城陷陣하야 功不爲少오 方亞父ㅣ 嗾項莊時에 微噲譙羽면 則漢之爲漢을 未可知也라 一旦에 人有惡噲欲滅戚氏者하니라 時에 噲出伐燕이어날 立命平勃하야 卽軍中斬之하니 只使二子是何意 夫噲之罪ㅣ 未形也오 惡之者ㅣ 誠僞를 未必也오 且帝之不以一女子로 斬天下功臣이 亦明矣라 彼其娶於呂氏하니 呂氏之族에 若產祿輩는 皆庸才라 不足恤이오 獨噲ㅣ 豪健하야 諸將이 所不能制니 後世之患이 無大於此矣라 夫高帝之視呂后ㅣ 猶醫者之視菫也하야 使其毒으로 可使治病이오 而無至於殺人而已니 噲死則呂氏之毒이 將不至於殺人이라 高帝ㅣ 以爲是足以死而無憂矣어날 彼平勃者는 遺其憂者也로다 噲之死於惠帝之六年은 天也니 使之尚在면 則產祿을 不可紹오 太尉ㅣ 不得入北軍矣리라 或謂噲於帝에 最親하니 使之尚在라도 未必與產祿으로 叛이라하니 夫韓信黥布、盧綰이 皆南面稱孤하고 而綰이 又最爲親幸이나 然이나 及高帝之未崩也하야 皆相繼以逆誅하니 誰謂百歲之後에 椎埋屠狗之人이 見其親戚이 得爲帝王하고 而不欣然從之耶아 帝在則與帝親、帝死則產祿爲親矣、 吾ㅣ 故로 曰彼平勃者는 遺其憂者也라하노라

上歐陽內翰書　脩

離合二字、爲前段綱領、而以己之道、未成將成粗成大成、等字參錯之、中間、叙六君子、中有已先死而不及見者、有貴與遠而難見者、可以書見者、唯歐公而已、遂以一段、頌公之文、又以一段、自述己之文、節節相生、前後照應、無一語出律令外、〇選此篇、又有一說、老泉二十五歲、方知讀書學文、彼其用力精專、後來成就、高卓、如此、後生、徒以過時、自棄而不肯用力者、尤宜讀此、以自鞭策焉、

（洵、蘇洵自謂）

洵이 布衣窮居하야 常竊自歎하야 以爲天下之人이 不能皆賢이오 不能皆不肖니 是以로 賢人君子之處於世에 合必離하고 離必合이라 (離合之說本出國語) 往者에 天子ㅣ 方有意於治하실새 (仁宗慶曆三年) 而范公이 在相府하고 (仲淹參政) 富公이 在樞密하고 (弼) 執事ㅣ 與余公、(靖) 蔡公으로 (襄) 爲諫官하고 尹公은 (洙師魯) 馳騁上下하야 用力於兵革之地하니 (洙爲陝西經略) 方是之時에 天下之人이 毛髮絲粟之才ㅣ 紛紛而起하야 合而爲一이어날 而洵也ㅣ 自度其愚魯無用之身이 不足以自奮於其間일새 退而養其心하야 幸其道之將成이어든 而可以復見於當世之賢人君子러니 不幸道未成이오 而范公은 西하고 (陝西宣撫) 富公은 北하고 (河北宣撫) 執事與余公蔡公으로 分散四出하고 (歐河北都轉運余坐蕃罷貶知吉州蔡以親老請郡知福州) 而尹公이 亦失勢奔走於小官하니 (通判濠州) 洵이 時在京師하야 親見其事하고 忽忽仰天歎息하야 以爲斯人之去에 而道雖成이나 不復足以爲榮也라 (榮字意欠審) 旣오 復自思念하니 往者衆君子之進於朝에 其始也에 必有善人焉하야 推之오 今也에 亦必有小人焉하야 間之니 今世에 無復有善人也ㄴ댄 則已矣어니와 如其不然也ㄴ댄 吾何憂焉이리오 姑養其心하야 使其道로 大有成而待之ㅣ 何傷이리오 退而處十年에 雖未敢自謂其道ㅣ 有成矣나 然이나 浩浩乎其胸中이 若與曩者異오 而余公이 適亦有成功於南方하고 (余知桂州平儂智高與有功除工部侍郎) 執事與蔡公이 復相繼登於朝하고 富公이 復自外로 入爲宰相하야 (仁宗)

（度、即忖度）

向、猶前時

執事、謂歐陽修

至和三年 其勢ㅣ 將復合于一하니 喜且自賀하야 以爲道已粗成이오 而果將有以發之也러니 既오 又反
而思하니 其向之所慕望愛悅之而不得見之者ㅣ 盖有六人焉이라 今將往見之矣로대 而六人
者에 已有范公尹公二人이 亡焉이라 則又爲之潸焉出涕以悲하니 嗚呼라 二人者는 不可復
見矣어니와 而所恃以慰此心者는 猶有四人也라 則又以自解하야 思其止於四人也ㄹ새 則又汲
汲欲一識其面하야 以發其心之所欲言이러니 而富公이 又爲天子之宰相하니 遠方寒士ㅣ 未可
遽以言으로 通於其前이오 而余公蔡公이 遠者는 又在萬里外하고 余知青州 蔡在福州 獨執事ㅣ 在朝廷間이오
而其位ㅣ 差不甚貴하니 可以叫呼攀援而聞之以言이로대 而飢寒衰老之病이 又痼而留之하야
使不克自至於執事之庭하니 夫以慕望愛悅其人之心으로 十年而不得見하고 而其人이 已死하야
如范公尹公二人者하니 則四人之中에 非其勢不可遽以言通者면 何可以不能自往而遽已
也리오 執事之文章을 天下之人이 莫不知之나 然이나 竊以爲洵之知之也ㅣ 特深하야 愈於天
下之人이라호니 何者오 孟子之文은 語約而意深하야 不爲巉刻斬截之言이로대 而其鋒이 不可犯이오
韓子之文은 如長江大河ㅣ 渾浩流轉하야 魚黿蛟龍이 萬怪惶惑이로대 而抑遏蔽掩하야 不使自
露오 而人이 望見其淵然之光과 蒼然之色에 亦自畏避하야 不敢迫視하고 執事之文은 紆餘
委備하야 往復百折이로대 而條達疏暢하야 無所間斷하고 氣盡語極하야 急言竭論이로대 而容與閑易하야
無艱難辛苦之態하니 此三者는 皆斷然自爲一家之文也라 惟李翺之文은 其味ㅣ 黯然而
長하고 其光이 油然而幽하야 俯仰揖遜하야 有執事之態하고 陸贄之文은 遺言措意ㅣ 切近的當하야

道、猶言也

有執事之實하고 而執事之才ㅣ 又自有過人者하니 盖執事之文이 非孟子韓子之文이오 而歐陽子之文也라 夫樂道人之善이라도 而不爲諂者는 以其人이 誠足以當之也니 彼不知者는 則以爲譽人하야 以求其悅己也나 夫譽人以求其悅己는 洵亦不爲也로대 而其所以道執事光明盛大之德하야 而不自知止者는 亦欲執事之知其知我也라 雖然이나 執事之名이 滿於天下하야 雖不見其文이라도 而固已知有歐陽子矣어늘 而洵也ㅣ 不幸하야 墮在草野泥塗之中이오 而其知道之心이 又近而粗成하니 欲徒手奉咫尺之書하야 自托於執事면 將使執事로 何從而知之며 何從而信之哉아 洵이 少年不學하고 生二十五歲에 始知讀書하야 從士君子游하고 年旣已晩而又不遂刻意厲行하야 以古人自期오 而視與己同列者ㅣ 皆不勝己면 則遂以爲可矣러니 其後에 困益甚하야 復取古人之文而讀之호니 始覺其出言用意ㅣ 與己大異라 時復內顧하야 自思其才하니 則又似夫不遂止於是而已者ㅣ새 由是로 盡燒其曩時所爲文數百篇하고 取論語、孟子、韓子와 及其他聖人賢人之文하야 而兀然端坐하야 終日以讀之者ㅣ 七八年矣라 方其始也에 入其中而惶然以惑하고 博觀於其外而駭然以驚이러니 及其久也에 讀之益精하야 而其胸中이 豁然以明하니 若人之言이 固當然者나 然이나 猶未敢自出其言也라 時旣久에 胸中之言이 日益多하야 不能自制ㅣ새 試出而書之하고 已而오 再三讀之하니 渾渾乎覺其來之易也라 (公墓誌云年二十七始大發憤讀書爲文) 然이나 猶未敢自以爲是也니 近所爲洪範論、史論、凡七篇을 執事는 觀其如何하라 噫嘻區區而自言을 不知者는 又將以爲自譽하야 以求人之知己也리니 惟

丹朱、堯之子
商均、舜之子
瞽瞍、舜之父

執事는 思其十年之心이 如是之不偶然也하야 而察之하라 不宣하노라 洵은 再拜라

上田樞密書

田公、名、况、字、元鈞、嘉祐三年、爲樞密使○東萊云、此篇議論、反覆極有法度、最宜詳味、意實求知、辭不卑屈

天之所以與我者ㅣ 夫豈偶然哉아 堯、不得以與丹朱오 舜이 不得以與商均이오 而瞽瞍ㅣ 不得奪諸舜이니 發於其心하며 出於其言하며 見於其事하야 確乎其不可易也ㄹ새 聖人이 不得以與人이오 父ㅣ 不得奪諸其子니 於此에 見天之所以與我者ㅣ 不偶然也라 夫其所以與我者는 必有以用我也니 我知之오 不得行之하고 不以告人이면 天固用之어날 我實置之라 其名曰棄天이오 自卑以求幸其言하며 自少以求用其道ㄴ댄 天之所以與我者ㅣ 何如완대 而我如此也오 其名曰褻天이니 棄天도 我之罪也며 褻天도 亦我之罪也오 不棄不褻而人不我用은 不我用之罪也니 其名曰逆天이라 然則棄天褻天者는 其責이 在我하고 逆天者는 其責이 在人하니 在我者는 吾將盡吾力之所能爲者하야 以塞夫天之所以與我之意하고 而求免夫天下後世之譏어니와 在人者는 吾何知焉이리오 吾求免夫一身之責之不暇어니 而暇爲人憂乎哉아 孔子孟軻之不遇에 老於道途호대 而不倦不慍不怍不沮者는 夫固知夫責之所在也니 衛靈魯哀齊宣梁惠之徒ㅣ 不足相與以有爲也를 我亦知之也로대 抑將盡吾心焉耳라 吾心之不盡이면 吾恐天下後世ㅣ 無以責夫衛靈魯哀齊宣梁惠之徒오 而彼亦將有以辭其責也니 然則孔子孟軻之目이 將不瞑於地下矣라 夫聖人賢人之用心也ㅣ 固如此하니 如此而生하고 如

預、猶干預

幾、猶近也

執事、謂田樞密

自料、猶自分

孟韓、孟郊韓愈

遷固、司馬遷班固

孫吳、謂孫臏吳起

此而死하고 如此而貧賤하고 如此而富貴하야 升而爲天하고 沈而爲淵하고 (此喩人己各有職) 流而爲川하고 止而爲山은 彼不預吾事ㅣ니 吾事ㅣ 畢矣라 竊怪夫後之賢者ㅣ 不能自處其身也하야 飢寒窮困之不勝而號於人하니 嗚呼라 使吾로 誠死於飢寒困窮耶ㄴ댄 則天下後世之責이 將必有在니 彼ㅣ 其身之責을 不自任以爲憂하고 而我ㅣ 取而加之吾身이면 不亦過乎아 今洵之不肖ㅣ 何敢亦自列於聖賢이리오마는 然이나 其心이 有所甚不自輕者ㅣ니 何則고 天下之學者ㅣ 孰不欲一蹴而造聖人之域이나 然이나 及其不成也엔 求一言之幾乎道ㅣ나 而不可得也오 千金之子ㅣ 可以貧人이며 可以富人이나 非天之所與면 雖以貧人富人之權으로도 求一言之幾乎道ㅣ나 不可得也오 天子之宰相이 可以生人이며 可以殺人이나 非天之所與면 雖以生人殺人之權으로도 求一言之幾乎道ㅣ나 不可得也라 今洵이 用力於聖人賢人之術이 亦已久矣이 其言語와 其文章이 雖不識케라 其果可以有用於今이며 而傳於後與否나 獨怪夫得之之不勞하야 方其致思於心也에 若或起之하며 得之心而書之紙也에 若或相之하니 夫豈無一言之幾於道者乎아 千金之子와 天子之宰相이 求而不得者를 一旦에 在己하니 故로 其心이 得以自負호니 或者天其亦有以與我也아 曩者에 見執事於益州하니 當時之文이 淺狹可笑하고 飢寒窮困이 亂其心하고 而聲律記問이 又從而破壞其體하야 不足觀也러니 已數年來에 退居山野하니 自分永棄ㄹ새 與世俗으로 日疎闊하야 得以大肆其力於文章호대 詩人之優遊와 騷人之淸深과 孟韓之溫醇과 遷固之雄剛과 孫吳之簡切이 投之所向에 無不如意라 嘗試以爲、董生은 得聖人之經이나

董生、謂董仲舒
二子、謂
鼂生、鼂錯
賈生、謂賈誼

其失也ㅣ 流而爲迂하고 鼂錯는 得聖人之權이나 其失也ㅣ 流而爲詐하니 有二子之才而不流者는 其惟賈生乎ㄴ저 惜乎라 今之世에 愚未見其人也로라 (老泉盖以賈生自擬) 作策二道하니 曰審勢、審敵이오 作書十篇하니 曰權書라 洵이 有山田一頃하니 非凶歲면 可以無飢오 力耕而節用이면 亦足以自老니 不肖之身은 不足惜이로대 而天之所與者를 不忍棄오 且不敢褻也라 執事之名이 滿天下하고 天下之士의 用與不用이 在執事ㄹ새 故로 敢以所謂策二道、權書十篇으로 爲獻하노라 平生之文이 遠不可多致오 有洪範論史論十篇하야 近以獻內翰歐陽公호니 度執事ㅣ 與之朝夕相從하야 議天下之事하니 則斯文也ㅣ 其亦庶乎得陳於前矣리라 若夫言之可用과 與其身之可貴與否者는 執事事也오 執事責也니 於洵에 何有哉리오

名二子說

(考泉先生、二子、長曰軾、次曰轍、觀此老之所以逆料二子之終身、不差毫釐、可謂深於知二子矣、迂齋云字數不多而宛轉折旋、有無限意思、此文字之妙也)

輪輻蓋軫이 (圓轉者曰輪輳於輪曰輻覆乎車者曰蓋車後橫木曰軫) 皆有職乎車로대 而軾은 (音式) 獨若無所爲者라 (軾在車前) 雖然이나 去軾則吾未見其爲完車也니 (言天下無此人不得) 軾乎여 吾懼汝之不外飾也로라 (深憂長公之不合世俗恐得禍重也不外飾與無所爲一句相應) 天下之車ㅣ 莫不由轍이로대 而言車之功에 轍不與焉이라 (不與功亦不受禍正相乘除) 雖然이나 車仆馬斃라도 而患不及轍하나니 (忌之者少或可免禍) 是ㅣ 轍者는 禍福之間이라 轍乎는 吾知免矣로라 (逆知少公得禍必輕)

原本備旨懸吐註解 古文眞寶後集卷之七 終

原本備旨懸吐註解 古文眞寶後集卷之八

潮州韓文公廟碑

蘇子瞻

郞曰東坡外集載與吳子野書、論此碑云文公廟碑、近已寄去矣、潮州自文公未到、已有文行之士、如趙德者、盖風俗之美、久矣、先伯父、與陳文惠公、相知、公在政府、未嘗一日忘潮也、云潮民雖小民、亦知禮義、信如子野言也、碑中已具論矣○洪容齋曰劉夢得李習之皇甫湜李南紀、皆、稱頌文公之文、各極其至、及東坡之碑、一出而衆說盡廢、騎龍白雲之詩、蹈厲發越、直到雅頌、所謂若捕龍蛇搏虎豹者、大哉言乎○秦漢以後振文章而反之古、一昌黎耳、此碑誠大題目非東坡大手筆、誰宜爲之、坡文之雄偉不常者、此是也、然方虛谷、嘗因論感生帝之說、而言曰維岳降神、生甫及申、詩人盖盛言賢者之生、不偶然、天生之、以昇國家、其謂嵩高降神、而爲此人者、實以其禀太山喬嶽高厚非常之氣、非果有一物、投胎托化而生也、俗儒不得其意、而曰蕭何孕昴、傳說騎箕、下至西竺輪廻之說、蔓延滋甚、東坡學佛故亦曰其生也有自來、其逝也有所爲、信如此則古今聖賢、其生也必以其物之精英而來、其死也又必復還夫精英之元、物者世豈有此理也哉、此說、亦、學者所當知也、故併錄焉

匹夫而爲百世師하며 一言而爲天下法은 起句力量大究其極惟孔孟可當之 是皆有以參天地之化하고 關盛衰之運하야 其生也ㅣ 有自來오 其逝也ㅣ 有所爲라 故로 申呂ㅣ 自嶽降하고 生有自來 傳說이 爲列星하니 逝有所爲○莊子大宗師篇、傅說得之、以相武丁、乘東維、騎箕尾、而比於列星 古今所傳을 不可誣也니라 孟子ㅣ 曰我는 善養吾의 浩然之氣라하니 是氣也ㅣ 寓於尋常之中하고 而塞乎天地之間하야 卒然遇之에 王公이 失其貴하며 晉楚ㅣ 失其富하며 良平이 失其智하며 賁育이 失其勇하며 儀秦이 失其辯하나니 如破竹勢 是孰使之然哉오 其必有不依形而立하며 不恃力而行하며 不待生而存하며 應生有自來 不隨死而亡者矣라 應逝有所爲 故로 在天에 爲星辰이오 應傳說爲列星句 在地에 爲河嶽이오 應申呂自嶽降 幽則爲鬼神이오 而明則復爲人이니 全是輪廻之說 此理之常이라 無足怪者니라 自東漢以來로 道喪文弊하야 異端이 並起하니 歷唐貞觀開元之盛하야 輔以房杜姚宋이라도 而不能救러니 房玄齡杜如晦太宗貞觀相姚崇宋璟玄宗開元相 獨韓文公이 起布衣하야 談笑而麾之하니 天下ㅣ 靡然從公하야 復歸于正이 盖三百年於此矣라 文起八代之衰오 東漢魏晉宋齊梁陳隋也 而道濟天下之溺하고 忠

嶽降、詩傳云維嶽降神生甫及申、謂申伯、呂、謂呂尚
良平、謂張良、陳平、
賁育、謂孟賁夏育

憲宗、謂唐憲宗、名、純

軾、謂蘇軾

犯人主之怒오 (諫憲宗迎佛骨) 而勇奪三軍之帥하니 (入王廷三軍、折服之、出牛元翼於圍) 此豈非參天地關盛衰하야 浩然而獨存者乎아 (收拾前語鎖結) 盖嘗論天人之辨호니 以謂人無所不至오 惟天不容僞니 智可以欺王公이로대 人 不可以欺豚魚오 天 力可以得天下로대 人 不可以得匹夫匹婦之心이라 天 故로 公之精誠이 能開衡山之雲이로대 (天○文公謁衡嶽廟詩云、我來正逢秋雨節陰氣晦昧無淸風潛心默禱若有應豈非正直能感通須臾淨掃衆峰出仰見突兀撐靑空) 而不能回憲宗之惑하고 人 能馴鰐魚以暴로대 天 而不能弭皇甫鎛李逢吉之謗하고 (人○上得公潮州謝表、欲復用之、鎛、秦愈終狂踈、可且內移、遂移袁州、逢吉、因臺參事、使與李紳交鬪、遂罷爲兵部侍郞) 能信於南海之民하야 廟食百世로대 天 而不能使其身으로 一日安於朝廷之上하니 人 盖公之所能者는 天也오 其所不能者는 人也라 (二句倂鎖前人無不至天不容僞句) 始에 潮人이 未知學이러니 公이 命進士趙德하야 (潮州人) 爲之師하니 自是로 潮之士ㅣ 皆篤於文行하야 延及齊民이라 至于今에 號稱易治하니 信乎라 孔子之言에 曰君子ㅣ 學道則愛人이오 少人이 學道則易使也라 潮人之事公也ㅣ 飮食에 必祭하며 水旱疾疫凡有求에 必禱焉호대 而廟在刺史公堂之後하니 民以出入으로 爲艱이라 前守ㅣ 欲請諸朝하야 作新廟라가 不果하고 元祐五年에 (哲宗朝庚午歲) 朝散郞王君滌이 來守是邦할새 凡所以養士治民者ㅣ 一以公으로 爲師하니 民旣悅服이라 則出令曰願新公廟者는 聽이라하니 民이 讙趨之하야 卜地於州城之南、七里하야 朞年而廟成하니라 或曰公이 去國萬里而謫于潮하야 不能一歲而歸하니 沒而有知면 其不眷戀于潮也ㅣ 審矣라 軾曰不然하다 公之神이 在天下者ㅣ 如水之在地中하야 無所往而不在也어날 而潮人이 獨信之深하고 思之至하야 焄蒿悽愴하고 若或見之하니 譬如鑿井得泉而曰水專在是라하면 豈理也哉리오 元豐元年에 (神宗朝甲子歲) 詔封公昌黎伯이라 故로 榜曰昌

天孫、謂織女　帝、謂上帝　李杜、謂李白杜甫　九疑、山名　祝融、海神　若、並海神　巫陽、謂神巫

黎伯韓文公之廟이라 潮人이 請書其事于石하니 因爲作詩以遺之하야 使歌以祀公하니 其辭에 曰

公昔騎龍白雲鄕하야 (莊子乘彼白雲至于帝鄕) 手抉雲漢分天章하니 天孫爲織雲錦裳이라 飄然乘風來帝旁하야

下與濁世掃粃糠이라 (指擯斥佛老、起意謂公自天降應生有自來) 西游咸池略扶桑하니 (離騷、飮予馬於咸池兮、摠予轡乎扶桑、淮南子、日出暘谷、浴於咸池、拂於扶桑、喻公之道、與日齊光也)

草木衣被昭回光이라 追逐李杜參翺翔하니 汗流籍 (張籍) 湜 (皇甫湜) 走且僵하야 滅沒倒景不得望이라

(相如大人賦貫列缺之倒景) 作書詆佛譏君王하고 要觀南海窺衡湘하야 (謂謫潮) 歷舜九疑弔英皇이라 (娥皇女英舜二妃) 祝融先

驅海若藏하니 約束鮫鱷如驅羊이라 鈞天無人帝悲傷하야 謳吟下招遣巫陽이라 (謂公沒、復歸于天、應逝有所爲) 犦牲

鷄卜羞我觴하니 於粲荔丹與蕉黃이라 (用韓公祭柳侯之語祭公) 公不少留我涕滂하니 翩然被髮下大荒이라 (文公雜詩、翩然下大荒、被騎麒麟竟用、公說豪逸切當)

前赤壁賦

陳靜觀批二賦、皆東坡謫黃州時作、是時放情事外、寄興風月、直將無意於人世、是故皆托仙以爲言、前篇謂風月之常新、吾亦樂之、亦不必羨於仙、後篇驚江山之忽異、凜不可以久樂、又復有羨於仙矣、二篇大意皆倣寓言之莊、遠遊之屈、賦鵬之賈、未爲正論、但其凌厲飃逸之言、無一句類食烟火人語、讀之、令人亦覽有登閬風涉蓬萊氣象、蓋眞可與造物遊者、非可執筆學爲如此也、○坡自書此賦後云、黃州少西山麓斗入江中、石色如鵬、傳云曹公敗歸、所謂赤壁者、或曰非也、曹公敗歸、由華容路、今赤壁小西對岸、即華容鎭、庶幾是也、然岳州復有華容縣、竟不知孰是 ○江夏辨疑云江漢之間、指赤壁者三、一在漢水之側、竟陵之東、即今復州、一在齊安郡之步下、即今黃州、一在江夏西南二百里許、今屬漢陽縣、予謂江夏西南者、正曹公所敗之地也、按三國志 劉琮降、備走夏口、操自江陵征備、至赤壁戰不利又周瑜傳、備進住夏口、權遣瑜并力迎操、遇於赤壁、夫操自江陵下瑜由夏口往逆戰、則赤壁非竟陵之東者、與齊安之步下者、明矣

壬戌之秋 (元豐五年坡年四十七) 七月既望에 蘇子ㅣ 與客으로 泛舟遊於赤壁之下하니 淸風은 徐來하고 水波는 不興이라 擧酒屬客하고 誦明月之詩하야 歌窈窕之章이러니 少焉에 月出於東山之上하야 (淸風明月爲後張本) 徘徊於斗牛之間하니 白露는 橫江하고 水光은 接天이라 縱一葦之所如하야 凌萬頃之茫然하니

蜉蝣、朝生暮死、喻人生之暫時

浩浩乎如憑虛御風而不知其所止하고 飄飄乎如遺世獨立하야 羽化而登仙이라 自謂有仙意 於是에 飮
酒樂甚하야 扣舷而歌之하니 歌에 曰桂棹兮蘭檣으로 擊空明兮泝流光이로다 渺渺兮余懷여 望美
人兮天一方이로다 客有吹洞簫者하야 王褒有洞簫賦、乃簫之無孔底者大者二十一管、小者十六管 倚歌而和之하니 其聲이 嗚嗚然하야 如怨
如慕하며 如泣如訴하고 餘音이 嫋嫋하야 不絶如縷하니 舞幽壑之潛蛟하고 泣孤舟之嫠婦라 蘇子ㅣ
愀然正襟하고 危坐而問客曰、何爲其然也오 客曰月明星稀하고 烏鵲이 南飛此非曹孟德之
詩乎아 曹操詩見文選 西望夏口하고 江夏縣西屬鄂州 東望武昌하니 鄂州 山川이 相繆하야 鬱乎蒼蒼이라 此非孟德之
困於周郞 瑜 者乎아 方其破荊州、劉琮降於操 下江陵하야 順流而東也에 舳艫千里오 旌旗蔽空이라
釃酒臨江하고 橫槊賦詩하니 元稹云、曹氏父子、鞍馬間爲文、往往橫槊賦詩、 固一世之雄也니라 而今에 安在哉오 況吾與子로
漁樵於江渚之上하야 侶魚鰕而友麋鹿이라 駕一葉之扁舟하야 應舳艫千里 擧匏樽以相屬하니 應釃酒臨江 寄
蜉蝣於天地에 渺滄海之一粟이니 哀吾生之須臾하고 羨長江之無窮하야 挾飛仙以遨遊하고 抱
明月而長終이라 知不可乎驟得일새 託遺響於悲風하노라 與前孟德一段、小大相形、謂英雄如此、今成陳迹、況我輩哉、恨不挾仙而游、與長江明月相爲無盡、蓋羨仙也 蘇
子ㅣ 曰客亦知夫水與月乎아 就長江明月說 逝者ㅣ 如斯로대 變 而未嘗往也며 不變 盈虛者ㅣ 如彼로대 變
而卒莫消長也니 不變 蓋將自其變者而觀之면 則天地도 曾不能以一瞬이오 自其不變者而
觀之면 則物與我ㅣ 皆無盡也라 而又何羨乎리오 言不必羨仙、謂我自有千古不朽、與水月相爲無盡者、由今觀之、坡仙之名、與天壤相弊、盡使赤壁江山、托蘇子、以香人牙頰、其不然哉
且夫天地之間에 物各有主라 苟非吾之所有ㅣㄴ댄 雖一毫而莫取어니와 惟江上之淸風과 與山
間之明月은 風月應前 耳得之而爲聲하고 風 目寓之而成色하야 月 取之無禁이오 用之不竭이니 是는 造

物者之無盡藏也오 而吾與子之所共樂이니라 客이 喜而笑하고 洗盞更酌하니 肴核이 既盡이오 盃盤이 狼藉ㅣ라(四字出史記淳于髡語) 相與枕藉乎舟中하야 不知東方之既白이러라(朱子語錄一條、論此賦、見子在川上章云、盈虛者如代、代字多誤、作彼字、而吾與子之所共食、食字多誤、作樂字、嘗見東坡手本、皆作代字食字、食如食邑之食)

後赤壁賦

是歲十月之望에 步自雪堂하야(東坡之脅作堂大雪中成因繪雪於四壁名雪堂) 將歸于臨皐할새(亭名) 二客이 從予라 過黃泥之坂하니 霜露ㅣ 既降하고 木葉이 盡脫이라 人影이 在地어날 仰見明月이라 顧而樂之하야(初見可樂) 行歌相答이러니 而已오 歎曰有客이면 無酒오 有酒면 無肴니 月白風淸이라 如此良夜에 何오 客曰今者薄暮에 擧網得魚하니 巨口細鱗이 狀如松江之鱸라 顧安所得酒乎오 歸而謀諸婦하니(史記優孟請歸與婦計之) 婦曰我有斗酒하야 藏之久矣라 以待子不時之需라 於是에 携酒與魚하고 復遊於赤壁之下하니 江流ㅣ 有聲이오 斷岸이 千尺이라 山高月小하고 水落石出이로다(景與秋景不同) 曾日月之幾何오 而江山을 不可復識矣라 予乃攝衣而上하야 履巉巖하고 披蒙茸하고 踞虎豹、登蛇龍하야 攀棲鶻之危巢하고 俯馮夷之幽宮하니 盖二客之不能從焉이라(坡氣超物表二客在下風矣) 劃然長嘯하니 草木이 震動하고 山鳴谷應이오 風起水涌이라 予亦悄然而悲하고 肅然而恐하야(到此樂變而爲悲恐矣) 凛乎其不可留也ㅣㄹ새 反而登舟하야 放乎中流하야 聽其所止而休焉하니(見豪放不凡) 時夜將半이라 四顧寂寥러니 適有孤鶴이 橫江東來하야 翅如車輪하고 玄裳縞衣로 戛然長鳴하야 掠予舟而西也러라 須臾에 客去하고 予亦就睡러니 夢에 一道士ㅣ 羽衣翩躚하야 過臨皐之下하야 揖予而言曰赤壁之遊ㅣ 樂乎아 問其姓名호대 俛而

蒙茸、郎蔓草
馮夷、海神

蓍、所以筮、龜、所以卜

不答하니 嗚呼噫嘻라 我知之矣라왜 疇昔之夜에 飛鳴而過我者ㅣ 非子也耶아 道士ㅣ 顧笑하고

予亦驚悟하야 開戶視之하니 不見其處라 暗用石鼎聯句序、及靑城山道士徐佐卿化鶴事、末雖遊戲寓言、然猶不能忘情於神仙變化之說云○山谷云、爛蒸同州羊羔、沃以杏酪、食之以七、抹南京麵作槐葉冷淘、糝以襄邑熟猪肉、炊共城香稻、用吳人膾松江之鱸、既飽、以康王谷簾泉、烹曹溪鬪品、少焉臥北窓下、使人誦東坡赤壁二賦、亦足快焉、出趙德麟侯鯖錄

祭歐陽公文

迂齋云模寫小人情狀、極其底蘊、介甫門下觀之、能無怒乎、然歐陽公之存亡關於否泰消長之運非東坡筆力不能及也○歐陽公脩字永叔官至參政以神宗熙寧五年薨於汝陰謚文忠公、東坡時爲杭州倅、此文所以祭也、此等祭文與祭泛泛之人、不同、乃大題目、議論貴大又貴切、此文兩得之、能得歐公之大者、施之他人、斷不能當也、前叙出處、爲天下言、後叙事契、爲自身言、末以兩句該之、甚佳

嗚呼哀哉公之生於世ㅣ 六十有六年이라 生於眞宗景德四年卒於神宗熙寧五年 民有父母하며 國有蓍龜하며 斯文이 有傳하며 學者ㅣ 有師하야 君子ㅣ 有所恃而不恐하고 小人이 有所畏而不爲하니 譬如大川喬嶽이 雖不見其運動이나 而功利之及於物者ㅣ 蓋不可數計而周知라 公雖退閑之久然公在好異者猶有所忌此譬甚當 今公之沒也에 順說下 赤子ㅣ 無所仰庇하며 應民有父母 朝廷이 無所稽疑하며 應國有蓍龜 斯文이 化爲異端하며 應斯文有傳 學者ㅣ 至於用夷하야 指王介甫應學者有師 君子ㅣ 以爲無與爲善이오 應有所恃而不恐 而小人이 沛然自以爲得時하니 指章惇呂惠卿輩應有所畏而不爲 譬如深山大澤에 龍亡而虎逝면 則變怪百出하야 舞鰌鱔而號狐狸라 名狀得出兩譬喩亦相對 公之未用也엔 又倒說轉 天下ㅣ 以爲病이오 而其既用也엔 則又以爲遲오 及其釋位而去也엔 莫不冀其復用이오 至於請老而歸也엔 莫不悵然失望이로대 而猶庶幾於萬一者는 幸公之未衰니라 看此數轉多少委曲而不亂 孰謂公이 無復有意於斯世也하야 奄一去而莫予追오 豈厭世之溷濁하야 潔身而逝乎아 將民之無祿하야 而天莫之遺아 詩不慭遺一老○以上爲天下言 昔我先君이 懷寶遯世에 以下爲自家言 非公則莫

匍匐、伏地手行貌

能致오 而不肖ㅣ 無狀호대 夤緣出入하야 受敎門下者ㅣ 十有六年於斯니 嘉祐二年丁酉歐公知擧坡禮部第二人至是熙寧壬子凡十六年 聞公之喪에 義當匍匐往吊어날 而懷祿不去하니 愧古人以忸怩라 緘辭千里하야 以寓一哀而已이니 蓋上以爲天下慟이오 而下以哭吾私로라 公私之間有無限情義兩句該盡有九鼎之重

六一居士集序

東萊云此篇曲折最多、破頭說大、故下面應言亦大、今人文字上面言大、下面未必言大、言遠、下面未必言遠、如此以文章配天、孔孟配禹、果然大而非誇、○陳靜觀云本意只是以歐公、比韓子、以介甫新學之害、比佛老、却逆推上韓子比孟子、孟子配禹、說來、盖人不知韓子之功、則歐公之不明人、不知孔孟不功、則韓子之功、不明、但中間於韓子配孟子處、語有斟酌、而以申韓一段、旁證孟子之功、尤清切而精神、○此篇議論則是自孟子答公都子一段來人但不能如此發明精神耳此段精神全在說申韓之禍不減洪水却入楊墨之禍不減申韓處○人知洪水亂臣賊子楊墨申韓佛老新學等、是一般禍患、方知大禹孔孟韓歐、是一様功業、但力量有輕重、功業亦因之而高下、則公所謂孟子配禹可也、以愈配孟子、盖庶幾焉之類、自有斟酌劑量矣

夫言有大而非誇하니 達者는 信之하고 衆人은 疑焉이라 上句體勢重非下兩句載不起 孔子ㅣ 曰天之將喪斯文也ㄴ댄 後死者ㅣ 不得與於斯文也라하시고 孟子ㅣ 曰禹ㅣ 抑洪水하고 孔子ㅣ 作春秋하고 而余距楊墨이라하시니 盖以是配禹也라 文章之得喪이 何與於天이완대 而禹之功은 與天地並이어날 孔子孟子ㅣ 以空言配之하니 不已誇乎아 此下專言其非誇 自春秋ㅣ 作而亂臣賊子ㅣ 懼하고 自此下只說配禹一節 孟子之言이 行而楊墨之道ㅣ 廢하니 天下以爲是固然이오 而不知大其功이러니 孟子ㅣ 旣沒에 有申商韓非之學이 違道而趨利하고 殘民以厚生하야 其說이 至陋也어날 而士以是로 罔其上하고 上之人이 僥倖一切之功하야 靡然從之호대 而世無大人先生이 如孔子孟子者하야 推其本末하고 權其禍福之輕重하야 以救其惑이라 故로 其學이 遂行하야 秦以是喪하고 天下ㅣ 陵夷하야 至於勝陳 廣吳 劉邦 項羽之禍에 死者ㅣ 十八九오 天下蕭然하니 極言申韓之禍所以深明孔孟之功無此一節則孔孟之功不顯所謂配禹亦是空言 洪水之患이 蓋

楊墨、楊朱、墨翟

申商、謂申不害商鞅

太史公、謂司馬遷 老莊、老聃、莊周 佛老、謂佛氏老子

不至此也라 有力 方秦之未得志也에 使復有一孟子면 前並說孔孟此下盡說孟子 則申韓이 爲空言이오 作於其心하야 害於其事하며 作於其事하야 害於其政者ㅣ 必不至若是烈也오 使楊墨으로 得志於天下런들 其禍ㅣ 豈減於申韓哉아 由此言之컨댄 雖以孟子로 配禹라도 可也라 此句提孟子、乃所以獨尊孔子、所以後面只說道術出於孔氏、推韓愈孟子、以達於孔氏、不以孔孟、並說、蓋以空言有功於天下萬世、其源出於孔氏、孟子亦只是學孔子、 太史公이 曰蓋公은 言黃老하고 賈誼晁錯는 明申韓이라하니 出太史公本傳 錯는 不足道也어니와 而誼亦爲之하니 余ㅣ 以是로 知邪說之移人이 雖豪傑之士라도 有不免者온 況衆人乎아 自漢以來로 道術이 不出於孔氏오 而亂天下者ㅣ 多矣라 晉以老莊으로 亡하고 梁以佛로 亡호대 莫或正之러니 才是孟子已死韓子未出申韓老佛便能亂秦亂漢亡晉亡梁其禍如此則孟韓之功大可知 五百餘年而後에 得韓愈하니 學者ㅣ 以愈로 配孟子ㅣ 或庶幾焉이라 語有斟酌 愈之後三百有餘年而後에 得歐陽子하니 其學이 推韓愈孟子하야 以達於孔氏하고 貫前 著禮樂仁義之實하야 以合於大道하니 其言이 簡而明하며 信而通이오 引物連類하여 折之於至理하야 以服人心하니 故로 天下ㅣ 翕然師尊之라 自歐陽子之存에 世之不悅者ㅣ 譁而攻之하야 能折困其身호대 而不能屈其言하야 士無賢不肖히 不謀而同曰歐陽子는 今之韓愈也라하니 宋興七十餘年에 民不知兵하고 富而敎之하야 至天聖景祐에 仁宗朝 極矣로대 而斯文이 終有愧於古하고 回護 士亦因陋守舊하야 論卑而氣弱이러니 自歐陽子出에 天下ㅣ 爭自濯磨하야 以通經學古로 爲高하며 以救時行道로 爲賢하며 以犯顏敢諫으로 爲忠하야 長育成就하야 至嘉祐末에 嘉祐八年仁宗崩坡時爲鳳翔判官 號稱多士하니 歐陽子之功이 爲多라 嗚呼라 此豈人力也哉아 非天이면 其孰能使之리오 二句喚起有萬鈞力 歐陽子ㅣ 歿十有餘年에 元豐間 士ㅣ 始爲新學하여 王介甫之學 以佛老之似로

亂周孔之實하니 識者憂之러니 賴天子ㅣ 明聖하사 (哲宗元祐初年) 詔修取士法하야 風厲學者하야 專治孔氏하고 黜異端하니 (坡意以王氏之學爲異端) 然後에 風俗이 一變하야 考論師友에 淵源所自하야 復知誦習歐陽子之書라 予得其詩文七百六十六篇於其子棐하야 (公四子發奕棐辨) 乃次而論之하야 曰歐陽子ㅣ 論大道는 似韓愈하고 論事는 似陸贄하고 (唐陸贄字敬輿諡宣公有奏議行世) 記事는 似司馬遷하고 詩賦는 似李白이라하노니 (前只說歐公論大道之功而序其文之意未備得此數語意方盡) 此非予言也라 天下之言也니라 (豈瞻不窮) 歐陽子ㅣ 諱脩오 字永叔이니 旣老에 自謂六一居士云이라 (客問六一何謂、居士曰、吾家藏書一萬卷、集錄三代以來金石遺文一千卷、琴一張、棊一局、常置酒一壺、客曰此五一耳、曰以吾一翁、老於此五物之間、豈不爲六一乎、見六一居士傳)

三槐堂銘

宋太祖、始欲相王晋公祜、公請以百口保符彦卿、不反、忤太祖意、遂不相、或有惜之者曰、再雖不做、兒子二郎、必做、二郎、文正公旦也○此篇發明天人意好○迂齋曰序文、理致甚長、然猶可到、至銘詩則不可及矣、學者看了序文、且掩卷默想、銘文當如何下語、却來看他作、方有長進

天可必乎아 賢者ㅣ 不必貴오 仁者ㅣ 不必壽니라 (從史記伯夷傳來) 天不可必乎오 仁者ㅣ 必有後니라 (含子孫意) 二者에 將安收衷哉아 吾聞之호니 申包胥曰人衆者는 勝天이오 天定이면 亦能勝人이라 (見國語) 世之論天者ㅣ 皆不待其定而求之새 故로 以天爲茫茫하야 善者ㅣ 以怠하고 惡者ㅣ 以肆하니 盜跖之壽와 孔顔之厄은 (孔顔、謂孔子顔子) 此皆天之未定者也라 松柏이 生於山林하야 其始也에 困於蓬蒿하며 厄於牛羊이라가 (未定) 而其終也에 貫四時閱千歲而不改者는 其天定也니 善惡之報ㅣ 至於子孫 (漸漸切) 則其定也ㅣ 久矣라 (從申包胥天定之說演出許多定字議論) 吾以所見所聞而考之컨댄 其可必也審矣로다 (轉入下一脚) 國之將興에 必有世德之臣이 厚施而不食其報 (暗說王晋公) 然後에 其子孫이 能與守文太平之主로

景德祥符、年號 晉公、謂王晉公祜 艾、猶止也

共天下之福하나니 暗說文正公義理甚長於王氏爲尤切 故兵部侍郎晉國王公이 顯於漢周之餘라가 歷事太祖太宗하야
文武忠孝하야 厚施 天下望以爲相이로대 而公이 卒以直道로 不容於時하니 不食其報 盖嘗手植三槐於
庭하야 曰吾子孫이 必有爲三公者라하더니 事實須明說○面三槐三公位焉 已而오 其子魏國文正公이 相眞宗皇帝
於景德祥符之間하야 朝廷이 淸明하고 天下無事之時에 享其福祿榮名者ㅣ 十有八年이라 與守文太
平之主共天下之福 今夫寓物於人하야 明日而取之라도 有得有否어날 而晉公이 修德於身하야 責報於天하고 取
必於數十年之後호대 如持左契하야 交手相付하니 吾以是로 知天之果可必也로다 結斷前意 吾不及見
魏公이오 而見其子懿敏公하니 以直諫으로 事仁宗皇帝하야 出入侍從將帥ㅣ 三十餘年에 位不滿
其德이라 天將復興王氏也歟아 何其子孫之多賢也오 德如此位不當止此而止於此子孫又當有如文正者出屬望其後有無盡意 世有以晉公으로
比李棲筠者하니 棲筠唐人代宗朝御史大夫 其雄才直氣ㅣ 直不相上下오 而棲之筠子吉甫와 相憲宗 其孫德裕ㅣ
又相武宗 功名富貴ㅣ 略與王氏로 等이나 用事極切 而忠信仁厚ㅣ 不及魏公父子하니 用事又活王氏德過於李氏而位不及李氏 由此
觀之컨댄 王氏之福이 盖未艾也로다 足卜天將復興王氏意 懿敏公之子、鞏이 與吾遊好라 德而文하야 德者本也 以
世其家하니 吾是以로 錄之하노라 銘曰
嗚呼休哉라 魏公之業이 與槐俱萌이로다 言種槐即是種德 封植之功이 必世乃成이라 既相眞宗하니 四
方이 砥平하고 歸視其家하니 槐陰이 滿庭이라 照應豊腴體狀妙 吾儕는 小人이라 朝不謀夕이니 相時射利어니
皇卹厥德가 庶幾僥倖하야 不種而穫하니 以常人不知種德反形出極妙 不有君子면 援有力 其何能國이리오 王城之
東은 晉公所廬니 首只用魏公起有手段末却用晉公照出不費辭而意自足矣 鬱鬱三槐여 惟德之符로다 符驗也此字妙不可易 嗚呼休哉라 此銘專就種槐

體狀乃序中所未及不然亦不切於三槐堂

表忠觀碑

王荆公云此作絶似西漢、坐客歎譽不已、公笑曰西漢誰人可擬、揚德逢曰王褒、蓋易之也、公曰不可草草、德逢曰司馬相如揚雄之流乎、公曰相如賦子虛大人、洎喩蜀文封禪書爾、雄所著太玄法言、以準易論語、未見其叙事典贍、如此也、直須與子長馳騁上下、坐客又從而贊之、公曰畢竟似子長何語、坐客竦然、公徐曰漢興以來諸侯王年表也、○迂齋云發明吳越之功與德、全是以他國形容、比並出來、方見朝廷坐收土地、不勞兵革、知他是全了多少生靈、說墳墓尤切、意在言外、文極典雅、○按碑序全作守臣趙抃奏疏、此盖法柳文、壽州安豐縣孝門銘也、其文起云壽州刺史、臣承思、言九月丁亥、安豐縣令臣某、上所部編戶甿、李興、云云、請表其門閭、云云、觀示後祀 永永無極、臣昧死上請、制曰可、其銘曰云云、觀此則知坡公、非創爲之矣

熙寧十年十月戊子에 資政殿大學士右諫議大夫、知杭州軍事、臣抃은 言 趙清獻公抃字閱道 故吳越國王錢氏墳墓와 及其父祖、妃夫人、子孫之墳이 在錢塘者ㅣ 二十有六이오 在臨安者ㅣ 十有一이라 皆蕪廢不治하야 父老過之에 有流涕者하니 歷年多施澤亦多故感之者深爾 謹按、故武肅王鏐ㅣ 始以鄕兵으로 破走黃巢하야 名聞江淮하고 復以八郡兵으로 討劉漢宏하고 拜越州하야 以奉董昌而自居於杭이러니 及昌이 以越叛則誅昌而並越하야 盡有浙東西之地하야 傳其子文穆王元瓘하고 至其孫忠獻王仁佐하야 遂破李景兵하야 取福州하고 而仁佐之弟忠懿王俶이 又大出兵攻景하야 以迎周世宗之師러니 其後에 卒以國入覲하니 三世四王이 與五代로 相終始라 天下大亂에 豪傑이 蜂起하니 方是時에 以數州之地로 盜名字者ㅣ 不可勝數러니 既覆其族하고 延及于無辜之民하야 以彼形此 罔有孑遺어늘 而吳越은 地方千里오 帶甲十萬이오 鑄山煮海하고 象犀珠玉之富ㅣ 甲于天下라 然이나 終不失臣節하야 貢獻이 相望於道하니 是以로 其民이 至於老死히 不識兵革하야 四時嬉遊에 歌鼓之聲이 相聞하야 至于今不廢하니 其有德於斯民이 甚厚오 與後有功於朝廷句立兩柱 皇宋이 受

三世四王、謂吾越王錢鏐、錢仁佐錢瓘、錢弘俶、五代、謂梁唐晉漢周

傳舍、猶旅舘

寅畏、猶敬畏、篚、言貢篚

命하사 四方僭亂이 以次削平하니 西蜀江南은 負其險遠하야 兵至城下하야 力屈勢窮然後에 束手하고 而河東劉氏는 百戰守死하야 以抗王師하야 積骸爲城하고 釃血爲池하니 竭天下之力하야 僅乃克之어날 獨吳越은 不待告命하고 封府庫하며 籍郡縣하야 請吏于朝하야 視去其國을 如去傳舍하니 其有功於朝廷이 甚大라 昔에 竇融이 以河西歸漢이어날 光武ㅣ 詔右扶風하야 修理其父祖墳塋하고 祠以大牢하니 (用事切當) 今錢氏功德이 殆過於融이어날 而未及百年에 墳墓ㅣ 不治하야 行道ㅣ 傷嗟하니 甚非所以勸奬功臣하고 慰答民心之義也니이다 (只輕說兩三句便) 臣은 願以龍山廢佛寺、曰妙因院者로 爲觀하야 使錢氏之孫爲道士、曰自然者로 居之하야 凡墳墓之在錢塘者는 以付自然하고 其在臨安者는 以付其縣之淨土寺僧曰道微하야 歲各度其徒一人하야 使世掌之하고 籍其地之所入하야 以時修其祠宇하며 封植其草木호대 有不治者어든 縣令丞이 察之하고 (西漢語) 甚者는 易其人이면 庶幾永終不墜하야 以稱朝廷待錢氏之意니이다 臣抃은 昧死以聞한대 制曰可라 其妙因院을 改賜名曰表忠觀하라 銘曰

天目之山에 苕水ㅣ 出焉하니 (天目苕水皆杭州之山水 要說篤生故從頭說來) 龍飛鳳舞하야 萃于臨安이라 篤生異人하야 絕類離群하니 奮挺大呼에 從者如雲이라 仰天誓江하니 月星이 晦蒙이오 (語壯) 强弩ㅣ 射潮하니 江海爲東이라 (實事) 殺宏誅昌하야 奄有吳越하니 金劵玉冊과 虎符龍節이라 大城其居하니 包絡山川하야 左江右湖오 控引島蠻이라 歲時歸休하야 以燕父老하니 曄如神人이 玉帶毬馬라 四十一年에 寅畏小心하야 厥篚相望하니 大貝南金이라 五朝昏亂하야 罔堪託國일새 三王相承하야 以待有德이라

後昆、謂後孫

最佳見錢氏不歸五代而歸宋之意 既獲所歸하니 弗謀弗咨오 先王之志를 我維行之라 天祚忠厚하야 世有爵邑하니 允文允武하야 子孫千億이라 帝謂守臣하사대 歸恩於上 治其祠墳하야 毋俾樵牧하야 愧其後昆하라 龍山之陽에 歸然新宮이니 匪私于錢이라 惟以表忠이니라 切於觀名 非忠이면 無君이오 非孝면 無親이니 凡百有位는 視此刻文하라

凌虛臺記

陳希亮字公弼剛正人也嘉祐中知鳳翔府東坡初擢制科簽書判官事吏呼蘇賢良公怒曰府判官何賢良也杖其吏不顧坡作齋醮祈禱文公弼必塗墨改定數往返至爲公弼作凌虛臺記公弼覽之笑曰吾視蘇明允猶子也軾猶孫也平日不以辭色假之者以其年少暴得大名懼夫滿而不勝也乃不吾樂耶不易一字亟命刻之石○嘉祐八年癸卯坡時年二十八作此記起句突然似乎無頭自起以下節節奇妙登臺而望其東以下乃法習鑿齒與其弟書坡又作超然臺記其中一段亦用此格調後又有法之者汪彥章月觀記是也今皆附見于後坡所以諷切陳公者深矣世有足恃者立德立功立言三不朽之謂乎今臺必爲荒草野田而反賴坡之文章以千載不朽則所謂足恃者豈不信然哉

臺於南山之下하니 宜若起居飮食이 與山接也라 四方之山이 莫高於終南이오 而都邑之最麗者ㅣ 莫近於扶風이니 以至近으로 求最高면 其勢必得이어날 而太守之居에 未嘗知有山焉하니 雖非事之所以損益이나 而物理有不當然者니 此凌虛之所爲築也라 方其未築也에 太守陳公이 杖屨逍遙於其下라가 見山之出於林木之上者ㅣ 纍纍然如人之旅行於墻外而見其髻也하고 曰是必有異라하야 使工으로 鑿其前하야 爲方池하고 以其土로 築臺하야 出於屋之簷而止하니 然後에 人之至於其上者ㅣ 怳然不知臺之高오 而以爲山之踊躍奮迅而出也라 公曰是宜名凌虛라 以告其從事蘇軾而俾爲之記하니 軾이 復於公曰物之廢興成毁를 不可得而知也라 昔者에 荒草野田이 霜露之所蒙翳오 狐虺之所竄伏이니 方是時에 豈知有凌虛臺耶아

槖泉九成、皆宮名

廢興成毁ㅣ 相尋於無窮하니 則臺之復爲荒草野田을 皆不可知也로다 嘗試與公으로 登臺而望하니 其東則秦穆公之祈年槖泉也오 其南則漢武之長楊五柞이오 而其北則隋之仁壽오 唐之九成也라 計其一時之盛컨댄 宏傑詭麗하고 堅固而不可動者ㅣ 豈特百倍於臺而已哉아 然而數世之後에 欲求其彷彿이나 而破瓦頹垣이 無得存者하야 旣已化爲禾黍荊棘과 丘墟隴畝矣온 而況於此臺歟아 (數轉無限妙處) 夫臺도 猶不足恃以長久온 而況於人事之得喪이 忽往而忽來者歟아 而或者ㅣ 欲以夸世而自足則過矣라 蓋世有足恃者ㅣ 而不在乎臺之存亡也니라 旣已言於公하고 退而爲之記하노라

習鑿齒、與其弟秘書曰吾以去年五月三日、來達襄陽、觸目悲感、略無歡情、每定省家舅、從北門入、西望隆中想臥龍之吟、東眺白沙、思鳳雛之聲、北臨樊墟、存鄧老之高、南瞻城邑、懷羊公之風、縱目檀溪、念崔徐之友、肆眺漁染、追二德之遠、未嘗不徘徊移日、惆悵極多云云、東坡密州超然臺記、內有曰南望馬耳常山、出沒隱見若近若遠、庶幾有隱君子乎、而其東則廬山、秦人盧敖之所從遁也、西望穆陵、隱然如城郭、師尙父齊桓公之遺烈、猶有存者、北俯濰水、慨然太息、思淮陰之功而吊其不終、汪彦章、爲劉季高、作鎭江月觀記曰嘗與子 四顧而望之、其東、曰海門、鴟夷子皮之所從遁也、其西、曰瓜步、魏佛貍之所嘗至也、若其北廣陵則謝太傅之所築埭而居也、江中之流則祖豫州之所擊楫而誓也、計其一時、英雄慷慨、憤中原之未復、反虜之未禽、欲呑之以忠義之氣、雖狹宇宙而盬九州、自其胷中所積、亦江山、有以發之、今攬而納諸數楹之地、使千載之事、了然在吾目中則季高之志、可見矣

原本備旨懸吐註解 古文眞寶後集卷之八 終

五穀、黍稷稻粱麥　六材、榛栗椅桐梓漆

苟簡、謂苟且簡略

原本備旨懸吐註解 古文眞寶後集卷之九

李君山房記　蘇子瞻

靜觀云、有李君、藏書、以遺後之人、又有東坡爲記、以惜有書不讀之士、二翁立心也、拳拳有望於學者如此、彼有吝嗇其書、惟恐人見、或自有書而束之高閣者、皆二翁之罪人也

象犀珠玉珍怪之物은 有悅於人之耳目이로대 而不適於用하고 金石草木、絲麻五穀六材는 有適於用이로대 而用之則弊하며 取之則竭하나니 悅於人之耳目而適於用하고 用之而不弊하며 取之而不竭하야 賢不肖之所得이 各因其才하고(應在後) 仁智之所見이 各隨其分하야 才分不同이라도 而求無不獲者는 惟書乎ㄴ저(入書字不覺) 自孔子聖人으로도 其學이 必始於觀書니(綴書字) 當是時하야 惟周之柱下史老聃이 爲多書하고 韓宣子ㅣ 適魯然後에 見易象與魯春秋하고 季札이 聘於上國然後에 得聞詩之風雅頌하고 而楚獨有左史倚相이 能讀三墳五典八索九丘하니라 士之生於是時에 得見六經者ㅣ 蓋無幾니 其學이 可謂難矣로대 而皆習於禮樂하고 深於道德하야 非後世君子의 所及이오(此時書未備倒有眞儒) 自秦漢以來로 作者ㅣ 益衆하고 紙與字畫이 日趨於簡便하야 而書益多라 世莫不有나 然이나 學者ㅣ 益以苟簡은 何哉오(後來書多眞儒反少) 余猶及見老儒先生이 自言其少時에 欲求史記漢書而不可得이오 幸而得之하야 皆手自書하야 日夜誦讀하야 惟恐不及이러니 近世市人이 轉相模刻하야 諸子百家之書ㅣ 日傳萬紙하니 學者之於書에 多且易致ㅣ 如此라 其文辭學術이 當倍蓰於昔人이어날 而後生科擧之士ㅣ 皆束書不觀하고(意骨在此) 遊談無根하니 此又何也오 余友李公擇이(名常黃山谷之母舅) 少時에 讀書於廬山、五老峰下、白石菴之僧舍러니 公擇이

志、猶誌也

既去而山中之人이 思之하야 指其所居爲李氏山房이라하니 藏書凡九千餘卷이라 公擇이 既已涉其流하며 探其源하고 文字組繪 採剝其華實하며 而咀嚼其膏味하야 以爲己有하야 發於文辭하고 見於行事하야 以聞名於當世矣로대 而書顧自如也오 未嘗少損하니 將以遺來者하야 供其無窮之求하야 而各足其才分之所當得일새 應前 是以로 不藏於家하고 而藏於故所居之僧舍하니 此는 仁者之心也라

余ㅣ 既衰且病하야 無所用於世니 惟得數年之間하야 盡讀其所未見之書오 而廬山은 固所願遊而不得者라 盖將老焉하야 盡發公擇之藏하야 拾其遺棄以自補면 庶有益乎아 東坡猶發此言 我輩當如何哉 而公擇이 求余文以爲記하니 乃爲一言하야 使來者로 知昔之君子ㅣ 見書之難이오 而今之學者ㅣ 有書而不讀이 爲可惜也로라 結盡主意○按東坡、與程全甫、推官帖云、兒子到此、抄得唐書一部、又借得前漢一部、欲抄、若了此二書、便是貧兒暴富也、老拙、亦欲爲此而目昏心疲、不能自苦故、樂以此、告壯者耳、見尺牘、觀此帖與此記所云、可見前輩求書之勤、苦類如此、近年以來、全史、難得、又有如東坡所云者矣、讀此、不勝其浩歎云

喜雨亭記

迂齋云、蟬蛻汙濁之中、浮游塵埃之表、所謂以文爲戲者○東坡登第初、任鳳翔府判官、其年二十有八耳、筆力、已如此、此篇、與凌虛臺記、皆官鳳翔時所作、眞天才也

亭以雨名은 志喜也라 古者에 有喜면 即以名物하니 示不忘也ㄹ새니 解志喜意 周公이 得禾하야 以名其書하고 作嘉禾 漢武ㅣ 得鼎하야 以名其年하고 得鼎汾水改元元鼎 叔孫이 勝敵하야 以名其子하니 左文十一年叔孫得臣獲長狄僑如以名子 其喜之大小는 不齊나 其示不忘은 一也라 照應密文法好 予至扶風之明年에 始治官舍할새 爲亭於堂之北하고 而鑿池其南하야 引流種樹하야 以爲休息之所러니 是歲之春에 雨麥於岐山之陽하니 其占이 爲有年이라 既而오 彌月不雨하야 民方以爲憂러니 越三日乙卯에 乃雨하고 甲子에 又雨호대

書法 民以爲未足이러니 丁卯에 大雨하야 三日乃止하니 官吏는 相與慶於庭하고 商賈는 相與歌於市하고 農夫는 相與抃於野하야 憂者ㅣ 以樂하고 病者以喜오 而吾亭이 適成이라 接得好 於是에 擧酒於亭上하야 以屬客而告之曰五日不雨ㅣ 可乎아 曰五日不雨則無麥이라니 十日不雨ㅣ 可乎아 曰十日不雨則無禾라니 無麥無禾면 歲且荐饑니 獄訟이 繁興하고 而盜賊이 滋熾하리니 則吾與二三子로 雖欲優遊以樂於此亭이나 其可得耶아 今天이 不遺斯民하사 始旱而賜之以雨하야 使吾與二三子로 得相與優遊以樂於此亭者는 皆雨之賜也니 其又可忘耶아 應示不忘 旣以名亭하고 又從而歌之曰、使天而雨珠라도 寒者ㅣ 不得以爲襦오 使天而雨玉이라도 飢者ㅣ 不得以爲粟이니 一雨三日이 伊誰之力고 此句已包太守天子造物太空也 民曰太守라하니 太守、不有하고 歸之天子하니 天子曰不然이라 歸之造物하니 造物이 不自以爲功이오 歸之太空하니 太空은 冥冥하야 不可得而名이라 吾以名吾亭하노라 四者旣皆無所歸則歸之於亭名

太空、指天也

四 菩薩閣記

坡作僧家、文字多矣、今獨取此、以後一半議論、反覆之妙故也、捨施不足信而其守畫之說、愈轉愈妙、吁、吾之所以因此、有所感者、豈獨菩薩畫而已哉

始에 吾先君이 老泉 於物에 無所好하고 燕居如齋하야 言笑有時로대 顧嘗嗜畫하시니 弟子門人이 無以悅之면 則爭致其所嗜하야 庶幾一解其顏이라 故로 雖爲布衣나 而致畫는 與公卿等이러시다 長安에 有故藏經龕하니 唐明皇帝ㅣ 所建이라 其門이 四達八板이니 皆吳道子畫라 道子唐之善畫者極有名 陽爲菩薩하고 陰爲天王하야 凡十有六軀러니 廣明之亂에 廣明僖宗年號時黃巢亂 爲賊所焚하니 有僧이 忘其名이오 於

燕居、謂平居

直、猶價也
先君、指蘇洵
浮屠、僧也

兵火中에 拔其四板以逃하니 旣重不可負오 又迫於賊하야 恐不能皆全일새 遂竅其兩板하야 以受荷라가 西奔於岐而託死於烏牙之僧舍하니 板留於是ㅣ 百八十年矣라 客이 有以錢十萬으로 得之하야 以示軾者어날 軾이 歸其直而取之하야 以獻諸先君하니 先君之所嗜ㅣ 百有餘品이로대 一旦에 以是四板으로 爲甲이라 可想其妙 治平四年에 英宗朝丁卯歲 先君이 沒于京師하시니 按宮師公以治平三年丙午四月、卒于京師、子瞻、卽護喪歸葬、熙寧元年戊申七月、除喪、是多、公、出蜀、此云治平四年、恐誤 軾이 自汴入淮하야 泝于江할새 載是四板以歸러니 旣免喪에 所嘗與往來浮屠人惟簡이 誦其師之言하야 敎軾爲先君捨施호대 必所甚愛와 與所不忍捨者하니 軾이 用其說하야 思先君之所甚愛와 軾之所不忍捨者ㅣ 莫若是板이라 故로 遂以與之하고 且告之曰 自此以下 議論妙不可言 此는 明皇帝之所不能守오 而焚於賊者也니 而況於余乎아 余視天下之蓄此者ㅣ 多矣로대 有能及三世者乎아 其始求之엔 若不及이오 旣得엔 惟恐失之러니 而其子孫이 不以易衣食者ㅣ 鮮矣니 余自度不能長守此也ㄹ새 坡之謙辭 是以로 予子하니 子將何以守之오 簡이 曰 吾以身守之하야 吾眼을 可矐이오 吾足을 可斮이언정 吾畫는 不可奪이리니 若是면 足以守之歟아 軾曰未也라 足以終子之世而已니라 簡曰、吾又盟於佛하고 而以鬼守之하야 凡取是者와 與凡以是予人者는 其罪如律이라호리니 若是면 足以守之歟아 軾曰未也라 世有無佛而蔑鬼者하니라 然則何以守之오 此句乃簡之問 曰軾之以是予子者는 凡以爲先君捨也니 天下에 豈有無父之人歟아 其誰忍取之리오 尤妙 若其聞是而不懷하고 不惟一觀而已오 將必取之然後에 爲快면 則其人之賢愚ㅣ 與廣明之焚此者로 一也니 全其子孫이 難矣온 而況能久有此乎아 絕妙子孫二字、愚意易以軀字如

何、同志、幸爾之 且夫不可取者는 存乎子하고 取不取者는 存乎人하니 子ㅣ 勉之矣어다 爲子之不可取者而已니 又何知焉이리오 添此一轉毫髮無遺恨矣 旣以予簡하니 簡이 以錢百萬으로 度爲閣以藏之하고 且畫先君像其上이어날 軾이 助錢二十之一하야 期以明年冬에 閣成이라 熙寧元年十月日記 戊申歲坡年三十三 ○按歐陽公、有菱溪大石記、意度與此記、頗相似、不知坡公、見之而作此耶、抑暗合也、學者、於歐記、亦當取而參之云

田表聖奏議序

意深切、文縝密、事的當、冠冕佩玉之文也

故諫議大夫、贈司徒、田公表聖의 奏議十篇이라 嗚呼라 田公은 古之遺直也라 其盡言不諱ㅣ 蓋自敵以下로 受之에 有不能堪者은 而況於人主乎아 吾以是로 知二宗之聖也로라 太宗眞宗入得好 自太平興國以來로 至于咸平하야 可謂天下大治오 千載一時矣어날 而田公之言이 常若有不測之憂ㅣ 近在朝夕者는 何哉오 古之君子는 必憂治世而危明主하나니 明主는 有絕人之資오 而治世ㅣ 無可畏之防이라 夫有絕人之資면 必輕其臣이오 無可畏之防이면 必易其民이니 此는 君子之所甚懼者也라 鎖得妙陳君擧論多法此 方漢文時에 刑措不用하고 兵革不試어날 而賈誼之言에 曰天下有可長太息者하며 有可流涕者하며 有可痛哭者라호대 後世에 不以是로 少下字 漢文하고 亦不以是로 甚下字 賈誼하니 由此觀之컨댄 君子之遇治世而事明主ㅣ 法當如是也니라 好

誼雖不遇나 而其所言이 略已施行하고 不幸早世하야 功業이 不著於時라 然이나 誼嘗建言하야 使諸侯王子孫으로 各以次受分地러니 文帝ㅣ 未及用하고 歷孝景至武帝하야 而主父偃이 擧行

佛老、卽釋氏老子

之하야 漢受以安하니 此意於田公奏議傳世尤切先後著高 今公之言이 十未用五六也니 安知來世에 不有若偃者ㅣ 擧而行之歟아 願廣其書於世면 必有與公合者리니 此亦忠臣孝子之志也라 字數不多而議論關涉大

錢塘勤上人詩集序

西湖僧惠勤、長於詩、見知於歐陽公、公、嘗作山中樂三章、贈之、熙寧四年、坡公、通判杭州見公於汝陰之南、公謂坡曰子求人於湖山間而不可得則往從勤乎坡、到官三日、卽訪之、明年、歐公卒、坡、哭之於勤舍七年、坡除知密州、勤、以其詩求序、此序前一大截、全不及勤、末漸漸引上、以勤之生死不忘公而知其能不負公、以勤之不負公而媿士之負公者、乃是先有末後一段意思而遂立前一段議論也、若其詩則不甚言之則人之賢、如此、詩不言、可知矣、甚文而長於詩、又見於六一泉銘云

昔에 翟公이 罷廷尉에 賓客이 無一人至者러니 其後復用에 賓客이 欲往이어날 翟公이 大書其門曰、一死一生에 乃知交情이오 一貧一富에 乃知交態오 一貴一賤에 交情乃見이라하니 世以爲口實이라 然이나 余嘗薄其爲人하야 以爲客則陋矣어니와 而公之所以待客者ㅣ 獨不爲小哉아 故太子太師、歐陽公이 好士ㅣ 爲天下第一이라 士有一言이 中於道면 不遠千里而求之하야 甚於士之求公하니 以故로 盡致天下豪傑하야 自庸衆人으로 以顯於世者ㅣ 固多矣라 然이나 士之負公者ㅣ 亦時有之하니 蓋嘗慨然太息하야 以人之難知로 爲好士者之戒하라 意公之於士에 自是少倦이러니 而其退老於潁水之上에 余往見之하니 則猶論士之賢者하야 惟恐其不聞於世也오 至於負者하야는 則曰是罪在我오 非其過라하니 翟公之客은 負公於死生貴賤之間이오 而公之士는 叛公於瞬息俄頃之際어날 翟公은 罪客而公은 罪己하고 與士益厚하니 賢於古人이 遠矣라 公이 不喜佛老로대 其徒ㅣ 有治詩書學仁義之說者면 必引而進之하니 佛者惠勤이 從公游三十餘年이라 公嘗稱之爲聰明才智有學問者오 尤長於詩라 公이 薨於汝陰이어날 余哭

之於其室하고 其後見之에 語及於公이면 未嘗不涕泣也라 勤이 固無求於世오 而公이 又非
有德於勤者니 其所以涕泣不忘은 豈爲利哉아 余然後에 益知勤之賢이니 使其得列於士
大夫之間하야 而從事於功名이면 其不負公也ㅣ 審矣라 (一篇都結在此一句) 熙寧七年에 予自錢塘으로 將赴
高密할새 勤이 出其詩若干篇하야 求予文以傳於世하니 余以爲詩非待文而傳者也나 若其爲人
之大略은 則非斯文이면 莫之傳也라하노라

稼說送同年張琥

迂齋云、觀公此說、豈以一世盛名、自居者、其朋友兄弟之相切磋、如此、所以名益盛而學益進也

蓋(一作曷) 嘗觀於富人之稼乎아 其田이 美而多하고 其食이 足而有餘하니 其田이 美而多면 則
可以更休하야 而地力이 得完이오 其食이 足而有餘면 則種之常不後時오 而斂之常及其熟이니
故로 富人之稼는 常美하야 少秕而多實하고 久藏而不腐어날 (以上譬古人才) 今吾는 十口之家而共百畝
之田하야 寸寸而取之하고 日夜而望之하야 鋤耰銍刈ㅣ 相尋於其上者ㅣ 如魚鱗이니 而地力이
竭矣오 種之常不及時오 而斂之常不待其熟이니 此豈能復有美稼哉아 (以上譬今之人才) 古之人이 (引歸人才)
(但自此以下、全無一字及稼、略不照應、貫串關鎖、似亦一欠) 其才ㅣ 非有大過今之人也라 其平居에 所以自養而不敢輕用하야 以待
其成者ㅣ 閔閔焉、如嬰兒之望長也하야 弱者는 養之以至於剛하고 虛者는 養之以至於充하야
三十而後에 仕하고 五十而後에 爵하니 伸於久屈之中하야 而用於至足之後하고 流於旣溢(水)之
餘오 而發於持滿(弓弩)之末이라 此ㅣ 古人之所以大過人이오 而今之君子ㅣ 所以不及也니라 吾ㅣ

吾子、指張琥

少也에 引歸自己 有志於學이러니 不幸而早得與吾子로 同年하니 吾子之得이 亦不可謂不早矣라 前輩、以少年登科、爲一不幸、坡、丙子生、嘉祐二年丁酉、年二十二、子由、己卯生、同年登科、年十九、張琥、雖少長、亦必少年、所以坡、相愛而相勉、亦以自勉也 吾ㅣ 今雖欲自以爲不足이나 而衆且妄推之矣니 嗚呼라 吾子는 其去此而務學也哉다어 親切優游甚於激切 博觀而約取하고 厚積而薄發이니 吾告吾子ㅣ 止於此矣로라 子ㅣ 歸過京師而問焉하라 有曰轍子由者는 吾弟也니 其亦以是語之하라 尤見公拳拳愛弟之意

王者不治夷狄論 出公羊傳註

嘉祐六年、命翰林吳奎等、就秘閣、考試制科、奎等、上王介甫蘇軾轍論各六首、此篇、其一也
○東萊云統體好、前面閑說、長、後正說、甚短、讀之、全不覺長短、蓋後面一句、轉一句故也

論曰、夷狄은 不可以中國之治로 治也니 起有力 譬若禽獸然하야 求其大治면 必至於大亂이라 先王이 知其然이라 是故로 以不治로 治之하니 治之以不治者는 乃所以深治之也라 鎖有力亦得體 春秋에 書公이 會戎于潛이라하야날 擧題 何休曰王者는 不治夷狄이니 錄戎은 來者를 不拒오 去者를 不追也라 夫天下之至嚴而用法之至詳者ㅣ 莫過於春秋하니 凡春秋之書公、書侯、書字、書名하야 閑說 其君이 得爲諸侯오 其臣이 得爲大夫者는 擧皆齊晉也오 不然則齊晉之與國也며 如宋衛陳鄭 其書州、書國、書氏、書人하야 其君이 不得爲諸侯오 其臣이 不得爲大夫者는 擧皆秦楚也오 不然則秦楚之與國也라 如崇介江黃 夫齊晉之君이 所以治其國家하며 擁衛天子而愛養百姓者ㅣ 豈能盡如古法哉아 盖亦出於詐力이오 而參之以仁義니 是는 齊晉도 亦未能純爲中國也오 秦楚者는 亦非獨貪冒無耻하야 肆行而不顧也라 盖亦有秉道行義之君焉하니 是는 秦楚도 亦未至於純爲夷狄也라 齊晉之君이 不能純爲中國이어날 而春秋之所

邊鄙、卽邊方

與者ㅣ 常嚮焉야하 有善則汲汲而書之야하 惟恐其不得聞於後世며하(如書齊桓名陵之盟晉文城濮之戰之類) 有過則多
方而開赦之야하 惟恐其不得爲君子고하(如齊桓滅項則曰師滅項晉文召王則曰王狩之類) 秦楚之君。이 未至於純爲夷狄날이어 而
春秋之所不與者ㅣ 常在焉야하 有善則累而後進며하(如荊、入蔡伐鄭則以州稱、至來聘則曰荊人) 有惡則略而不錄야하 以爲
不足錄也니라하(如商臣弑其君頵止書楚子卒) 是는 非獨私於齊晉오이 而偏疾於秦楚也라 以見中國之不可以一
日背오 而夷狄之不可以一日嚮也니 其不純者도 不足以寄其褒貶날이어(鎖結有力) 則其純者는 可
知矣라(幹下意) 故로 曰天下之至嚴而用法之至詳者ㅣ 莫如春秋라니 夫戎者는 豈特如秦楚之
流入於夷狄而已哉아 然而春秋에 書之曰公。이 會戎于潛이라하야 公無所貶이오 而戎爲可會니
是獨何歟아(正說) 夫戎之不能以會禮로 會公。이 亦明矣니 此는 學者之所以深疑而求其說
也라 故로 曰王者는 不治夷狄이니(再擧題) 錄戎은 來者들 不拒오 去者들 不追也라 夫以戎之不
可以化誨懷服也다로 彼其不悍然執兵야하 以與我從事於邊鄙ㅣ 固亦幸矣니 又況知有所
謂會者而欲行之면 是豈不足以深嘉其意乎아(彼自中國、流入夷狄、此自夷狄、知慕中國) 不然이오 將深責其禮면 彼將
有所不堪야하 而發其暴怒니하리 則其禍ㅣ 大矣라 仲尼ㅣ 深憂之사하 故로 因其來而書之以
會야하 曰若是足矣니라하 是將以不治로 深治之也라 由是觀之컨대 春秋之疾戎狄者는 非疾純
戎狄也라 疾其以中國而流入於戎狄者也니라(結有力一篇意、全結在此二句上○此初年程試論之體面平正者、諸論、他不暇盡選、更於晚年論中、選范增一篇云)

范　增　論

迂齋云宋義、是義帝所命、義帝、是范增所立、三人死生存亡去就、最相關涉、此坡公海外文字筆力、老健○靜觀云、增、當去於羽殺宋義之時、此是一篇本意、但有難看者、若把殺宋義、爲弑義帝之兆、弑義帝、爲疑增之本、此處、道增不曉此不得只是看項羽不破、有依羽成功

之心、所以一齊昏了○責增全說興楚、不可無義帝、羽、決不可自有爲、若增、此處纔得分明斬截則當羽殺宋義時、有廢主自爲之意、便當決策、不誅之則去之、失處全在此

漢이 用陳平計하야 間疎楚君臣하니 項羽ㅣ 疑范增이 與漢有私하야 稍奪其權한대 增이 大怒曰 天下事ㅣ 大定矣라 君王은 自爲之하라 願賜骸骨歸卒伍하노라 未至彭城하야 疽發背死하니 漢三年、楚急擊、絕漢甬道、圍漢王於滎陽城、漢王、用陳平謀出黃金四萬斤、予平、爲間於楚、宣言曰諸將鍾離昧等、爲項王將、功多矣、然終不得裂地而王、欲與漢爲一、以滅項氏分王其地、項王果疑之、使使至漢、漢爲大牢之具、擧進、見楚使則陽驚曰以爲亞父使、乃項王使也、復去、以惡草具進、楚使、使歸具以報、項王果大疑亞父、亞父欲急擊下滎陽城、項王不聽、亞父怒、乞骸骨云云 蘇子ㅣ 曰增之去ㅣ 善矣라 不去면 羽必殺增이리라 獨恨其不蚤耳로다 然則當以何事로 去오 增이 勸羽殺沛公호대 羽不聽하야 終以此로 失天下하니 當於是去耶아 曰否라 增之欲殺沛公은 人臣之分也오 羽之不殺은 猶有君人之度也니 增이 曷爲以此去哉리오 漸次引入無此一節則直了 易에 曰知幾는 其神乎ㄴ저 詩에 曰相彼雨雪혼대 先集維霰이라하니 增之去ㅣ 當於羽殺卿子冠軍時也라 宋義方說出 陳涉之得民也는 以項燕扶蘇오 項氏之興也는 以立楚懷王孫心이오 義帝 而諸侯叛之也는 以弒義帝라 此是說羽決不可以自有爲增看不破處 且義帝之立에 增爲謀主矣니 義帝之存亡이 豈獨爲楚之盛衰리오 亦增之所與同禍福也라 此增元曉得底後來昏了 未有義帝亡이오 而增이 獨能久存者也니 無陳涉之得民以下便說羽殺宋義事則文字無曲折而失之直矣 羽之殺卿子冠軍也는 是弒義帝之兆也오 其弒義帝는 則疑增之本也라 豈必待陳平哉리오 物必先腐也而後에 蟲이 生之하고 人必先疑也而後에 讒이 入之하나니 又著此語則文字優游不迫與前面引詩易同類 陳平이 雖智나 安能間無疑之主哉리오 吾嘗論義帝는 天下之賢主也라 獨遣沛公入關而不遣項羽하고 義帝識羽增識不破 識卿子冠軍於稠人之中하야 而擢以爲上將하니 不賢而能如是乎아 羽旣矯殺卿子冠軍이면 義帝ㅣ 必不能堪이니 非羽弒帝면 則帝殺羽는 應殺

相、視也

增、指范增

冠軍爲弑義帝之兆一句

不待智者而後에 知也라

增豈不曉得

增이 始勸項梁하야 立義帝ㄹ새 諸侯ㅣ 以此로 服하니 從中道而弑之는 非增之意也라 夫豈獨非其意리오 將必力爭而不聽也리니

文字要用無作有

不用其言이오 而殺其所立하니 羽之疑增이 必自此始矣라

應弑義帝爲疑增之本一句

方羽殺卿子冠軍에 增與羽ㅣ 比肩而事義帝하야 君臣之分이 未定也니 爲增計者ㅣ댄 力能誅羽則誅之오 不能則去之ㅣ

二句妙

豈不毅然大丈夫也哉리오 增이 年已七十이라 合則留오 不合則去어날 不以此時로 明去就之分하고 而欲依羽以成功名하니 陋矣로다

增只是此處者不破併前曉得底都昏了

雖然이나 增은 高帝之所畏也라 增不去면 項羽不亡하리니 嗚呼라 增亦人傑也哉ㅣ저

前深抑之、此處揚之、操縱法、大凡作漢唐君臣文字、前說、他好、後須說、些不好處、前說他不好、後面須放他出一線路

上樞密韓太尉書 魏公琦

蘇 子 由

迂齋云胷臆之談、筆勢規模、從司馬子長自序中來、從歐陽公、轉韓太尉身上、可謂奇險、子由、時年十九歲、或云老泉代作○按此篇、雄健恢踈、眞老泉之作、子由、文、平正純熟、不類此也、其後、馬存子長遊一篇、意實出於此、但不用其文耳

轍이 生好爲文하야 思之至深호대 以爲文者는 氣之所形이라 然이나 文不可以學而能이오 氣可以養而致니 孟子曰我는 善養吾의 浩然之氣하니라 今觀其文章이 寬厚宏博하야 充乎天地之間하야 稱其氣之小大하니 太史公이 行天下에 周覽四海名山大川하고 與燕趙間豪俊으로 交遊라 故로 其文이 踈蕩하야 頗有奇氣하니 此二子者는 豈嘗執筆하야 學爲如此之文哉아 其氣ㅣ 充乎其中而溢乎其貌하고 動乎其言而見乎其文하야 而不自知也라 轍이 生十有九年矣니 其所居家與遊者ㅣ 不過其隣里鄕黨之人이오 所見이 不過數百里之間이라 無高山大野ㅣ 可登覽以自廣이오 百氏之書를 雖無所不讀이나 然이나 皆古人之陳迹이라 不足激發其志氣ㄹ새 恐遂

嵩華、二山名

嚮、猶前時

汨沒하야 故로 決然捨去하야 求天下之奇聞壯觀하야 以知天地之廣大하니 過秦漢之故都라가 恣觀終南嵩華之高하고 北顧黃河之奔流하야 慨然想見古人之豪傑이오 至京師하야 仰觀天子宮闕之壯과 與倉廩府庫城池苑囿之富且大也하야 而後에 知天下之巨麗오 見翰林歐陽公하야 聽其議論之宏辨하며 (上說終南嵩華黃河、下以歐公、配之則人物、可想矣) 觀其容貌之秀偉하고 與其門人賢士大夫로 遊하야 (曾子固梅聖兪蘇子美之徒) 而後에 知天下之文章이 聚乎此也라 太尉ㅣ 以才略으로 冠天下하니 天下之所恃以無憂오 四夷之所憚而不敢發이라 入則周公召公이오 出則方叔召虎ㅣ어날 (壯) 而轍也ㅣ 未之見焉이로라 且夫人之學也ㅣ 不志其大면 雖多而奚爲리오 轍之來也에 於山에 見終南嵩華之高하고 於水에 見黃河之大且深하고 於人에 見歐陽公이로대 而猶以未見太尉也니 (入得妙、此等、最是緊要、盤錯處、着、上面說歐公處、更無別人、却只一句斡得轉、此所謂筆力、扛九鼎) 故로 願得觀賢人之光耀하야 聞一言以自壯이니 然後에 可以盡天下之大觀而無憾者矣라 轍이 年少하야 未能通習吏事호니 嚮之來는 非有取於升斗之祿이러 偶然得之하니 非其所樂이라 然이나 幸得賜歸待選하야 使得優游數年之間하야 將以益治其文하고 且學爲政이니 太尉ㅣ 苟以爲可教하야 而辱教之면 又幸矣라

袁州學記　　李泰伯

(汪齋云、議論、關涉世敎、筆力老健○學記多矣、意正說嚴、文老氣壯、未有過此者、明倫而敦忠孝、此學之大本、爲文以徼利達、此學之流弊、一勸一戒、凛凛如秋霜烈日)

皇帝二十有三年에 (仁宗慶曆四年) 制詔州縣立學하니 惟時守令이 有哲有愚ㅣ새 有屈力殫慮하야 祗順德意하고 有假宮借師하야 苟具文書하니 或連數城에 亡誦絃聲하야 倡而不和라 教尼不行이러니 三

相、視也
舍菜、猶今釋菜
靈獻、靈帝獻帝
譚、大也 陶、化

十有二年에 至和元年 范陽祖君無擇이 知袁州하니 始至에 進諸生하야 知學宮闕狀하고 大懼人材ㅣ
放失하며 儒敎闊疎하야 無以稱上意旨어늘 通判潁川陳君侁이 聞而是之하야 議以克合이라 相舊
夫子廟ㅣ 陜隘하야 不足改爲ㄹ새 乃營治之東하니 厥土ㅣ 燥剛하고 厥位ㅣ 面陽하고 厥材ㅣ 孔良하야
瓦甓黝堊丹漆이 擧以法故하고 殿堂室房廡門이 各得其度하고 生師ㅣ 有舍하고 庖廩이 有次하야
百爾器備ㅣ 並手偕作하니 工善吏勤하야 晨夜展力하야 越明年에 成하니 舍菜且有日이어늘 盱江
李覯ㅣ 諗于衆曰、惟四代之學은 虞夏商周 考諸經可見已오 只一句說過便了 秦以山西로 鏖下字 六國하야
欲帝萬世라가 劉氏ㅣ 一呼에 而關門이 不守하야 語壯 武夫健將이 賣降恐後는 何耶오 詩書之
道ㅣ 廢하야 人惟見利而不聞義焉耳라 此廢學之禍 孝武ㅣ 乘豊富하고 世祖ㅣ 光武 出戎行하야 皆孳孳
學術하야 俗化之厚ㅣ 延于靈獻하야 草茅危言者ㅣ 折首而不悔하고 功烈震主者ㅣ 聞命而釋
兵하야 群雄이 相視하야 不敢去臣位ㅣ 尙數十年이니 敎道之結人心이 如此라 此興學之功 今、代遭
聖神하고 爾袁이 得賢君하야 俾爾由庠序하야 踐古人之迹하니 天下治則譚禮樂以陶吾民하고 一
有不幸이면 尤當仗大節하야 爲臣死忠하며 爲子死孝하야 學之設蓋爲此 使人有所賴오 且有所法이니 是惟
朝家敎學之意라 若其弄筆墨하야 以徼利達而已ㄴ댄 學之設豈爲此 豈徒二三子之羞리오 抑亦爲國者
之憂니라 辭嚴義正斬截有法

藥戒　張文潛

議論澗大文意紆餘醫國者固所當知醫身者亦不可不知也

向、猶前日

薾然、困憊貌

索、衰索

燕居、猶安居

客有病痞하야(腹內結痛) 積於其中者ㅣ 伏而不能下하고 自外至者ㅣ 捍而不得納이라 從醫而問之하니 曰非下之면 不可라 歸而飮其藥하니 旣飮而暴下하야 不終日而向之伏者ㅣ 散而無餘하고 向之捍者ㅣ 柔而不支하야 焦鬲이 導達하고 呼吸이 開利하야 快然若未始有疾者러니 不數日에 痞復作이어날 投以故藥하니 其快然也ㅣ 亦如初라 自是로 不逾月而痞ㅣ 五作五下하야 每下에 輒愈나 然이나 客之氣ㅣ 一語而三引하고 體不勞而汗하고 股不步而慄하야 膚革이 無所耗於前이로대 而其中이 薾然하야 莫知其所來하니 嗟夫라 心痞는 非下면 不可已오 予ㅣ 從而下之호대 術未爽也어날 薾然은 獨何歟오 聞楚之南에 有良醫焉하고 往而問之하니 醫曰子無歎是然者也어다 凡子之術이 固爲是薾然也니라 坐하라 吾語女호리라 天下之理ㅣ 有甚快於予心者면 其末에 必有傷이니 求無傷於終者ㄴ댄 則初無望於快吾心이어다(上議論應在後) 夫陰伏而陽蓄하야 氣與血이 不運而爲痞하야 橫乎子之胸中者ㅣ 其累大矣라 擊而去之하야 不須臾而除甚大之累는 和平之物이 不能爲也오 必將擊搏震撓而後에 可어니와 夫人之和氣ㅣ 冲然而甚微하야 泊乎其易危하니 擊搏震撓之功이 未成而子之和ㅣ 蓋已病矣라 由是觀之컨댄 則子之痞ㅣ 凡一快者에 子之和ㅣ 一傷矣니 不終月而快者五면 則子之和平之氣ㅣ 不旣索乎아 故로 膚不勞而汗하고 股不步而慄하야 薾然如不可終日也니라 蓋將去子之痞오 而無害於和乎아 子歸燕居三月而後에 予之藥을 可爲也라 客歸燕居三月에 齋戒而復請之하니 醫曰子之氣ㅣ 少復矣로다 取藥而授之하야 曰服之三月而病少平하고 又三月而少康하고 終是年而復常하리라 且飮藥호대 不得

濊然、煩悶貌
醫國、左傳云上醫醫國
建瓴、極言其易
孝公、謂秦孝公
枵然、空虛貌
砉然、猶奮然
三代、指夏殷周

亟進하라 客이 歸而行其說이라 然이나 其初에 使人濊然遲之하야 盖三投藥而三反之也러니 然이나 日不見其所攻之效오 較則月異而時不同하야 盖終歲에 疾平이라 客이 謁醫再拜而謝之하고 坐而問其故하니 醫曰是醫國之說也라 豈特醫之於疾哉리오 子ㅣ 獨不見夫秦之治乎아 民이 悍而不聽令하며 惰而不勤事하며 放而不畏法하니 令之不聽이면 治之不變이라 則秦之民이 嘗痞矣러니 商君이 見其痞也하고 厲以刑法하며 威以斬伐호대 悍戾猛鷙하야 不貸毫髮하야 痛劉而力鋤之하니 於是乎秦之政이 如建瓴하야 流蕩四達하야 無敢或拒니 而秦之痞ㅣ 嘗一快矣라 自孝公으로 以至二世也하야 凡幾痞而幾快矣乎아 頑者已圮하고 强者已柔하야 而秦之民이 無歡心矣니 故로 猛政이 一快者는 懽心이 一亡이니 積快而不已하야 而秦之四支ㅣ 枵然하야 徒有其物而已라 民心이 日離하야 而君孤立於上하니 故로 匹夫大呼에 不終日而百病이 皆起어날 秦欲運其手足肩膂로대 而漠然不我應矣니 故로 秦之亡者는 是好爲快者之過也ㅣ라 昔先王之民이 其初亦嘗痞矣니 先生이 豈不知砉然擊去之以爲速也리오 惟其有懼於終也ㄹ새 故로 不敢求快於吾心이오 優柔而撫存之하야 敎以仁義하고 導以禮樂하야 陰解其亂而除去其滯하야 使其悠然自趨於平安而不自知하니 方其未也에 旁視而濊然者ㅣ 有之矣나 然이나 月計之하며 歲察之면 前歲之俗이 非今歲之俗也라 不擊不搏하야 無所忤逆하니 是以로 日去其戾氣오 而不嬰其歡心하야 於是에 政成敎達하야 安樂悠久而無後患矣라 是以로 三代之治ㅣ 皆更數聖人하고 歷數百年而後에 俗成하니 則予之藥이 終年而愈疾이 盖無足怪니라 故로 曰天下之理ㅣ

有甚快於吾心者면 其末也에 必有傷이니 求無傷於其終인댄 則初無望於快吾心이라 應前 雖然이나 豈獨於治天下哉리오 客이 再拜而記其說하니라

原本備旨懸吐註解 古文眞寶後集卷之九 終

匠石、古良匠

原本備旨懸吐註解 古文眞寶後集卷之十

送秦少章序

張文潛

秦覯字少章兄觀字少游○迂齋云老於世故之後方有此等議論凡學者當知此理

詩不云乎아 蒹葭蒼蒼하니 白露爲霜이로다 夫物不受變則材不成하고 人不涉難則智不明하나니라 立議論作兩柱照應在後妙 季秋之月에 天地始肅하야 寒氣欲至하니 方是時에 天地之間에 凡植物이 出於春夏雨露之餘하야 華澤이 充溢하고 支節이 美茂라가 及繁霜이 夜零에 旦起而視之하니 如戰敗之軍이 卷旗棄鼓하고 譬佳 裹瘡而馳하야 吏士ㅣ 無人色하니 豈特如是而已리오 於是에 天地ㅣ 閉塞而成冬則摧敗拉毁之者ㅣ 過半이니 其爲變이 亦酷矣라 然이나 自是로 弱者ㅣ 堅하고 虛者ㅣ 實하고 津者ㅣ 燥하야 皆斂其英華於腹心而各效其成하니 深山之木이 上撓靑雲하고 下庇千人者도 莫不病焉이온 况所謂蒹葭者乎아 然이나 匠石이 操斧하고 以遊山林이라가 一擧而盡之하야 以充棟梁桷杙輪輿輹輻하야 巨細强弱이 無不勝其任者하니 此之謂損之而益이오 敗之而成이오 虐之而樂者ㅣ 是也라 吾黨에 有秦少章者하니 自余爲大學官時로 以其文章으로 示余하고 愀然告我曰余家貧에 奉命大人而勉爲科擧之文也러라 異時에 率其意하야 爲詩章古文하니 往往淸麗奇偉하야 工於擧業이 百倍라 元祐六年에 及第하야 調臨安主簿하니 擧子中第ㅣ 可少樂矣로대 而秦子ㅣ 每見余에 輒不樂이라 余問其故한대 秦子ㅣ 曰余는 世之介士也라 性所不樂을 不能爲하고 言所不合을 不能交하고 飮食起居와 動靜百爲를 不能勉以隨人이러니 今一爲吏에

鮮、少也

皆失己而惟物之應하니 少自偃蹇이면 悔禍嚮至라 異時一身이 資養於父母라가 今則婦子ㅣ 仰食於我하니 欲不爲吏나 又不可得이니 自今以往으로 如沐漆而求解矣로다 余ㅣ 解之曰子之前日은 春夏之草木也오 今日之病子者는 蒹葭之霜也라 當如此照應 凡人性이 惟安之求하나니 夫安者는 天下之大患也라 能遷之爲貴니 重耳ㅣ 不十九年於外則歸不能霸하고 晉獻公之子重耳、公、使居蒲城、後公、使寺人披、伐蒲、重耳曰君父之命、不校、遂出奔狄、適齊、過曹、過宋、及鄭、及楚而之秦、在外凡十九年、秦穆公、納之於晉、殺懷公於高粱而重耳立焉、是爲文公、卒繼齊爲桓、覇諸侯 子胥ㅣ 不奔則不能入郢이니 楚平王、殺伍奢、奢子員、奔吳、說吳王、闔廬、興師伐楚、以報父之仇、吳師入郢、時、楚平王已死、子胥、遂發其塚、出其尸、鞭之三百 二子者ㅣ 方其羈窮憂患之時에 陰益其所短而進其所不能者하니 非如學於口耳者之淺淺也라 自今으로 吾子ㅣ 思前之所爲면 其可悔者ㅣ 衆矣오 其所知ㅣ 益加多矣니 反身而安之則行於天下에 無可憚者矣리라 能推食與人者는 常飢者也오 賜之車馬而辭者는 不畏徒步者也니 苟畏飢而惡步則將有苟得之心하리니 爲害ㅣ 不旣多乎아 故로 隕霜不殺者는 物之災也오 逸樂終身者는 非人之福也니라 元祐七年仲春十一日에 書하노라 結尾又照應前、譬喩、結法、當如是也、由此而觀東坡稼說則次處、見矣

書五代郭崇韜傳後

迂齋曰說盡固位吝權者之情狀、思深計工、反成淺拙、論極有理氣、味深長○崇韜、後唐莊宗之相也

自古大臣이 權勢ㅣ 已隆極하고 富貴ㅣ 已亢滿하야 前無所希則退爲身慮하나니 自非大姦雄이 包異志와 與夫甚庸駑昏闒茸이면 鮮有不然者라 其爲謀ㅣ 實難하니 不憂思之不深과 計之不工이나 然이나 異日ㅣ 釁之所起ㅣ 往往自夫至深至工이라 警策 是故로 莫若以正이니 夫正者는

五代、梁唐晋漢周
莊宗、後唐主

操術이 簡而周하고 智者는 爲緖ㅣ 多而拙이니 夫正者는 無所事計也오 行所當然하야 雖怨讐라도 不敢議之온 況繼之者ㅣ 賢乎아 (言不必爲去位後之計) 郭崇韜ㅣ 於五代에 (五代史有傳) 亦聰明權智之士也라 佐莊宗하야 決策滅梁하고 遂一天下하야 自見功高權重하야 姦人이 議己오 (原崇韜之情與發頭數語相應) 而莊宗之昏이 爲不足賴也하야 乃爲自安之計하니 (思之深) 時에 劉氏ㅣ 有寵하야 莊宗이 嬖之라 因請立爲后而中莊宗之欲하고 (計之工) 又結劉氏之援하니 (至深至工) 此於劉氏에 爲莫大之恩而莊宗이 日以昏湎하야 內聽婦言하니 其爲計ㅣ 宜無如是之良者라 (崇韜以爲良) 然이나 卒之殺崇韜者는 劉氏也라 (釁起於至深至工○莊宗遣崇韜伐蜀劉氏密令魏王繼岌殺之族其家) 使崇韜로 繆計라도 (繆計乃是正理) 不過劉氏ㅣ 不能有所助而已니 (又反說以極乎其情狀妙甚) 豈知身死其手哉아 (至深至工、乃是至淺至拙) 好謀之士ㅣ 敗於謀하고 好辯之士ㅣ 敗於辯하고 惟道德之士ㅣ 爲無窮이니 (道德之士、即所謂正也○應莫若以正一句) 而禍福之變이 豈思慮의 能究之哉아 (議論關涉可爲法)

答李推官書

(迂齋云曲盡作文之妙)

足下、指李推官

南來多事하야 久廢讀書러니 昨送簡人還에 忽辱惠及所作病暑賦及雜詩하니 誦詠愛歎하야 旣有以起竭涸之思오 而又喜世之學者ㅣ 比來稍稍追古人之文章하니 述作體製ㅣ 往往已有所到也라 耒ㅣ 不才하야 少時에 喜爲文辭하고 與人遊에 又喜論文字하니 謂之嗜好則可어니와 以爲能文則世自有人이니 決不在我라 足下與耒로 平居飮食笑語에 忘去屑屑而忽持大軸하야 細書題官位姓名하야 如卑賤之見尊貴하니 此何爲者오 豈妄以耒로 爲知文繆하야 爲恭敬若

蝌蚪、高陽氏書名 鳥迹、蒼頡觀鳥迹造字

破竹、言其易也

呂梁、險津

請敎者乎아 無緊要言語中自有無限曲折 欲持納而貪於愛玩하야 勢不可得捨니 自此以下凡四轉言語少而變態多最可觀 雖怛然不以自寧이나 而旣辱勤厚ㄹ새 不敢隱其所知於左右也로다 足下之文이 先立此一句 可謂奇矣나 揚中之抑 捐去文墨常體하고 力爲瓌奇險怪하야 務欲使人讀之에 如見數千歲前蝌蚪鳥跡의 所記絃匏之歌와 鍾鼎之文也라 雖揚實抑 足下之所嗜者ㅣ 如此하니 固無不善者로대 抑未之所聞所謂能文者ㅣ 豈謂其能奇哉아 反上一句 能文者ㅣ 固不以能奇로 爲主也ㅣ니 夫文은 何爲而設也오 不知理者는 不能言이니 世之能言者ㅣ 多矣로대 而文者ㅣ 獨傳하니 豈獨傳哉아 因其能文也而言益工하고 因其言工也而理益明하니 是以로 聖人이 貴之라 自六經으로 下至于諸子百氏騷人辯士論述이 大抵皆將以爲寓理之具也니 是故로 理勝者는 文不期工하고 而工理媿者는 巧於粉澤而間隙이 百出하니 此猶兩人이 持牒而訟에 直者는 操筆하야 不持累累로대 讀之如破竹하야 橫斜反覆이 自中節目하고 曲者는 雖使假辭於子貢하고 問字於揚雄이라도 如列五味而不能調和하야 食之於口에 無一可愜이온 何況使人玩味之乎아 故로 學文之端이 急於明理니 夫不知爲文者는 無所復道어니와 如知文而不務理하고 求文之工은 世未嘗有是也라 夫決水於江河淮海하야 水順道而行하야 滔滔汨汨하야 日夜不止하야 衝砥柱絕呂梁하야 放於江湖而納之海면 其舒爲淪漣하고 鼓爲濤波하고 激之爲風飇하고 怒之爲雷霆하야 蛟龍魚黿이 噴薄出沒하나니 是水之奇變也라 而水ㅣ 初豈如此리오 順道而決之하야 因其所遇而變生焉이라 溝瀆은 東決而西竭하고 下滿而上虛하야 日夜激之하야 欲見其奇면 彼其所至者ㅣ 蛙蛭之玩耳라 江淮河海之

僕、自謙也 俚、猶鄙俗

不佞、自稱

水는 理達之文也니 不求奇而奇至矣오 激湍濆而求水之奇는 此無見於理而欲以言語句讀으로 爲奇之文也라 六經之文이 莫奇於易하고 莫簡於春秋하니 夫豈以奇與簡으로 爲務哉아 勢自然耳라 傳曰吉人之辭는 寡하니라 彼豈惡繁而好寡哉아 雖欲爲繁而不可得也라 自唐以來로 至今文人好奇者ㅣ 不一하야 甚者는 或爲缺句斷章하야 使脉理不屬하고 又取古人訓詁의 希於見聞者하야 衣被而綴合之하야 或得其字하고 不得其句하며 或得其句하고 不得其章하야 反覆咀嚼이라도 卒亦無有하니 此最文之陋也라 足下之文이 雖不若此나 然이나 其意靡靡하야 似主於奇矣새 故로 預爲足下陳之하노니 願無以僕之言으로 質俚而不省也하라

與秦少游書

陳無己

迂齋曰委曲而不失正、嚴厲而不傷和、深得不惡而嚴之道、○後山平生、守道固窮卓然莫奪、此書可見、趙挺之、聞其貧、懷銀欲濟之、聽其議論、竟不敢出末焉、不肯衣趙家衣、寧忍凍以死、進退取予之不苟、如此、巍乎高哉、平生不輕見一人、其肯見章子厚乎、此書、纔二百許字、而有無限折轉、不特文字之妙不可言、其氣節、亦可以廉頑立儒焉、每一讀之、不勝敬歎

辱書喩以章公이 惇字子厚 降屈年德하야 以禮見招하니 不佞이 何以得此오 豈侯嘗欺之耶아 轉 公卿不下士ㅣ 尙矣라 乃特見於今而親於其身하니 幸孰大焉고 愚雖不足以齒士나 猶當從侯之後하야 順下風而成公之名이니 又轉 然이나 先王之制에 士不傳贄爲臣이면 則不見於王公하나니 夫相見은 所以成禮而其幣必至於自鬻이라 好議論 故로 先王이 謹其始하야 以爲之防하야 而爲士者ㅣ 世守焉이니 其嚴如此 師道ㅣ 於公에 前有貴賤之嫌하고 後無平生之舊하니 公雖可見이나 禮可去乎아 又轉 且公之見招는 公豈以能守區區之禮乎아 若冒昧法義하고 聞命走門이면 則失其所

介、即紹介

分、猶名分

儐、指接賓者

野、猶質朴

以見招하니(委曲) 公又何取焉가(又轉) 雖然이나 有一於此하니 幸公之他日에 成功謝事하고 幅巾東歸면
師道ㅣ 當御欵段乘下澤하야(御欵段指馬 乘下澤指車) 侯公於上東門外하리니 尙未晚也라(此轉尤佳乃不絕之絕)

上林秀州書

迂齋云讀儀禮熟、故其區別精、非特議論好、讀其文、氣正辭嚴、凜然有自重難進不可回撓之節、此後山所以爲後山、而曾子宣、章子厚諸公、欲羅致而不可得也、○此篇、當與答少游書、參看此是、後山所求見者也、彼是欲後山未見、而不肖見者也、二人之賢否可知矣、

宗周之制ㅣ 士見于大夫卿公에 介以厚其別하며 詞以正其名하며 贄以效其情하며 儀以致其
敬하야(立四柱應在後) 四者에 備矣야라 謂之禮成하나니 士之相見이 如女之從人하야 有願見之心而無自行
之義라 必有紹介爲之前焉이니 所以別嫌而愼微也라 故로 曰介以厚其別이오 名以擧事하고
詞以道名하나니 名者는 先王所以定民分也ㅣ라 名正則詞不悖하고 分定則民不犯이니 故로 曰詞
以正其名이오 言不足以盡意며 名不可以過情일새 又爲之贄하야 以成其終이니 故로 授受焉介
以通名하고 儐以將命하야 勤亦至矣라 然이나 因人而後達也니 禮莫重於自盡이라 故로 祭主於
盥하고 婚主於迎하고 賓主於贄니 故曰贄以效其情이오 誠發于心하야 而諭于身하며 達于容色이라
故로 又有儀焉하야 詞以三請하며 贄以三獻하며 三揖而升하며 三拜而出이니 禮ㅣ 繁則泰오 簡則
野라 三者는 禮之中也ㅣ니 故로 曰儀以致其敬이라 是以로 貴不陵賤하며 下不援上하야 謹其分
守하고 順于時命하야 志不屈而身不辱하야 以成其善하니 當是之世에 豈特士之自賢이리오 蓋亦有
禮爲之節也ㅣ라 夫周之制禮ㅣ 其所爲防이 至矣러니 及其晚世에 禮存而俗變이라도 猶自市而
失身이온 況於禮之亡乎아(前叙古禮甚詳、後叙禮亡、與今見林頗略、然簡嚴婉曲、辭須略而意甚詳也、妙在言外) 自周之禮亡으로 士之免者寡矣라 世無

師道、指陳師道

君子ㅣ 明禮以正之하야 旣相循以爲常하고 而史官又載其事하니 故로 其弊習而不自知也라

師道는 鄙人也라 然이나 有聞於南豐先生호니 魯鞏字子固南豐人 不敢不勉也로라 先生이 謂師道曰子見林秀州乎아 曰未也로이다 先生曰行矣어다 師道承命以來하야 謹因先生而請焉하노라 曰有聞於南豐先生、則前所擧四說、皆南豐敎也、以南豐敎人不苟如此、則使之來見、必其人之可見也、南豐爲之介、則有詞矣、而詩文又以爲贄、至於交援以禮、則彼此事也、前面所稱如此、而後面略擧者、蓋包四者在其中矣、林秀州當是林子中

王平甫文集後序

迂齋云豈特文之妙、其發明平甫、平生所以自守、與其所以可傳者、可以勵後之人、後山亦因以自見也、○王平甫、名安國、荆公弟也、所守正大、甚非其兄、寧坎壈以終其身、夫豈借兄之勢、以自進者、所以後山之序、亦無半字及其兄云、

歐陽永叔이 謂梅聖俞曰世謂詩能窮人이라하니 非詩之窮이라 窮則工也라 見歐公所作聖俞集序 聖俞ㅣ 以詩名家하야 仕不前人하고 年不後人하니 可謂窮矣로다 其同時에 有王平甫者하니 臨川 撫州 人也라 自聖俞、過援平甫、只牽綴下來、全然不覺 年過四十에 始名薦書하야 群下士러니 歷年未幾에 復解章綬하고 歸田里하니 其窮이 甚矣로대 而文義蔚然하고 又能於詩하야 惟其窮이 愈甚이라 故로 其得이 愈多하니 信所謂人窮而後工也ㅣ라 雖然이나 天地命物에 用之不全하야 實者는 不華하고 淵者는 不陸하니 物之不全은 物之理也라 盡天下之美면 文章 則於富貴에 不得兼而有也니 詩之窮人을 又可信矣라 方平甫之時에 其志ㅣ 抑而不伸하고 其才ㅣ 積而不發하야 其號位勢力이 不足動人이로대 窮 而人聞其聲하고 家有其書하야 旁行於一時하고 而下達於千世하야 十分達 雖其怨敵이라도 不敢議也니 則詩能達人矣오 未見其窮也로다 此轉尤佳廣歐公所未發 夫士之行世에 窮達은 不足論이오 文勢首尾相生無間斷 論其所傳而已니 平甫ㅣ 孝悌于家하고 信于友하고 勇於義而好仁하니 不特文之可傳也ㅣ라 行爲文之本可傳之實乃在此 向使

南豐、指曾鞏

嘗禘、皆祭名、衰、卽衰服、忌、卽忌祭

平甫로 用力于世하야 (此轉益佳) 薦聲詩于郊廟하며 施典策於朝廷이라도 而事負其言하고 後戾其前이면 (此一轉似隱然指荊公) 則幷其可傳而棄之리니 (行不足則文雖可傳亦不足傳矣) 平生之學이 可謂勤矣오 天下之譽ㅣ 可謂盛矣어늘 一朝而失之면 豈不哀哉아 南豐先生이 旣敍其文하야 以詔學者러니 先生之沒에 彭城陳師道ㅣ 因而伸之하야 以通于世하니 誠愚不敏이라 其能使人으로 後其所利 (利達) 而隆其所棄 (德行) 者耶아 因先生之言하야 以致其志하고 又以自勵云爾라

思亭記

(迂齋曰節奏相生、血脈相續、無窮之意、見於言外、○此篇、可爲不肖子孫之戒、有補世敎之文也、)

甄은 (音眞姓) 故徐富家라 至甄君하야 始以明經으로 敎授하니 鄕稱善人而家益貧하야 更數十歲에 不克葬하고 乞貸邑里하야 葬其父母兄弟凡幾喪하니 邑人이 憐之하야 多助之者라 旣葬에 益樹以木하고 (爲後思以爲材薪張本) 作室其旁而問名於余하니 余以謂目之所視而思從之라 視干戈則思鬪하며 (詳言所思不同) 視刀鋸則思懼하며 視廟社則思敬하며 視第家則思安하나니 夫人이 存好惡喜懼之心하야 (皆謂思觸於視而生) 物至而思하 固其理也라 (前泛言思此一節引視墟墓而思親上來) 今夫升高而望松梓하고 下丘壠而行墟墓之間하야 荊棘이 莽然하고 狐兎之迹이 交道면 其有不思其親者乎아 請名之曰思亭이라호라 親者는 人之所不忘也일새 而君子愼之하야 故로 爲墓於郊而封溝之하며 (皆思之具不止墟墓而已) 爲廟於家而嘗禘之하며 爲衰爲忌而悲哀之는 所以存其思也니ㅣ 其可忘乎아 雖然이나 (倒說轉) 自親而下로 至于服盡하야 服盡則情盡이오 情盡則忘之矣니 夫自吾之親而至于忘之者는 遠故也니ㅣ 此ㅣ 亭之所以作

也ㅣ라 作亭之意、恐子孫、以遠而忘其思耳 凡君之子孫이 登斯亭者ㅣ 其有忘乎아 因其親하야 以廣其思면 其有不興乎아 君曰博哉라 子之言也여 吾其庶乎ㄴ저 曰未也라 更進深意在此 賢不肖ㅣ 異思하니 後豈不有望其木하고 思以爲材하며 視其榛棘하고 思以爲薪하며 登其丘墓하야 思發其所藏者乎아 於是에 遽然流涕以泣이어날 曰未也라 百尺竿頭進步 吾ㅣ 爲君記之하야 使君之子孫으로 誦斯文者ㅣ 視其美하야 以爲勸하며 視其惡하야 以爲戒면 其可免乎아 君이 攬涕而謝曰免矣라 遂爲之記하노라

秦少游字叙

迂齋曰有意氣而不越繩尺、守規矩而不失窘步、可兼之矣 ○秦觀、先字太虛、後改字少游、高郵人、娶徐氏子、湛

熙寧元豐之間에 眉蘇公 東坡 之守徐에 彭城 余以民으로 事太守하야 後山彭城人 間見如客하고 揚秦子過焉에 置醴備樂하야 如師弟子러니 其時에 第一節 余ㅣ 病臥旅中하야 聞其行道雍容하야 逆者ㅣ 旋目하고 論說偉辨하야 坐者ㅣ 屬耳하니 世以此로 奇之오 而亦以此로 疑之호대 惟公이 以爲傑士ㅣ라 是後數歲에 第二節 從吾歸하야 見于廣陵 揚州 逆旅之家하야 夜半語未卒에 別去하니 余亦以謂當建侯萬里外也ㅣ러니 所以期少游如此 元豐之末에 第三節 余客東都할새 秦子ㅣ 從東來하니 別數歲矣라 其容이 充然하고 其口ㅣ 隱然이어날 歷叙三節見少游每見愈進 余ㅣ 驚焉以問하니 秦子曰往吾少時에 如杜牧之하야 彊志盛氣하고 好大而見奇하야 讀兵家書에 乃與意合하야 謂功譽를 可立致오 而天下에 無難事라 顧今二虜ㅣ 遼夏 有可勝之勢하니 願效至計하야 以行天誅하고 回幽夏之故墟하고 弔唐晉之遺人하야 流聲無窮하고 爲計不朽면 豈不偉哉아 於是에 字以太虛하야 以遺吾志러니 今吾ㅣ

逆、猶迎也

幽夏、二州名

年至而慮易하야 不持蹈險而悔及之하니 願還四方之事하고 歸老邑里하야 如馬少游라 於是에
字以少游하야 以識吾過로라 嘗試以語公에 又以爲可하니 於子엔 何如오 余ㅣ 以謂取善於人하야
以成其身은 君子ㅣ 偉之하나니 且夫二子ㅣ 或進以經世하고 (杜牧之) 或退以存身하야 (馬少游) 可與爲仁
矣라 然이나 行者는 難工하고 處者는 易持니 牧之之智得이 不若少游之拙失矣라 子以倍人
之材로 學益明矣어날 (姑順其意而爲之發明) 猶屈意於少游하니 豈過直以矯曲耶아 子ㅣ 年益高德益大면
余將屢驚焉하야 (應前驚字) 不一再而已也리라 雖然이나 以子之才로 雖不效於世라도 世不捨子니 余意
子ㅣ 終有萬里行也라 (終反其意而期之以遠大) 如愚之愚는 莫宜於世하니 (幹歸妙卒取其所願者而反之於己) 乃當守丘墓、保田里하야
力農以奉公上하며 謹身以訓閭巷하야 生稱善人이오 死表於道曰處士陳君之墓어니와 (學曹操語) 或者
天祚以年하야 見子功遂名成하고 (足前期之之意) 奉身以還에 王侯將相이 高車大馬로 祖行帳飮이어든 於
是에 乘庳 (應高車) 御駑하고 (應大馬) 候子上東門外하야 擧酒相屬하야 成公 (東坡) 知人之名하고 (應起頭公以爲傑士句) 以
爲子 (少游) 賀하리니 蓋自此始니라 (結得斬截○後山之文、如其詩味、悠然以長色幽然以光、不一索而竭、而亦初不自表襮也、故其詩其文、皆不易看、所選後山文、他篇皆然、唯此篇文氣壯浪、雄偉秀傑、殆不可掩、此公之文、能讀而眞嗜之、則見亦長一格矣、)

子長遊贈蓋邦式 (司馬遷字子長)　馬子才

盡天下之大觀、以助吾氣、此一篇骨子、意實自子由上韓太尉書來、中間鋪叙司馬遷所嘗游、蓋本太史公自序也子才、名、存、有集行于世、嘗有書見東坡云○太史公自序曰、遷生龍門、耕牧河山之陽、年十歲、則通古文、二十而南游江淮、上會稽、探禹穴、窺九疑、浮沅湘、北涉汶泗、講業齊魯之都、觀夫子遺風、鄕射鄒嶧、阨困鄱淮彭城、過楚梁以歸、於是遷、仕爲郎中、奉使西征巴蜀、以南略邛笮昆明、還報命、是歲天子始建漢家之封、而太史公、留滯周南、不得與從事、子遷、適返見父於河洛之間、

予友蓋邦式이 嘗爲予言호대 司馬子長之文章이 有奇偉氣하니 切有志於斯文也라 子其爲

自負、言自負其能

九疑、山名、陽臺、指陽臺神女、朝爲雲、暮爲雨、蒼梧、虞舜葬處、大夫、指屈原、妃子、二妃娥皇女英、舜葬於蒼梧、二妃追至、洞庭、洒淚染竹、即斑、龍門、司馬遷所居、夏禹治水時鑿龍門、故念其功、鳥道、巴蜀險道、僅容鳥羽、故云鳥道

說以贈我하라 予謂子長之文章이 不在書하니 學者ㅣ 每以書求之면 則終身不知其奇하리니 予
有史記一部하니 在名山大川壯麗可怪之處라 將與子周遊而歷覽之니 庶幾乎可以知此文
矣리라 子長이 平生喜遊하야 方少年自負之時에 足迹이 不肯一日休하니 非直爲景物役也라
將以盡天下之大觀하야 以助吾氣하고 然後에 吐而爲書ㅣ니 今於其書에 觀之면 則平生之所
嘗遊者ㅣ 皆在焉이라 南浮長淮하고 泝大江하야 見狂瀾驚波와 陰風이 怒號하야 逆走而橫擊이라
故其文奔放而浩漫하고 望雲夢洞庭之陂와 彭蠡之瀦ㅣ 涵混太虛하고 呼吸萬壑而不見介
量이라 故로 其文이 渟滀而淵深하고 見九疑之邈綿과 巫山之嵯峨와 陽臺朝雲과 蒼梧暮煙이
態度ㅣ 無定하야 靡曼綽約하니 春粧은 如濃이오 秋飾은 如薄이라 故로 其文이 姸媚而蔚紆하고 泛
沅渡湘하야 吊大夫之魂하고 悼妃子之恨하니 竹上에 猶有斑斑이오 而不知魚腹之骨이 尙無恙
乎아 故로 其文이 感憤而傷激하고 北過大梁之墟하야 觀楚漢之戰場에 想見項羽之喑啞와
高帝之慢罵ㅣ 龍跳虎躍이오 千兵萬馬와 大弓長戟이 俱遊而齊呼ㅣ라 故로 其文이 雄勇猛
健하야 使人心悸而膽慄하고 世家龍門하야 念神禹之鬼功하고 西使巴蜀하야 跨劒閣之鳥道라 上
有摩雲之崖오 不見斧鑿之痕하니 故로 其文이 斬截峻拔而不可援躋하고 講業齊魯之都하야
覩夫子之遺風하며 鄕射鄒嶧하고 彷徨乎汶陽洙泗之上하니 故로 其文이 典重溫雅하야 有似乎
正人君子之容貌라 (獨留此一著在後、收拾前數者、皆歸于正也、體當如此使雜於數者之中、則非矣) 凡天地之間萬物之變이 可驚可愕하고 可以
娛心하고 使人憂使人悲者를 子長이 盡取而爲文章하니 是以로 變化出沒하야 如萬象이 供四

隴、即蜀隴

時而無窮이니 今於其書而觀之면 豈不信哉아 予謂欲學子長之爲文인댄 先學其遊ㅣ 可也니
不知學遊以采奇하고 而欲操觚弄墨하야 組綴腐熟者는 乃其常常耳라 昔에 公孫氏ㅣ 善舞
劒而學書者ㅣ 得之하야 乃入於神하고 杜詩序、張旭善草書、嘗於鄴縣、見公孫大娘、舞西河劒器、自此草書長進 庖丁氏ㅣ 善操刀而養生者ㅣ 得
之하야 乃極其妙하니 莊子養生篇、庖丁、善藏其刀、文惠君、得養生焉 事固有殊로대 類而相感者는 其意ㅣ 同故也라 今天下之
絶蹤詭觀이 何以異於昔이리오 子果能爲我遊者乎아 吾欲觀子矣로라 醉把杯酒하야 可以呑江
南吳越之淸風하고 拂劒長嘯하야 可以吸燕趙秦隴之勁氣니 然後에 歸而治文著書면 子畏
子長乎아 子長이 畏子乎아 不然이오 斷編敗册으로 朝吟而暮誦之면 吾不知所得矣로다 後生當活看可
也、以遊廢書是癡人前說夢之弊矣

家藏古硯銘

唐 子西

庖丁、善藏其刀、而文惠君得養生焉吾、於此銘亦云、自王者所當勿忘也

硯與筆墨이 蓋氣類也라 出處ㅣ 相近하고 任用寵遇ㅣ 相近也로대 獨壽夭ㅣ 不相近也하야 筆
之壽는 以日計오 墨之壽는 以月計오 硯之壽는 以世計라 其故ㅣ 何也오 其爲體也ㅣ 筆
最銳하고 墨次之하고 硯은 鈍者也니 未有人如此發明 豈非鈍者壽而銳者夭乎아 其爲用也ㅣ 筆最動하고
墨次之하고 硯은 靜者也니 豈非靜者壽而動者夭乎아 吾ㅣ 於是에 得養生焉호라 以鈍爲體하고
以靜爲用이니라 或曰壽夭는 數也라 難亦好 非鈍銳動靜의 所制니 借令筆이 不銳不動이라도 吾
知其不能與硯久遠矣로라 雖然이나 寧爲此언정 勿爲彼也ㅣ니라 應只平淡尤好○語斬截、意含畜、文省冗、詞最高、使宅人爲之、多百十字矣 銘曰不

能銳라 因以鈍爲體하고 不能動이라 因以靜爲用이로다 惟其然이라 是以能永年이로다 銘摠括大意又好

上席侍郞書

迂齋云古人未嘗鑿事以爲功、故有功不爲誇、無功不爲慊、若恥於無功、則不安於無事矣、發明甚佳、此是規諷宣政間紛紜制作之病、何丞相、何㮚也、此言用、倘可以救後來之禍乎、未幾蔡京王黼之徒、開邊求功、而靖康之禍不忍言矣、何文縝、則丁其變者也、席侍郞、當是

席益、字大光、

閤下、指侍郞

介、留滯

桔槹、汲水器

大戊、殷王、伊陟、臣扈、巫咸、皆殷臣名、格、登也

某는 備員學校ㅣ 三載于此니 在輩流中에 年齒ㅣ 最爲老大하고 詞氣ㅣ 學術이 最爲淺陋하고 教養訓導之方이 最爲踈拙하니 所以未即遂去는 正賴主人以爲重이라 今閤下ㅣ 還朝하야 曉夕大用하야 爲執政、爲宰相、爲公爲師나 此誠門下小子之所願聞이라 然이나 孤官小官이 遽奪所依하니 此其胸中에 不能無介然者라 日夜思慮求所以補報萬一이로대 而書生門戶ㅣ 無有宅技하야 因效其所得於古人者하니 惟閤下는 裁擇하라 某ㅣ 初讀書時에 未習時事하고 意謂古之聖賢이 例須建立功名이러니 其後에 涉世益深하며 更事益多하야 歿論前代經史에 益見首尾ㄹ새 乃知古人之心이 本不如此라 舟遇險則有功이오 以物喩 燭遇夜則有功이오 藥遇病則有功이오 桔槹遇旱則有功이오 戈弩劍戟臨衝兜鍪ㅣ 遇戰鬪則有功이니 凡物有功이 悉非得已라 結上生下 龍蛇ㅣ 雜處而禹有功하고 草木이 障塞而益有功하고 民不粒食而稷有功하고 天理人倫이 顚倒失次而契有功하고 夷蠻賊寇ㅣ 干紀亂治而皐陶有功하야 說契皐下語皆太過唐虞時豈眞如此 自此以降으로 不可勝擧라 然이나 皆因時立功하야 非聖賢本意니 伊陟信扈巫咸이 相大戊하야 無宅奇功하고 以格上帝乂王家로 爲功하며 巫賢甘盤傅說이 相祖乙相武丁하야 不聞有功이오 以保乂有商으로 爲功하며

乂、治也、祖乙、武丁、皆殷王、巫賢、盤甘傅說皆殷臣名、成王康王、謂周王君陳畢公、皆周臣

貞觀開元、皆年號　五季、梁唐晉漢周

君陳이 相成王하고 畢公이 相康王하야 不自立功이오 以循周公之業으로 爲功하니 (使禹益諸人處陟扈諸人時功業亦只得如此使此數人者當禹益之時則不容無功矣易地皆然耳) 後世에 知有功之爲功이오 而不知無功之爲功하니 (佳) 其去道ㅣ 已遠이오 至謂聖賢이 有心於功名은 其探聖賢이 亦淺矣라 天下ㅣ 承平日久하야 (入事) 綱紀文章이 纖悉備具하야 無有毫髮이 未盡未便하니 一部周禮ㅣ 擧行略遍이오 但不姓姬耳라 (此是說荆公行新法以來已如此禍根自此起了) 竊謂今日에 正當持循法度오 不宜復有增廣建置니 (主意在此) 歌呼於吏舍者를 勿問하며 醉吐於車茵者를 勿逐하며 客至欲有所開說者어든 飮以醇酒하야 勿聽하고 (謂當以丙吉曹參爲法) 擇士에 唯取通大體知古誼者하야 用之면 雖不立功이나 功在其中矣라 (斡旋佳) 某之所得於古人者如此니 不知其當否也로라 閤下ㅣ 倘以爲然이어든 歸見何丞相하고 其亦以此說告之하라 (宋朝自王介甫以前諸賢、皆謹守祖宗法度、以與天下相安、至介甫、出變法、開邊、而良法美意蕩然矣、自此以後、以諸小人、接踵生事、橫挑强敵、卒釀成宣和靖康之禍哉、此篇議論好、關涉大、不可不讀)

書洛陽名園記後　　李文叔

迂齋曰苑囿、何關於世道輕重、所以然者、興廢可以占、盛衰可以占治亂、盛衰不過洛陽、而治亂關於天下、斯文之作、爲洛陽、非爲苑囿、爲天下、非爲洛陽也、文字不過一二百字、而其中、該括無限盛衰之變、意有含蓄事、存鑑戒讀之、令人感歎、

洛陽이 處天下之中하야 (先說洛陽形勢起) 挾殽黽之阻하고 當秦隴之襟喉하야 而趙魏走集하니 蓋四方必爭之地也라 (受兵之原) 天下當無爭事 (治) 則已어니와 有事 (亂) 則洛陽이 必先受兵이니 (有力) 余故嘗曰洛陽之盛衰者는 天下治亂之候也라 (以近占遠) 方唐貞觀開元之間에 公卿貴戚이 開館列第於東都 (即洛陽) 者ㅣ 號千有餘邸러니 (盛) 及其亂離에 繼以五季之酷하야 其池塘竹樹ㅣ 兵車蹂蹴하야 廢而爲丘墟하고 高亭大榭ㅣ 煙火焚燎하야 化而爲灰燼하야 與唐共滅而俱亡하야 無餘處矣라 (衰)

余故嘗曰園囿之興廢는 洛陽盛衰之候也라 以小占大 且天下之治亂이 候於洛陽之盛衰而知하고 前兩候字在下此兩候字在上乃變換之活處 洛陽之盛衰ㅣ 候於園囿之興廢而得이니 關鍵好收拾盡 則名園記之作이 予豈徒然哉아 嗚呼라 公卿大夫ㅣ 方進於朝에 此一節鑑戒之辭、意味深長而文字益婉、 放乎以一己之私하야 自爲而忘天下之治忽하니 欲退享此나 得乎아 不能先天下之憂而憂、安能後天下之樂而樂、此與岳陽樓記結尾相似、 唐之末路是已니라 一句收拾簡而盡○洛陽名園記、本紀花卉池臺游觀之繁華、今乃發出此一段大議論、關治忽、寓警戒妙甚、

愛蓮說　　周茂叔

周子、名惇頤、字茂叔、道州人、晩家廬山之麓、名其水曰濂溪、世因號濂溪先生、卒、諡元公○濂溪非刻意於文章者、學識理趣之高、故文章不期而造極焉、如此說者、命意的、託興深措辭簡、雖古今以文名家者、何能加諸、以隱逸君子富貴、名三花、不可易也、濂溪非徒愛蓮、愛君子耳

水陸草木之花ㅣ 可愛者甚蕃하니 該盡 晉陶淵明은 獨愛菊하고 陶潛雜詩有採菊東籬下之句又歸去來辭云三逕就荒松菊猶存 自李唐來로 世人이 甚愛牧丹호대 唐舒元輿牡丹賦序云天后之鄕西河也精舍下有牡丹其花特異天后命移植上苑由此京國牡丹日月寖盛云云 予獨愛蓮之出於淤泥而不染하고 句句以蓮花比德於君子 濯淸漣而不夭하고 中通外直不蔓不枝하고 香遠益淸하야 亭亭淨植하니 可遠觀而不可褻翫焉이라 說盡蓮花好處甚正大 予謂菊은 花之隱逸者也오 牧丹은 花之富貴者也오 蓮은 花之君子者也니 比喩妙○應前三段次序亦順 噫라 菊之愛는 陶後에 鮮有聞이오 愛隱逸者少也 蓮之愛는 同予者ㅣ 何人고 愛君子者尤少也 牧丹之愛는 宜乎衆矣로다 愛富貴者、宜其衆也、此一結、深遠意在言外、且次序與上少異、文法也、

太極圖說

二五、即兩儀及五行

二氣、指天地之氣

太極圖

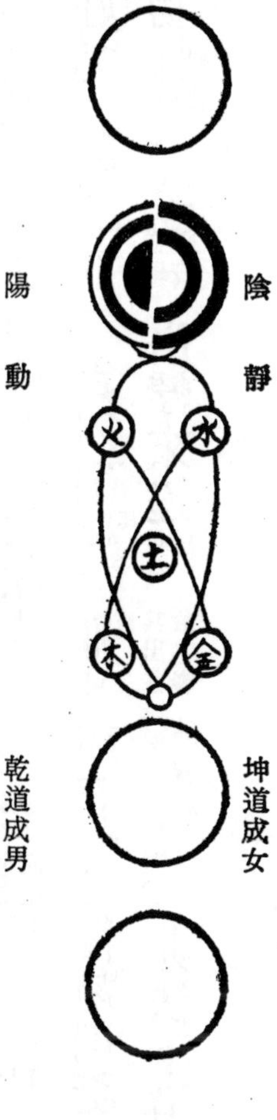

萬物化生

太極者、其本體也、陽動者、太極之用、陰靜者、太極之體、陽變而陰合、水金陰也、居右、火木陽也、居左土沖氣、故居中、陰根陽、陽根陰、二五合、萬物生、

無極而太極이오 太極이 動而生陽하니 動極而靜이오 靜而生陰하니 靜極復動이라 一動一靜이 互爲其根하야 分陰分陽에 兩儀立焉이라 陽變陰合하야 而生水火木金土하야 五氣ㅣ 順布에 四時ㅣ 行焉이니라 五行이 一陰陽也오 陰陽은 一太極也니 太極은 本無極也라 五行之生也ㅣ 各一其性이니 各一其性則渾然太極之全體無不各具於一物之中 無極之眞과 理 二五之精이 氣 妙合而凝하야 乾道ㅣ 成男하고 坤道ㅣ 成女하야 二氣ㅣ 交感하야 化生萬物하니 萬物이 生生而變化無窮焉이니라 自男女而觀男女各一其性而男女一太極也自萬物而觀萬物各一其性而萬物一太極也合而言之萬物統體一太極分而言之一物各具一太極也 惟人也ㅣ 得其秀而最靈하니 形旣生矣라 神發知矣오 五性이 感動而善惡이 分하고 萬事ㅣ 出矣니라 言衆人具動靜之理而常失之於動 聖人이 定之以中正仁義而主靜하야 周子元注無欲故靜 立人極焉하니 故로 聖人은 與天地合其德하며 日月合其明하며 四時合其序하며 鬼神合其吉凶이니 言聖人全動靜之德而常本之於靜 君子는 修之라 吉하고 小人은 悖之라 凶이니라 聖人全體太極不假修爲君子則未至此而修之者也修之悖之敬肆之間而已敬則欲寡理明寡之又寡以至於無則靜虛動直而聖可學矣 故로 曰立天之道는 曰陰與陽이오 立地之道는 曰柔與剛이오 立人之道는 曰仁與義라하고 又曰原始反終이라 故로 知死生之說이라하니 大哉라 易也여 斯其至矣로다 二程、學于周子、周子手是圖、以授之、程子之言性與天道、多出于此、○已上細注、並

朱文公解、就君子修之吉、提出敬字、此朱子示學者、以希聖之門、乃爲人最切處、聖人無欲、不待敬以寡之、故自能無欲、而主於靜、此聖人所以立人極也、君子未能無欲、故必待敬以寡之、始能無欲、以至於靜、此君子所以希聖人、以共扶植此人極也、朱子添一敬字、以補周子之所未發、其有望於學者、至矣哉、

千古道統、自堯舜、傳至孔孟、孟之歿、其傳遂絕、漢之董子、唐之韓子、雖能著備道之功於一時、而無以任傳道之責於萬世、傳千載之絕學者、周子也、由周而程張、由程張、又數傳而朱子、道學淵源上泝洙泗、盛矣哉、此篇、周子所自著道學之精語也、不特道理淵永、文亦簡重正大、粹然聖經賢訓之文焉、今選古文而終之以太極西銘二篇、豈無意者、盖文章道理、實非二致、欲學者由韓柳歐蘇詞章之文、進而粹之、以周程張朱理學之文也、以道理、深其淵源、以詞章、壯其氣骨、文於是乎無弊矣、此愚詮次之深意也、朱子於太極西銘、注釋精詳、今不暇盡錄、學者欲觀其詳、宜自於朱子之書求之云、新安陳櫟謹書、

視箴　程正叔

心兮本虛하니 應物無迹이라 操之有要하니 (操存、亦有其要) 視爲之則이라 (目之所視乃有準則) 蔽交於前하면 其中則遷이니 (物欲交蔽變亂此心) 制之於外하야 以安其內니라 克己復禮하면 (克去己私、復還天理、而見本心之誠矣) 久而誠矣리라

聽箴

人有秉彝는 本乎天性하니 知誘物化하야 (知猶欲也誘猶導也引也) 遂亡其正하나니라 卓彼先覺은 知止有定이라 (知止於善有所安定) 閑邪存誠하야 (閑其外邪存其誠心) 非禮勿聽하나니라

閑、即防也

言箴

人心之動이 因言以宣하나니 發禁躁妄이라사 (躁急也妄誕也言發而在所禁) 內斯靜專하나니라 矧是樞機라 (言行君子之樞機) 興戎出好하나니 (或言出而興兵戎或好言而爲讒佞) 吉凶榮辱이 惟其所召ㅣ니라 傷易則誕이오 (言語輕易則流於虛誕) 傷煩則支하고 (言語太多則支離不可曉) 己肆物忤하고 (於己則從肆於物則違忤) 出悖來違하나니 (其出言悖逆而背於理、故答者亦違背之) 非法不道하야 欽哉訓辭하라

道、猶言也

動箴

顚連、無依貌

屋漏、室西北隅

忝、辱也

底豫、書傳云瞽瞍底豫

申生、獻公長子

哲人은 知幾하야 (幾者動之微) 誠之於思하고 志士는 勵行이라 (有志之士其行不可不勵) 守之於爲하나니 (有爲必守其正理也) 順理則裕오 (順於理而有餘) 從欲惟危니 (從欲而動必至於危) 造次克念하야 (造次倉卒亦念此理) 戰兢自持라 (戰戰兢兢當以自持) 習與性成하면 (習慣自然合於天理) 聖賢同歸하리라 (與聖賢人同歸一揆)

西銘 (此篇、初名訂頑、程子勉其改曰西銘) 張子厚

乾稱父오 坤稱母라 予玆藐焉이 乃混然中處로다 故로 天地之塞이 (氣) 吾其體오 天地之帥ㅣ (理) 吾其性이니 民吾同胞오 物吾與也라 大君者는 吾父母宗子오 其大臣은 宗子之家相也니라 尊高年은 所以長其長이오 慈孤弱은 所以幼吾幼ㅣ니 聖其合德이오 賢其秀者也오 凡天下疲癃殘疾、惸獨鰥寡는 皆吾兄弟之顚連而無告者也라 于時保之는 子之翼(敬)也오 樂且不憂는 純乎孝者也라 (畏天以自保者由其敬親之至樂天而不憂者由其愛親之純) 違曰悖德이오 害仁曰賊이니 濟惡者는 不才오 其踐形은 惟肖者也라 知化則善述其事오 窮神則善繼其志니 (二者皆樂天踐形之事) 不愧屋漏ㅣ 爲無忝이오 存心養性이 爲匪懈라 (二者畏天之事君子所以求踐夫形者也) 惡旨酒는 崇伯子之顧養이오 育英才는 潁封人之錫類오 不弛勞而底豫는 舜其功也오 無所逃而待烹은 申生其恭也오 體其受而歸全者는 參乎오 勇於從而順令者는 伯奇也라 富貴福澤은 將以厚吾之生也오 貧賤憂戚은 庸玉汝於成也ㅣ니 存吾順事오 沒吾寧也니라 (文公解、夕死可矣、有生順死安之語、卽用此兩句○楊龜山曰西銘理一而分殊、知其理一、所以爲仁、知其分殊、所以爲義、○朱子曰程子以爲、明理一而分殊、可謂一言以蔽之矣、蓋以乾爲父、坤爲母、有生之類、無物不然、所謂理一也、而人物之生、血脈之屬、各親其親、各子其子、其分、安得不殊哉、一統而萬殊、則雖天下一家、中國一人、而不流於兼愛之蔽、萬殊而一貫、則雖親疎異情、貴賤異等、而不梏於爲我之私、此西銘大旨也、○橫渠名載、字子厚、大梁人、記曰仁人之事親也、如事天、事天如事親、此實發明事親如事天之意)

遂、猶成也

東　銘　一依平巖之葉采注解

戱言은 出於思也오 戱動은 作於謀也라 發於聲하며 見乎四肢하니 謂非己心이면 不明也오 欲人無己疑면 不能也니라 言雖戱必以思、而出也、動雖戱、必以謀而作也、戱言發於聲、戱動見乎四肢、謂非本於吾之心、是惑也、本於吾意而欲人之不我疑、不可得也、 過言은 非心也오 過動은 非成也라 失於聲하며 繆迷其四體하니 謂己當然이면 自誣也오 欲他人之己從이면 誣人也ㅣ니라 言之過者、非其心之本然也、動之過者、非其誠之實然也、失於聲而爲過言、謬迷其四體而爲過動、謂之過者、皆誤而非故也、或者吝於改過、遂以爲己之當然、是自誣其心也、既憚改而自誣、又欲人之從之、是誣人也、此夫子所謂小人之過也、必文、孟子所謂過則順之、又從而爲之辭 或者謂、出於心者를 歸咎爲己戱하고 失於思者를 自誣爲己誠하야 不知戒其出汝者오 反歸咎其不出汝者하니 長傲오 且遂非라 不知ㅣ 孰甚焉가 戱謔出於心思、乃故爲也不知所當戒、徒歸咎以爲戱、則長傲而慢愈滋矣、過誤不出於心思、乃偶失耳、不歸咎於偶失、反自誣以爲實然、則遂非而過不改矣

克　己　銘　　呂　與　叔

勝己之私之謂克、蓋謂克去己私、復還天理也、篇中多用將帥卒徒寇讐臣僕等字、分八節、每四句一換韻

凡厥有生이 均氣同體어날 此兩句起謂人生同一本原 胡爲不仁고 我則有己ㄹ새라 物我既立이면 私爲町畦하야 町田區也畦田隴也 勝心橫發하야 擾擾不齊니라 此第二節論私心之擾擾 大人存誠하야 心見帝則이니 初無吝驕ㅣ 作我蟊賊이라 虫食根曰蟊食節曰賊 志以爲帥오 氣爲卒徒니 孟子夫志氣之帥也 奉辭于天이어니 誰敢侮予아 且戰且徠하야 勝私窒慾이니 此第三節論存誠可以閑邪 昔爲寇讐라가 今則臣僕이라 方其未克에 窘吾室廬하야 婦姑勃磎어니 婦媳婦也姑宅母也勃爭也磎石之碍也 安取厥餘리오 此第五節未克之私 亦既克之면 皇皇四達하야 洞然八荒이 皆在我闥이니라 孰曰 事出莊子○一字之中私意起伏

天下ㅣ不歸吾仁고 第六節言克己爲仁 癢痾疾痛이 擧切吾身이라 第七節論人物一體照起句 一日至焉이 莫非吾事니 顔何人哉오 希之則是니라 楊子學行篇希顔之人亦顔之徒○第八節因顔之克己以自勵

原本備旨懸吐註解 古文眞寶後集卷之十 終

疊山先生批點文章軌範目錄（古文眞寶附錄）

疊山先生批點文章軌範目錄 終

附文章軌範

疊山先生謝枋
得君直編次

眞寶軌範은 世間竝行之書也라 軌範이 凡七編에 以侯王將相有種乎七字로 爲號하니 其文이 共六十九篇而四十二則眞寶中에 已錄故로 其餘二十七篇은 今附刊於眞寶之末하야 因書軌範하야 目錄於下하야 以便參考云이라

○放 膽 文 侯 字 集

凡學文、初要膽大、終要心小、由麄入細、由俗入雅、由繁入簡、由豪蕩入純粹、此集、皆麄枝大葉之文、本於禮義、老於世事、合於人情、初學熟之、開廣其胷襟、發舒其志氣、但見文之易、不見文之難、必能放言高論、筆端、不窘束矣

與于襄陽書 韓文公

七月三日、將仕郞守國子四門博士、韓愈、謹奉書尙書閤下、士之能享大名、顯當世者는 (此輕) 莫不有先達之士、負天下之望者ㅣ 爲之前焉이오 (隱然許于公) 士之能垂休光、照後世者는 (此重) 亦莫不有後進之士、負天下之望者ㅣ 爲之後焉이니 (隱然自許) 莫爲之前이면 雖美而不彰이오 莫爲之後면 雖盛而不傳이라 是二人者ㅣ 未始不相須也로대 然而千百載에 乃一相遇焉하니 豈上之人이 無可援이오 下之人이 無可推歟아 何其相須之殷而相遇之疎也오 其故는 在下之人이 負其能하야 不肯諂其上하고 上之人이 負其位하야 不肯顧其下라 故로 高材ㅣ 多戚戚之窮하고 盛位ㅣ 無赫赫之光하니 是二人者之所爲ㅣ 皆過也라 未嘗干之언정 不可謂上無其人이오 未嘗求之언정 不可謂下無其人이니 愈之誦此言이 久矣로대 未嘗敢以聞於人이러니 側聞閤下ㅣ 抱不世之才하야 特立而獨行하고 道方而事實하야 卷舒ㅣ 不隨于時하고 文武惟其所

閤下、謂于襄陽

用하니 豈愈所謂其人哉아 (文婉曲有味) 抑未聞後進之士ㅣ 有遇知於左右하고 獲禮於門下者하니 豈求之而未得邪아 (文婉曲有味) 將志存乎立功而事專乎報主하야 雖遇其人이나 未暇禮邪아 (文婉曲有味) 何其宜聞而久不聞也오 愈雖不材나 其自處ㅣ 不敢後於常人하니 閤下ㅣ 將求之而未得歟아 (文婉曲有味) 古人有言호대 請自隗始라 (史記郭隗曰王欲致士先自隗始) 愈ㅣ 今者에 惟朝夕芻米僕賃之資를 時急이로대 不過廢閤下一朝之享而足也니 如曰吾志存乎立功而事專乎報主하야 雖遇其人이나 未暇禮焉이면 則非愈之所敢知也라 (文婉曲有味) 世之齪齪者는 既不足以語之오 磊落奇偉之人이 又不能聽焉이면 則信乎命之窮也로라 謹獻舊所爲文一十八首하니 如賜覽觀이면 亦足知其志之所存이라 (結得健) 愈는 恐懼再拜라

代張籍與李浙東書

月日、前某官某謹東向再拜寓書浙東觀察使中丞李公閤下하노라 籍은 聞議論者ㅣ 皆云方今居方伯連帥之職하야 坐一方得專制於其境內者ㅣ (起句不凡不弱) 惟閤下ㅣ 心事犖犖하야 與俗輩不同이라하니 籍이 固以藏之胸中矣러니 近者閤下從事、李協律翶하야 到京師하니 籍於李君에 友也라 不見이 六七年이러니 聞其至하고 馳往省之하야 問無恙外에 不暇出一言하고 且先賀其得賢主人하니 李君이 日子豈盡知之乎아 吾將盡言之호리라 數日에 籍이 益聞所不聞이라 籍이 私獨喜하야 常以爲自今已後로 不復有如古人者ㅣ 於今忽有之오 退自悲不幸兩目이 不見物하야 無用於天下라 胸中에 雖有知識이나 家無錢財하야 寸步를 不能自致하니 今去李中丞이

齪齪、狹隘貌
磊落、魁偉貌
犖犖、超絕貌

靦、慙貟

五千里라 何由致其身於其人之側하야 開口一吐出胸中之奇乎아 因飮泣不能語러니 旣數日에 復自奮曰 一轉 無所能人은 乃宜以盲廢어니와 有所能人은 雖盲이나 當廢於俗輩오 不當廢於行古人之道者니 此一轉巧 浙水東七州에 二轉 戶不下數十萬이라 不盲者ㅣ 何恨이리오 李中丞取人이 固當問其賢不賢이오 不當計其盲與不盲也라 此一轉又巧 當今盲於心者ㅣ 皆是어니와 三轉 若籍은 自謂獨盲於目爾오 其心則能別是非하니 若賜之坐而問之면 其口ㅣ 固能言也라 幸未死에 實欲一吐出心中平生所知見하노니 閤下ㅣ 能信而致之於門耶아 籍이 又善於古詩하니 使其心으로 不以憂衣食亂이오 句健 閤下ㅣ 無事時에 一致之座側하야 使跪進其所有하고 閤下憑几而聽之면 無必不如聽吹竹彈絲敲金擊石也리라 夫盲者는 業專하야 於藝에 必精이라 故로 樂工이 皆盲이니 籍이 倘可與此輩로 比並乎아 使籍으로 誠不以蓄妻子憂飢寒으로 亂心이오 此一轉妙 有錢以濟醫藥이면 其盲이 未甚하니 庶幾復見天地日月하야 因得不廢면 則自今至死之年이 皆閤下之賜라 閤下ㅣ 濟之以已絕之年하고 賜之以旣盲之視면 句法妙 其恩輕重大小를 籍宜如何報也오 結得妙 閤下는 裁之度之하라 籍은 慙靦再拜하노라

與陳給事書 陳立齋作論雙關文法皆本於此

愈는 再拜하노라 愈之獲見於閤下ㅣ 有年矣라 始者에 亦嘗辱一言之譽러니 貧一賤也ㄹ새 衣食於奔走하야 句頓挫 不得朝夕繼見하고 句法 其後에 閤下ㅣ 位益尊하야 伺候於門墻者ㅣ 日益進하니 夫位益尊則賤者ㅣ 日隔하고 伺候於門墻者ㅣ 日益進則愛博而情不專이오 愈也ㅣ 道不加修而

文日益有名하니 夫道不加修則賢者ㅣ 不與하고 文日益有名則同進者ㅣ 忌라 始之以日隔之疏오 加之以不專之望하야 以不與者之心으로 而聽忌者之說일새 由是로 閣下之庭에 無愈之跡矣라

上宰相第二書

愈、韓愈自謂

愈는 聞之호니 蹈水火者之求免於人也에 字法 不惟其父兄子弟之慈愛然後에 呼而望之也라 字法 將有介於其側者면 雖其所憎怨이라도 苟不至乎欲其死者ㅣ댄 則將大其聲하야 疾呼而望其仁之也오 字法 彼介於其側者ㅣ 聞其聲而見其事면 不惟其父兄子弟之慈愛然後에 往而全之也라 雖有所憎怨이라도 苟不至乎欲其死者ㅣ댄 則將狂奔盡氣하야 句法 濡手足 句法 焦毛髮 句法 하야 救之而不辭也니 若是者는 何哉아 其勢ㅣ 誠急이오 而其情이 誠可悲也라 章法 愈之彊學立行이 字法 有年矣라 愚不惟道 字法 之險夷하고 行且不息하야 字法 以蹈於窮餓之水火 以蹈水火 하니 譬喩遂下力行愚不惟道之險夷行且不息此是下字巧處 其旣危且亟矣오 大其聲而疾呼矣오 閣下ㅣ 其亦聞而見之矣니 其將往而全之歟아 抑將安而不救歟아 有來言於閣下者하야 曰 句法 有觀溺於水而 於火者ㅣ 有可救之道而終莫之救也라하면 章法 閣下ㅣ 且以爲仁人乎哉아 章法 不然이면 若愈者는 亦君子之所宜動心者也라 或謂愈호대 子言則然矣오 宰相則知子矣나 如時不可에 何오 愈ㅣ 竊謂之不知言者라하노니 誠其材能이 不足當吾賢相之擧爾언정 若所謂時者는 固在上位者之爲爾오 非天之所爲也라 此即賈誼云非天之所爲人之所設也 前五六年時에 宰相이 薦聞하야 而尚有自布衣로 蒙抽

方、猶比方

介、即甲虫

擢者하니 與今으로 豈異時哉아 且今節度觀察使、及防禦、營田諸小使等이 尙得自擧判官하야 無間於已仕者온 字法 況在宰相하야는 吾君所尊敬者어늘 而曰不可乎아 古之進人者ㅣ 或聚於盜하며 或擧於管庫하나니 今布衣雖賤이나 猶足以方於此라 情隘辭蹙하야 句法 不知所裁호니 亦有少垂憐焉하라 此書譬喩格從孟子來

應科目時與人書

月日에 愈再拜하노라 天池之濱과 大江之濆에 曰有怪物焉하니 蓋非常鱗凡介之品彙匹儔也라 其得水엔 變化風雨하야 上下于天이 不難也니 其不及水ㅣ 蓋尋常尺寸之間耳오 無高山大陵曠途絶險이 爲之關隔也라 譬喩應宏詞科 然이나 其窮涸、不能自致乎水하야 爲獱獺之笑者ㅣ 蓋十八九矣니 如有力者ㅣ 哀其窮而運轉之ㄴ댄 蓋一擧手一投足之勞也라 然이나 是物也ㅣ 負其異於衆也하고 且曰爛死於沙泥를 吾寧樂之언정 若俛首帖耳搖尾而乞憐者는 非我之志也라하니 是以로 有力者ㅣ 遇之에 熟視之若無覩也하니 其死其生을 固不可知也러니 今又有有力者ㅣ 當其前矣라 聊試仰首一鳴號焉하니 庸詎知有力者ㅣ 不哀其窮而忘一擧手一投足之勞하야 而轉之淸波乎아 其哀之도 命也오 其不哀之도 命也오 知其在命而且鳴號之者도 亦命也니 愈ㅣ 今者에 實有類於是라 一篇皆是譬喩只一句愈今者實有類於是收拾此文法最妙 是以로 忘其疏愚之罪而有是說焉호니 閣下는 其亦憐察之하라

送高閑上人序

此序、詼詭放蕩、雖學莊子、文無一句蹈襲

僚、謂熊宜僚、丸彈丸、秋、古奕秋、奕之善奕者

倪、猶端也

錙銖、極言其微細

浮屠氏、僧也

元和、年號

苟可以寓其巧智하야 使機應於心이오 不挫於氣면 則神完而守固하야 雖外物이 至라도 不膠於其心이니 堯舜禹湯의 治天下와 養叔의 治射와 庖丁의 治牛와 師曠의 治音聲과 扁鵲의 治病과 僚之於丸과 秋之於奕과 伯倫之於酒에 樂之終身不厭하며 奚暇外慕리오 夫外慕徙業者는 皆不造其堂하야 不嚌其胾在乂切 者也라 往時에 張旭이 善草書하니 不治宅技하야 喜怒、窘窮、憂悲、愉佚、怨恨、思慕、酣醉、無聊、不平이 有動於心이면 必於草書焉에 發之하고 觀於物에 見山水、崖谷、鳥獸、蟲魚、草木之花實과 日月、列星、風雨、水火、雷霆、霹靂、歌舞、戰鬪、天地事物之變이 可喜可愕을 一寓於書하니 故로 旭之書ㅣ 變動이 猶鬼神하야 不可端倪라 以此로 終其身이오 而名後世러니 今閑之於草書에 有旭之心哉아 不得其心而逐其跡이면 未見其能旭也케라 爲旭이 有道하니 利害必明하야 無遺錙銖하고 情炎于中하야 利欲鬪進하고 有得有喪에 勃然不釋하야 然後에 一決於書而後에 旭을 可幾也니라 今閑은 師浮屠氏하야 一死生하고 解外膠하니 是其爲心이 必泊然無所起오 其於世에 必淡然無所嗜라 泊與淡이 相遭면 頹墮委靡潰敗하야 不可收拾이니 則其於書에 得無象之然乎아 然이나 吾聞浮屠人이 善幻多技能이러니 此轉妙 閑如通其術인댄 則吾不能知矣로라

送殷員外使回鶻序

唐이 受天命爲天子하니 凡四方萬國이 不問海內外코 無小大히 咸臣順於朝하야 時節貢水土百物하야 大者는 特來하고 小者는 附集이라 元和睿聖文武皇帝ㅣ 既嗣位하사 悉治方內하야 就

回鶻、西戎

貳、猶副也

惘惘、失意貌

刺刺、私語貌

法度하니 十二年에 詔曰四方萬國에 惟回鶻이 於唐에 最親하고 奉職尤謹하니(尊中國得體) 丞相은 其選宗室四品一人하야 持節徃賜君長하야 告之朕意하고(尊中國得體) 又選學有經法코 通知時事者一人하야 與之爲貳하라 由是로 殷侯侑ㅣ 自太常博士로 遷尙書虞部員外郞兼侍御史하야 朱衣象笏로 承命以行하니 朝之大夫ㅣ 莫不出餞이라 酒半에 右庶子韓愈ㅣ 執盞言曰殷大夫아 今人이 適數百里에 出門惘惘하야 有離別可憐之色하고 持被入直三省에 丁寧顧婢子하야 語刺刺(盧達切)어날 不能休어날 今子使萬里外國호대 獨無幾微出於言面하니 豈不眞知輕重大丈夫哉아 (只記此一段) 丞相이 以子應詔하니 眞誠知人矣오 士不通經이면 果不足用이로다 於是에 相屬爲詩하야 以道其行云이라

原　毁

(此篇曲盡人情、巧處妙處、在假託他人之言辭、模寫世俗之情狀、)

古之君子ㅣ 其責己也ㅣ 重以周하고 其待人也ㅣ 輕以約하니 重以周라 故로 不怠하고 輕以約이라 故로 人樂爲善하나니 聞古之人이 有舜者하니 其爲人也ㅣ 仁義人也라 求其所以爲舜者하야 責於己하야 曰彼도 人也오 予도 人也어날 彼能是오 而我乃不能是아하야 早夜以思하야 去其不如舜者하고 就其如舜者니라 聞古之人이 有周公者하니 其爲人也ㅣ 多才與藝人也ㅣ라 求其所以爲周公者하야 責於己하야 曰彼도 人也오 予도 人也어날 彼能是오 而我乃不能是아하야 早夜以思하야 去其不如周公者오 就其如周公者니라 舜은 大聖人也라 後世에 無及焉이오 周公은 大聖人也라 後世에 無及焉이어날 是人也ㅣ 乃曰不如舜、不如周公은 吾之病也라하니 是不亦

責於己者ㅣ 重以周乎오 其於人也에 曰彼人也ㅣ 能有是하니 是足爲良士矣오 能善是하니
是足爲藝人矣라 取其一이오 不責其二하며 卽其新이오 不究其舊하야 恐恐然惟懼其人之不得
爲善之利하니 一善은 易修也오 一藝는 易能也어날 其於人也에 乃曰能有是하니 是亦足矣오
曰能善是하니 是亦足矣라하니 是不亦待於人者ㅣ 輕以約乎아 今之君子則不然하야 其責人也ㅣ
詳하고 其待己也ㅣ 廉이라 詳故로 人難於爲善이오 廉故로 自取也ㅣ 少니 己未有善이라도 曰我ㅣ
善是ㅣ니 是亦足矣오 己未有能이라도 曰我能是ㅣ니 是亦足矣라하야 外以欺於人하고 內以欺於心하야
未少有得而止矣니 是不亦待於己者ㅣ 已廉乎아 其於人也에 曰彼雖能是나 其人은 不
足稱也오 彼雖善是나 其用은 不足稱也라 擧其一이오 不計其十하며 究其舊오 不圖其新하야
恐恐然惟懼其人之有聞也하니 是不亦責於人者ㅣ 已詳乎아 夫是之謂不以衆人으로 待其
身이오 而以聖人으로 望於人이니 吾未見其尊己也케라 雖然이나 爲是者ㅣ 有本有原하니 怠與忌之
謂也라 怠者는 不能修오 而忌者는 畏人修니 吾嘗試之矣로라 嘗試語於衆하야 曰某는 良士오
某는 良士라하면 其應者는 必其人之與也오 不然則其所疎遠하야 不與同其利者也오 不然則
其畏也니 不若是면 强者는 必怒於言하고 懦者는 必怒於色矣라 及嘗語於衆하야 曰某는 非
良士오 某는 非良士라하면 其不應者는 必其人之與也오 不然則其所疎遠하야 不與同其利者
也오 不然則其畏也니 不若是면 强者는 必說於言하고 懦者는 必說於色矣라 是故로 事修
而謗興하고 德高而毁來니라 嗚呼라 士之處此世하야 而望名譽之光과 道德之行이 難已로다 將

有作於上者ㅣ 得吾說而存之면 其國家를 可幾而理矣리라 熟於此文必能作論

辨難攻擊之文、雖厲聲色、雖露鋒鋩、然氣力雄健、光燄長遠、讀之令人意强而神爽、初學熟此、必雄於文、千萬人場屋中、有司亦當刮目、

○放膽文 王字集

春秋論 歐陽公

春秋、書趙盾弑其君夷皐、左傳謂趙穿弑靈公、趙盾爲其卿、亡不越境、入不討賊、故董狐書曰、趙盾弑其君左傳又曰、仲尼曰董狐古之良史也、書法不隱、趙宣子、古之良大夫也、爲法受惡、惜也越境乃免、

弑逆은 大惡也라 其爲罪也ㅣ 莫贖이니 其於人也에 不容이오 其在法也에 無赦ㅣ라 法施於人에 雖小나 必謹이온 況擧大法而加大惡乎아 既輒加之오 又輒赦之면 則自侮其法而人不畏리니 春秋用法이 不如是之輕易也라 三子說春秋에 左丘明公羊高穀梁赤 書趙盾以不討賊이라 故로 加之大惡하고 而以盾非實弑ㅣㄹ새 則又復見乎經이라 以明盾之無罪하니 是는 輒加之而輒赦之爾라 以盾이 爲無弑心乎ㅣㄴ댄 其可輕以大惡으로 加之며 以盾不討賊이 情可責而宜加之乎ㅣㄴ댄 則其後에 頑然未嘗討賊하니 既不改過以自贖이어날 何爲遽赦하야 使同無罪之人고 其於進退에 皆不可니 此非春秋意也라 趙穿이 弑君하니 大惡也오 盾은 不討賊하고 不能復讐하고 而失刑於下하니 二者ㅣ 輕重을 不較可知라 就使盾으로 爲可責이나 然이나 穿이 焉得免也리오 今에 免首罪爲善人하고 使無辜者로 受大惡하니 此는 決知其不然也라 春秋之法에 使爲惡者로 不得幸免하고 疑似者로 有所辨明이니 此所謂是非之公也라 據三子之說컨댄 初에 靈公이 欲殺盾이어날

盾이 走而免하나 穿은 盾族也라 遂弑公而盾不討하니 其迹이 涉於與弑矣나 此는 疑似難明之事니 聖人이 尤當求情責實而明白之니 使盾으로 果有弑心乎인댄 則自然罪在盾矣라 不得曰爲法受惡而稱其賢也오 使果無弑心乎인댄 則當爲之辨明하야 必先正穿之惡하야 使有所歸하고 然後에 責盾縱賊이면 則穿之大惡이 不可幸而免이오 盾의 疑似之迹이 獲辨이오 而不討之責이 亦不得辭니 如此則是非善惡이 明矣어날 今에 爲惡者는 獨免하고 而疑似之人이 陷于大惡하니 此는 決知其不然也라 若曰盾不討賊이 有幸弑之心하니 與自弑로 同이라 故로 寧捨穿而罪盾이라하면 此乃逆詐用情之吏ㅣ 矯激之爲爾오 非孔子忠恕와 春秋ㅣ 以王道治人之法也니라 孔子ㅣ 患舊史ㅣ 是非ㅣ 錯亂而善惡이 不明일새 所以修春秋하시니 就令舊史如此라도 其肯從而不正之乎아 其肯從而稱美하야 又敎人以越境逃惡乎아 此ㅣ 可知其謬傳也라 問者曰然則夷皐는 孰弑之오 曰孔子所書ㅣ 是矣니 趙盾이 弑其君也니라 今有一人焉하니 父病에 躬進藥而不嘗하고 又有一人焉하니 父病而不躬進藥이라가 而二父皆死하고 又有一人焉하니 操刃以殺其父라 使吏治之면 是三人者ㅣ 其罪同乎아 曰雖庸吏라도 猶知其不可同也라 躬藥而不嘗者는 有愛父之心而不習於禮하니 是可哀也니 無罪之人爾오 不躬進藥者는 誠不孝矣라 雖無愛親之心이나 然이나 未有弑父之意하니 使善治獄者로 蔽之면 猶當與操刃殊科온 況以躬藥之孝로 反與操刃者同其罪乎아 此는 庸吏之所不爲也니라 然則許世子止ㅣ 實不嘗藥이면 則孔子決不書曰弑君이오 孔子書弑君인댄 則止ㅣ 決非不嘗藥이니라

難、猶詰難

隱母、魯隱公母

難者曰聖人이 借止以垂教爾라 對曰不然하다 夫所謂借止垂教者는 不過欲人之知嘗藥爾니 聖人이 一言明以告人이면 則萬世法也어날 何必加孝子以大惡之名고 又嘗藥之事ㅣ 卒不見於文하니 使後世로 但知止爲弑君이오 而莫知藥之當嘗也니 教未可垂오 而已陷人於大惡矣라 聖人垂教ㅣ 不如是之迂也며 果曰罪止ㅣ 不如是之刻也라니 難者曰曷爲盾이 復見于經이며 許悼公이 曷爲書葬고 曰弑君之臣이 不見經은 此自三子說爾니 果聖人法乎아 悼公之葬이 且安知其不討賊而書葬也오 自止以弑見經으로 後四十年에 吳敗許師하고 又十有八年에 當魯定公之四年하야 許男이 始見於經而不名하니 許之書於經者ㅣ 略矣라 止之事跡을 不可得而知也라니 難者曰三子之說이 非其臆出也라 其得於所傳이 如此하니 然則所傳者를 皆不可信乎아 曰傳聞을 何可盡信이리오 公羊穀梁은 以尹氏卒로 爲正卿이어날 左氏以尹氏卒로 爲隱母하니 一以爲男子오 一以爲婦人이라 得於所傳者ㅣ 蓋如此하니 是可盡信乎아

○小心文 將字集

議論、精明而斷制、文勢、圓活而婉曲、有抑揚、有頓挫、有擒縱、場屋程文論、當用此樣文法、先暗記侯王兩集、下筆無滯礙、便當讀此

春秋論 蘇老泉

此文有法度、有氣力有精神、有光焰、謹嚴而華藻者也、讀得孟子熟、方有此文章

賞罰者는 天下之公也오 是非者는 一人之私也니 位之所在에 則聖人이 以其權으로 爲天

下之公하야 而天下ㅣ 以懲以勸하고 道之所在엔 則聖人이 以其權으로 爲一人之私하야 而天下ㅣ 以榮以辱이라 周之衰也에 位不在夫子而道在焉하니 夫子ㅣ 以其權으로 是非天下ㅣ 可也而 春秋ㅣ 賞人之功하며 赦人之罪하며 去人之族하며 絶人之國하며 貶人之爵하야 諸侯而或書其名하며 大夫而或書其字하야 不惟其法이라 惟其意오 不徒曰此是此非라 而賞罰이 加焉하니 則夫子ㅣ 固曰我可以賞罰人矣라 設難 賞罰人者는 天子諸侯事也니 夫子ㅣ 病天下之諸侯大夫ㅣ 僭 天子諸侯之事하야 而作春秋어늘 而已則爲之하니 其何以責天下오 位는 公也오 道는 私也라 私不勝公일새 則道不勝位니 位之權은 得以賞罰이오 而道之權은 不過於是非라 道在我矣오 而不得爲有位者之事면 則天下ㅣ 皆曰位之不可僭也ㅣ 如此니 不然이면 天下ㅣ 其誰不 曰道在我리오 則是道者는 位之賊也라 曰夫子ㅣ 豈誠賞罰之耶아 徒曰賞罰之耳나 庸何 傷아 解一 曰我ㅣ 非君也오 非吏也어니 執塗之人而告之하야 曰某爲善이오 某爲惡은 可也어니와 繼之曰某爲善하니 吾ㅣ 賞之오 某爲惡하니 吾誅之라하면 則人有不笑我者乎아 難二 夫子之賞 罰이 何以異此리오 然則何足以爲夫子며 何足以爲春秋리오 曰夫子之作春秋也는 非曰孔 氏之書也오 又非曰我作之也라 賞罰之權이 不得以自與也니 曰此ㅣ 魯之書也오 魯作 之也라 解二 有善而賞之면 曰魯賞之也오 有惡而罰之면 曰魯罰之也라니 一篇主意正在此 何以知之오 曰夫子ㅣ 繫易을 謂之繫辭오 言孝를 謂之孝經이니 皆自名之라 則夫子ㅣ 私之也오 而春 秋者는 魯之所以名史어늘 而夫子ㅣ 託焉하니 則夫子公之也라 公之以魯史之名하야 而賞罰

陽、同伴也

之ㅣ댄 權固在魯矣어니와 春秋之賞罰이 自魯而及于天下하니 天子之權也라 魯之賞罰이 不出境이어날 而以天子之權으로 與之는 何也오 難三 曰天子之權이 在周어날 夫子ㅣ 不得已而以與魯也니 武王之崩也에 天子之位ㅣ 當在成王이로대 而成王이 幼라 周公이 以爲天下ㅣ 不可以無賞罰일새 故로 不得已而攝天子之位하야 以賞罰天下하야 以存周室하니 周之東遷也에 天子之權이 當在平王이로대 平王이 昏亂이라 故로 夫子ㅣ 亦曰天下ㅣ 不可以無賞罰이오 而魯는 周公之國也라 居魯之地하니 宜如周公이 不得已而假天子之權하야 以賞罰天下하야 以尊周室이라 故로 以天子之權으로 與之也라니 解三 然則假天子之權이 宜如何오 曰如齊桓晉文이 可也니 夫子ㅣ 欲魯如齊桓晉文이로대 而不遂以天子之權으로 與齊晉은 何也오 齊桓晉文은 陽爲尊周오 而實欲富彊其國이라 故로 夫子ㅣ 與其事而不與其心하고 周公은 心存王室하니 雖其子孫이 不能繼나 而夫子ㅣ 思周公而許其假天子之權하야 以賞罰天下하니 其意曰有周公之心而後에 可以行桓文之事라 此其所以不與齊晉而與魯也라니 又生一段講論 夫子亦知魯君之才ㅣ 不足以行周公之事矣오 顧其心이 以行今之天下에 無周公이라 故로 至此하니 是故로 以天子之權으로 與其子孫이니 所以見思周公之意也라 此一段直是識得痛快感動人 吾觀春秋之法이 皆周公之法이오 而又詳內而格外하니 此其意ㅣ 欲魯ㅣ 法周公之所爲하야 且先自治而後治人也ㅣ 明矣라 夫子ㅣ 嘆禮樂征伐이 自諸侯出이로대 而田桓이 弒其君則沐浴而請討하니 然則天子之權을 夫子ㅣ 固明以與魯矣라 子貢之徒ㅣ 不達夫子之意하고 續經而書孔丘卒하니 夫子

遷固、謂司馬遷班固

旣告老矣라 大夫告老而卒不書어늘 而夫子獨書하니 夫子作春秋하야 以公天下니 而豈私一孔丘哉아 嗚呼라 夫子ㅣ 以爲魯國之書어날 而子貢之徒ㅣ 以爲孔氏之書也歟ㄴ저 遷固之史는 有是非而無賞罰하니 彼亦史臣之體ㅣ 宜爾也 結尾 라 後之效孔子作春秋者는 吾ㅣ 惑焉이로라 呂氏春秋 吳越春秋 春秋ㅣ 有天子之權하니 天下ㅣ 有君이면 則春秋ㅣ 不當作이오 天下ㅣ 無君이면 則天子之權을 吾不知其誰與오 天下之人이 烏有如周公之後之可與者오 與之而不得其人則亂이오 不與人而自與則僭이오 不與人不自與코 而無所與則散이니 嗚呼라 後之春秋는 亂邪아 僭邪아 散邪아

晁錯論

此論、先立冒頭然、後入事又是一格老於世故、明於人情、有憂深思遠之智、有排難解紛之勇、不特文章之工也

蘇東坡

狃、猶習也

循循、次序貌

天下之患에 最不可爲者는 名爲治平無事오 而其實有不測之憂니 暗說景帝時諸侯强大削亦叛不削亦叛○此如破題 坐觀其變而不爲之所면 則恐至於不可救오 起而强爲之면 則天下狃於治平之安하야 而不吾信이라 此如破題 惟仁人君子豪傑之士ㅣ 爲能出身하야 爲天下犯大難하야 以求成大功이니 此固非勉强朞月之間하야 而苟以求名之所能也라 暗說晁錯削七國事 天下治平 暗說景帝時 無故어날 而發大難之端인댄 暗說削七國 吾發之하고 吾能收之한 然後에 有辭於天下어니와 暗說七國反 事至而循循焉欲去之하야 使他人으로 任其責이면 暗說晁錯欲使天子自將而已居守 則天下之禍ㅣ 必集於我ㅣ라 此袁盎所以斬進晁錯之說也 昔者에 晁錯ㅣ 盡忠爲漢하야 謀弱山東之諸侯러니 山東諸侯ㅣ 並起하야 以誅錯爲名이어날 而天子ㅣ 不之察하고 以錯爲之

七國、秦楚燕齊韓魏趙

說하니 天下ㅣ 悲錯之以忠而受禍오 不知錯ㅣ 有以取之也라 古之立大事者는 不惟有超世之才라 亦必有堅忍不拔之志니 昔禹之治水에 鑿龍門決大河而放之海하니 方其功之未成也에 蓋亦有潰冒衝突可畏之患이나 唯能前知其當然하야 事至不懼오 而徐爲之圖ㄹ새 是以로 得至於成功하니 用大禹治水事必是學司馬相如難蜀父老文 夫以七國之强으로 而驟削之면 其爲變이 豈足怪哉아 錯ㅣ 不於此時에 捐其身하야 爲天下當大難之衝하고 而制吳楚之命이오 乃爲自全之計하야 帝之怒錯錯之受禍果是因此 非假設之辭 欲使天子로 自將而已居守온여 主意在此 且夫發七國之難者ㅣ 誰乎아 已欲求其名인댄 安所逃其患이리오 以自將之至危와 與居守之至安으로 已爲難首하야 擇其至安하고 而遺天子以其至危하니 此는 忠臣義士ㅣ 所以憤怨而不平者也라 此一段判斷晁錯之罪至公至平錯聞之亦必心服 當此之時하야 雖無袁盎이라도 錯亦未免於禍니 何者오 已欲居守而使人主自將은 以情而言이면 天子ㅣ 固已難之矣로대 而重違其議니 是以로 袁盎之說이 得行於其間이라 使吳楚反에 錯ㅣ 以身任其危하야 日夜淬礪하야 東向而待之하야 使不至於累其君이면 則天子ㅣ 將恃之以爲無恐이니 雖有百盎이나 可得而間哉아 此一段最妙乃是無中生有死中求活方成議論 嗟夫라 世之君子ㅣ 欲求非常之功이어든 則無務爲自全之計어다 使錯로 自將而討吳楚라도 未必無功이어날 此是高見遠識深謀至論 惟其欲自固其身하야 而天子不悅일새 奸臣이 得以乘其隙하니 錯之所以自全者는 乃其所以自禍歟ㄴ저

留 侯 論

古之所謂豪傑之士는 必有過人之節이라 人情이 有所不能忍者하니 匹夫ㅣ 見辱에 拔劍而

子房、指張良

鮮腆、厚也

起하야 挺身而鬪는 此不足爲勇也오 (能忍不能忍是一篇主意) 天下에 有大勇者하야 卒然臨之而不驚하며 無故加之而不怒는 此其所挾持者ㅣ 甚大오 而其志甚遠也라 (好句法) 夫子房이 授書於圯上之老人也ㅣ 其事ㅣ 甚怪나 然이나 亦安知其非秦之世에 有隱君子者ㅣ 出而試之아 觀其所以微見其意者ㅣ 皆聖賢相與警戒之義어날 而世不察하고 以爲鬼物하니 亦已過矣라 且其意ㅣ 不在書니 當韓之亡하고 秦之方盛也에 以刀鋸鼎鑊으로 待天下之士하야 其平居無事夷滅者ㅣ 不可勝數라 雖有賁育이라도 無所復施니 夫持法太急者는 其鋒을 不可犯이오 而其勢를 未可乘이라 子房이 不忍忿忿之心하야 以匹夫之力으로 而逞於一擊之間하니 當此之時하야 子房之不死者는 其間이 不能容髮이니 蓋亦危矣라 (此時子房尙不能忍) 千金之子는 不死於盜賊하나니 何者오 其身이 可愛오 而盜賊之不足以死也라 子房이 以蓋世之才로 不爲伊尹太公之謀하고 而特出於荊軻聶政之計하야 以僥倖於不死하니 此圯上老人이 所爲深惜者也라 是故로 倨傲鮮腆而深折之하니 彼其能有所忍也라 然後에 可以就大事라 故로 曰孺子可敎也라 (此是老父正以折子房少年剛强不忍之氣使之能含忍) 楚莊王이 伐鄭하니 鄭伯이 肉袒牽羊하야 以迎한대 莊王이 曰其君이 能下人하니 必能信用其民矣라 遂舍之하고 (宣公十一年) 句踐之困於會稽而歸에 臣妾於吳者三年而不勌하니 且夫有報人之志오 而不能下人者는 是匹夫之剛也라 夫老人者ㅣ 以爲子房이 才有餘而憂其度量之不足일새 故로 深折其少年剛銳之氣하야 使之忍小忿而就大謀하니 何則고 非有平生之素오 卒然相遇於草野之間하야 (暗說圯下相遇) 而命以僕妾之役호대 (暗說取履事) 油然而不怪者는 此固秦皇之所

淮陰、指韓信

高斯、謂趙高李斯

不能驚이오 而項籍之所不能怒也라 觀夫高祖之所以勝과 項籍之所以敗者ㅣ 在能忍與不能忍之間而已矣니 項籍은 唯不能忍이라 是以百戰百勝而輕用其鋒하고 高祖는 忍之하야 養氣全鋒而待其弊하니 此는 子房이 教之也라 (因子房能忍又教得高帝能忍所以得天下此一段議論尤高) 當淮陰이 破齊而欲自王에 高祖ㅣ 發怒하야 見於詞色하니 由是觀之컨댄 猶有剛强不能忍之氣라 非子房이면 其誰全之리오 (引證) 太史公이 疑子房以爲魁梧奇偉러니 而其狀貌ㅣ 乃如婦人女子하야 不稱其志氣하니 嗚呼라 志氣所以爲子房歟ㄴ저

秦始皇扶蘇論

秦始皇時에 趙高ㅣ 有罪어늘 蒙毅ㅣ 按之當死라 始皇이 赦而用之하고 長子扶蘇ㅣ 好直諫이어늘 上이 怒하야 使北監蒙恬兵於上郡하고 始皇이 東遊會稽하야 並海走琅琊하니 次子胡亥와 李斯 蒙毅 趙高ㅣ 從이러니 道病이어늘 使蒙毅로 還禱山川하니 未及還에 上이 崩이라 李斯趙高ㅣ 矯詔立胡亥하고 殺扶蘇蒙恬蒙毅하고 卒以亡秦이라 蘇子ㅣ 曰始皇이 制天下輕重之勢하야 使內外相形하야 以禁奸備亂하니 可謂密矣라 蒙恬이 將三十萬人하야 威震北方하고 扶蘇監其軍하고 而蒙毅侍帷幄하야 爲謀臣하니 雖有大奸賊이나 敢睥睨其間哉아 不幸道病이라도 禱祠山川이 尙有人也어늘 而遣蒙毅하니 故로 高斯ㅣ 得成其謀라 始皇之遺毅에 毅見始皇이 病하고 太子ㅣ 未立而去左右하니 皆不可以言智로다 雖然이나 天之亡人國에 其禍敗ㅣ 必出於智之所不及이니 聖人이 爲天下에 不恃智以防亂이오 恃其無致亂之道耳라 始皇致亂之道ㅣ 在用趙高하니

書契、謂伏羲時

桓靈、桓帝靈帝 肅代、肅宗代宗

鞅、猶迭也

二人、指商鞅荊軻

夫閹尹之禍는 如毒藥猛獸하야 未有不裂肝碎首也라 自有書契以來로 惟東漢呂强과 後唐張承業의 二人이 號稱善良이니 豈可望一二於千萬하야 以取必亡之禍哉아 然이나 世主皆甘心而不悔하야 如漢桓靈唐肅代猶不足深怪어니와 始皇漢宣은 皆英主로대 亦沈於趙高恭顯之禍하니 彼自以爲聰明人傑也라 奴僕薰腐之餘ㅣ 何能爲하리오하더니 及其亡國亂朝에 乃與庸主로 不異하니 吾故表而出之하야 以戒後世人主ㅣ 如始皇漢宣者하노라 或曰李斯ㅣ 佐始皇定天下하니 不可謂不智오 扶蘇는 始皇子라 秦人이 戴之久矣라 陳勝이 假其名하야 猶足以亂天下어늘 而蒙恬이 持重兵在外하야 使二人으로 不卽受誅하고 而復請之면 則斯高ㅣ 無遺類矣니 以斯之智로 而不慮此는 何哉오 蘇子ㅣ 曰嗚呼라 秦之失道ㅣ 有自來矣니 豈獨斯高之罪리오 自商鞅變法으로 以殊死로 爲輕典하고 以參夷로 爲常法하야 人臣이 狼顧脅息하야 以得死爲幸하니 何暇復請이리오 方其法之行也에 求無不獲하고 禁無不止하니 鞅이 自以爲軼堯舜而駕湯武矣러니 及其出亡而無所舍然後에 知爲法之弊하니 夫豈獨鞅이 悔之리오 秦亦悔之矣라 (形容商鞅之慘刻秦法之酷烈可謂盡矣) 荊軻之變에 持兵者ㅣ 熟視始皇이 環柱而走호대 而莫之救者는 以法重故也니 李斯之立胡亥에 不復忌二人者는 知威令之素行하야 而臣子ㅣ 不敢復請也오 (各前一段問) 二人之不敢復請은 亦知始皇之鷙悍而不可回也니 豈料其僞也哉아 周公曰平易近民이면 民必歸之라하고 孔子ㅣ 曰有一言而終身行之하니 其恕矣乎라하니 夫以忠恕爲心하고 而以平易爲政이면 則上易知하고 下易達하야 雖有賣國之姦이라도 無所投其隙이오 倉卒之變이 無自發焉이라 然이나 其

戾太子、漢武帝子 二君、指漢武始皇

循循、謂次序

令行禁止는 盖有不及商鞅者矣로대 而聖人이 終不以此易彼니하 (文勢圓活意味悠長) 商鞅이 立信於徙木하고 立威於棄灰하고 刑其親戚師傅호대 無惻容하니 積威信之極하야 以至始皇하야 秦人이 視其君을 如雷電鬼神의 不可測識이라 古者에 公族이 有罪면 三宥而後에 致刑이어날 今至使人矯殺其太子而不忌하고 太子亦不敢請하니 則威信之過也라 夫以法毒天下者는 未有不反中其身하고 及其子孫이니 (皆是至人之言) 漢武始皇이 皆果於殺者也라 故로 其子ㅣ 如扶蘇之仁이면 則寧死而不請하고 如戾太子之悍이면 則寧反而不訴하니 知訴之必不察也ㄹ새 戾太子ㅣ 豈欲反者哉아 計出於無聊也라 故로 爲二君之子者는 有死與反而已라 李斯之智ㅣ 盖足以知扶蘇之必不反也라 (答前段設問) 吾又表而出之하야 以戒後世人主之果於殺者하노라

荀卿論

常讀孔子世家호니 觀其言語文章이 循循然莫不有規矩하야 不敢放言高論하고 言必稱先王하니 然後에 知聖人憂天下之深也면 茫乎不知其涯岸이로대 而非遠也며 活乎不知其津涯로대 而非深也오 其所言者ㅣ 匹夫匹婦之所共知로대 而所行者는 聖人도 有所不能盡也니 嗚呼라 是亦足矣라 使後世로 有能盡吾說者면 雖爲聖人이라도 無難이오 而不能者도라 不失爲寡過而已矣라 子路之勇과 子貢之辯과 冉有之智ㅣ 此三者는 皆天下之所謂難能而可貴者也라 然이나 三子者ㅣ 每不爲夫子之所說이오 顔淵은 默然而不見其所能하야 若無以異於衆人者로대 而夫子ㅣ 亟稱之라 且夫學聖人者는 豈必其言之云哉아 亦觀其意之所嚮而已니

夫子ㅣ 以爲後世에 必有不足行其說者矣오 必有竊其說而爲不義者矣ㄹ새 (一篇主意在此二段) 是故로 其言이 平易正直하야 而不敢爲非常可喜之論하니 要在於不可易也라 昔者에 嘗怪李斯ㅣ 事荀卿이라가 旣而오 焚滅其書하고 盡變古先聖王之法하야 於其師之道에 不啻若寇讐러니 及今觀荀卿之書하니 然後에 知李斯之所以事秦者ㅣ 皆出於荀卿이오 而不足怪也라 荀卿者는 喜爲異說而不讓하고 敢爲高論而不顧者也니 其言이 愚人之所驚이오 小人之所喜也라 子思孟軻는 世之所謂賢人君子也어날 荀卿이 獨曰亂天下者는 子思孟軻也오 天下之人이 如此其衆也며 仁人義士ㅣ 如此其多也어날 荀卿이 獨曰人性이 惡하니 桀紂는 性也오 堯舜은 爲也하니라 由是觀之컨댄 意其爲人이 必也剛愎不遜而自許太過오 彼李斯者는 又特甚者耳라 今夫小人之爲不善에 猶必有所顧忌하니 是以로 夏商之亡과 桀紂之殘暴로도 而先王之法度禮樂刑政이 猶未至於絶滅而不可考者는 是桀紂도 猶有所存而不敢盡廢也어날 彼李斯者는 獨能奮然而不顧하야 焚燒夫子之六經하며 烹滅三代之諸侯하며 破壞周公之井田하니 (此三句斷斯罪) 此亦必有所恃者矣라 彼見其師ㅣ 歷詆天下之賢人하야 以自是其愚하고 以爲古先聖王이 皆無足法者하니라 不知荀卿이 特以快一時之論이오 而不自知其禍之至於此也라 其父ㅣ 殺人報仇면 其子ㅣ 必且行劫이니 荀卿이 明王道、述禮樂이라가 而李斯ㅣ 以其學으로 亂天下하니 其高談異論이 有以激之也라 孔孟之論은 未嘗異也로대 而天下ㅣ 卒無有及者하니 荀天下ㅣ 無有及者ㄴ댄 則尙安以求異爲哉아

○小心文　　相字集

此集文章、占得道理、强以淸明正大之心、發英華果銳之氣、筆勢無敵、光燄燭天、學者熟之、作經義作策、必擅大名於天下

上高宗封事　　胡澹庵

肝膽忠義心術、明白、思慮深長、讀其文、想見其人、眞三代以上人物、朱文公、謂可與日月爭光、中興奏議、此爲第一

謹按王倫은 本一狎邪小人이오 市井無賴라 (此八字、的當王倫出身本末、見王倫賣國之由) 頃緣宰相이 無識하야 遂擧以使虜러니 惟務詐誕하야 欺罔天聽하고 驟得美官하니 天下之人이 切齒唾罵러니 今者에 無故誘致虜使하야 以詔諭江南爲名하니 是欲臣妾我也오 (好句法) 是欲劉豫我也라 (好句法) 劉豫ㅣ 臣事醜虜하고 南面稱王하야 自以爲子孫帝王萬世不拔之業이러니 一旦에 豺狼이 改慮하야 捽而縛之하야 父子ㅣ 爲虜하니 商鑑不遠이어날 而倫이 又欲陛下效之온여 夫天下者는 祖宗之天下也오 陛下所居之位는 祖宗之位也니 奈何以祖宗之天下로 爲犬戎之天下하고 以祖宗之位로 爲犬戎藩臣之位리오 陛下ㅣ 一屈膝이면 則祖宗廟社之靈이 盡汙夷狄이오 祖宗數百年之赤子ㅣ 盡爲左衽이오 朝廷宰執이 盡爲陪臣이오 天下士大夫ㅣ 皆當裂冠毁冕하야 變爲胡服하리니 異時豺狼無厭之求ㅣ 安知不加我無禮를 如劉豫也哉아 夫三尺童子는 至無知也로대 指犬豕而使之拜면 則怫然怒하나니 今醜虜則犬豕也라 堂堂天朝ㅣ 相率而拜犬豕는 曾童孺之所羞어날 而陛下忍爲之耶아 倫之議ㅣ 乃曰我一屈膝이면 則梓宮을 可還이오 太后를 可復이오 淵聖을 可歸오 中原을 可得이라하니 嗚呼라 自變故以來로 主和議者ㅣ 誰不以此로 啗陛下哉리오마는 而

左衽、夷狄之服

童孺、謂童穉孺子

梓宮、謂徽宗妃

淵聖、謂欽宗

陵夷、猶衰微

陸梁、强得貌

穹廬、謂凶奴之廬

索、猶衰索

卒無一驗하니 是虜之情僞를 已可知矣어날 陛下ㅣ 尙不覺悟하시고 竭民膏血而不恤하며 忘國大讐而不報하고 含垢忍耻하야 擧天下而臣之를 甘心焉하니 就令虜決可和ㅣ 盡如倫議라도 天下後世에 謂陛下何如主오 况醜虜ㅣ 變詐百出하고 而倫이 又以奸邪濟之하니 梓宮이 決不可還이오 太后ㅣ 決不可復이오 淵聖이 決不可歸오 中原이 決不可得이오 而此膝이 一屈이면 不可復伸이며 國勢ㅣ 陵夷면 不可復振이니 可爲痛哭流涕長太息也로소이다 向者陛下ㅣ 間關海道하야 危如累卵이라도 當時에 尙不肯北面臣虜은 况今國勢稍張하야 諸將이 盛銳하고 士卒이 思奮하야 只如頃者에 醜虜ㅣ 陸梁하고 僞豫入寇하며 固嘗敗之於襄陽하고 敗之於淮上하고 敗之於渦口하고 敗之於淮陰하니 較之前日蹈海之危면 已萬萬矣라 儻不得已而遂至於用兵이라도 則我豈遽屈虜人下哉아 今無故而反臣之하야 欲屈萬乘之尊하야 下穹廬之拜하니 三軍之士ㅣ 不戰而氣亦索이라 此魯仲連所以義不帝秦이니 非惜夫帝秦之虛名이오 惜夫天下大勢有所不可也라 今內而百官과 外而軍民이 萬口一談하야 皆欲食倫之肉하야 謗議洶洶이어날 陛下不聞하시니 正恐一旦變作이면 禍且不測이라 臣은 切謂不斬王倫이면 國之存亡을 未可知也니이다 雖然이나 倫은 不足道也라 秦檜ㅣ 以腹心大臣으로 而亦爲之하니 陛下ㅣ 有堯舜之資어시늘 檜不能致陛下如唐虞하고 而欲導陛下如石晉하니 近者禮部侍郎曾開等이 引古誼以折之로대 檜乃厲聲曰侍郎은 知故事오 我獨不知라하니 則檜之遂非狠愎이 已自可見이라 而乃建白하야 令臺諫從臣으로 僉議可否하니 是乃畏天下議已하야 而令臺諫從臣으로 共分謗耳라 有識之士ㅣ 皆以爲朝廷에

三人、指王倫秦檜孫近

無人이라하니 呼可惜哉로다 孔子曰微管仲이면 吾其被髮左衽矣라하시니 夫管仲은 霸者之佐耳로대 尙能變左衽之區하야 爲衣冠之會어날 秦檜는 大國之相也라 反驅衣冠之俗하야 歸左衽之鄕하니 則檜也ㅣ 不唯陛下之罪人이라 實管仲之罪人矣니이다 孫近에 附會檜議하야 遂得參知政事하니 天下ㅣ 望治를 有如飢渴이어날 而近이 伴食中書하야 漫不可否事하고 檜曰虜可講和면 近亦曰可和오 檜曰天子當拜면 近亦曰當拜라 臣이 嘗至政事堂하야 三發問而近이 不答하고 但曰已令臺諫侍從議矣라하니 嗚呼라 參贊大政ㅣ 徒取充位如此ㅣㄴ댄 有如虜騎長驅면 尙能折衝禦侮耶아 臣은 竊謂秦檜孫近을 亦可斬也니이다 臣이 備員樞屬하야 義不與檜等으로 共戴天이니 區區之心이 願斬三人頭하야 竿之藁街하고 然後에 羈留虜使하야 責以無禮하고 徐興問罪之師면 則三軍之士ㅣ 不戰而氣自倍리이다 不然이면 臣이 有赴東海而死耳언정 寧能處小朝廷求活耶아

○小心文　　有字集

此集、皆謹嚴簡潔之文、場屋中日晷有限、巧遲者、不如拙速、論策結尾、略用此法度、主司、亦必以異人待之

雜說上　韓文公

此篇、注意、聖君賢臣、相逢、可成大功

龍이 噓氣成雲하니 喩聖君 雲固弗靈於龍也라 喩賢臣 然이나 龍이 乘是氣하야 聖君任賢臣 茫洋窮乎玄間하야 薄日月하야 伏光景하며 感震電하야 神變化하며 水下土하야 汨陵谷하니 雲亦靈怪矣哉ㅣㄴ저 賢臣之功業常亦非 雲은 龍之所能使爲靈也오 君能任用賢臣 若龍之靈은 則非雲之所能使爲靈也라 臣不能使君爲聖 然이나 龍이 不得雲이면 無以神其靈矣니 失其所憑依ㅣ 信不可歟ㅣㄴ저 異哉라 其所憑依ㅣ 乃其所自爲也로다

[君之用賢臣、乃所以自成其功] 易에 曰雲從龍이라하니 [此謂賢臣、必從聖君] 旣曰龍이면 雲從之矣니라 [有聖君然後、有賢臣○雜說二篇、上篇、以雲龍比君相、下篇、以伯樂知馬、比賢相知人、世無賢相則不知人才、其曰其眞無馬耶、其眞不知馬耶者、頓挫感慨、上下篇、可參考]

送董邵南序

燕趙에 古稱多感慨悲歌之士라 董生이 擧進士하야 連不得志於有司하고 懷抱利器하고 鬱鬱適茲土하니 吾知其必有合也니 [董生豪傑也燕趙之士意氣投合] 董生은 勉乎哉어다 [一本作行乎哉] 夫以子之不遇時로 苟慕義彊仁者는 皆愛惜焉이온 矧燕趙之士ㅣ 出乎其性者哉아 [董生豪傑不遇時] 然이나 吾嘗聞風俗이 與化移易이라하니 吾惡知其今이 不異於古所云耶아 [又恐今日之燕趙非昔日之燕趙] 聊以吾子之行으로 卜之也호니 [燕趙尙有豪傑] 董生은 勉乎哉ㄴ저 吾因子하야 有所感矣로다 爲我弔望諸君之墓하고 [樂毅] 而觀於其市하라 復有昔時屠狗者乎오 [此亦感慨悲歌之意] 爲我謝曰明天子在上하니 可以出而仕矣라하라 [結句濃洒慷慨]

[屠狗、謂不遇時俠客之流]

送王含秀才序

[王含之、祖、王績、字、無功、嘗作醉鄕記、此序、以醉鄕記三字、生一篇議論、下字影狀、可見其巧、此序、只從醉鄕記三字、得意變化成一篇、議論、此文、公最巧、處凡作論、可以爲法]

吾少時에 讀醉鄕記라가 私怪隱居者ㅣ 無所累於世로대 而猶有是言하니 豈誠旨於味耶아 及讀阮籍陶潛詩에 [二公、皆嗜酒好醉、又與醉鄕親切] 乃知彼雖偃蹇하야 不欲與世接이나 然이나 猶未能平其心하고 或爲事物是非의 相感發하야 於是에 有托而逃焉者也라 [從醉鄕引得陶阮二人嗜酒者作證] 若顔氏子는 操瓢與簞하고 曾參은 歌聲이 若出金石하니 彼得聖人而師之하야 汲汲每若不可及이라 其於外也에 固不暇온 尙何麴蘖之託而昏冥之逃耶아 [破醉鄕] 吾又以爲悲醉鄕之徒ㅣ 不遇也로라 [合王阮陶三人故添一徒字] 建中初에 天子嗣立하사 有意貞觀開元之丕績일새 在廷之臣이 爭言事하나 當此時하야 醉鄕之後世ㅣ 又

[偃蹇、驕傲貌]

[建中、唐德宗年號 貞觀、唐太宗、開元、玄宗年號]

以直으로 廢하니 吾旣悲醉鄕之文辭하고 而又嘉良臣之烈하야 思識其子孫하니 今子之來見我也에 無所挾이라도 吾猶將張之온 張者張大誇耀之意 況文與行이 不失其世守하야 渾然端且厚하여 惜乎라 吾ㅣ 力不能振之오 而其言이 不見信於世也로다 於其行에 姑與之飮酒하노라 不脫醉鄕字

答李秀才書

愈는 白하노라 故友李觀元賓이 十年之前에 示愈別吳中故人詩六章하니 其首章則吾子也라 盛有所稱引하니 句法 元賓이 行峻潔淸하고 其中이 狹隘하야 不能包容하야 於尋常人에 不肯苟有論하니 因究其所以ㅣ댄 於是에 知吾子非庸衆人이라 字法 時에 吾子ㅣ 在中吳하고 其後에 愈ㅣ 出在外하야 無因緣相見이러니 元賓이 旣歿에 其文이 益可貴重이오 思元賓而不見일새 見元賓之所與者면 則如元賓焉이라 今者에 辱惠書와 及文章하야 觀其姓名하니 元賓之聲容이 恍若相接이오 章法 讀其文辭하니 見元賓之知人과 交道之不汙니 甚矣라 子之心이 有似於吾元賓也로다 子之言이 以愈所爲ㅣ 不違孔子하고 不以雕琢爲工이라하야 將相從於此하니 愈敢自愛其道하야 而以辭讓爲事乎아 然이나 愈之所志於古者는 不惟其辭之好라 好其道焉爾니 讀吾子之辭而得其所用心하니 將復有深於是者라 與吾子樂之니 況其外之文乎아 愈는 頓首하노라

送許郢州書 于頔、貪酷、賦斂苛急、此序、諷諫、于頔、文有權衡

愈ㅣ 嘗以書로 自通於于公호대 累數百言이니 其大要는 言先達之士ㅣ 得人而託之면 則道德이 彰而名聞이 流하고 後進之士ㅣ 得人而託之면 則事業이 顯而爵位ㅣ 通이어날 下有矜

乎能하고 上有矜乎位ㄹ새 雖恒相求而不相遇라호니 于公이 不以其言으로 爲不可하야 復書曰足下之言이 是也라하니 于公이 身居方伯之尊하고 蓄不世之材로 而能與卑鄙庸陋로 相應答을 如影響하니 是非忠乎君而樂乎善하야 以國家之務로 爲己任者乎아 欲譏刺其惡、必先誇誦其善、先誇誦于公之賢、正是學孟子、道齊宣王易牛事、是心、可以王矣、一段、得進諫之道 愈ㅣ 雖不敢私其大恩이다 抑不可不謂之知己라 恒矜而誦之호니 情已至而事不從은 小人之所不爲也라 故로 於使君之行에 道刺史之事하야 以爲于公贈하노라 凡天下之事ㅣ 成於自同이오 而敗於自異니 爲刺史者ㅣ 常私於其民하야 不以實應乎府하고 爲觀察使者ㅣ 恒急於其賦하야 不以情信乎州하니 雖是以刺史、觀察對說作句、下字、皆有權度、一私於其民、一急於其賦可見爲刺史賢爲觀察者不賢 由是로 刺史ㅣ 不安其官하고 觀察使ㅣ 不得其政하야 財已竭而斂不休하고 人已窮而賦愈急하니 其不去爲盜也ㅣ 亦幸矣라 誠使刺史로 不私於其民하고 觀察使로 不急於其賦하야 刺史ㅣ 曰吾州之民은 天下之民也니 惠不可以獨厚라하고 惠獨厚見刺史之仁 觀察使ㅣ 亦曰某州之民은 天下之民也니 斂不可以獨急이라하면 斂獨急見觀察使之不仁 如是而政不均令不行者ㅣ 未之有也라 此序本意、欲諷觀察使于頔賦斂甚急、刺史不能堪乃借刺史與觀察對說、辭意輕重、不待校量而知、若獨說觀察則于公、見之必怒矣、此、文章之妙 其前之言者는 于公이 旣已信而行之矣니 今之言者를 其有不信乎아 縣之於州에 猶州之於府也라 有以事乎上하며 有以臨于下하야 同則成하고 異則敗者ㅣ 皆然也니 非使君之賢이면 其誰能信之리오 末又勸許公寬其縣其議論始公平辭意始圓備 愈於使君에 非燕遊一朝之好也라 故로 其贈行에 不以頌而以規하노라

贈崔復州序 此亦諷于頔與上篇同意

有地數百里하고 趨走之吏ㅣ 自長史司馬以下오 其祿이 足以仁其三族하며 及其朋友故舊오 樂乎心則一境之人이 喜하고 不樂乎心則一境之人이 懼하나니 大丈夫ㅣ 官至刺史면 亦榮矣라 雖然이나 幽遠之小民이 其足跡이 未嘗至城邑하니 苟有不得其所ㄴ댄 能自直辨於鄕里之吏者ㅣ 鮮矣온 況能自辨於縣吏乎아 能辨於縣吏者ㅣ 鮮矣온 況能自辨於刺史之庭乎아 (此一段、非知田里小民之疾苦者、不能言○添之庭二字句便不凡) 由是로 刺史ㅣ 有所不聞하고 小民이 有所不宣이라 賦는 有常而民產은 無常하야 水旱癘疫之不期니 民之豐約이 懸於州어늘 縣令不以言하고 連帥ㅣ 不以信하야 民就窮而斂愈急하니 吾見刺史之難爲也로라 崔君이 爲復州하니 其連帥則于公이라 崔君之仁이 足以蘇復人이오 于公之賢이 足以庸崔君이니 有刺史之榮而無其難爲者ㅣ 將在於此乎ㄴ저 愈嘗辱于公之知하고 而舊游於崔君이오 慶復人之將蒙其休澤也ㄹ새 於是乎言하노라 (此篇、措辭婉曲、用意直切、得諷體)

于公、謂于頔

讀李翶文　歐陽公

予始讀復性書三篇이라가 曰此는 中庸之義疏爾라 智者는 識其性이니 當復中庸이오 愚者는 雖讀此라도 不曉也니 不作이 可焉이오 又讀與韓侍郎薦賢書라가 以謂翶ㅣ 特窮時에 憤世無薦己者라 故로 丁寧如此니 使其得志라도 亦未必然이라하야 以翶이 爲秦漢間好事行義之一豪儁이오 亦善論人者也러니 最後에 讀幽懷賦하니 然後에 置書而嘆不已하고 復讀不自休하야 恨翶ㅣ 不生於今하야 不得與之交오 又恨予ㅣ 不得生翶時하야 與翶로 上下其論也라 況迺翶一時에 有道而能文者ㅣ 莫若韓愈니 愈嘗有賦矣로대 不過羨二鳥之光榮하고 歎一飽之無時爾라 推

曉、謂解得

二鳥、李翶所著二鳥賦

神堯、謂唐高祖

詡詡、大言貌

是心컨대 使光榮而飽면 則不復云矣라 若翱는 獨不然하야 其賦에 曰衆囂囂而雜處兮여 咸歎老而嗟卑로다 視余心之不然兮여 慮行道之猶非로 怪神堯ㅣ 以一旅로 取天下어날 後世子孫이 不能以天下로 取河北하야 以爲憂하니 嗚呼라 使當時君子로 皆易其嘆老嗟卑之心하야 爲翱所憂之心이면 則唐之天下ㅣ 豈有亂與亡哉아 然이나 翱ㅣ 幸不生今時하야 見今之事로다 則憂又甚矣리라 奈何今之人이 不憂也오 余行天下하야 見人이 多矣니 脫有一人이 能如翱憂者라도 又皆疏遠하야 與翱無異하고 其餘光榮而飽者는 一聞憂世之言이면 不以爲狂人이면 則以爲病子하야 不怒則笑之矣니 嗚呼라 在位而不肯自憂하고 又禁它人하야 使皆不得憂하니 可歎也夫ㄴ저

○小心文種字集

此集、才學識三高、議論、關世教、古之立言不朽者、如是夫、葉水心曰文章、不足關世教、雖工無益也、人能熟此集、學進識進而才亦進矣

柳子厚墓誌 韓文公

其召至京師而復爲刺史也에 中山劉夢得、禹錫이 亦在遣中하야 當詣播州라 子厚ㅣ 泣曰播州는 非人所居오 而夢得이 親在堂하니 吾不忍夢得之窮이 無辭以白其大人이오 且萬無母子俱往理하니 請於朝하야 將拜疏하야 願以柳易播면 雖重得罪나 死不恨이로라 遇有以夢得事로 白上者하야 夢得이 於是에 改刺連州하니 裵度爲禹錫請 嗚呼라 士窮에 乃見節義니 今夫平居里巷ㅣ 相慕悅하고 酒食遊戲相徵逐하야 詡詡强笑語以相取下하고 握手出肺肝相示하야 指天日

坐、卽坐罪

紹興、宋高宗年號
隆興、宋孝宗年號

涕泣誓生死不相背負는 眞若可信가이라 一旦臨小利害僅如毛髮야하 比反眼若不相識고하 落陷穽에 不一引手救고하 反擠之又下石焉者ㅣ 皆是也니 此宜禽獸夷狄의 所不忍爲날어 而其人이 自視以爲得計니하 聞子厚之風이면 亦可以小愧矣라 子厚前時少年에 勇於爲人야하 不自貴重顧籍고하 謂功業을 可立就라 故坐廢退고하 子厚黨附王丕王叔文得罪貶永州司馬 既退에 又無相知有氣力得位者ㅣ 推挽라이 故卒死於窮裔야하 子厚終於柳州刺史 材不爲世用오이 道不行於時也라 使子厚로 在臺省時에 自持其身을 已能如司馬刺史時들런 亦自不斥오이 斥時에 有人力能擧之오 且必復用不窮나이 然나이 子厚ㅣ 斥不久窮不極이면 雖有出於人나이 其文學辭章이 必不能自力以致야하 必傳於後ㅣ 如今無疑也라 三節議論、有斷制、有回斡、有馳驟、意氣激昂、光彩粲爛、一節高一節、文章之妙 雖使子厚로 得所願爲將相於一時도라 以彼易此면 孰得孰失고 必有能辨之者리라

書箕子廟碑陰　　柳柳州

當其周時ㅣ 未至고하 殷祀ㅣ 未殄고하 比干이 已死고하 微子已去에 向使紂ㅣ 惡未稔而自斃고하 武庚이 念亂以圖存들이런 國無其人이면 雖與興理오 此人事之或然者也라 先生所以隱忍而不去ㅣ 意者有在於斯乎아

此等文章、天地間有數、不可多見、惟杜牧之絕句詩一首、似之、題項羽烏江、廟云、勝敗、兵家不可期、包羞忍恥、是男兒江東子弟多豪俊、卷土重來、未可知

跋紹興辛巳親征詔草　　辛稼軒

使此詔로 見於紹興之前이면 可以無事讐之大恥오 使此詔로 行於隆興之後면 可以卒不

夫子、指田橫

五百人、即田橫之徒

遑遑、急遽貌

世之伐功이어날 今此詔ㅣ 與此虜로 猶俱存也하니 悲夫로다

○小心文　乎字集

祭田橫墓文　韓文公

韓文公、蘇東坡二公之文、皆自莊子覺悟、此集、可與莊子並驅爭先

貞元十一年九月에 愈ㅣ 如東京이라가 道出田橫墓下하니 感橫義高하야 能得士라 因取酒以祭하고 爲文而吊之하니 其辭에 曰事有曠百世而相感者하니 余不自知其何心이라 非今世之所稀면 孰爲使余歔欷而不可禁고 余旣博觀乎天下하니 曷有庶幾乎夫子之所爲아 死者는 不復生이니 嗟余去此其從誰오 當秦氏之失鹿하야 得一士而可王이어날 何五百人之擾擾오 而不能脫夫子於劒鋩고 豈所寶之非賢가 抑天命之有常가 昔闕里之多士에도 孔聖이 亦云其遑遑하시니 苟余行之不迷면 雖顚沛其何傷가 自古死者非一이로대 夫子ㅣ 至今有耿光이라 跽陳辭而薦酒하니 魂髣髴而來享이라

上梅直講書　蘇東坡

某官執事、每讀詩至鴟鴞하고 讀書至君奭이라가 常切悲周公之不遇러니 及觀史에 見孔子ㅣ 厄於陳蔡之間호대 而絃歌之聲이 不絕하고 顏淵仲由之徒ㅣ 相與答問하야 夫子ㅣ 曰匪兕匪虎ㅣ 率彼曠野로다 吾道非邪아 又何爲至此오 顏淵이 曰夫子之道ㅣ 至大라 故로 天下ㅣ 莫能容이니 雖然이나 不容이 何病가 不容然後에 見君子라 夫子ㅣ 油然而笑曰回아 使爾多

管蔡、指管叔蔡叔

向、指前日

財면 吾爲爾宰호리라하시니 夫天下雖不能容이라도 而其徒ㅣ 自足以相樂이 如此하니 乃今에 知周公之富貴ㅣ 有不如夫子之貧賤이라 夫以召公之賢과 以管蔡之親으로도 而不知其心이면 則周公이 誰與樂其富貴오 而夫子所與共貧賤者는 皆天下之賢才니 則亦足以樂乎此矣라 軾이 七八歲時에 始知讀書하야 聞今天下에 有歐陽公者하니 其爲人이 如古孟軻韓愈之徒오 而又有梅公者ㅣ 從之游而與之上下其議論이러니 其後益壯에 始其讀其文詞하고 想見其爲人하니 意其飄然脫去世俗之樂이오 而自樂其樂也라 方學爲對偶聲律之文하야 求升斗之祿일새 自度無以進見於諸公之間하야 來京師逾年에 未嘗窺其門이라 今年春에 天下之士ㅣ 群至於禮部하야 執事與歐陽公으로 實親試之하니 軾이 不自意獲在第二라 旣而오 聞之人호니 執事愛其文하야 以爲有孟軻之風이오 而歐陽公이 亦以其能不爲世俗之文也라하야 而取是以在此라하니 非左右ㅣ 爲之先容이며 非親舊ㅣ 爲之請屬이오 而向之十餘年間에 聞其名而不得見者ㅣ 一朝爲知己라 退而思之하니 人不可以苟富貴오 亦不可以徒貧賤이라 有大賢焉而爲其徒면 則亦足恃矣로다 苟其僥一時之幸하야 從車騎數十人하야 使閭巷小民으로 聚觀而贊歎之라도 亦何以易此樂也리오 傳에 曰不怨天하며 不尤人이라하니 盖優哉游哉라 可以卒歲로다 執事ㅣ 名滿天下而位過五品이로대 其容色이 溫然而不怒하고 其文章이 寬厚敦朴而無怨言하니 此必有所樂乎斯道也라 軾이 願與聞焉하노라

疊山先生批點文章軌範 終

原本備旨 懸吐註解 古文眞寶集 前後集 合部 大型版

重版 印刷●2003年 1月 25日
重版 發行●2003年 1月 30日

校 閱●明文堂編輯部

發行者●金 東 求

發行處●明 文 堂

서울특별시 종로구 안국동 17～8
대체 010041-31-001194
전화 (영) 733-3039, 734-4798
(편) 733-4748
FAX 734-9209
Homepage www.myungmundang.net
E-mail mmdbook1@myungmundang.net

등록 1977. 11. 19. 제1～148호

값 20,000원
ISBN 89-7270-716-3 93820